朴啓馨 小說集
어느 투명한 날의 풍경화

三育出版社

머리말

　우리 모두 고향으로 가자.
　투명이란 낱말처럼 지금의 우리들에게 그립고 절실한 단어도 없을 것이다.
　어느 날좋은 가을 오후, 저 먼 들녘에 나가 쏟아지는 투명한 가을햇살 속을 바라보며 한없이 혼자 서 있고싶다.
　지금 우리가 살고있는 이 시대의 혼탁으로부터 튀어나가고 싶은 것이다.
　지금 우리는 너무나도 혼탁한 시대에 살고 있다.
　온 사방이 흙탕물이고 어디 하나 맑은 구석이라곤 눈에 띄질 않는다. 우리를 싸고있는 겹겹의 혼탁의 벽이 너무나도 두터워 숨이 막혀 죽을 것만 같다. 쓸려내린 산사태 속의 물건들처럼 예전 우리가 아름답고 소중하다고 생각해오던 모든 것들이 다 무너져 혼돈 속에 파묻혀 형체를 찾을 수가 없고, 길이 어딘지도 보이지가 않는 것이다. 대낮인데도 한밤중인 것만 같다.
　산불에 사라져간 다람쥐, 산토끼, 고라니를 다시 보려도 50년의 세월을 기다려야 한다는데 이 혼돈 속에 떠내려가 죽은 영혼들을 다시 보려면 얼마의 세월을 기다려야 한단 말인가. 영원을 기다려도 다시 못보게 될지도 모른다.
　그래도 나는 아직 행복이라는 것을 믿고 싶다. 우리들의 삶이 이토록 불행해진 이유는 죄때문이지 본래의 우리의 태어남은 축복이었다고 나는 생각하고 있다. 그리고 나는 아직도 이 세상에 순수한 사랑이란 것이 존재한다, 라고 믿고 싶다. 그 순수한 사랑이 얼마나 인간에게 큰 기쁨과 위로를 줄 수 있는 것인지, 주인공들의 사랑 이야기를 통하여 읽는 이들에게 나는 일깨워주고 싶다. 그리하여 우리가 본래 있었던 우리들의 고향 그 깨끗한 샘가로 돌아가자고 외치고 싶은 것이다.

 소설을 쓰는 나의 작업은 다른 아무 일도 아니고, 다만 무너진 세상을 다시 일으키려는 일이다. 더러운 물을 맑은 물로 바꾸어주려는 열망이며 불행해진 삶을 다시 행복 쪽으로 이끌어놓으려는 나의 숨찬 노력이다.

 지금 우리들이 살고있는 이 어지럽고 불행한 세태의 풍경 속에 아름다운 나의 성을 지어놓고 나는 사람들에게 돌아오라고 소리지른다. 그리고 그리로 가자고 목메어 외친다. 지금의 이곳은 진정 우리가 살 곳이 아니라고.

 그렇다고 이 소설이 거창한 많은 내용들을 담고 있다, 라고 나는 감히 말하지 못한다. 다만 저 맑고 푸른 하늘에서, 우리들 영원의 깨끗한 본샘에서 띄워온 한장의 예쁜 편지와 같다, 라고 나는 이 소설을 소개하고 싶다.

2001년 4월
──아직도 상도동에서──
박 계 형 씀

차 례

제1장 ——— 007
제2장 ——— 050
제3장 ——— 114
제4장 ——— 145
제5장 ——— 172
제6장 ——— 212
제7장 ——— 286

제1장—

 상호씨는 내가 너무 오래 그의 자취방에 있으면, 그만 가——.영희야, 라고말한다.
 그러면 나는 "오빠 나 여기 더 있고싶은데——."하고 떼를 쓰곤 한다.
 "넌 가야 돼."
 "싫어, 오빠 왜 가야돼?"
 "넌 너무 이쁘니까."
 그럴 때면 언제나 상호씨의 얼굴은 좀 붉어져 있곤 한다.
 물론 나는 상호씨의 그 말이 무슨 뜻인지를 잘 알고 있다.
 오늘도 또 그런다. 나는 상호씨가 시키는 대로 일어났다.
 내가 상호씨를 겁내는 것보다 오히려 상호씨가 더 나를 겁내는 것 같다.
 상호씨 방은 방문을 열면 대번 댓뜰이 나타난다.
 그 댓뜰 위엔 상호씨 슬리퍼와 내 구두가 나란히 놓여있다.
 상호씨의 단벌구두와 운동화 하나는 비나 눈에 안 맞도록 방과 이어져 있는 부엌에 가서 얌전히 놓여져 있다.
 내 구두도 날이 궂은 날이면 상호씨는 얼른 저쪽 부엌에 갖다 놓곤 한다. 내 구두가 비 맞지 않도록……그것이 나에겐 얼마나 따뜻하게 느껴지는 일인지 모른다.

상호씨 부엌엔 수도도 없고 하수도도 없다.
 물은 집 옆에 꽂혀있는 수도에 가서 길어오고 씻은 물은 댓뜰 아래와 이어져 있는 벼랑아래 언덕 배기 밑으로 내 쏟아 버리고 산다.
 화장실은 저 위에 있는 공동 화장실을 쓰고 있다.
 집안에 화장실이 없는 건 좋지만 캄캄한 밤에 그곳까지 가자면 여간 무서운 것이 아니다.
 그것도 재래식이다. 이곳은 말만 서울이지 서울이 아니다.
 지금은 199X년 11월. 이제 곧 199X년이 되지만 이곳 생활수준은 몇 십 년 전의 모습보다도 못하다.
 지금은 촌에 가도 이보다는 더 잘 살고 있는 곳들이 얼마든지 많다.
 이곳이 곧 헐리고 아파트가 들어선다 하지만 그 소리가 들리고도 끝도 없이 이곳 동네는 그대로 여전히 계속 되어 가고 있다.
 그것이 언제가 될지 확실한 날자는 어림할 수가 없다. 바쁜 양반들로부터 잊혀진 동네다.
 단 몇 달만 뒤로 두었다가 돌아가 봐도 딴 동네가 되어있는 것이 근래의 서울 각처의 모습인데 이곳만은 잡초 우거진 밭 한 귀퉁이처럼 언제나 그대로 남아있다.
 아마 서울에서 제일 빠지는 동네인지도 모른다.
 비어있는 오랜 고가(古家)의 어느 뒷뜰의 풀포기 위에 내려와 있는 오후의 햇살처럼 언제 봐도 한적이란 것이 늘 이곳을 지키고 있다.
 공기도 하늘도 늘 조용하고 다른 곳보다 훨씬 한적해 뵌다.
 누구하나 이곳을 개발시키고자 소리를 높이고 앞장서는 사람도 없다.
 여러 가지 이유가 있을 테지만 상호씨 입장으로는 개발 안되고 이곳이 이대로 있는 게 좋다.
 5십만원 보증금에 5만원짜리 삯월세 방이 이 산동네가 아니곤 서울 어디에서도 찾을 수 없을 것 같기 때문이다.
 다행이 상호씨 학교도 버스로 삼십분내의 거리 안에 있고 버스 정류장도 이곳에서 꼬꾸라질 듯한 언덕배기들을 몇구비 내려가면 곧 시장 골목인데 그 시장 골목 바로 앞에 있어 여간 편하지 않다.
 상호씨가 세들어 있는 무허가 집은 한일(一)자로 되어져있는데 상호씨 방과 또 하나의 방이 나란히 붙어 있고 각방의 양쪽 끝으로 부엌이 하나씩 각기 붙어 있다.
 그리고 두 방 앞으로 붙어있는 공동 툇마루가 하나, 이것이 이 집의 전 구조다.
 이집 주인 할머니는 딸네 집에 가 살면서 이 두 방을 세놓고 월세를 타서 자기 용돈은 한 달에 5천원도 안 쓰고 거의 전부를 딸한테 자기 생활비로 주고 있단다.
 아무리 딸자식이라도 공밥을 먹지 않아야 딸이나 사위 보기가 미안치 않다는 것이 할머니의 지론이다.
 내가 상호씨 방에서 나오는 소리가 나면 저쪽 방에 세들어 사는 남자의 쿨룩거리는 기침소리가 거의 반드시 들린다.
 혼자 사는 아저씨인데 사십이 넘은 그 나이에도 아직 사법고시를 한다고 들어앉아 있다고 한다.
 물론 장가는 아직 들지 못했다. 칠십이 넘은 홀어머니가 며칠에 한번씩 올라와 먹을 것 빨래 등을 해결해 주고 가곤 한다. 너무 불쌍해 뵈는 꼬부랑 할머니였다.
 나는 아직 그렇게 허리가 꼬부라진 할머니를 본적이 없다.
 서울에서 내가 처음 보는 꼬부랑할머니였다. 할머니의 다른 자식들은 다 자리를 제대로 잡았는데 이 막내아들 하나가 아직도 이러구 있어서 일찍 잠이 깨면 도무지 잠을 이룰 수 없다고 ——상호씨를 만나면 노상 그렇게 푸념을 하면서도 판검사 아들 하나를 가져보기를 바래는 야망은 할머니의 마음 안에도 아들 못지 않아 뵈더라고 상호씨는 언젠가 나에게 일러주었다.
 할머니 이야기로는 이 아들을 배고 태몽으로 용꿈을 꾸었다는 것이다.
 그러므로 할머니는 진즉부터 이 아들이 큰 인물이 될 것으로 꼽고 바래왔다고 하는 데 아직 때가 이르지 않은 모양이라고 할머니는 생각하고 있다.
 지금 그녀는 그때를 기다리고 있는 중이다.
 어릴 때부터 아들에게 맨날 "너 배고 내가 용꿈을 꾸었으니 너는 장차 큰 인물이 될 것이다, 될 것이다" 라고 말해 놓았으니 아들이 삼십이 넘고 사십이 넘어도 죽자사자 사법고시에 달라붙어 있는 것이 당연하다는 것이 상호씨의 의견이다.
 내 의견도 마찬가지다. 내가 상호씨에게 "용은 오래된 늙은 뱀이래요 사탄의 우두머리래요" 라고 말했더니 상호씨는 그 할머니한테 그렇게 말해줘, 나한테 말하지 말고, 하면서 웃었다.
 우리가 방에서 문을 열고 나올 때 그 사법고시 아저씨가 쿨럭쿨럭 기침소리를 내는 덴 묘한 뉘앙스가 풍긴다.
 감기로 그냥 나오는 기침소리가 아니고 다분히 어떤 자기 메시지를 담은 기침소리다. 요놈들 어린 놈들이 방안에서 무슨 짓을 하다 나오는 줄 내가 알지……그 기침소리 안엔 그 아저씨의 이런 목소리가 숨어있다.
 사십이 넘어서도 나는 여자 근처에도 못 가고 이렇게 매일 딱딱한 법률 서적들만 붙잡고 싸움을 하고 있는데 아직 대가리에 피도 안 마른 것들이 벌써부터 무슨 짓들이야 하고 나무라는 소리다.

그러나 천만엣! 우리는 방에서 아무 짓도 하지 않았다.
 상호씨와 나는 사법고시 아저씨 방 창 앞을 지나 언덕배기 뚝길로 내려왔다.
 아카시아 나무가 뚝 옆으로 죽 늘어서 있는 언덕이다.
 초여름엔 이 아카시아 나무들에 아카시아 꽃들이 포도송이처럼 송알송알 달리고 이 언덕길엔 아카시아 향내가 그윽히 풍긴다.
 지금은 겨울이라 썰렁하다.
 싸늘한 한기 속으로 별이 촘촘한 하늘이 보인다.
 여기 와서 하늘을 보면 저 아래서 보던 하늘보다 더 맑아 보인다.
 아주 높은 산은 아니지만 꽤 높은 산의 산정 위에 올라와 있는 셈이다. 산밑 저 아래 평지엔 양옥들이 늘어서 있고 산허리로 올라오면서 무허가 가건물들이 크고 적게 다닥다닥 붙어 있는데 상호씨가 자취하고 있는 방은 제일 산꼭대기 위에 있다. 상호씨 덕분에 나는 제일 산꼭대기에 올라와 산정 위의 밤하늘을 보게되는 셈이다.
 상호씨와 함께 보는 밤하늘의 별들이 내 마음 깊은 곳으로부터 한없는 그리움을 끌어올린다. 가장 그리운 사람이 바로 내 곁에 있는 데 저 별들이 내 마음 안에서 그리웁게 만드는 것은 또 무엇일까?
 "상호씨 알퐁소 도오데의 별이란 단편 읽어 봤어?"
 "고등학교 일학년 때."
 "어땠어?"
 "그런 목동이 되어 그런 주인집 아가씨와 나도 한번 그런 잊지 못할 밤을 산정 위에서 지내고 싶다라고 생각했었지, 그런데 이미 그 꿈은 이루어졌어."
 "우리는 같이 밤을 지낸 적도 없쟎아?"

"그럼 영희는 주인 아가씨고 나는 목동이란 말이야?"
그리고 상호씨와 나는 웃었다.
우리는 좁고 가파른 산골짜기의 내리막길을 내려오면서 몇번이나 몸이 부딪쳤고 그럴 때마다 서로 아무렇지도 않은 듯이 보이려고 애를 썼다.
올라오는 사람도 없고 내려가는 사람도 없고 가까이에선 인적조차 없었다.
가난하게 보이는 산등성이의 집 집 마다엔 전등불이 다 꺼져 있고 모두가 젖을 빨 듯이 그들에게 주어진 작은 안식에 매달리어 제발 지금만은 아무에게도 상관 받고 싶지 않다는 듯이 우리들에게 등을 돌리고 있었다.
차가운 한파 속의 밤의 적막이 강물처럼 우리들을 치받아오는 속을 우리는 숨차하면서 내려가고 있었다.
상호씨는 나와 손이 닿을까봐 내 편 쪽의 손을 아예 그의 잠바 안주머니에 처박고 있었다.
상호씨 자취방에 있을 때보다도 오히려 나는 더욱 숨이 차게 느꼈다.
상호씨 역시 숨이 가빠하고 있다는 것을 나는 알고있었다.
나에게 아무렇지도 않게 보이려고 애쓰고 있는 노력 때문에 그는 더욱 힘들어 보였다.
나는 상호씨가 왜 다른 남자들하고 다른지 그 이유를 알 수가 없었다.
상호씨를 만나기 전에 나는 오래는 아니지만 얼마간씩 몇 남자들과 데이트를 가져 본 일이 있었다.
그들은 하나같이 몇번 만나고 나면 나를 껴안으려고 하였고 그 중 한 남자애는 첫번 데이트 때에 벌써 검은 속셈을 노골적으로 노출시켜 보이면서 나를 으슥한 밤의 숲 속으로 끌고 가려고 했었다.
 두번 다시 나는 그 남자애를 만나지 않았다.
 그것이 나에겐 모욕으로 밖에 느껴지지 않았다.
 그것이 사랑이 아니라는 것을 나는 벌써 알고 있었기 때문이다.
 상호씨의 이것이 나에겐 확실하게 사랑이다, 라고 느껴지는 것이다.
 여자인 나보다도 상호씨가 내게서 몸을 더욱 사리고 나의 손이라도 스칠까봐 자기 주먹을 주머니에 넣고……, 이러면 이럴수록 나는 상호씨가 나를 좋아하고 있다는 사실이 더욱 절감되고 또 그러면 그럴수록 이상하게도 나는 점점 더 상호씨에게 껴안기고 싶어지고 마는 것이었다.
 이런밤, 깊은밤의 어둠과 적막이 강물처럼 우리들 주변의 모든 것들을 다 쓸어가고 고요 속에 우리들만을 남겨두고 있는 이런밤 별이 우리들 머리 위에 높이 떠 있는 이런밤, 나는 상호씨의 가슴 속으로 깊이깊이 한없이 묻혀 들어가고 싶은 것이다.
 상호씨의 심장 안엔 틀림없이 다른 사람들보다 훨씬 더 맑은 피가 흐르고 있을 것만 같다. 그 싱그럽고 따사한 곳으로 내 몸이 자꾸만 빨려들고 있는 것이다.
 내가 자꾸만 상호씨 가슴속으로 빨려 들어가고 싶어하는 것은 내 가슴 안에도 그와 같은 것이 있어서가 아닐까, 하고 생각해 본다.
 나의 심장 안에도 그의 심장 안에 있는 동질의 그 무엇이 있어서 마치 삼투작용처럼 그의 안에 있는, 나보다 더 진한, 그러나 나와 동질인 그 무엇을 향하여 나는 자꾸만 흡수당하려 하고 있는지도 모른다.
 그러나 나는 그 산골짜기 길을 내려오는 동안 아무 말도 할 수가 없었다.
 그리고 상호씨한테 아무런 내색도 하지 못했다.

상호씨는 산 중간쯤에서부터 사라사테의 지고이네르바이젠 (zigeunerweisen 집시의 노래)을 휘파람으로 불기 시작했다.

마치 바이올린 곡으로 듣는 것처럼 가녀리고 애절한 그의 휘파람 소리가 바이올린 현을 뜯듯이 나의 미세한 감각의 줄들을 사정없이 잡아당겨 깊숙이 떨리게 하는 속을 나는 걸어서 상호씨와 함께 산 아래로 내려왔다.

상호씨 산동네에 가서 하늘의 별을 올려다 보면 알 수 없는 아득한 그리움 속으로 빨려들어가 어디인가도 모를 고향을 내가 그리워하게 되듯이 상호씨 휘파람 소리를 들을 때에도 나는 또 그렇게 아득한 그리움에 휘말려 마치 어미 뱃속에서 갓나온 새끼가 아직 눈도 보지 못하면서 어미젖을 찾아 머리를 틀 듯이 그렇게 어디인가 알 수 없는 고향을 향하여 내 마음이 일어나 고개를 드는 것이었다.

상호씨는 나의 아주 깊은 곳에 잠자고 있던 것들을 깨워주었으며 다른 남자애들에게선 느낄 수 없었던 어떤 노스텔자아의 정서 안으로 나를 이끌어준 남자였다.

이것이 사랑이다.……라는 것은 직감적으로 알았지만 왜 진실한 사랑이란 것이 이러한 고향에 대한 그리움, 향수의 감정을 향기처럼 동반하고 있는 것인지에 대하여서는 나는 아직도 그 이유를 규명할 수가 없는 것이다.

그가 이런 산동네에 산다는 것도 내겐 좋게 느껴지는 일들 중의 하나이다.

부자들에겐 덕지덕지 어딘가 모르게 개기름의 때 같은 게 끼어 있어서 싫다.

우리 아빠는 내가 그런 말을 하면 질색을 하시고, 돈은 많을수록 좋은 것이다, 라고 강조한다.

상호씨를 소개하면 아빠가 어떻게 나올지 나에겐 다소 불안한 마음도 있지만 상호씨에 대한 나의 사랑은 이미 너무나도 확고해서 아빠 때문에 흔들릴 여지는 없다.
 아빠가 상호씨를 싫어한다면 아빠가 나쁜 것이다라고 나는 생각한다.
 상호씨에겐 아무런 잘못도 없다.
 우리는 산골짜기 내리막길을 걸어서 층층다리를 내려와 이층 양옥집들이 늘비하게 서 있는 아랫 동네에 닿았다.
 시장 골목을 지나면 바로 버스길이다.
 우리는 어둠 속을 벗어나서 환한 거리의 불빛 속으로 들어서자 어둠 속에서 나쁜 짓을 하지 않았는데도 조금 부끄러웠다.
 불빛 속에 나와보니까 다소 과장되었던 우리의 감정들이 목격되어 약간은 계면쩍어지기도 하였다.
 구두 가게와 금은방 앞을 지나 우리는 버스 정류장 앞에 와 섰다.
 내가 타고 갈 버스를 기다리는 동안 나는 상호씨의 얼굴을 처음으로 똑똑히 바라보았다.
 상호씨의 키는 나보다 십센치미터 이상 크기 때문에 그를 똑바로 바라보기 위해서는 내가 턱을 좀 들어야 한다.
 그의 눈도 나를 바라보고 있다. 거리의 불빛 속에서 보는 그의 안색은 언제나처럼 창백하다.
 특히나 날씨가 차가운 편이어서 엷은 보라색 기운마저 돋아나 있다.
 그래도 구름 속에서 마악 벗어난 달처럼 맑은 얼굴이다.
 이 거리의 누구도 상호씨처럼 맑은 얼굴을 가진 이가 없다.
 나를 바라보며 웃고있는 그의 눈과, 이렇게 나를 내려다보며 웃고있는 그의 눈과 이렇게 마주보고 있을 때 내 마음이 느끼는 행복감과 기쁨은 나로서는 도저히 포기 할 수 없는 그것이다.

내가 세상에 있다는 것에 대해 감사한다.
"오빠 나 내일 또 와도 돼?"
"내일은 안돼. 나 경식이네 집에 가."
경식이는 그가 아르바이트로 가르치고 있는 고3짜리 남학생이다. 요번에 수능고사를 보았다.
경식이 때문이라는 데도 나는 오지 말라는 그의 말이 노였다.
마침 내가 타고 갈 버스가 두 눈에 불을 켠 짐승처럼 달려오고 있는 게 보였다.
내가 인사도 안하고 버스 쪽으로 뛰니까 어느 새 그가 달려와 내 어깨를 잡는다.
나의 내심이 그에게 전달되어간 것이다.
뒤돌아보지도 않고 그냥 버스에 오르려는데 그가,
"영희야, 너 왜 그래?"
한다.
그렇게 말하는 그의 목소리가 젖어있어서 뒤돌아보니까 벌써 그의 눈에 눈물이 맺혀있다.
나의 눈에도 어느 새 눈물이 맺혀있다.
"영희야, 나 내일 경식이네 집에 가지 말까?"
"아냐, 오빠 내가 잘못했어. 내일 안 올게."
내가 풀어진 것을 확인하고서야 상호씨는 한발 뒤로 물러서서 내가 사람들 속에 섞이어 버스에 오르는 걸 바라보았다.
달리는 차창 밖으로 내어다 보니까 상호씨는 여전히 구두 가게 앞에 서서 내가 탄 버스를 바라보고 있었다.
〈"하느님" 우리가 결혼할 수 있도록 도와주세요.〉
성당에도 안 나가는 주제에 나는 간절히 기도하였다.
상호씨에 대한 나의 감정이 깊어지면 깊어질수록, 그 기쁨이 커지면 커질수록, 고도처럼 우리가 남들로부터 따돌림을 당하여지는 듯한 외로움도 함께 내 마음속에서 커지는 이유에 대하여 나는 생각해 보았다.
 엄마 아빠가 상호씨를 좋아하지 아니하리라는 것을 나는 이미 알고있기 때문도 있을 것이다.
 상호씨를 택하기 위하여는 나는 그들을 떠나야만 하는 것이다.
 그들과 함께 상호씨를 사랑할 수 없다는 것은 참으로 나에겐 섭섭한 일이다.
 상호씨와 결합하기 위하여는 나의 가장 소중했던 한 부분을 나는 잘라내야만 하는 것이다.
 상호씨를 택하기 위하여는 어쩌면 세상전부를 내게서 잘라내야만 하는지도 모른다.
 그러나 그는 나에게 새로운 세상을 열어줄 것이다, 라고 나는 생각한다.
 내가 상호씨를 처음 만난 것은 작년 가을이었다.
 그러니까 우리들의 만남은 만으로는 1년이 넘는 셈이고 햇수로 치면 이제 얼마 안 있어 닥치는 새해 설날이면 삼년 째로 들어서는 셈이다.
 그 흔한 소개팅도 미팅도 아닌 곳에서 우리는 만났다.
 나도 다른 애들 못지 않게 소개팅이나 미팅을 여러번 해본 경험을 가지고 있지만 남자와 여자가 그런 식으로 만난다는 것에 대하여 나는 조금은 싫어하는 편이었다.
 너무나도 목적이 노출 당한다는 것에 대하여 나는 반감이 일어나는 것이다.
 어차피 남자와 여자가 성장하면 이성을 그리워하게 마련이고 제 마음에 드는 짝을 만나 결혼하게 마련인 것이 자연의 이치라고 생각하고 나는 거기에 대하여 반항할 의사는 전혀 없었다. 아직 한번도 나는 빈말이라도 혼자 살거라는 소리를 해본 적이 없었다.

어릴 때부터도 나는 수녀가 되고 싶다거나 혹은 다른 무엇이 되어 나혼자 살겠다는 마음을 먹어본 적이 없었다.
 허지만 그것이 너무나도 노골적이 되는 것에 대하여는 반대하는 마음이 내 안에 있었다.
 마치 결혼한 남녀간의 잠자리가 정당한 것일지라도 남의 눈에 노출되지 말아야만 하는 것처럼 말이다.
 내가 엄마, 아빠에 대하여 어릴 때 가졌던 그 큰 존경심의 대부분을 잃어버리고 만 것은 집수리를 하느라고 온 식구가 한방에서 며칠째 함께 자야만 했던 어느 날 밤 자다가 우연히 그들의 정사 광경을 목격하므로 인하여서였다.
 이것은 비단 나뿐만의 경험이 아닐 것이다.
 내가 읽은 여러 권의 소설 속에서도 그런 똑같은 얘기가 나왔었다.
 화장실에 가서 변을 보는 일이 인간에게 아주 자연스런 일일지라도 그것을 내어놓고 하지 말아야 하듯이, 우리들에겐 그런 종류의 일들이 있는 것이다, 라고 나는 생각하고 있었다. 말하자면 우리에겐 숨기고 해야할 일들이 있는 것이다.
 개가 발정하고 교미하는 일도 자연스런 일이지만 그런 일이 우리 눈앞에서 벌어지는 광경을 보게 될 경우 얼굴이 뜨거워지고 말 듯이 남녀가 서로 가까이 해보고자 하는 일도 자연스런 일이지만 노출시켜 보이기엔 부끄러운 일이다, 라는 고정 관념이 내 안에 있었다.
 어느 나라에선가 남자, 여자가 일정한 나이가 되면 장터 같은 나가서 서로 짝을 찾아 하룻밤의 연을 맺는 그들 나라의 풍습을 TV 화면을 통해 보여준 적이 있었는데, 거기서 그들이 짝짓기 할대상을 찾아 마치 풀벌레처럼 각기 이상한 기성을 내지르고 있는 모습들이 나에겐 도무지 좋아 보이지를 않았다.
 사람도 동물이지만 동물 이상이어야만 한다라고 나는 생각해왔다. 그리고 인간의 자존심이란 것은 남이 자기를 모욕할 때만이 해쳐지는 것이 아니라 스스로 인간답지 못하게 행동 할 때 그것 역시 자기 자존심에 대한 자해행위라고 나는 생각해 왔다.

 나에겐 형부가 두 사람 있는데 작은형부는 처갓집에 인사하러 다니러 와 있는 동안에도 언니를 곁에 앉히고 언니의 손을 만지작거리거나 어깨나 허리를 팔로 둘러 안거나 하는데 비하여 큰언니의 남편인 큰형부는 연애할 때부터 우리집에 오면 큰언니를 언제나 멀찍감치 두고 남들 눈엔 별 사이 아닌 것처럼 행동하다가 돌아가곤 하였는데 오히려 그 안에 깊은 사랑이 있었다.

 결혼 뒤 오늘날까지 아무소리 없이 큰언니 네는 잘 살고 있는데 비하여 작은언니 네는 결혼하자마자 부터 툭하면 사네 안 사네 마치 풍랑 위의 배에 탄 사람들처럼 위태위태해 보이는 것이다.

 실제로 내가 목격하고 있는 이런 실례는 사랑의 깊이나 진실성이 적어도 남들 보기에 들어내는 것에 정비례하지 않는다는 것의 실증인 것이다.

 그리고 다른 사랑들과 달리 남녀간의 사랑 안엔 욕정이란 것이 끼어 있어서 들어내서 행동하면 추잡하게 보이고 들어내는 편보다 안 들어내는 편이 훨씬 더 고상하게 보이는 것도 사실이다.

 그리고 남녀간의 사랑은 단둘만의 것이어서 들어내면 제 삼자들에겐 고독을 느끼도록 만들어주는 일들 중의 하나라고 나는 생각해왔다.

 내 안에 있는 이런 고정 관념들 때문에 남자와 여자의 사이가 너무나도 노골적으로 되어 가는 것에 대하여 나는 거부하는 편이고 짝짓기 대상을 물색하는데 있어서 여자나 남자나 모두가 너무나도 뻔뻔스러워지고 있는 것에 대하여서도 마찬가지로 나는 싫어하는 편이었다.

 우리들에게 부끄럽게 느껴지는 일들은 그것이 부끄러운 일이기 때문에 부끄럽게 느껴지는 것이라고 말하던, 내가 중학교때 국어를 가르쳤던, 얼굴이 사과처럼 붉던 여선생이 하던 말이 이상하게 내 뇌리에 깊이 새겨져 남아있었다.
 부끄러워해야 할 일에 대하여 부끄러워할 줄 모르고 후안무치한 사람들에 대하여——나는 남의 집의 소중한 그릇을 깨트려 놓고도 전혀 미안해하지 않거나 혹은 아랫바지 단추를 잠그지 않고 다니거나 혹은 아무 데서나 남이 보는데도 불구하고 방뇨하거나 하는 사람들에 대하여 느끼는 그런 똑같은 반감으로 내 마음속에서 배척해 왔다.
 남녀간의 사랑이 신(神)에 의하여 축복 받은 것임에도 불구하고 다른 사랑들과 달리 부끄러움이 일어나야만 하는 이유에 대하여 나는 나 나름대로, 태초에 이 사랑을 통하여 죄가 시작되었기 때문이다, 라고 생각해 본 적도 있었다.
 인류 최초의 남과 녀의 시작인 아담과 이브가 서로 결탁을 해서 "하느님"을 배신하고 선악과를 따먹음으로서 태초의 첫죄를 발생시켰다라고 나는 알고있기 때문이다.
 남녀간의 애정이 부끄러운 것이 되어버리고 온갖 불행이 그 안에 도사리기 시작한 까닭은 바로 원죄가 거기서 비롯되고 그에 대한 응당한 벌로 "하느님"으로부터 저주를 당하므로서 비롯된 일이다, 라고 나는 나의 짧은 성서지식 안에서 규정을 내려본 적이 있었다.
 아무튼 나는 남자, 여자가 짝짓기를 하는 데에 있어서 너무나 부끄러움이 없이 노골적으로 되어가는 일에 대하여 어디서 오는지도 확실히 모르는 저항감을 내 안에 지니고 있었기 때문에 그들 속에 끼어있으면서도 깊은 내심으로는 그들과 전적으로 밀착될 수가 없었다.
 미팅이나 소개팅에 합류해 있을 때에도 나는 이런 데가 아닌 다른 우연한 장소에서 어떤 운명적인 이유로 만났다가 사랑으로 옮겨가는 그런 자연스런 과정에서 누군가와 가까워지고 싶다고 바랬었다.
 여자를 만나기 위하여 미팅이나 소개팅의 장소에 나온 남자들에 대하여서도 그런 장소에 나간 내 자신에 대하여 느끼는 치사함 같은 것을 똑같이 느껴야만 했기 때문에 나의 경우엔 그런 속에서 상대방에 대하여 존경심을 갖는다는 것이 거의 불가능한 일로 보였었다.
 그런 나의 선입견 때문인지 남자들이 나에게 대하는 태도도 내가 남자들에게서 받고 싶어 하는 대우엔 못 미친다라고 나에게 느껴졌다.
 우선 나에 대하여 남자들이 너무나 빨리빨리 가까워지려고 하는 태도가 나에겐 그들이 나를 너무나도 손쉽게 대하려하고 있는 것처럼 느껴졌다.
 그것은 내가 그들에게서 바라는 나에 대한 마땅한 예우가 아니었다.
 아무튼 내가 감지하는 바가 전달하여 주는 그곳의 느낌은 내가 원하는 곳도 내가 있어야할 곳도 아니었다.
 누구보다도 나는 여자이고 싶지만 옷을 입은 여자로서 받아들여지고 싶었다.
 머리와 심장을 가진 여자로서.
 대학에 들어가자마자 아버지는 내가 자기 마음에 드는 대학교에 합격하였다 해서 나에게 유럽 여행을 시켜주었다.
 그때 런던인가, 파리에선가 나는 어느 미술관에 들어간 일이 있었다.
 이방 저방 돌아다니다가 어느 방에 들어갔을 때인데 나는 문득 저쪽 벽에 높이 걸려있는 그림 한장에 나의 눈길이 미치자 마치 눈에 화살을 맞은 것처럼 충격을 받아버리고 말았다.
 나뿐만이 아니라 그 방에 들어오는 사람들 전부가 하나같이 그 그림을 보는 순간 돌팔매를 맞은 수탉 같은 몸짓을 한번 푸드득 나타내 보이곤 했다.
 대형 화폭에 여자의 질을 가득 그려 놓은 그림이었다.
 크나큰 화폭이 한 여인의 질로만 가득 채워져 있었다.
 다른 전시된 그림들 앞에서는 발길을 멈추며 보던 사람들도 그 그림 앞에선 꽁지가 빠지게 얼른 지나치고 있었다.
 개중엔 웃음을 터뜨리며 떠나는 사람도 있었다.
 성에 대하여 비교적 개방된 환경에서 살아온 구미 사람들인데도 그 그림 앞에서만은 곧 지나가려 했다.
 나 역시 그곳에 오래 머물 수가 없었다.
 나를 아는 사람들이 내 주위에 있지 않았지만 왜지 나는 그 그림 앞에서는 오래 서 있을 수가 없었다.
 말하자면 나는 그곳에서 르노아르의 모자쓴 여인이나 다빈치의 모나리자의 원화 앞에서만큼, 그렇게 떳떳하게 오래 서서 감상할 수가 없었다.
 그 그림은 마치 거기 온 모든 사람들에게 침을 뱉고 있는 것 같았다.
 말은 안 했지만 보는 순간 모두가 얼굴에 오물 벼락이라도 당하는 것 같은 느낌이었던 것이다.
 그 그림은 마치, 개새끼들아! 봐라! 너희들이 좋아하는 게 바로 이거 아니냐! 라고 소리치고 있는 것처럼 보였다.
 적어도 나에겐 그런 전달로서 받아들여졌다.
 비록 다른 사람들은 그 그림과 맞닥뜨리는 순간 자신들이 느끼는 그 당황한 감정의 정체가 무엇인지를 분명히 못 깨닫는다 하여도 그 뿌리는 모두가 같은 것이다. 그들이 거기서 똑같이 느끼는 것은 모욕감인 것이다.
 파리엔 로뎅박물관이 로뎅의 유품들을 보관하고 사람들에게 전시하고 있었는데 로뎅에겐《생각하는 사람》의 조각품만이 아닌 남녀간의 성적인 장면을 상당히 노골적으로 표현해 놓은 조각상들이 많았다.
 그중엔 로뎅의 정부였다가 뒤에 로뎅으로부터 버림받고 결국엔 미쳐서 어떻게 되었다는 여자와 어떤 남자(로뎅자신?)가 상당히 선정적인 모습으로 껴안고 있는 조각상도 있었는데 그 조각상을 나에게 설명해주던 안내인의 표정에서 나는 그가 전혀 로뎅을 존경하고 있지 않다는 사실을 읽을 수 있었다.
 나 역시 로뎅을《생각하는 사람》의 조각가로만 알고있던 때보다 그에 대한 이미지가 훨씬 달라지고만 것은 사실이다.
 만일 누군가 나에게 그 부위를 드러내는 것이 인체의 다른 부분들을 드러내는 일과 무엇이 다르냐고 묻는다면 물론 나는 당장은 거기에 대한 정확한 답변을 못해주고 더 생각해 보아야겠다고 대답해야 만 할 것이다.
 그러나 그곳을 들어내는 것이 다른 곳을 들어내는 일과 다른 것은 사실이고 내가 아직 그 이유를 확실히 모른다하여 사실이 달라지는 것은 아니다.
 성이 개방되어 가면서 사람들이 서로에 대한 존경심을 많이 상실해가고 있다는 주장도 맞는 소리일지 모른다, 라고 나는 생각하고 있었다.
 정직은 높이 추앙되어야할 덕이지만 사람들이 너무나도 노골적이 되어가는 일에 대하여는 나는 싫었다.
 싫은 만큼 나는 거기에 대하여 반대하는 입장인 것이다.
 정직과 노골은 분명히 구분되어야 한다, 라고 나는 생각하고 있었다.

공공연하게 밑을 들어내 보이는 사람들이 정직이요, 그 반대의 사람이 거짓일 수는 없는 것이다.

동물적이 되어가기를 거부하고 그 이상의 존재로 남고자한다 하여 그것이 위선일 수도 또한 없는 것이다.

동물들은 같은 짓을 하면서도 수치를 모르지만 인간은 거기에 대하여 수치를 느낀다면 그의 안엔 동물 이상이 되기를 꿈꾸는 이상(理想)이 주어져 있기 때문이다, 라고 나는 생각하고 있었다.

인간은 분명 동물과는 달리 만들어진 특별한 존재다.

인간에겐 동물보다 월등한 지혜가 주어져 있고, 동물에겐 없는 이성과 양심이란 것이 주어져 있다.

동물은 죽어버리면 그만이지만 인간에겐 불멸의 영혼이란 것이 지녀져 있다.

인간이 인간으로서의 자기자리를 자각하고, 동물이상의 더 높은 것이 되어 남고자 한다하여, 이것이 어찌 위선일수가 있단 말인가.

우리 마음의 아주 깊은 곳의 차원에서 보자면 이런 인간적인 희원이야말로 가장 진실한 욕구인 것이다.

나의 이런 내면적인 생각들 때문에 미팅이나 소개팅이나 그런 노골적인 짝짓기를 위한 장소에서 만난 남자들에 대한 나의 감정이 그윽할 수가 없었다.

그런 속에서 남자들을 만나고 있으면서도 나의 보다 깊은 속에선 언제나 이보다 더 고상하고 지적(知的)인 장소에서 만난 남자와 다시 시작하고 싶다는 바램을 늘 가져 왔었다.

상호씨는 바로 나의 그런 바램이 나에게 이끌어다준 남자였다.

하늘은 인간의 이런 소망도 이루어 주는가보았다.

상호씨를 나는 바로 그런 장소에서 만난 것이다.

상호씨를 만난 것은 지난 시월 세번째의 토요일이었다.

작은언니 내외가 집에 오겠다는 연락이 와서 나는 피해서 집을 나왔다.
 작은언니 내외는 둘이 다 화가였다.
 언니는 아직 등단이 안 되었지만 형부는 이름이 약간 나 있었다.
 미대 다니는 동안 벌써 형부는 국내에서 이름 있는 미술전에 특선이 되었고 그 뒤 외국의 권위 있는 미술전에 응모하여 상당한 평가를 받았으며 입상의 영광도 안았다.
 얼마 전 미국 어디에선가 열린 국제 전람회에 작은형부의 작품이 초대되어 전시되었는데 거기서 미술 평론가들로부터 큰 호평을 받았다고 귀국한 언니가 며칠 전 엄마에게 전화를 걸어서 호들갑을 떠는 소리를 들었다.
 이번에 언니 내외가 친정나들이를 오겠다는 것은 그 자랑을 하고 싶어서인 것이다.
 이 작은언니는 큰언니나 나에겐 밤송이 같은 존재였다.
 같이 있으면 자꾸만 찌르는 것이다.
 막내둥이 남동생은 아직 고등학생이고 남자이므로 작은언니의 적수가 안되어 큰 마찰은 없다.
 작은언니는 딸 셋 중에 제일 화려한 미모에 큰언니나 나에 비하여 활달하고 개방적이고 연애도 여러 차례 한 것으로 아는데 결국 같은 미대생 출신의 형부와 결혼을 하였다. 지지난해 봄 대학 졸업한 다음해 스물 다섯 나이에 자기보다 세 살 위의 형부와……작은형부는 자기 모교와 다른 몇 곳에서 아직은 시간강사로 뛰고 있는데 곧 모교에서 전임이 될 예정이라고 언니는 떠든다.
 아직 수입은 대단치 않지만 집이 대대로 가구공장을 해 오는 부자인데다 외아들이라 자기가 벌지 않은 돈을 물쓰듯한다.
 그들은 서울 근교에 큰 아뜰리에가 달려있는 아름다운 저택을 가지고 있다.
 작은언니와 형부는 둘이 다 체격도 크고 화려한 외모를 하고있어 어디 가져다 놓아도 남의 눈에 확 뜨이는 편인데다가 두 사람 다 자기 발산이 강한 편이어서 어디 가서든지 없는 듯이 있지를 못하는 성격들이었다. 행동하는 모양이 마치 세상을 자신들의 미술전람회장으로 착각하고 있는 듯이 보였고 누구들 앞에서나 주역 스타로 행동하려고 하는 내면의 모습이 환히 들여보였다.
 친정 집에 와서도 언니는 여전히 스타행세를 놓지 못하는데 식구들 앞에서의 형부와의 적극적인 애정표현은 자신이 남편으로부터 이렇게 사랑을 받고 있다는 것을 과시하고자 하는 의도가 다분히 노출되어 보이는 행동이다.
 어릴 때부터도 언니와 나는 맞지 않았는데 나이를 먹으면 먹을수록 더욱 더 그 골이 깊어져가고 있었다.
 언니가 집에 오면 나는 좋지가 않고 몹시 불편했다.
 자신이 월등함에도 불구하고 언니는 나에 대하여 어떤 경쟁의식을 가지고 있는 것 같았다.
 내 앞에서 어떻게든 자신의 우위를 입증해 보이려고 하는 것이 내 눈에도 현현히 보였다. 게다가 내 자신이 마치 남의 밀실의 침입자가 되어버린 듯하게 느끼게 하여 주는 내 앞에서의 작은언니의 형부와의 지나치게 다정한 몸짓도 나에겐 참기 어려운 일이었다.
 엄마 아빠도 작은언니의 지나친 그런 행동들에 대하여 마땅치 않게 여겼지만 동생인 나와는 달리 부모로서의 크나큰 사랑으로 눈감아 주고 되도록 언니가 친정을 편한 곳으로 느낄 수 있도록 잘 대해 주었다.
 그러나 작은언니 내외가 오는 날이면 내가 밖으로 나가버리는 일에 대하여는 나쁘게 여기거나 잔소리를 하지는 않았다.
 집을 나오면 나는 언제나 막상 갈 곳이 마땅치 않았다.
 작은언니는 대체로 열시가 넘을 때까지 집에 있었으므로 그때까지 밖에 있어야만 하는 것이 내겐 여간 고역이 아니었다.
　보통 때는 잘도 늦게 집에 돌아가다가도 이렇게 일부러 어느 시간까지 집에 돌아가지 않아야 된다고 정해지고 그 시간 동안을 기다리게 되면 너무나도 지루하고 힘들어지고 마는 것이었다.
　토요일이므로 연숙이네도 갈 수가 없었다.
　토요일이면 연숙이는 언제나 희재씨를 만나러 가기 때문이다.
　나에겐 토요일에 만날 애인도 없었다.
　별로 좋지 않더라도 남자를 한 사람 꼭 만들어 놓아야겠다고 생각하는 것은 이런 때가 생기기 때문인 것이다.
　지난번 연숙이의 소개로 만난 준태와는 결별한 지 한달이 넘어가고 있었다.
　희재씨와 마찬가지로 공과 대학생인 준태는 지독한 근시인데다 상체에 비하여 하체가 엄청나게 짧은 것이 내 마음에 들지를 않았고 말투며 행동거지가 애늙은이처럼 지나치게 노숙해 보여 메마른 밀집대를 보는 것 같았다.
　그래도 거의 석달을 매주 한번씩 꼴로 만났다.
　이런 때를 위해서, 누군가 불러내어 함께 지내야만 할 빈 시간이 생길 때 불러낼 수 있는 사람 하나를 만들어 두기 위하여 남자 하나를 멀지도 가깝지도 않은 거리에 두고 있는 것은 괜찮은 일이었다.
　그러나 나만을 생각할 일이 아니었다.
　상대방의 감정이 항상 문제가 되는 것이었다.
　어느 새 그의 감정이 격해져서 내가 원하는 거리에 있지 않으려 하고 더 가까이 와서 그가 나를 소유하려 하면 나는 거기에 응할 수가 없었다.
　준태의 경우도 그랬다.
　내 감정은 물 묻은 나뭇대기처럼 썰렁한데 준태는 어느 새 나때문에 밤에 잠을 못 이루게 되어버렸다는 것이다.
 사랑하지도 않는 남자에게서 그런 고백을 듣는다는 것은 너무나도 부담스러운 일이다.
 내가 줄 수 없는 것을 요구 당하는 것도 부담스러운 일이고 나 때문에 누가 고통을 받는다는 것도 견딜 수 없는 일이다.
 둘 다 나로선 못할 일이었다. 차라리 아무 친구도 안 사귀고 거리를 혼자 헤매게 될 때 혼자 헤매는 편이 났다.
 준태에게 전화를 걸어서 불러내어 호프집 같은 데라도 가서 작은언니가 자기 집으로 돌아갈 때까지 함께 있다가 돌아갈까 하다가 그만두었다.
 전에도 몇번 그런 적이 있었다. 그러는 동안에 준태의 감정이 그렇게 자라버린 것이다. 이젠 그 일을 나는 또다시 되풀이하고 싶지 않았다.
 준태에 대해서는 아직도 내안에 작은 죄책감이 남아있었다.
 나 때문에 그애가 돈을 쓰게 한 것에 대해서만은 언젠가 나는 어떤 방법으로든 그애에게 갚아주고 싶었다.
 준태가 나 때문에 받은 상처들 가운데, 나한테 아까운 돈을 썼다는 회한만은 그 애로부터 삭제해 주고 싶은 것이다.
 그 외에 내가 되갚을 수 있는 다른 것이란 없기 때문에 그 외의 것은 언제나 그애에 대한 내 마음의 빚으로 져야한다.
 나는 집에서 나올 때 책 몇 권을 가지고 나왔다.
 그 시간 동안 그 근방의 독서실에 가서라도 있을까 해서였다.
 지나다니면서 본 슈퍼마켓 위의 독서실 간판이 내 머릿속에 떠올라서였다.
 공부방이 마땅치 않은 입시생들이 이용하리라고 여기고 관심도 없이 지나친 독서실을 생각했다가 나는 왠지 그곳을 지나 버스 정류장 앞으로 나와 그 버스길을 따라 언덕배기 쪽으로 걸어 올라가기 시작했다.
 오늘 같은 날 한가한 김에 집에서 멀지 않은 S대 안으로 들어가 봐야겠다는 생각이 든 것이다.
 버스를 타고 오며가며 지나쳐본 S대 교정 안으로 그날 따라 내가 왜 들어가 보고자 했는지 모른다.
 집을 나올 때에는 그런 계획은 전혀 내 안에 가지고 있지 않았다.
 내일은 일요일인데다 아마도 나에게 시간이 엄청나게 많게 느껴졌던 모양이었다.
 버스길을 따라 십여분쯤 올라가면 왼쪽으로 휘어 들어가는 또 하나의 버스길이 있었다.
 그쪽으로 돌아서 오분쯤 가면 S대 정문이 나타난다.
 석양이 어느 편에서 지고있는지는 모르지만 저녁 무렵의 가을 햇살이 낮으막한 학교 담과 정문 앞의 어수선한 거리 위에 흐터져 있었다.
 토요일 오후였지만 아직도 더러더러 학교 안에서 나와 버스 정류장으로 가는 학생들도 있었다.
 그중엔 여학생들도 있었다.
 교문으로 들어서자 가을 행사를 알리는 현수막이 머리띠처럼 여기저기 건물 위에 붙어 있는 게 보였다.
 저쪽 언덕 위 건물은 대학 극장인 모양인데 영문과 주최로 영어 연극을 하겠다고 써서 붙여놓은 현수막도 보였다.
 그러나 토요일 늦은 오후라 장터가 끝난 파시와 같은 한가함이 어설픈 가을 햇살과 어울어져 잘 다듬어진 건물들과 교정 안을 기분 좋은 장소로 나에게 느끼게 만들어 주고 있었다. 나같은 불청객이 들어가기엔 마치 맞는 분위기였다.
 남자 대학교에 들어와 보기가 처음은 아니지만 익숙한 일도 아니어서 이제까지의 세계와는 다른 새로운 경험권 안으로 한발을 들여놓는 듯한 약간의 생기와 흥분도 느껴졌다.
 나의 생활 환경이 좀더 넓은 세계로까지 확장되는 듯한 그런 느낌이 드는 것이다. 모르던 곳을 찾아가거나 낯선 곳을 방문하는 것은 이래서 좋은 것이다.
 나는 본관으로 이어지는 언덕배기 비탈길을 무작정 걸어올라 가다가 가방을 옆에 끼고 내려오는 남학생 하나에게
 "여기 도서관이 어디 있어요?"
 하고 물어보았다. 그러자 그 학생은
 "아, 종합 정보관요?"(여기서는 도서관을 그렇게 부르는 모양이었다.)
 라고 하면서 친절하게 뒤로 돌아서더니 본관 건물 오른편의 조금 올라간 언덕 위의 건물을 가리키면서 그곳이 도서관이라고 가르쳐주었다.
 석조로 된 오래된 구식 건물인 도서관 건물은 유럽 여행 중에 내가 구경했던 18세기의 귀족들이 살던 궁성처럼 아주 클래식컬한 정서를 풍기고 있었는데 1, 2층으로 되어져 있었고 나는 2층으로 올라가 거기서 상호씨를 만났다.
 다른 건물들은 모두가 현대식 구조로 개조되었는데 이곳만은 고풍스런 옛 모습 그대로 남겨져 있었다.
 도서관 안의 모습도 우리 학교 도서관이나 내가 들은 바의 요즈음의 대부분의 다른 학교 도서관들처럼 마치 입시생들의 독서실처럼 높은 칸막이로 각자의 자리를 폐쇄시키지 않고 옛날식 그대로였다. 개방된 공간 안에서 한 책상 앞에 여럿이 앉아있을 수 있도록 되어져 있었다.
 도서실은 이미 만원이었다. 밖의 한산함과는 다르게 그곳은 토요일의 분위기와는 전혀 다른 것들로 가득차 있었다.

토요일의 분위기와는 전혀 다른 것들로 가득차 있었다.
 우리 학교 도서관에도 겨우 한번 밖에 가 본적이 없는 터라 익숙하지 않는 그 분위기가 다소 긴장감을 나에게 불러일으켰다. 〈정숙하시오〉라고 맞은 편 벽에 붙여놓은 경고문이 이곳에서 보다 더욱 잘 지켜지고 있는 곳은 없을 것 같았다.
 빽빽이 가득 차 있는데도 누구하나 그곳의 정숙을 깨뜨리고 있는 자가 없었다. 밖의 취직난이 이곳으로 학생들을 몰아 넣고 이렇게 정숙한 사람들로 만들어 놓고 있는 것 같았다. 정숙이란 표현보다 숙연이란 말이 이곳의 분위기엔 더 맞는 것 같았다. 책장 넘기는 소리, 침 삼키는 소리, 의자가 잠깐 삐걱하는 소리——그 모든 소리 안에 극도의 조심스러움이 묻어 있었다.
 그곳에 들어서자 나도 갑자기 얌전한 여자가 되어버려 살금살금 발뒤꿈치를 들고 겨우 찾은 빈 자리에 아주 가만히 앉아서 그곳 고요의 한 귀퉁이를 보태어 주었다. 잘 왔다는 생각이 들었다.
 적어도 준태를 불러내어 호프집에 간 것보다는 이곳에 온 것이 훨씬 잘 했다는 생각이 나에게 들었다.
 그 외에도 내가 가서 시간을 떼울 수 있다고 생각했던 그 어떤 장소들보다도 이곳이 더 낫다라고 나에게 느껴졌다.
 무엇보다도 나는 그 곳의 분위기가 마음에 들었다.
 사람에겐 헐렁하고 부담없고 제멋대로 할 수 있는 난장판의 분위기만 좋아하는 성향이 있는 것이 아니고 이렇게 질서 있고 긴장되고 극도로 자신을 자제해야하는 분위기를 좋아하는 성향도 가지고 있다는 것은 이상한 일이었다.
 내가 상호씨를 본 것은 그렇게 내가 자리를 찾아 앉고 나서 삼십분도 더 넘어서였다.
 가방에 넣어 왔던 초서의 캔터베리테일즈를 펴놓고 강의 때 교수로부터 들은 해석들을 줄 밑에 촘촘히 적어 놓은 책장을 넘기고 있다가 고개를 들었을 때였다.

 그동안 처음 와 본 낯선 분위기에 압도되어 달리 경황이 없었던 모양이었다.

 그때까지 나는 누가 내 앞에 앉아있는지 누가 내 옆에 앉아있는지 돌아볼 겨를이 없었다.

 초서는 언제나 나에겐 좀 어려웠고 이곳 분위기가 정신집중이 좀 잘 된다고 느껴졌으므로 여기서라면 이 난해한 초서가 나에겐 다소 쉬워질지도 모른다는 일말의 기대도 가지고 열중해 보려고 애쓰고 있었다.

 내가 고개를 들었을 때는 상호씨는 무언가를 열심히 쓰고 있었다.

 그의 몸태는 한눈에 봐도 이미 이곳에 익숙해져 있었다.

 물 속의 고기처럼 그는 그곳 고요 안에서 아주 자유로와 보였다. 숨을 죽이거나 억제하고 있는 기색이 전혀 없이도 그곳의 정숙에 아주 잘 맞춰져 있었다.

 내 눈에 처음 비친 그의 첫 인상은 귀공자 타입이라고 불리워지는 그것이었다.

 고생도 모르고 가난도 모르는 남자처럼 보였다.

 그렇다고 부잣집 아들 같은 것도 아니었다.

 흔히 일컬어지는 좋은 가정에서 귀염받고 자란 그런 상류 가정의 얼굴도 아니었다.

 그러나 귀한 피의 후손 같은 그리고 몹시 고급스러워 보이는 한 젊은이의 얼굴이 거기 바로 내 앞에 앉아있었다.

 별자리로 치면 귀한 별자리의 사람임에 틀림없어 보였다.

 그의 얼굴만 본다면 아무도 그가 이런 산동네의 무허가 삯월세방에서 살고 있는 가난뱅이 대학생이라고 생각할 수 없을 것이었다.

그러나 그렇게 사는 것이 그에게 아주 안 어울려 보이는 것도 아니었다.

고급 승용차를 몰고 학교에 오고있고 양주나 맥주만 마시고 있는 그런 요즘 부유층 자제들이나 고관대작의 아들들 속에 끼워 넣기보다는 차라리 이쪽에 끼워 넣는 편이 그의 분위기엔 더 맞다고 해야 할 것이었다.

그러나 궁핍이라든가 빈곤이란 낱말과는 이 세상에서 가장 거리가 멀게 느껴지는 얼굴이었다.

그에겐 이미 가난이란 것이 이 도서관의 고요처럼 익숙해져서 전혀 거기에 지배를 당하지 않고 그 안에서 자유로워져 버렸는지도 모른다.

나는 왜 세상엔 마음에 드는 인물이 있고 마음에 들지 않는 인물이 있는지에 대해서 따져 보고 싶어하는 사람이었다.

우리 마음 안에 있는 무엇들이 우리로 하여금 어떤 사람에 대해서는 좋게 느끼게하고 어떤 사람에 대하여는 좋지 않게 느끼게 하는지 나는 그 이유를 알고 싶은 것이다.

상호씨는 첫눈에 내 마음에 들었다.

스물세해의 내 생애 가운데 누군가를 그렇게 나의 첫눈에 내 마음에 든다라고 느껴본 적이 없었다.

머리는 약간 갈색이 도는 자연스러운 검정색이었는데 너무 길지도 짧지도 않고 적당했고 옆 가르마를 타서 잘 빗어 넘겨져있었다, 이마는 반듯, 코의 생김새도 입술의 모습도 전혀 내 눈에 슬리는 데가 없었다. 그러나 하나하나 뜯어보며 따져보기보다 그의 얼굴 전부가 내 마음에 들었다는 표현이 맞는 것이었다.

얼마나 그가 내 마음에 들었는지 나는 내가 느닷없이 이곳을 생각하고 찾아온 이유가 바로 이 남자를 만나기 위해서였구나, 어떤 운명의 줄이 태어나기 전부터 창조주의 의도에 의하여 이 남자와 나 사이에 이어져 있었고 이 남자가 여기 앉아 그 줄을 당기는 바람에 내가 이곳을, 아무 이유도 없고 전에 아무런 계획도 없었던 일인데, 찾아오게 되었구나, 라는 생각까지 들었다.

그만큼 그는 첫눈에 벌써 다른 남자들이 시간을 두고도 뛰어들 수 없었던 나의 깊은 곳으로 뛰어들었다.

그로 인하여 내 마음 안에 파문이 크게 일어나서 나는 더 이상 초서에 몰두할 수가 없었다.

나의 눈길이 그에게 몇번째 던져졌을 때인가, 결국 그에게 들키고 말았다.

나와 눈이 마주치자 상호씨는 우연히 그렇게 되었을 때처럼 피하려 하다가 나의 눈에서 전달되어지는 심상치 않은 그 무엇에 결국 붙잡혀버리고 말았다.

나중에 상호씨는 나에게 그때 나의 눈빛과 부딪치는 순간 그는 마치 태초의 생명의 빛과 같은 것이 번갯불처럼 그의 머리끝에서 발끝까지 쫙 질러가는 바람에 한번 크게 전신이 쩌릿했었다고 고백했다.

아마 나는 그때 나도 모르게 내 전신의 모든 에너지를 모아 그에게 보내며 애원하고 있었던지도 모른다. 나를 사랑해달라고…….

나의 시선에 붙잡혀버린 그는 환한 눈으로 나를 잠시 마주 보았는데, 그때부터 우리의 두 몸은 이미 하나의 전선줄 안에 꿰어져 버린 신세가 되어버리고만 것이다.

"영희야! 너처럼 이쁜 애가 그런 눈으로 바라보는데 어떤 남자애가 그것을 등지고 돌아설 수가 있겠니?"

그의 표현에 의하면 그때 내 눈은 만발한 꽃의 무더기 속 같기도 하였었고 또 닿을 듯이 아주 가까이 달려와 있는데도 왠지 아주먼 곳을 바라보고 있는 것처럼 느껴지는 봄의 아지랑이 속 같은 그런 꿈꾸는 듯한 것이기도 했었다고, 상호씨는 말했었다.

행복감으로 가슴이 달아올라 결국 그는 더 이상 그곳에서 자기가 하고 있던 경영학 필기를 계속 할 수가 없었다고 했다.
 자리에서 일어서면서 그는 이미 내가 자기와 함께 그곳에서 나와줄 것이라는 것을 믿고 있었다고 했다.
 그러나 나는 그가 일어서 나갈 때 함께 따라 나가지는 않았었다.
 그가 나간 뒤 얼마 동안 나는 도서실 의자에 앉아 아무 생각도 못하게 된 채 온통 전신이 비어져버린 듯도 하고 가득차버린 듯도 한 그런 기분 속에서 그냥 가만히 있었다
 그러다 나는 완전히 그속에서 이제 이방인이 되어져버린 도서관의 고요 한 귀퉁이를 떼어 가지고 조용히 밖으로 나와버렸다.
 나를 기다리고 있는 상호씨를 내가 발견한 것은 2층 계단을 내려와 도서관의 정문을 밀고 밖으로 나왔을 때였다.
 그는 바람이 부는 밤의 도서관 앞뜰에 서서 나를 기다리고 있었다.
 그의 서 있는 키가 165cm의 나의 키에 마치맞게 큰 것이 그에 대한 나의 호감의 마무리를 더해 주었다.
 그리고 그가 밖에 나와 이렇게 나를 기다려줌으로서 여자로서의 나의 자존심을 지켜준 것에 대해서도 나는 감사했다.
 앞으로의 우리들의 일생 동안에서 그 일은 우리 사이의 아주 중요한 대목으로 남게 될 것이기 때문이다. 나에 대한 그의 감정과 그에 대한 여자로서의 나의 자존심에 관한 대목에서. 만일 그가 그냥 가버렸다면 나는 그를 다시 만나기 위하여 이 도서관에 다시 와야 했을 것이며 얼마나 초조하게 그 일을 반복해야 했을지 모른다. 그리고 그가 만일 자신의 감정을 숨기고 어떤 이유로든 나를 모른 척 하고자하였다면 나의 고단함이 어떠했을지……그것을 상상하는 것만으로도 나는 지금 너무 피곤해지고 만다. 그러나 나는 결단코 나의 안에 일어난 그 불가사의한 감정을 소멸시키려

하지 않았을 것이며 어떻게든 그와의 사랑을 이루어 보고자 노력했을 것이다. 이미 나는 그로부터 너무나도 황홀한 단 맛을 보았기 때문에 끝끝내 포기하려 하지 않았을 것이다.

내가 나타나자 상호씨는 다가왔는데 현관 불빛 속에서 우리들의 눈길은 다시 마주쳤다. 그 첫날 나는 벌써 그에게 안기고 싶어했었다. 다른 남자들이 나를 만나기만 하면 안으려 하고 그중엔 성공한 남자들도 있었지만 내가 안기고 싶어서 안기었던 것은 아니었다. 다음에 또 만나면 안겨야 할 것이 두려워 그것을 끝으로 그만 둔 남자도 있었다.

나는 상호씨에게, 오빠는 나의 첫사랑이예요, 라고 말할 때 떳떳하고자한다. 물론 진실한 사랑 안엔 떳떳함이란 있을 수 없지만. 항상 자신이 부족하다라고 느끼고 그에게 더 줄 수 없는 것들 때문에 안타까워 해야하는 것이 바로 진실한 사랑이지만.그러나 상호씨에게 이렇게 말할 수 있는 떳떳함만은 나에게 있다.

이 세상에서 내가 아직 아무도 오빠처럼 좋다라고 느껴본 남자는 없어요.

상호씨와 나는 나란히 걸어 도서관에서 본관으로 이어지는 비탈길을 내려와서 교문 쪽으로 계속 내려갔다. 교정의 나무들 속에서 와삭와삭 가을 바람소리가 들리고 하늘엔 그믐께인지 별만이 박혀 있었다. 상호씨는 떨고 있었는데 나도 마찬가지였다.

그러나 우리는 '춥죠?' 하면서 그것이 그 즈음 철로서는 쌀쌀한 밤의 한기 때문인 것으로 서로에게 위장하려 했었다.

교문 밖으로 나와 버스길을 얼마 걷다가 우리는 길거리에 붙어 있는 조그만 분식 집으로 들어가 김밥을 먹었다.

그리고 그는 나의 집까지 데려다 주었다.

다른 얘기는 우리는 별로 하지 않았고 서로의 자기학교 소개에다 무슨과 몇 학년이라는 얘기만을 하였다.

상호씨는 군대를 갔다와서 복학하여 그 학교 경영학과 3학년이라고 자기소개를 하였는데, 내가 내놓은 E대 영문과 3학년이라는 카드와 대강 얼추 걸 맞는 편이었다.

그날밤 나는 작은언니가 아직 자기 집에 돌아가지 않은 시간에 귀가하였지만 상호씨가 입혀준 행복감의 보호막 속에서 작은언니의 그 잘난 체 하는 모습들에 거의 아무런 상처도 입지 않았다.

며칠 뒤 상호씨는 나를 자신이 살고 있는 산꼭대기 자취방에 초대하여 주었는데 왠지 나는 별로 놀라지지가 않았다.

아마 상호씨는 자신의 실체를 보다 확실히 나에게 보여주고 그리고 우리의 관계를 진행시키고 싶어 서둘렀는지도 모른다.

그러나 나는 그 이유에 대하여 묻지 조차 않았다.

다른 보통 집에 초대받은 것과 똑같이 행동했다.

사실 상호씨에 대한 나의 감정 안엔 전혀 아무런 변화도 일어나지 않았다.

우리집 동네 버스길 건너에도 몇 년 전까지 그런 산동네가 있었다.

내 방이 있는 2층 창에서 그곳을 바라볼 때마다 나는 간혹 이런 생각을 하여보곤 하였었다.

저 산꼭대기 남루한 창들 중 어디메인가에 진짜로 내 마음에 드는 아주 이마가 맑은 청년 하나가 살고 있을지도 모른다, 라고.

그런 나의 그 생각은 적중한 셈이었다.

이런 것이 예감이란 것인지도 모른다.

왠지 나에겐 가난에 대한 꿈이 있었다.

언제부터였던가 가난이란 나에게 그리운 것들 가운데 하나가 되어있었다.

아주 잘 사는 동네보다 못 사는 동네에 남아있는 것들이 나에겐 그리운 것들이었다.

낮은 처마, 흙 바른 벽, 찌그러진 대문, 깨진 기와 지붕 위의 풀들, 손바닥만한 마당과 수돗가, 살 태가 부러진 오래된 창호지 문……
 그것들이 나에게 그리운 이유는 우리들 가운데서 아주 사라져버렸거나 혹은 사라져가고 있는 과거의 것들이기 때문인지도 모른다. 그러나 나에겐 왠지 어릴 때 내가 보았던 것들이 지금 내가 보고 있는 것들보다 더 맑다고 느껴지는 경우가 많았다.
 비록 내가 살아온 세월은 얼마 안 되었지만 그 안에서도 나는 하루하루 날이 갈수록 변해 가는 모습들이 전보다 좋아 보이질 않는 것이었다.
 구라파에 갔을 때에 나는 특히 그렇게 느꼈었다.
 그곳에 남아있는 과거의 것들이 나에겐 더 축축하고 보다 생명의 기운이 더욱 풍성히 서려 있는 듯 하고 현재의 것들은 왠지 과거의 것들에 비하여 상대적으로 훨씬 더 삭막하고 주검의 메마름을 뒤집어 쓰고있는 것처럼 느껴지는 것이었다.
 적어도 나는 그렇게 느꼈었다.
 과거의 건물들이나 과거의 모습들이 내 눈엔 현대에 지어진 것들보다 훨씬 더 아름답고 축축하고 생명의 중심부에 가까이 있는 듯이 보였었다.
 사람들의 마음이 메말라지니까 거기서 나온 사물들도 모두 그렇게 메말라지고 있는지도 모른다는 생각까지 들었다.
 가난이 나의 꿈이라고 말하는 것은 가난 속에 남아있는 것들이 나에겐 더 아련하고 더 조촐하고 더 맑게 느껴지기 때문인지도 모른다.
 우리집 길 건너편 산에 아직 아파트가 들어서기 전의 모습이 지금의 모습보다 나에겐 더 좋았었다.
 날 맑은 날 유리창을 닦아놓고 그곳을 통하여 맞은 편 산동네를 바라보면 아카시아 숲 속의 동네가 마치 한 폭의 풍경화 같았다.
 그곳에 사는 사람들도 아래의 부자 동네에 사는 사람들보다 훨씬 더 마음이나 정신이 맑을 것 같았다.
 "니가 한번 그 안에 들어가 살아봐라. 마음이 맑아지기는 커녕 악에 복받쳐 부글부글 끓어 오를거다."
 엄마와 아빠는 끝내 나의 의견에 동의하지 않았지만 유명 건설회사가 지어놓은 고층의 아파트가 들어선 뒤의 그곳엔 더 이상 내가 그리워할 것들이 없어져 버리고 말았다.
 만일 결혼해서도 상호씨가 지금의 그 방에서 같이 살자고 하여도 나는 싫지 않을 것 같았다.
 물론 상호씨가 세상적으로 잘 되기를 바라는 마음이 나에게 없는 것은 아니었다.
 그 누구보다도 상호씨가 잘 되기를 바라지만 잘 된 뒤에도 내가 틀림없이 이 산정 위의 삯월세방과 그 위의 밤하늘의 별들을 그리워하고 있을 것이라는 사실만은 나는 분명하게 알고 있었다.
 그러나 그때에도 내가 상호씨를 지금처럼 사랑하고 있을 지에 대해선 의문인 것이다.
 상호씨의 집에서 우리집까지의 거리는 버스로 삼십분정도의 길이었다.
 상호씨의 집에 비하면 우리집은 대궐이다.
 2층 단독주택에 100여 평의 정원이 달려있다.
 지금은 겨울이라 앙상한 가지뿐이지만 봄이면 라일락과 목련이 핀다.
 그리고 분수로 이어지는 층계에 장미 아취도 세워져 있고 가을이면 뾰족감이 수백개씩 열리는 감나무도 담장 가에 한 그루 있다.
 겨울엔 겨울대로 깔끔하게 다듬어진 잔디 위에 서 있는 몇 그루 내가 이 집 주인이라면 저 밖의 향나무를 크리스마스트리로 장식하고 싶다.
그러나 엄마는 동의하지 않는다.
아직 엄마와 아빠는 상호씨에 관하여 잘 모른다.
나에게 사귀는 남자가 있다는 것을 눈치채고 있지만 누구냐고 꼬치꼬치 묻지 않는다.
저러다 또 그만두겠지,……라고 생각하고 있는 모양이다.
위의 두 딸들이 제가 좋아 만난 남자들하고 잘 살고 있으니 셋째 딸인 나도 그렇게 될 것이라고 은연중에 믿고 있는지도 모른다.
"늦게 오는구나."
나에게 대문을 열어준 엄마가 다른 때와 달리 안방으로 들어가지 않고 현관에서 기다리고 있다.
"들어와 봐라."
나를 안방으로 불러들인다.
아빠는 안방과 이어져있는 침실에 이미 들어가 있는가 보다.
보이지 않는다. 열한시가 넘었다.
"오늘로 아빠 회사 그만 두셨다."
내가 앉자마자 엄마가 하는 말이다.
얼마 전부터 있어왔던 얘기다. 소위 명퇴란 것이다.
"더 버티어 볼려고 하였는데 도저히 못 버티게 만들어 놓고 조여서 결국 오늘 사표를 내셨단다. 지금 그만 두지 않으면 퇴직금 액수가 반으로 줄어든단다."
엄마 설명으론 아빠가 회사에서 더 버틸 경우 임원 직함도 떼고 형편없는 직급으로 강등시켜 봉급도 반액정도로 깎이므로 봉급에 의한 연봉책정이나 퇴직금 액수에서 무지무지한 불이익을 당해야만 한다는 것이었다.

나는 당장 내일부터 아빠가 무얼 하셔야만 할까 그것이 걱정이
다. 아침 일찍 출근하였다가 저녁 7시경이면 퇴근하는 생활을 평
생 반복해 온 아빠가 내일부터 그 일을 중지 당하면 묶였던 끈이
풀릴 때의 그런 반동이 아빠에게 일어나지 않을까.
 "그럼 내일부터 아빠는 무얼 하세요?"
 "푹 쉬시다가 다른 일자리를 알아봐야지."
 "그게 좋겠네요. 그동안 열심히 일해 오셨으니까."
 "너도 알지! 그동안 아빠가 얼마나 회사를 위해서 열심히 일해
왔는지 평생 한 회사에만 매달려 충직한 종처럼 충성을 다 바쳐
왔잖아! 일생을 다 바쳐 섬겨온 회사인데 부려먹을 대로 다 부려
먹고 이제 와서 이런 방법으로 뱉어내니?"
 엄마는 많이 분개하는 표정이다.
 안면 위에 푸른 노기가 끼얹어져 있고 입술이 다물어지지를 않
는다.
 엄마가 화를 내는 건 이해가 되고 아빠, 엄마 모두가 안 됐지만
그러나 생각하기 나름이다.
 나는 엄마처럼 화를 낼 수가 없다.
 "엄마, 진정하세요. 이제 아빠는 늙었으니까 젊은 사람들에게 일
자리를 양보해야죠. 아빠 한사람 월급이면 대학 졸업자 신출내기
몇사람을 쓸 수 있다고 엄마가 얘기했잖아요? 아빠보다는 그들에
게 일자리가 더 필요하지 않아요?"
 "아빠도 아직 할 일 다 못 마쳤다. 너 시집 보내야지, 영환이는
아직 대학도 안 갔다."
 "아빠 퇴직금도 받을 거고 우리 저금 해 놓은 돈 아주 없지도
않잖아요? 땅도 좀 있고……."
 나는 엄마를 위로한다고 한 말인데 엄마의 눈가가 쌩하고 올라
가면서

"넌 도대체 우리 식구니? 아니니? 아빠가 회사에서 당한 일이 분하지도 않니?"
"분하긴 뭐가 분해요? 엄마, 그동안 우린 회사 뜯어먹고 잘 살아 왔잖아요! 좋은 차도 타고 저택에 살면서, 아빠가 평생을 다 바쳐 회사를 위해 거져 일해 왔어요? 많은 봉급도 받고 회사가 준 명함 덕분에 세상에 나가서도 좋은 대접 받아왔잖아요? 이제 자기네들에게 필요 없게 되었으니 그만 일 해 달라는 게 뭐가 나빠요? 그것도 그냥 나가라는 게 아니고 몇 억 쥐어주고 나가라는데, 어차피 고용계약이라는 게 상호 필요에 의해서 맺어지는 게 아니에요? 이제 아빠를 더 이상 회사가 필요로 하지 않게 되었으니까, 해약하자는 것인데, 뭐가 나빠요?"
내가 이렇게 엄마에게 말하는 데엔 그동안 나대로 엄마에게 하고 싶었던 메시지 전달의 의도도 숨어 있다.
우리집에 일하는 언니가 들어와 있을 때에나 일꾼을 부릴 때 내 눈엔 그들을 대하는 엄마의 태도가 너무나도 매정하다 싶어 보일 때가 많았다.
아빠도 마찬가지였다.
특별히 잔인하거나 경우를 모르는 사람들은 아니었지만 나의 어린 눈엔 엄마, 아빠가 그들에게 좀더 잘 해 주었으면 하는 면을 너무나 자주 보였다.
집에서 일하는 아줌마에게 너무 자주 상을 들고 2층으로 오르게 한다든가 자기가 할만한 일도 자는 사람을 깨워 시킨다든가, ── 일꾼을 샀을 땐 엄마는 반드시 감독을 했고 조금만 늦장을 부려도 아저씨들 일해요! 일해! 하면서 소리를 질렀다.
내가, 엄마 좀 쉬게 해 주자, 하면, 쓸데없는 소리 마라! 일일이 남의 사정 다 봐주다 보면 우리만 손해다! 라고 나의 말문을 막았다.

남의 사정 봐주는 일이나 양보하기, 이런 면에선 엄마나 아빠는 다른 보통사람들 수준보다도 조금 못한 편이었다.
  자식들에 관해서 만은 다르지만 그것은 자기들의 분신에 대한 일이니까 남을 봐주는 일이라고 할 수가 없다.
  이런 엄마가 회사에 대하여 자기들에게 인정을 베풀어주지 않는다고 분개하는 것은 다른 사람과 자신을 동등하게 생각하지 못하고 있다는 표시다.
  자기는 남에게 한 치의 손해도 보지 않으려 하면서 남이 자기를 봐 주지않는다고 분개하는 것은 공정의 원칙에도 어긋난는 것을 엄마는 모른다.
  아빠가 회사에 필요한 사람이라면 회사가 아빠를 내보내려 할 리가 없다.
  필요 없으니까 내보내려는 것이며, 그것은 당연한 처사다.
  내가 중학교 3학년 때인가 시골에서 꼭 내 나이만한 또래의 여자애 하나를 누가 우리집에 데려다 준 적이 있었다.
  초등학교만 졸업하고 시골 친척집에 얹혀 있던 고아아이인데 키우면서 부려먹다가 시집이나 보내달라고 엄마에게 맡긴 것이다.
  요즘은 이런 아이를 구하기가 하늘의 별따기 보다 어려운 때다.
  우리집에 드나드는 생선장수 아줌마가 시골 동네에 있는 그 아이 얘기를 하였을 때 엄마는 당장 데려오라고 하였다.
  왕복 차비까지 그 자리에서 선뜻 내주었다.
  왕복 차비래야 파출부 하루 쓰는 값 정도니 엄마로선 다 계산해서 한 일일 것이다.
  데려온 아이는 첫눈에 괜찮아 보였다.
  하지만 밤에 아이는 머리와 온 몸을 몹시 긁었다.
  머릿속을 보니 온통 헌데 투성이고 몸에도 긁어서 터진 굵은 부스럼 자국이 많았다.

피부병이 있는 것 같았다.
엄마의 얼굴은 당장 질색이 되어버리고 말았다.
나는 엄마에게 종합병원의 피부과에 아이를 데리고 가서 병을 고쳐 주자고 졸랐다.
아이가 너무 불쌍하게 느껴져서 내 가슴에서 피가 흐르는 것 같았기 때문에 나는 엄마에게 눈물로서 애걸했다.
종합병원 피부과에 데리고 가서 잘 치료만 받으면 괜찮아 질 것 같았다.
그리고 나서 뒤늦게 나마 들어갈 수 있는 야간 중학교나 종합고등학교 같은 데 아이를 넣어주자고 나는 엄마에게 얼마나 애원했는지 모른다.
엄마도 아이가 딱하다고는 생각하는 눈치였다.
그래도 엄마의 답변은 끝까지 "안 돼"였다.
"세상에 불쌍한 사람들이 한 두 사람이니? 그 사람들을 우리가 다 어떡하니?"
"엄마 누가 세상의 불쌍한 사람들 모두를 엄마한테 돌봐주라고 했어? 우리가 돌볼 수 있는 사람 하나를 돌보아 주자는 거야. 엄마."
엄마의 마음을 어떻게든 돌려보려는 궁여지책으로 나는 "엄마는 성당 다니잖아?"라고까지 해 보았으나 "난 성당 다녀도 이 일만은 못한다" 하면서 기어코 아이를 닷새만인가 데려왔던 아줌마의 손에 다시 돌려주어 제 고향으로 되돌아가게 했다.
병든 몸으로 울면서 돌아가는 아이를 보고 나서 열여섯짜리 나는 며칠을 두고 울었다.
내가 고분고분 엄마를 따라서 성당에 나가지 않는 이유는 이런 저런 일들이 합산되어 내 마음 안에 쌓여 있기 때문이다.
그 몸에서 난 딸로서 엄마를 사랑하지 않을 수 없는 것은 사실이지만 내 엄마의 것들이라 하여 엄마의 모든 것을 다 내안에 수용할 수는 없다.
 "너는 도대체 우리 식구니 아니니?"
 내가 또박또박 사리를 따져 던진 말들이 오히려 엄마에겐 섭섭하기만 한 모양이다.
 엄마의 위로 받고자 하는 마음은 이해하지만 분해하는 엄마의 마음을 부추겨 나도 같이 회사를 헐뜯는다 하여 엄마의 마음에 위로가 될 수도 없다. 그리고 아빠를 내쫓은 회사가 아빠를 다시 불러줄 리도 없다.
 아무도 원망하거나 미워하지 말고 우리는 우리에게 닥쳐온 이일을 견디어 나가야만 한다. 그것이 내가 생각하는 바의 현명이다.
 "가족이라는 게 뭐냐? 아플 때 같이 아파하고 괴로워할 때 함께 괴로워해야 하는 게 아니니? 너는 어떻게 회사 편을 들고나서니?"
 "누가 회사 편을 들고나서요? 지금 여기엔 가해자도 피해자도 없다는 거죠. 철저한 이해관계 속 아니에요? 아빠는 그동안 회사한테 주었던 만큼 충분한 댓가를 받았고 이젠 더 이상 아빠가 회사가 필요로 하는 것들을 줄 수 없게 되었으니까 당연히 물러 나와야 하는 거 아니에요? 엄마는 지금 누구에게 동정을 구걸하고 있는 거예요?"
 "넌 너무 똑똑하고 따지는 게 언제나 탈이다."
 그때 안방과 미닫이로 이어져 있는 침실 쪽에서, 그만들 해 둬! 라고 하는 아빠의 목소리가 들렸다.
 그 목소리 안엔 엄마 편을 두둔하고 내게 대하여는 약간 괫씸해 하는 기색이 묻어있다. 아빠는
 "영희 말이 맞아. 난 이제 회사에서 쓸모가 없게 된거야. 영희는 그만 올라가 자거라."
 라고 말한다.

순간 나는 아빠의 상처를 건드린 것이 너무 아프다고 느껴졌다.
옳은 소리라 해도 나중에 다른 기회에 할 걸 그랬다는 생각이 든다.
버림받는다는 일이 여간 쓰라린 일이 아닐텐데 …….
그동안 아빠가 회사에 붙어 있어 볼려고 얼마나 안간힘 해 왔는지 나는 그동안 엄마를 통해 들어왔다.
아빠의 방을 없애고 책상과 의자를 치우고 그런 속에서도 아빠는 인간으로서의 최대의 굴욕을 참으며 필사적으로, 마치 천야만야한 절벽의 바위 벼랑에 매달려 있는 사람이 필사적으로 버티듯이 그렇게 회사에서 안 떨어지고자 하였었다.
아빠에겐 회사를 떠난 자신의 삶을 도저히 생각할 수가 없었는지도 모른다.
그런 아빠의 등을 회사는 기어코 밀어내고 말았다.
지금 아빠의 심정이 어떠할지, 다른 사람들에겐 그토록 인정스러운척하는 내가 아빠에 대해서만은 언제나 몰인정스러웠던 것이 사실이다.
나는 아빠를 너무 큰 사람으로 여겨왔는지 모른다. 나의 동정 따위는 전혀 필요 없다. 내가 보아온 아빠는 언제나 돈도 잘 벌고 다른 사람들에게 대우도 받고 부하들도 있었으니까. 그러나 지금은 다르다.
아빠가 듣고 있는 데서 너무나 모진 말을 해버리고 말았다고 뒤늦게 깨달아진다.
"아빠 힘내세요!"
건너 방에 상처받은 짐승처럼 웅크리고 누워있는 아빠에게 나는 그렇게 소리를 질렀다.
"회사가 아빠를 버린게 아니고 아빠가 회사를 버렸다고 생각하세요!"

"그래 알았다. 어서 올라가 자거라."
 아빠의 목소리 안엔 실의와 열등감이 꽉 잠겨있다. 내가 애써 만들어낸 위로의 말들을 파리를 쫓듯이 밀어 내려한다. 몹시 힘이 들어 혼자 있고 싶어하는 것 같다.
 오늘은 그럴 수 있겠다고, 생각하면서도 나는 아빠가 너무 깊은 곳을 걷어 채인 것 같다는 막연한 불안감에 사로잡혔다. 며칠 지나면 나아지겠지. 그때 마침 큰언니에게서 전화가 와서 엄마가 받는 동안 나는 안방을 물러 나왔다.
 큰언니의 전화를 받는 엄마의 뒤꼭지엔, 봐라, 언니는 이렇게 가족을 생각하고 있지 않니? 하는 시사가 묻어있다.
 그러나 내 눈에 엄마의 뒤꼭지가 그렇게 초라해 보이긴 처음이었다.
 새옷과 낡은 옷의 차이처럼, 어제와 완연히 다른 그 무엇이 엄마의 뒤꼭지엔 묻어있었다.
 이미 몇 달전부터 선고 돼오던 일인데도 바로 어제까지만 해도 엄마의 모습은 오늘과는 달랐었다.
 구박을 받았으면서도 아빠가 회사에 있을 때엔 엄마의 뒤꼭지가 저렇진 않았었다.
 그까짓 회사에서 그만 일해달라고 한다해서 집안식구가 모두가 이렇게 마치 삶의 한가운데에 폭격이라도 당한 듯이 되어버리는 것에 대하여 나는 약이 올랐다. 그러나 회사를 통하여 우리가 누려왔던 것이 컸던 만큼 지금 그것을 잃어버리고 난 때의 상실의 폭도 큰 것은 당연한 일이다.
 새벽 3시까지 나는 잠을 이루지 못했다.
 치명타를 입은 짐승처럼 끙끙 앓고 있는 아빠의 신음소리가 아래층으로부터 2층 내가 자는 방 내 귀에 까지 들려오는 것 같았다.

오늘밤 아빠가 누워있던 미닫이문 너머의 침실 안이 왠지 캄캄한 굴 속 같아 보이던게 자꾸만 내 마음에 걸렸다.

30여년을 일해오던 직장에서 물러났으니, 압착제로 붙였던 몸을 뜯어낸 것만큼이나 아프고 다른 데 가서 붙거나 혼자 선다는 일이 아직은 엄두가 나지 않겠지——.

아빠가 잘 지내오는 동안엔 한 집안에 같이 살면서도 건성건성 지나쳐 왔는데 막상 저렇게 아빠가 아주 회사에서 쫓겨나 쓰러져 누운 걸 보니까 내 마음은 그게 아니다. 내가 아빠의 피의 일점이라는 게 이렇게 명백해 보일 수가 없다.

좋을 때보다 왜 꼭 이렇게 고통이 닥쳐야 상호간의 애정의 확인이 되는 것인지 모를 일이다.

서로 사랑한다는 것을 확실하게 깨닫기 위하여 잠시 이런 시련을 당해 보는 것도 좋은 일이다라고도 생각해 본다.

오늘은 첫날이니까 그렇지, 차츰 좋아지겠지——.

인간은 주어진 모든 상황에 결국 순응하게 되는 법이니까.

지금 직장을 잃은 사람은 아빠만이 아니다.

IMF한파 이후 많은 사람들이 일자리를 잃고 있고 특히 아빠처럼 나이든 중역급 임원들의 목은 단두대의 제 일렬에 세워져 아직 붙어있는 목들이 떨어지는 것도 시간문제일 뿐이라는 소리를 들었다.

연숙이 아빠뿐 아니라 내 아는 친구들 아빠들도 대부분 목이 잘리었고 그중엔 먼저 있던 회사보다 조금 못한 회사에 다시 취직을 한 사람들도 있지만 그냥 계속 놀고 있는 사람들도 많다는 것도 나는 알고 있다.

아빠는 그들보다는 훨씬 늦게 당한 셈이다.

아빠는 회사에서 워낙 신임을 받아온 터라 끄떡없다, 라고 처음엔 내내 말해 오던 엄마가 요 몇 달 전부터 갑자기 다른 내용의 말을 풀썩풀썩 내뱉기 시작했다. 그래도 나는 건성으로 들었었다. 설마 했었다.

아빠가 그동안 몹시 아프셨겠구나, 라는 생각도 이렇게 막상 되고 나니까 내가 되짚어 해보는 생각이지 엄마로부터 그 얘기를 전해듣고 있었을 때엔 그다지 심각하게 들리지가 않았었다.

아빠의 큰 담이 이렇게 쉽게 허물릴 수 있다라고 나는 믿지 못했었다.

그러나 이일을 너무 큰 사건으로 생각할 것은 없다.

살 길이 당장 막연한 것도 아니다. 되도록 대수럽지 않은 일로 생각하고자 하여도 자꾸만 뭔가 내 안에서 쪼그라들고 초라해지는 느낌이 들어오는 것을 피할 수가 없다.

나 역시 이 집의 한 식구로서 함께 누려왔던 것들이 분명 있었다는 증거다. 그러나 예전에 이집에서 함께 누려오던 것들 속으로 다시 돌아가고 싶다는 생각은 들지 않는다. 비록 아빠의 상심에 대해서만은 같은 피의 일원으로서 함께 아파하기를 기꺼이 내가 허락한다하여도 이젠 잃어버린 과거의 것들에 대한 큰 미련은 없다.

새로운 곳을 향하여 나는 출발하고 싶다.

젖꼭지에 매달리듯 상호씨에 대한 상념 속으로 파고들려 하며 나는 잠을 청했다.

제2장

　나는 크리스마스 카드를 몇 장 사려고 동네 문방구에 나갔다.
　크리스마스가 내일 모렌데 온 세상이 우중충한 게 하늘도 이미 은총의 문을 닫아버린 듯한 분위기였다.
　불경기 때문만도 아닌 것 같았다.
　백화점엔 고가의 외제품들이 불티나듯이 팔리고 올해의 상가 연말경기는 IMF이전의 예년 경기에 거의 육박한다는 보도도 있었다.
　나는 일년 중 크리스마스 즈음 때를 가장 좋아해 왔었다.
　특히 어릴 때 아빠의 직장을 따라 몇년간 남쪽 소도시에 가 있었던 동안, 그 동네에 붉은 벽돌로 지은 아주 작은 성당이 있었는데 그때 엄마를 따라가 본 성당 안의 성탄차림은 아직도 내 안에 평화와 거룩함과 행복이라는 의미로 새겨져있다. .
　구유 안의 아기예수님, 성모마리아, 성요셉 그리고 양치는 목동들, 양들, 제대 옆에 차려져 있는 베들레헴 마구간의 모습이나 하얀 솜과 별과 무수한 색등들이 달려있던 아름다운 크리스마스트리, 성탄꽃꽂이 등 당시의 성당 풍경들이 나에겐 너무 좋았었다.
　크리스마스 때 부르는 성가들도 너무나 좋았었다. 듣기가 내 어린 귀에 너무나도 좋다, 라고느꼈었다.
　〈글로리아……글로리아…….〉
　하늘엔 천주께 영광, 땅에서는 마음이 착한 사람들에게 평화라고 성당 안에 써 붙여 놓은 금색 글자들도 내게는 참으로 좋아 보였었다.

성당의 색유리의 창들도 크리스마스날밤엔 더욱 신비롭고 아름답게 보였었다. 눈이 오는 크리스마스날밤엔 성당뾰족지붕이나 교회의 빨간 지붕 위에 하얗게 눈이 쌓여 영락없이 크리스마스카드에 나오는 한장의 그림 같았었다.

  신앙심은 없었지만 나는 이때의 성당 안에서 무언가 천상적인 것, 빛, 은총이란 말로 밖에 표현될 수 없는 그런 어떤 느낌과 만나곤 나의 온 가슴과 온 몸이 갑자기 환해지고. 내 자신이 좀 거룩해지고 행복해지는 것처럼 느끼곤 하였었다.

  이맘때가 되면 온 세상을 떠들썩하게 만드는 크리스마스캐롤도 나는 좋아했었고 번쩍번쩍 무수한 네온사인들이 상점들이며 큰 건물들을 더 번쩍거리게 만들어주는 것도 공연히 좋았었다.

  그 밝음과 그 찬란함과 그 명랑함과 그 경사스러운 축제의 분위기가 나는 좋았었다.

  그런데 언제부터인가 모르게 이때가 되어도 그런 분위기가 내 피부에 와 닿지를 않는 것이었다.

  크리스마스캐롤도 슬그머니 사라지고 트리가 보여도 옛날 같지가 않고 왠지 우중충해보이는 것이다.

  내가 어릴 때 남쪽 소도시에서 보았던 그런 성탄때의 성당의 모습도 이젠 돌아갈 수 없는 땅처럼 나의 곳들 어디에서도 찾을 수가 없는 것이었다.

  어쩌다 혹시 그리운 것들을 만날까하여 지나는 길에 한번 성당이란 곳엘 들어가 봐도 그때의 분위기가 아니었다.

  어릴 때 내가 나의 어린 온몸으로 맞이했던 그 빛남과 환희를 다시 만날 수가 없는 것이었다.

  상호씨에게도 나는 그 얘기를 했고 상호씨 역시 어릴 때 그가 할머니를 쫓아 다니던 시골성당 안에 그 즈음엔 얼마나 그리운 것들로 가득차 있었던가를 나에게 얘기해 주었다.

"영희야 혹시 이래서가 아닐까? 지나간 것들은 모두 그리워지는 법이니까. 그리고 특히나 우리의 어릴 때의 마음은 지금 보다 더욱 순수하고 감수성이 예민했었으니까 그때 보던 것들이 더욱 깊이 우리 안에 찍혀 있고 같은 모습이래도 그때가 더욱 아름답게 보였던 것이 아니었을까! 맑은 물에 비친 산이 혼탁한 물 속에 비친 산보다 더욱 아름답고 깨끗해 보이듯이……."

그럴지도 모른다고 생각하지만 이맘때가 되어도 그 즐거운 크리스마스캐롤의 홍수가 거리를 더 이상 메우지 않게되었고 트리도 네온사인도 찾아보기 힘들게 되어버렸다는 것은 분명한 현실이다.

이맘때엔 한줄기의 물줄기가 터지듯 환희와 행복의 물줄기가 하늘에서 쏟아져 사람들의 우중충하고 메마른 가슴들을 한껏 적셔주었으면 좋겠다. 그런데 온 하늘이 먹장 같은 구름으로 꽉 덮혀 있는 것처럼 세상이 온통 우중충해만 보인다.

어느 곳 하나 경사스런 축제의 분위기가 터져 나오지를 않는다.

문방구에서 팔고 있는 크리스마스카드의 그림들 안에서도 나의 기억 속에 있는 크리스마스의 풍경들은 어느 덧 찾아볼 수가 없어져 버렸다.

베들레헴 마구간도 구유안의 예수님도 성모마리아도 성요셉도 양치는 목동들도 동방박사들도 십자가가 달린 빨간 교회지붕들도 그리고 그 빨간지붕들 위의 흰 눈도, 크리스마스카드라고 팔고있는 종이들 위엔 이런 그림들이 하나도 없었다.

코끼리, 곰 등의 동물들의 그림이거나 빨간리봉 등 크리스마스와는 전혀 관계없는 아주 메마른 그림들뿐이다.

그리스도의 탄생을 기리는 날이 크리스마스인데 크리스마스카드라고 팔고 있는 곳들 안에 여기에 관한 그림이 전혀 없다는 것이 문득 놀랍다.

무언가 세상이 뒤집혀가고 있는 게 아닐까?

있을 것이 제대로 제 자리에 있지 않고 모두가 뒤집혀 있는 것만 같다.
"크리스마스카드가 뭐 이래요? 성스러운 그림들은 하나도 없네요."
나는 이것저것 뒤적거려보다가 마음에 드는 그림을 찾지 못한 채 쪼무래기 아이들에게 물건을 싸주고 있는 주인여자에게 말했다.
"벌써 언제부터인데요? 요새는 크리스마스카드들중에 옛날 같은 것 안 나와요. 그런 그림이 있는 걸 원하시면 성물센타 같은 데 가서 찾아보세요."
"꽃이나 종이나 촛불 같은 그림도 없나요?"
"그런 것도 없어요."
그래도 몇 장 사 가지고 나올까 하다가 다소 분기(忿氣)가 일어난 마음으로 그만 두고 나와버렸다.
그렇다고 성물센타까지 갈 성의는 없다.
카드를 사겠다는 계획은 일단 포기하자. 해마다 안 해왔던 일인데. 올해는 아빠가 저렇게 됐으므로 그냥 편지를 써서 드리는 것보다 예쁜 크리스마스카드를 사서 가벼운 선물과 함께 거기에 몇 마디 글을 적어서 드리고 싶었다.
상호씨에게도 두 언니와 남동생 영환이에게도, 나의 영문과 친구 몇에게도. 그러나 공연히 한번 먹어봤던 마음으로 하자.
문방구에서 본 온통 메마른 그림들 때문인지 이번 크리스마스는 더욱 더 나에게 삭막하게 느껴진다.
아빠가 지난 거의 한달 동안 집에만 들어앉아 있는 것도 내 마음에 상당한 짐이 되고 있다.
지난 거의 한달 동안 아빠는 단 한번도 외출한 적이 없다.
안방에서 TV를 보다가 밤이면 침실에 들어간다.
잠은 잘 못 주무신단다.

운동량이 전혀 없으니 더욱 그럴게다. 고단해야 잠이 쉽게 들텐데……그래서 엄마는 아빠에게 자주 나가서 등산도 하시고 운동클럽에도 나가시라고 채근하지만 아빠는 아직 그럴 생각이 없는 모양이다.
 골프 회원권도 갖고 있지만 거기 나가면 사람들하고 만나기가 싫은 모양이다.
 그동안 회사 사람들이나 알고 지내던 사람들에게서 전화는 여러번 왔지만 막상 아빠를 집까지 찾아온 사람은 채 열명도 되지 않는다.
 아빠는 세상에 나가서 아직 누굴 만날 생각이 없는 것 같았다.
 엄마는 아빠에게 성당에 한번 나가보자는 권유도 하는 듯 했지만 아빠는 세상일엔 근면 성실한 사람이지만 그쪽엔 큰 관심이 없었던 사람이다.
 특히 아빠 성격으로는 평소엔 잘 부르지 않다가 이렇게 자신의 입장이 궁해지니까 〈하느님〉을 찾는다는 것이 염치없는 일이다, 라고 생각 될 것이다.
 그 정도는 나는 아빠를 안다.
 예전엔 거실의 난들이나 소철따위의 화초들에 큰 관심을 가지고 시간만 있으면 돌보던 분인데 그일에도 전혀 관심이 없었다.
 침실에 화장실이 붙어있으므로 거기서 세면이며 모든 볼 일을 다 끝내고 거의 방밖으로 나오려 하지를 않았다.
 딸 셋에 막내로 얻은 아들 영환이가 인사를 하면 겨우 받을 정도이고 식사도 평소의 반도 안 드신다.
 그것은 일을 안하고 집에서 쉬기만 하고 있으니까 당연하지만 내 눈에 보여지고 있는 아빠의, 점점 되어가는 모습은 예사롭지가 않다. 틀림없이 아주 큰 칼을 아빠의 깊은 곳에 맞았음이 틀림없다라고 느껴지는 바로 그것이다.

아빠에게 가장 컸던 상처는 어떻게든 더 회사에 남아 있어 보려고 버티었던 두달 동안에 당한 그 모진 굴욕에 있었던 것 같았다.
나가라는 싸인을 회사가 주었을 때 당장 그냥 나왔으면 이렇게까지 아빠가 깊은 상처를 받지 않았을 텐데 그때 포기하지 못하고 어떻게든 붙어있어 보려고 버티면서 당했던 수모가 아빠에게 치명적인 상처를 준 것 같았다.
자신의 비굴함에 대한 회한이 뼈에 사무쳐 거기에서 오는 분노와 치욕감의 쇠몽둥이를 아빠는 계속 자기 안에서 맞고 있는 것 같았다.
내가 이렇게 유추하고 있는 까닭은 아빠가 몹시 자존심이 센 사람이고 체면을 중시하는 사람이기 때문인 것이다.
그런 아빠가 그런 일을 자행했다는 것은 자신에게 얼마나 반하는 일을 아빠가 강행해왔던 일인가를 나는 충분히 알 수 있으며 거기에 대한 반동이 지금 얼마나 클것 인가도 나는 충분히 추측할 수 있었다.
내어쫓겼다는 굴욕감과 거기에 대하여 자기가 얼마나 비굴하였는가에 대한 또 하나의 지독한 굴욕감, 그 이중의 굴욕감 안에 쓰러져 아빠는 도저히 일어날 수가 없는 것이다.
아내나 자식들의 얼굴도 부끄러워 제대로 바라볼 수가 없고 다시 일어설 자신감도 없어진 것이다.
아빠가 집에 계신 뒤부터 나는 집에서 나가며 들어오며, 아빠 다녀오겠습니다. 다녀왔습니다, 라고 특별히 인사를 하려 하였고 영환이 역시 그랬다.
그러면 아빠는 애, 애, 알았다, 알았다, 하면서 마지못해 인사를 받을 뿐 오히려 부담스러워 하는 눈치였다.
사실 우리들이 그래봤자 아빠에겐 아무 도움도 줄 수 없는 일이라는 것을 알고 있지만 그렇다고 우리로서는 아무런 일도 안 할 수는 없는 노릇이었다.
 큰언니는 제약회사에 다니는 형부와 한번 다녀갔고 작은언니는 전화만 몇번 했다.
 남편과 같이 오겠다는 것을 엄마가 말리는 것 같았다.
 상갓집 같은 이집 분위기에 그들이 맞지를 않는다라고 엄마는 판단한 모양이었다.
 내가 문방구에 나갔다가 막 집에 들어서는데, 전화왔다! 하는 엄마의 목소리가 들려왔다.
 연숙이였다.
 "얘. 지금 빨리 나와봐, 택시 타고."
 무슨 일이냐고 물었더니 연숙이는 지금 택시를 타고 무슨 극장 앞으로 빨리 오라는 것이었다.
 이 영화는 곧 중단이 될 것이기 때문에 지금 빨리 와서 봐야만 한다는 것이었다.
 무슨 영화냐고 물었더니 연숙이는 하여튼 빨리 와보라면서 전화를 끊어버린다.
 무슨 영화인지는 모르지만 연숙이와 같이 영화 한편을 보고 저녁을 먹고 차를 마시며 얼마동안 노닥거리다가 들어올 생각으로 나는 거리로 나와 택시를 잡았다.
 그 일이 너무 마음에 들어 나는 잠시 아무 근심도 없는 사람처럼 되어버리고 말았다.
 영화 본지도 몇 달이 지났다.
 연숙이가 시키는 대로 택시를 타고 K극장 앞에 오니까 연숙이가 서 있다가 반색을 하면서 내가 내리는 택시 앞으로 다가왔다.
 날이 흐려서 이미 저녁 무렵처럼 보이는 다섯시 경의 극장 앞엔 줄이 죽 서있었다.
 간판 위의 제목을 보았지만 들어보지 못했던 영화제목이었다.

한국영화였다.
꽤 유명한 영화인가 보았다. 이렇게 줄을 서서 사람들이 기다리고 있는 것을 보면.
연숙이가 이미 내 표까지 샀으므로 우리들은 나란히 줄 속에 끼어 섰다.
극장 복도에 들어가서 까지도 나는 전혀 다른 기색을 눈치채지 못했다.
여늬영화와 특별히 다르다고 느껴지는 것이 하나도 없었다.
관객들도 여늬영화 관객들과 별 차이가 없어 보였다.
영화는 이미 상영되어 있었다.
캄캄한 속에서 자리를 찾느라 경황이 없었던 나는 극장 안에 들어와서 조금 지나고 나서야 화면에 시선의 초점을 맞추었다.
화면을 가득 채우고 있는 것이 처음엔 무엇인지를 나는 전혀 알지 못하였다.
예상치 않고 들어왔던 장면이라 처음엔 테입이 풀리지 않는 기계처럼 나의 인식작용이 방금 나의 시야 안에서 벌어지고 있는 상황에 대한 설명을 나에게 제대로 하여 주지를 못했기 때문이었다.
어리둥절해서 바라보고 있는 어느 순간에야 나는 그것이 남자와 여자의 성기가 맞붙어 있는 것이라는 것을 알아내었다.
왠지 그 순간 나는 얼른 내 주위에 앉아 그것을 보고 있는 관람객들의 표정을 살펴보았다. 대부분의 사람들은 숨을 죽이고 그것을 바라보고 있었다.
킥킥 웃음을 터뜨리는 사람들도 있었다.
화면은 계속 그런 장면들만을 이어서 보여 주고 있었다.
스토리도 별로 없고 대사도 없었다.
남자와 여자가 만나면 여관으로 가서 옷을 벗는 것이었다. 온갖 기괴한 행태가 다 연출되고 남자가 남자끼리 여자가 여자끼리의 장면도 동강난 무 양쪽을 카메라 밑에 들여대듯이 그렇게 적나라하게 보여 주고 있었다.
 나와 얼마 멀지 않는 곳에 있던 어떤 여자애 하나가 울음을 터뜨리면서 뛰어나가는 게 보였다.
 나보다 조금 나이가 어려 보이는 여학생이었다.
 사형집행장에 들어와 아주 처참한 극형장면이라도 본 듯이 견디다 못하고 뛰어나가는 몸짓으로 그 아이는 뛰어나갔다.
 나는 도대체 내가 보고있는 것이 무엇인지나 알아야겠다는 생각을 하면서 조금 더 버티고 앉아있었다.
 화면의 주인공들은 나보다 더 나이가 어린 아이들 같았다.
 수치감이나 죄의식이나 부끄러움 같은 내색은 전혀 보이지 않고 마치 조종되고 있는 인형들 같았다.
 인간이란 존재 안에서 다른 것들은 모두 탈색 추출해내고 오직 그곳의 기능만 남아있는 존재들 같았다.
 보고있는 동안 누군가 내 목에 손을 집어넣는 것처럼 메슥메슥한 헛구역질이 자꾸만 내 안에서 올라오기 시작했다.
 나는 그 이유를 알 수가 없었다.
 다른 사람들은 땀을 흘리듯이 몰두하여 바라보고 있었다.
 나는 어릴 때부터 뱀을 제일 싫어해 왔다.
 누가 나에게 세상에서 제일 싫어하는 게 무엇이냐고 묻는다면 나는 언제나 뱀이 제일 싫다라고 거침없이 말할 수 있었다.
 간혹 잡지에서 외국 여배우들이 벌거벗은 전신에 뱀을 칭칭 감고 찍은 사진이나 혹은 뱀을 손에 들고 애완동물처럼 쓰다듬고 있는 사진을 볼 때면 나는 진저리가 쳐졌다.
 내가 그렇게 본능적으로 뱀을 싫어하는 이유에 대하여 나는 가끔 생각해 보곤 하였는데 혹시 그것이 내 몸안에 있는 원죄라는 것 때문이 아닐까 하는 추측까지 하여보곤 하였었다.

그만큼 뱀에 대한 나의 혐오감은 내가 생각해도 극심하였었다.
 뱀에게 물린 적도 없고 뱀을 특별히 싫어할 이유도 없었는데 나는 내가 그렇게나 뱀을 싫어하는 이유를 납득할 수 없었다.
 성하의 산 숲이나 들길을 그토록 좋아하면서도 그안에 뱀이 있을 것을 생각하면 나는 언제나 마음 한 편이 늘 시무룩해지곤 하는 것이었다.
 그리고 뱀을 싫어하는 것이 비단 나 혼자만의 경향이 아니고 많은 사람들이 다 그러하므로 여기엔 필경 어떤 원초적인 까닭이 있지 않을까 생각해 보다가 나는 혹시 그 이유가 누구나 다 알고 있듯이 뱀의 꾀임에 빠져 이브가 죄를 저질렀고 그러는 바람에 인간이 행복했던 낙원을 쫓겨나 불행해 졌기 때문이 아닐까 그래서 우리 영혼 안에 뱀에 대한 어떤 본연적인 반감이 서려 있는 것이 아닐까……그렇게도 생각해본 것이었다.
 그러면서도 나는 이상하게도 동물원에 가면 꼭 뱀이 있는 곳을 찾아가 보곤 하였다. 다른 곳은 빼놓더라도 뱀이 있는 곳만은 꼭 들려오곤 했었다.
 그렇게 싫어하는 뱀을 내가 왜 그렇게 보고싶어하는지 나는 나의 그 이율배반적 심리를 이해할 수가 없었다.
 나는 뱀의 우리 앞을 찾아가 철망 울타리 밖에 서서 철조망 속에 둘둘 몸을 말고 혀를 낼름거리고 앉아있거나 긴 몸으로 바닥을 서서히 기고 있는 그 징그러운 것들을 한참씩 바라보곤 했었다. 그런데 언제부터인가 이상스럽게도 둘둘 몸을 말고 앉아 있는 그 뱀들이 나의 눈에 꼭 똥무더기들로 보이기 시작하는 것이었다. 큰 자배기만큼이나 크게 싸놓은 똥무더기들로 보이는 것이었다.
 바라보고 있으면 느글느글 토할 듯 해져서 결국은 나는 그 앞을 물러나곤 했었다.
 왜 나의 눈에 그것들이 똥무더기로 보이는지 그 이유를 나는 알 수가 없었다.
 그런데 지금 화면 속에서 벌거 벗고 엉켜있는 남자와 여자 두 주인공의 몸들이 나의 눈엔 꼭 동물원의 우리 안에 또아리를 틀고 있는 뱀의 몸들처럼 보이는 것이었다. 그리고 그것들이 또 내 눈엔 자배기만큼이나 푸짐하게 싸놓은 똥무더기로 보이는 것이었다. 점차 그 똥무더기는 화면 안에만 있지 않고 화면 밖으로 쏟아져 나와서 바라보고 있는 내 두 눈으로 내 코로 내 입으로 꾸역꾸역 기어 들어오는 것이었다.
 온통 내 온몸의 구멍이란 구멍은 다 통과하여 그 똥덩어리가 내 안으로 꾸역꾸역 밀고 들어오고 있었다.
 아무리 피하려 하여도 잘 피해지지가 않았다. 마치 자동문이 열리듯이 내 안에서 저절로 문이 열리고 그리로 똥덩어리가 밀고 들어와 나는 도저히 계속 앉아있을 수 가 없었다. 저 쪽에 앉아 있던 남자 둘이 일어서서 나가는 뒤를 따라 나는 기어코 극장 안을 나와버리고 말았다.
 복도엔 다음 상영을 보기 위한 사람들이 붐비고 있었고 밖엔 표를 사려는 사람들이 우리가 들어갈 때보다도 더 길게 줄을 서 있었다.
 나는 울렁거리는 속을 쏟아낼 요량으로 빨리 버스길로 나가서 남들 눈에 띄지 않는 곳에다 기어코 토해 놓고 말았다.
 다행히 점심을 먹은 뒤 아무 것도 먹은 것이 없었으므로 빈속에서 맑은 물만 조금 토해져 나왔다.
 기분 같아선 똥이 꾸역꾸역 안에서 계속 토해져 나올 것 같았다. 한참동안이나 거기 앉아 계속 온몸의 구멍이란 구멍으로 다 똥을 먹고 있었으니 그것을 뱉어내려면 한참은 걸려야 할 것 같았다.
 나를 따라 나온 연숙이는 내가 하는 양을 보고 키득키득 뒤에서 웃고 있었다.
 웃고는 있지만 약간의 미안스러움과 수치감이 곁들여 있는 풀죽은 웃음이었다. 그러면서도
 "재미있잖아, 우리가 이런 영화를 어디가서 볼거야? 곧 상영정지처분이 내린데. 그래서 너를 허겁지겁 불러 낸거야."
 나는 아무 말도 하지 않았다.
 거기 앉아서 꾸역꾸역 똥을 먹고 앉았던 것은 다름아닌 바로 나자신이었기 때문이었다.
 속이 계속 메슥메슥 하였기 때문에 나는 걸으면서 몇번이나 헛구역질을 다시하였다.
 "니가 좋아하지 않을 줄은 알았지만, 그렇지만 너 너무 티내는 거 아니니?"
 연숙이는 내가 아무 말도 하지않고 있는데 대항하여 약간 성을 내는 어조로 말했다.
 자신의 무안을 감추려는 의도도 숨어 있었다.
 고등학교 때부터 대학교에 들어와서까지 연숙이와는 계속 가까이 지내고 있지만 세월이 가도 우리들 사이엔 좁혀지지 않는 거리가 항상 남아 있었다.
 그러나 친숙감이란 측면에서는 연숙이는 내가 가까이 하고 있는 수명의 많지 않은 나의 친구들 속에서 나에게 가장 월등한 존재였다.
 오랜 친구라 만나면 전혀 긴장감이 들지 않고 그보다 더욱 나에게 중요한 것은 연숙이 편에서 나를 무척 좋아하고 있다는 점이다.
 나를 좋아하고 있다는 사실은 적어도 나자신에겐 몹시 중요한 일이기 때문이다.
 연숙이가 특히 나에게 소중하다면 그것은 그 애가 다른 아이들

보다도 특히 더 나를 좋아하고 있기 때문일 것이다.
　전혀 내가 호의를 끌어보려고 애를 쓰지 않았는데도 나를 좋아하는 사람이 세상에 있다는 것은 언제나 나에겐 무보수로 받는 횡재와 같은 것이었다.
　그리고 연숙이가 나에게 하고 있는 이런 짓, 그러니까 이런 영화를 같이 보자고 나를 끌어내는 일 같은 것, 이것도 따지자면 우리사이의 친근감을 증거하는 행위라고도 볼수 있었다.
　그러므로 밉지는 않았다.
　다만 이애는 나처럼 그 영화를 보면서도 구역질을 느끼지 않고 멀쩡하고 나와서도 길거리에 나처럼 토해내지 않고 키득키득 웃고 있는 것이 나와의 차이다.
　그만큼 우리들 안엔 본질적인 거리가 있는 것이다.
　그래도 우리들에겐 우리 둘이 함께 할 수 있는 것들도 많았다.
　그러기 때문에 우리는 여전히 친구로 지낼 수가 있는 것이다.
　키는 나와 비슷하지만 나보다는 몸집이 약간 더 오동통한 연숙이다. 우리나이 또래의 아이들에겐 내가 더 예쁘게 보이지만 나이 많은 이들의 눈엔 연숙이가 더 예쁘게 보일 수도 있다. 그럼에도 연숙이는 언제나 나와의 경쟁대상에서 자신을 제외하고 나보다 낮은 자리를 택하므로서 나와 자기를 동시에 편안하게 만들어주며 또한 그러므로서 나와의 우정을 꾸준히 유지해 나가고 있다.
　그만큼 영리한 아이다.
　"내가 티낸다고 생각하니? 일부러 내가 헛구역질을 한다고 너는 생각하는 거야? 나는 저런 영화가 싫어, 싫은 것을 싫다고 느끼는 것도 위선이니?"
　"거기 사람 많은 것을 봐!"
　"사람이 많다고 해서 내가 그들과 똑같아야 한다는거니?"
　"유명한 외국영화제에 나가서 상도 받았대."

내가 제일 못 견디겠는 것은 많은 사람들이 생각하고 있는 방향으로 나의 생각을 강박당하는 일이다.
"그래서?"
나도 생각할 권리를 가지고 태어난 개체의 인간이다
다른 사람들이 자신의 생각을 가질 수 있듯이 나도 나의 생각을 가질 수 있는 것이다. 이것이 바로 인간의 존엄성이란 것이며 누구도 막을 수 없다.
"저 영화는 똥이야! 똥! 너와 나는 똥을 먹은 거야!"
언제나 어느 정도의 거리감을 내 안에 감수하면서 만나온 연숙이지만 오늘은 그 애가 더욱 더 나에겐 이물질로 느껴진다.
연숙이 보다는 도리어 도중에 울고 나가던 그 어떤 나이 어린 여자애와 보다가 중간에 퇴장해 버리던 몇 명의 관객들이 더 나에겐 가깝게 느껴진다.
그래도 그많은 사람들 속에 그런 특별한 사람들도 있었다.
"넌 왜 이렇게 소리를 지르니?"
내가 화를 내면 당장 누그러들고마는 우리들의 오래된 습관대로 연숙이는 찔끔해서 뒤로 물러난다.
"너 벌거벗은 임금님 얘기 알아?"
"그 얘기는 왜 해? 갑자기?"
"거기서 벌거벗은 임금님을 알아보고, 벌거벗었다고 소리지른 건 어린 아이 하나뿐이잖아? 나는 내 눈에 보이는 대로 믿을거야. 내 생각을 버리고 무조건 남의 생각을 따라가는 것, 그것도 일종의 노예야."
"입장료가 아깝잖아? 돈이 아까워서 나는 다 보고 나올려고 그랬어. 사실 나도 놀라긴 놀랐어. 그 정도의 영화인 줄은 몰랐거든."
연숙이가 그만큼만 동조해 주어도 나는 좀 살 것 같았다.
좀 전엔 느글거리고 삭막한 기분이 정말 견디기 어렵다고 느꼈었다.
 빈 속에 약간 토역도 하고 난 뒤라 다소 탈진이 오는데다 밤으로 들면서 부쩍 차진 한기가 내 온몸의 한겹을 홀랑 벗겨내는 것 같았다.
 따사한 찻집에 들어가 차를 한잔 마시고 몸을 녹이고 싶은 생각도 있었지만 그보다는 빨리 집에 가서 눕고 싶었다.
 울렁울렁한 속이 가라앉지를 않는다.
 덜덜 떨려서 더욱 그런 것 같았다.
 연숙이에게서 희재씨 얘기를 듣는 것도 오늘은 재미없을 것 같고 언제나 열에 떠서 연숙이에게 해주었던 상호씨 얘기도 오늘은 하고싶지가 않았다.
 이상스럽게도 갑자기 사랑이란 것이 내 안에서 혐오스럽게 여겨져 쳐다보고 싶지도 않았다.
 사랑에 대하여 내가 평소 가지고 있던 신비감이나 상호씨에 대하여 가지고 있던 나의 아름다운 감정 안에까지 분명 오물이 배여 들어간 것 같았다.
 그것의 선명도를 흐리게 하여주는 어떤 확실한 침투가 내안에서 느껴졌다.
 상호씨에 대하여 내가 가지고 있는 신비롭고 혼곤한 감정들이 다소 허망해 보이고 과장되어 보이기까지 하였다.
 내가 지나치게 꿈을 꾸고 있거나 착각 속에 빠져 있는 게 아닌가 하는 의심마저 일어나는 것이었다.
 조금 전까지도 확실히 믿을 수 있던 것들이 꾸정물 속으로 자취를 감추어버리고 갑자기 내 마음 안이 깜깜해진 게 아무것도 보이지를 않았다.
 영화에서처럼 남자와 여자란 결국 저 짓을 하기 위하여 만나는 것인지도 모른다는 생각까지 들었다.

남자와 여자의 모든 관계에 대한 반감과 혐오감이 솟구쳐 오르고 그런 관계라면 나는 거기서 탈피하고 싶다라는 강렬한 반발마저 내안에서 일어나고 있었다.
　연숙이와 나는 극장에서 나와 얼마를 같이 걷다가 버스정류장에서 헤어졌다.
　연숙이는 전철을 타겠다고 지하도로 들어가고 나는 그냥 남아 버스를 기다렸다.
　집을 나올때의 그 부풀었던 나의 계획들이 수포로 돌아갔음을 생각하면서 나는 어쩌면 우리 인생 안에서 우리가 바라고 계획하는 일들이 모두가 그 곳에 닿아보면 이렇게 다 우리를 실망시킬지도 모른다는, 순간순간 나타나 삶에 대한 나의 열찬 희망을 꺾어버리고 마는, 인생전반에 대한 비관적인 감회에 나는 또 한번 처절하게 사로잡혀버리고 말았다.
　아빠가 집에 죽치고 있다는 사실도 나에겐 아직 익숙해지지도 초월할 수도 없는 일이어서 지금 내 우울의 바탕색이 되어주고 있었다.
　그러나 나의 이런 것은 모두가 일시적인 기분일 것이다.
　갓 스물세살의 나이밖에 안 살아왔지만 아주 어릴 때부터도 나는 벌써 인생이 계속 꾸준히 행복할 수 없다는 사실을 눈치채기 시작했고 그때부터 나는 이미 인생이란 슬픔과 기쁨과 고통과 환희가 엇갈리는 과정이라는 사실을 알아차렸었다.
　집에 가서 한잠 자고 나면 내일은 기분이 아주 달라질 것이다.
　가슴이 쩌릿거리는 좋은 영화 한편을 보고 연숙이와 맛있는 저녁을 함께 먹고 커피를 마시고 부담없이 떠들다가 한껏 가벼워진 기분으로 돌아오리라고 나갔던 길이 불쾌감으로 잔뜩 우중충해져서 무슨 죄나 지은 것처럼 마음이 웅크려져서 돌아오게 되어버리고 말았다. 그런 나의 모습이 한없이 꾀죄죄하고 초라하게 느껴졌다.
 한편 나는 그런 내 자신의 복잡함에 대하여서도 생각해 보았다.
 왜 나는 그곳에 온 대부분의 다른 사람들처럼 그곳에서 끝까지 땀을 흘리며 구경하지 못하였으며 그들처럼 영화를 다 보고 나와서 버젓하게 다방에 들어가 차를 마시거나 레스토랑에 가서 밥을 먹고 좋은 한편의 영화를 본 사람들처럼 의젓한 모습으로 돌아갈 수 없었는가.
 내 안에 있는 그 무엇이 그들과 나를 갈라놓고 있는가. 나만이 왜 그 안에서 그토록 부끄러웠으며 참을 수가 없었으며 토할 듯 해져서 뛰어나와야만 했는지에 대해서도 나는 생각해보고 있었다.
 울고 나가던 그 어린 여자아이의 모습도 내 머릿속엔 떠올랐다. 나처럼 그 여자애도 무슨 영화인지도 모르고 끌려왔던 게 분명했다.
 어쩌면 그녀의 남자친구가 그녀를 속여서 거기까지 끌고 왔을지도 모른다.
 그러나 그녀 안에서 자지러지게 울려대는 자명종 소리가 즉시 그녀를 깨워서 거기서 퇴출시켰을 것이다.
 내가 이렇게 말할 수 있는 것은 사실은 나도 거기서 내 안에서 계속 울려대고 있는 자명종소리를 듣고 있었기 때문이었다.
 내가 꾸역꾸역 똥을 먹고 있는 동안 내 안의 그 자명종은 계속해서 빨리 이곳을 떠나라고——나에게 자지러지게 울려주고 있었다.
 사람은 누구나 자기 안에 그런 자명종을 가지고 있어서 그런 곳에 가면 즉시 울리도록 되어 있는데 많은 사람들 안에서 그것이 고장이 났거나 혹은 핸드폰을 꺼놓듯이 스스로 꺼버리고 있는 지도 모른다는 생각이 들었다.
 거기서 나는 다른 사람들보다는 먼저 나왔지만 그애 만큼 빨리 뛰어나가지는 않았다.

　내 안에서 계속 울려대는 자명종소리를 듣고 있었으면서도 나는 무언가 그 영화 안에서 나를 끌어당기고 있는 것들에 붙잡히어 거기 앉아 있었던 것이다. 나의 몸 전체가 그곳에 반항했다면 나도 당장 뛰어 나왔을 것이다. 그 여자애는 보자마자 울면서 뛰어나갔었다.

　그 여자애와 나와의 거리는 얼마나 될까.

　그러나 내가 길을 택한다면 그애의 뒤이지 결코 거기에 끝까지 앉아있던 다수의 군중 속에 남는 길은 아니다.

　이것은 내가 나의 기준으로 택하는 길이다. 나는 내 자신이 그 누구를 강요하지도 않듯이 그 누구로부터 강요당하지도 않는다. 그리고 나는 다수라는 우상 앞에 무릎 꿇지도 않는다.

　우리 아빠세대나 그 위 할아버지세대나 그 위의 무수한 세대들과 우리가 다른 것은 그들은 남의 나라 속국 국민으로서 혹은 전쟁의 와중에서 그들의 생각을 계속 강박 당해왔지만 우리는 남들의 의견에 강박 당하지 아니하고 자유롭게 우리 의견을 갖을 수 있다는 점이다.

　햄릿은 이것이냐 저것이냐로 오래 고민해 왔지만 나는 다행스럽게도 그렇게 심한 갈등에 계속 빠져 있지 않아도 되곤 하였었다.

　언제나 운 좋게도 그 애와 같은 길잡이가 내 앞엔 나타나곤 하는 것이다.

　내가 갈등에 빠질 때마다 이상하게도 나보다 더욱 선명한 어떤 대상이 반드시 내 앞에 나타나 나를 앞서 달려가고 있는 것이다. 나 하나이었을 때와 둘이 되었을 때의 차이는 내겐 엄청난 것이었다.

　오늘밤에도 그 아이가 내 앞에 앞서가고 있지 않았다면 나의 혼돈과 적막과 고독은 출구를 찾지 못한 채 좀더 오래 계속 되었을

지도 모른다. 그 애가 바로 나에겐 벌거벗은 임금님 동화에 나오는 그 어린아이와 같은 존재다. 어른들은 벌겋게 눈을 뜨고도 자신들이 보고있는 것을 보이는 대로 믿지 못하였는데 어린아이만은 자신이 보고 있는 것을 보이는 대로 믿을 수가 있었다. 그리고 소리 질렀다.

임금님은 벌거벗었다! 라고.

그 아이의 울면서 뛰어나간 행동이 바로 나에겐 그런 것이었다. 그 아이의 그런 행동이 없었다면 나도 어쩌면 내가 보고 있는 대로 믿지 못하였을지도 모른다. 생각할수록 그 아이의 존재가 특별하게 여겨지고 나에겐 큰 친밀감으로 다가왔다. 그런 아이가 이 지구상에 아직 살아있다는 것만도 나에겐 감사했다.

오늘밤의 일이 나에게 이렇게 무겁고 짓누르는 듯한 과중한 느낌으로 오고있는 것은 성애의 노출이 심한 해괴 망측한 영화 한편이 주는 단순한 충격 때문만이 아니었다.

그동안 계속 내가 내겐 맞지 않다라고 느껴온 이 시대의 광풍이 그 극한 점을 그 영화를 통해서 나에게 보여준 듯 하였기 때문이다.

많은 사람들을 휘휘 감아 제 치마폭에 숨기고 점점 더 광범위한 세력권으로 번져가면서 거세게 불어가고 있는 이 시대의 이상한 바람이 나에게만은 참으로 싫었다.

어른들이 그렇게 꾸중하고 있는 소위 운동권이라고 불리어지는 대학생들의 좌경화 운동 보다도 더욱 대학가에 만연되고 있는 동성연애의 열풍도 나에겐 너무나 싫은 것이었다.

동성연애자들끼리 대학 내에서 동아리를 만들고 동성연애자들이 같은 동성연애자들을 찾는 광고가 학교 신문에 버젓이 실리고 학교 담벽에 붙어있는 대자보에도 동성연애자들을 부르는 광고문이 공공연하게 나붙어 있는 것이 나에겐 정말 너무 끔찍했다.

다행이 내가 다니는 학교는 여자 학교라서 그런지 우리 학교엔 아직 그런 것이 없었지만 상호씨가 다니는 학교에도 그런 것들이 붙어있는 것을 나는 직접 내 눈으로 보았다.

수재들만이 다니는 학교라해서 사회의 돈독한 신뢰를 받는 명문 대에서 더욱 그것이 극성을 부린다는 것은 우리들 세대에선 이미 모두가 다 알고 있는 사실이었다.

남자가 여자를 원하지 않고 왜 같은 남자를 성의 대상으로 원하는지 나는 도무지 그 이유가 납득이 되질 않았다.

내 눈엔 그것은 미친 짓이고 괴상하게만 보이는 일이었다.

소돔과 고모라가 망할 때에도 이 동성연애가 극성을 피워 동성연애를 소도미아라고도 부른다는 얘기를 들었지만 그 말을 듣기 전부터도 나는 본능적으로 이 동성연애가 싫었다.

부자연스럽고 끔찍하게 느껴졌다.

그런데 그것이 한 둘이 아니고 명문 대학의 대자보에까지 상대를 구하는 호소문이 공공연하게 나붙고 마치 문학서클이나 스타디 그룹처럼 당당하게 대학 내에서 동성연애자들끼리의 동아리까지 생기고 있는 판이다.

이 시대에 일어나고 있는 이런 괴이한 바람안에, 그 진원지가 어디인지도 알 수 없이 일어난 이 회오리바람 안에 나는 속할 수가 없었으므로 이방인이나 시대의 추방자처럼 나 자신을 느끼며 일말의 고독과 소외감에 시달려 오고있는 중인데 그것이 이젠 아주 그 최후의 얼굴까지 내 앞에 들이댄 것이다.

포르노 영화라는 것이 있다는 것도 나는 알고 있고 본 적은 없지만 음란비디오에 대해서도 듣고 있었다.

그러나 사람들이 은밀히 숨어서 나쁜 짓을 하는 것과 공공연해지는 것과는 다르다고 생각한다.

은밀히 숨어서 부끄러운 짓을 하는 것은 그래도 부끄러운 것을 부끄러운 것으로 인정한다는 증거다. 그러나 이 영화의 경우는, 시내의 대 개봉관에서 버젓하게 해외 무슨 영화제의 수상작이라는 선전문구까지 달고 어마어마한 위엄까지 부리며 나와 있는 것이다. 그리고 그 앞엔 사람들이 장사진을 치고 있는 것이다.

이들 속에 속할 수 없는 한 사람으로서 느껴야 하는 한없는 무기력감과 고독이 내 안에 속속들이 파고들어 마치 나는 세상의 벼랑끝까지 밀려나있는 듯한 느낌이었다.

내가 집 짓고 내가 활개치며 살 땅이 정말 이젠 이 지구상에서 아주 없어져 버린 것이 아닐까 하는 공포심마저 나에게 드는 것이다.

그래도 그 많은 사람 중엔 울고 나간 여자애 하나가 있고 또 그 외에도 중간에서 일어나서 나간 몇 사람이 있었다는 것도 나에겐 큰 위안이 되었다.

그들이야말로 나의 가장 오랜 친구들인 것이다.

크리스마스캐롤 한 자락 흘러나오지 않고 반짝이는 크리스마스트리하나 눈에 띄지 않는 삭막하고 쓸쓸하고 춥기만한 성탄 무렵의 거리가 오늘밤 특히나 나에겐 불길하게까지 느껴지고 있었다.

나는 버스를 내려 베이커리와 구두점 사이로 트여있는 우리 집으로 올라가는 골목으로 들어섰다.

우선 추웠기 때문에 집에 들어가 빨리 따뜻한 방에 누워 쉬고 싶었다.

푹 자고 나면 우울한 기분도 가라앉을 것 같았다.

베이커리와 구두점 사이의 큰 골목을 얼마쯤 올라오다가 정육점을 끼고 오른쪽으로 돌아 들어가면 두번째 집이 우리집이다.

구획정리가 잘 된 반듯반듯한 골목을 사이에 두고 고급주택들이 줄지어 가지런히 늘어서있는 골목 안엔 머리에 갓을 쓴 예쁜 가로등들이 실내장식등처럼 가지런히 줄을 지어 서 있다.

보통 때 같으면 또박또박 길바닥을 두드리는 내 하이힐 소리도 즐기고 골목 안의 풍경도 다시 한번 유의스런 시선으로 둘러보면서 집 앞에 닿는데 오늘은 빨리 집에 들어갈 생각으로만 가득차서 다른 겨를 없이 대문 앞으로 다가서는데
"영희야!"
하고 뒤에서 부른다.
상호씨 목소리다.
순간 나는 갑자기 다른 세상으로 잡혀와 떨어지는 느낌이다.
이제까지의 모든 것들이 당장에 홀랑 벗겨져 나가고 새옷이 입혀지는 것 같다.
아주 향기롭고 달콤한 새옷 속으로 들어오는 기분이다. 아! 이것이 사랑이란 것이다. 사랑이란 분명 이렇게 존재하는 것이다. 아 어떻게 이것이 존재하지 않는 것이란 말인가. 이렇게 분명히 존재하는데……
마음속에 덮혀 있던 캄캄한 먹구름이 순식간에 걷히고 청명(淸明)한 밝은 달이 솟아오른다.
어떻게 이것이 존재하지 않는다고 말할 수 있단 말인가. 아침에 떠오르는 태양처럼 저 하늘의 별처럼 봄에 돋아나는 새순처럼 봄이 가면 여름이 오듯이 이것은 분명히 존재한다.
오히려 보이는 것들은 사라질지라도 내 마음속에 있는 이 보이지 않는 것의 실체는 사라지지 않을 것이다.
오히려 이것이 진실로 존재하는 것인지도 모른다.
우리는 눈에 보이는 것들만이 존재한다라고 믿지만 사실 그것들은 모두 사라지는 것들에 불과하다.
옛날 활동사진 속의 인물들을 바라볼 때마다 그들이 이 세상엔 이미 존재하지 않는다는 사실이 나에겐 언제나 뼈저리게 느껴지곤 했었다.
잠시 추위도 잊은 채 나는 잠깐의 현실감각의 공백을 거친 뒤

목소리가 들리는 쪽으로 고개를 돌렸다.
 상호씨는 가로등 옆에 서 있었다.
 검은 코트를 입은 키가 큰 남자 하나가 빗기는 가로등의 불빛 속에 하얀 이마와 뺨과 남자로선 너무 선려하다 싶은 입술의 윤곽을 고스란히 들어낸 채 나를 바라보고 서 있었다.
 눈과 눈자위엔 검은 그늘이 져 있었지만 캄캄하다고는 느껴지지 않았다. 마치 깊은 물 속이 이미 맑아 뵈지 않는다 하여도 더러워는 보이지 않듯이. 그러고 서 있는 상호씨의 모습이 너무나 내 마음에 들었기 때문에 그에게 사랑받고 있다는 사실에 대해 새삼스럽게 느껴지는 큰 감사함으로 내 가슴이 물결쳐 왔다.
 하느님 감사합니다, 하고 나는 내마음 깊은 곳으로부터 진심으로 소리 질렀다.
 그리고 이것이 바로 내가 보고싶던 영화의 한 장면이었다는 생각이 드는 것이었다.
 우리들의 이런 이야기들을 나는 어딘가에 가서 보고싶었던 것이다.
 사람은 누구나 자기투영과 만나기 위하여 영화관에 가는지도 모른다.
 그와 나 사이의 몇 발자국 안 되는 거리를 걸어 그의 앞으로 가는 동안의 나의 마음은 가장 만족스러운 것을 향하여 다가가고 있다는 그것이었다.
 "오빠, 오늘은 우리가 만나는 날이 아니었잖아?"
 나는 상호씨 앞에 다가 서서 그렇게 말했다.
 우리는 크리스마스이브를 함께 지내게 되어 있었다.
 "내일 모래잖아?"
 그렇게 말하면서 나는 언어의 기능이 사람의 사고나 심정을 전하는데 이렇게도 불완전한 것일까, 생각했다.

그러나 기실 나는 내 진실을 들어내 보이길 그의 앞에서 언제나 두려워해 온 편이었다.
알아주길 바라면서도 또 한편으로는 숨기려 해 왔다.
절제와 위장의 보자기로서 나의 감정들을 어느 만큼은 그의 앞에서 가리워왔었다.
어쩌면 그런 속에서 상호씨에 대한 내 사랑은 안으로 더욱 깊어가고 있었는지도 모른다.
그러나 오늘은 아무리 감추려해도 그의 앞에 선 나의 목소리가 사정없이 떨렸다.
산동네의 그 꼬꾸라질 듯한 캄캄한 밤의 언덕길을 상호씨와 같이 내려올 때보다 더 떨린다.
이런날 집 앞에서 나를 기다리고 있는 그를 만난다는 것은 나에겐 너무 좋은 일이었던 것이다.
나는 짐짓 추위 때문인 채 입을 한손으로 가리고 구두를 신고 있는 두발을 동동 구르면서 말했다.
그러나 그는 내가 떨고있다는 것을 알고 있었다.
"경식이 집에 갔다가 일찍 나왔어. 자취방으로 갈까하다가 너의 집으로 전화를 걸어보았더니 나갔다고 해서 이리로 왔어."
"몇시에?"
"한시간 쯤 전에."
"내가 언제 올 줄 알고, 무턱대고 여기 있으려고 했어?"
"아무 때고 오겠지, 기다리고 있다보면, 했지."
"이렇게 추운데?"
"오늘은 너를 보지 않으면 견딜 수가 없었어, 너무나 보고 싶더라, 어떻게든 보고 가야만 살 것 같았어."
상호씨는 자기가 하고 있는 말이 나에게 어떤 말인지도 모르고 하는가 보다. 비록 그가 안다해도 조금 밖엔 모를 것이다.

지금 그의 말들은 말이 아니고 나에게 던지는 세찬 불길이다. 그가 던진 그 말들이 마른 짚더미에 던져진 불길이 되어 나의 온 감각을 화끈 타 올리는 걸 그는 모를 거다.

나의 심장은 그의 불길을 받는 기름통이다.

그의 그 말을 받은 나의 심장은 뜨거운 기쁨으로 불붙어 후루루 타오른다.

나는 아무 말도 안하고 잠시 고개를 숙인 채 서 있었다.

다른 때처럼 해해거리거나 가벼운 농담으로 그의 말을 되받아 이 순간의 나의 진실을 굳이 위장하고 싶지가 않았다.

또 전에는 그가 나에게 한번도 이런 어조로 이렇게 말해 본 적도 없었다.

그가 나에게 이렇게 절실히 자기감정을 토로해 보긴 처음이었다.

문득 그의 손이 다가와 나의 숙인 얼굴을 쳐들었다.

그가 왜 그러는 지도 나는 아직 눈치채지 못하고 있는데 어느새 그의 입술이 나의 입술 위에 포개어져 있었다.

부드럽고 달디단 너무나도 감미로운 물결이 와 닿는 것 같았다.

아무 생각도 할 수 없이 나는 는적는적 녹아나는 감동 속에서 그의 품안에 껴안겨 울고 있었다.

우리들의 첫 입맞춤이었다.

나에게 이것이 남자와의 첫 입맞춤은 아니었다.

이미 말한대로 상호씨를 만나기 전 미팅이나 소개팅에서 만난 남자애들과의 여러번의 경험을 가지고 있었다.

그러나 그것은 이런 것은 아니었다.

나는 내가 왜 울고 있는지 알수 없었다.

나의 첫 입술을 그에게 줄 수 없었다는 데 대한 슬픔 때문일 수도 있었다.

진실한 사랑이란 자신의 모든 것을 상대방에게 다 주고 싶어한 다는 것과 그리고 아무에게도 짓밟히지 않았던 자신의 가장 순결한 최초의 것을 너무나도 주고싶어한다는 사실을 마음으로부터 배우고 있는 그런 순간이므로……경솔하게 별로 좋아하지도 않았으면서도 여러 남자애들과 가져온 입술의 접촉들이 지금 나에게 전혀 아무렇지도 않다고는 말할 수 없었다.
　그가 나에게 부어주는 순수함으로 말미암아 나의 깊은 곳으로부터 더좀 순결한 여자로 그의 앞에 서고 싶어지는 갈망을 촉구 당하는 순간이었다.
　그러나 설령 내가 아무리 순결한 여자라 하였다 하여도 상호씨와 내가 만나고 있던 그 순간의 순수함엔 우리들의 육체는 미치지 못했을 것이다.
　우리가 있던 그곳은 우리의 육체를 뛰어 넘은 저 너머의 어떤 곳이었다.
　마치 우리는 육체 저 밖으로 뛰어나가 있는 것 같았다.
　그런데 우리들의 그 지고의 순간이 우리들의 육체를 통하여 우리들에게 와 주었다는 것은 이상했다.
　잠시 무아의 깊은 희열과 감동 속에 던져졌다가 우리는 깨어났다.
　깨어났다는 표현이 그 순간의 우리에겐 가장 적합했다.
　그러나 그 안에서도 나는 상호씨가 너무나 세련되고 매끄럽게 나를 리드하고 있다라고 어렴풋하게 느끼고 있었다.
　다른 남자애들에게서 내가 조잡스럽고 난폭하고 서투르고 거칠다라고 느끼던 것들이 그에겐 전혀 없었다. 그는 아주 어른처럼 나는 아주 작은 아이처럼 그 안에서 나는 그렇게 느꼈다.
　그것도 나에겐 좋았다.
　"가자."

상호씨는 그의 품안에 축 늘어져 있는 나를 세워 일으켜 걷게 하였다.
가로등이 서 있는 골목길에 그동안에 누가 지나갔는지도 우리는 알 수 없었다.
우리집 대문은 닫혀 있는 채 그대로였고 문 등이 희미하게 "이수만"이라고 쓴 문패 위의 아빠의 이름을 비춰주고 있었다. PX라는 글자 밑에 가톨릭교우의 집이라고 쓰여있는 조그만 양철조각도 우리집 대문 위엔 여전히 붙어 있었다.
순식간에 일어난 일이긴 했지만 그곳에서 우리가 첫 입맞춤을 가졌다는 것이 지나치게 대담한 일처럼 나에겐 느껴졌다.
학원에 갔다가 돌아오던 영환이에게 쉽게 들킬 수도 있는 곳이었다.
상호씨가 사는 산동네의 후미진 오르막길을 노상 오르내리면서도 손 한번 잡지 않고 잘 견디어 온 우리가 하필 이런 아슬아슬한 곳에서 첫 입맞춤을 시작했다는 것이 기이했다.
집에 들어가 더 두터운 코트로 갈아입고 나올까 하는 생각도 해보았지만 그만 두었다.
조금 나가면 우리들에게 마치 맞은 찻집이 하나 있었다.
우리집 앞 골목길을 계속 걸어가다가 오른편으로 난 버스길로 나가는 길을 빠져 쫓아 나가면 버스길이 나타나는 그곳에 〈달빛〉이라는 지하카페가 있었다.
점심때와 초저녁엔 간단한 경양식 식사도 팔지만 밤엔 차종류만 팔았다.
영문과 친구들이나 고등학교때 동창들이 집으로 찾아오면 나는 이곳으로 자주 그들을 데리고 갔다.
분위기가 아늑했다.
그러나 상호씨와는 한번도 들린 적이 없었다. 나는 상호씨에게 그리로 가자고 하였다.
 개가 컹컹 짖는 어느 집 앞을 지날 때였다.
 나는 상호씨에게 갑자기
 "오빠. 우리가 결혼하면 밤에 잘 때 언제나 불을 꺼야 돼요. 첫 날밤에 두요."
 내가 갑자기 왜 그 말을 했는지, 불쑥 한 말이지만 결국은 내 안에 있었던 것이 튀어나온 것이 분명했다.
 그리고 상호씨의 얼굴을 쳐다보았다.
 그의 비스듬한 눈가엔 미소가 흐르고 있었는데, 처음으르 나는 그의 눈에 피어있는 엷은 불길 같은 것을 보았다.
 우리 사이에 결혼에 관한 이야기를 하기도 이것이 처음이었다.
 첫날밤이란 말을 꺼낸 것도 오늘이 처음이었다.
 상호씨는 되도록 나에게 밤의 한파를 막아주려고 나의 가녀린 어깨를 팔로 감싸고 몸을 반쯤 돌려 나를 가로막듯이 하며 걷고 있었다.
 그 태도가 어미같다.
 사랑을 받는다는 것이 무엇인지 그 혼곤함에 대하여 지금 나는 배우고 있었다.
 "왜 갑자기 그런 말을 하지?"
 상호씨는 나에게 물었다.
 그러나 나는 우리가 달빛이라는 찻집에 닿을 때까지 더 이상 아무 말도 하지 않았다.
 4층 빌딩의 지하실로 내려가는 휘어진 돌계단을 딛고 우리는 드디어 주황색 불빛이 뿌려져있는 실내로 들어섰다.
 촛불처럼 생긴 전구에 갓을 씌워 세워놓은 탁자 앞에 우리는 나란히 앉았다.
 따뜻하고 음악이 흐르고 구수한 커피냄새가 있는 곳에서 상호씨와 나는 함께 있는 것이다.
"아까, 그 말을 왜 한거야?"
커피를 시켜놓고 상호씨는 내 곁에 아주 가까이 앉아서 물었다.
첫 입맞춤을 시작한 날의 그 신선한 감격과 새로운 흥분, 훨씬 다가온 친근감……그런 것들이 카페의 정겨운 분위기와 어울려 농도 짙게 우리를 감싸왔고 그리고 거기에 익숙지 않았기 때문에 나는 다소 숨이 찼다.
힘에 겨웠다.
"오빠, 나 오늘 어디 갔었는지 알아?"
"친구하고 나갔다던데……."
"연숙이하고 아주 이상한 영화봤다."
"무슨 영환데?"
그의 얼굴은 이미 알고 있다고 말하고 있다.
남자니까 나보다 먼저 그 소문을 벌써 들었을 거다.
그 내용이 얼마나 지독한지에 대하여도 그는 이미 알고 있는지 모른다.
"오빠도 봤어?"
그는 웃고 있는 듯이 보이지만 유연하던 표정 안에 완강한 것이 내비치고 있다.
내 말엔 대답은 하지 않고 상호씨는 느닷없이
"영희야, 내일 가서 고해 성사 봐."
한다. 농담처럼 말하지만 아주 농담 같지도 않았다.
상호씨는 우리집 앞에 서 있는 동안 우리집 대문에 써 붙여놓은 천주교 교우의 집이라는 표지판을 자세히 보았나보다.
고해 성사란 말을 그의 입을 통해서 듣는다는 것이 나에겐 몹시 생소한 일이었다. 그가 그런 말까지 알고 있었다. 어릴때 그가 할머니를 쫓아 성당엘 다니면서 배워둔 말일른지도 모른다. 그러나 거기에 대한 신기함이나 궁금증은 뒤로 가고 그보다 먼저 고해 성사란 낱말에 대한 반감이 내 안에서 불쑥 솟구친다. 설령 내가 나의 잘못을 시인한다 하여도 나는 그것을 하느님 앞에서 직접 할 것이다.
 나는 엄마가 나가는 성당에 가서 고해 성사를 볼 생각은 아직 없다. 이것은 순전히 엄마의 신앙에 대하여 내 안에 꾸준히 축적되어온 오랜 불만의 결과다.
 나는 하느님은 믿는다.
 성서도 한번 다 읽어봤고 또 나는 그것을 믿는다.
 성서 안에서 나는 한 마디도 내게 본질적으로 반역된다고 느껴지는 내용을 만난 적이 없다. 한 마디로 표현하자면 성서의 내용들은 나하고 맞는다. 비록 나는 그 뜻을 다 모르고 명하시는 바를 다 실행하지 못한다 하여도 나는 그것을 나의 부족으로 돌릴 뿐 거기에 대항할 의사는 전혀 없다. 이것은 나의 진실한 고백이다.
 신(神)의 축복을 희구하는 열망은 내 안에 누구 못지 않게 열렬하고 선(善)은 나의 영원한 이상(理想)이다.
 비록 천사까지는 못된다 하여도 악마는 나의 영원한 대적자며 나는 가장 그 반대의 것이 되고 싶다.
 이것이 나의 본원적인 욕구다. 헌데 엄마는 오히려 나의 하느님과 나의 선, 나의 이상, 나의 천사를 내 안에서 죽이고 내 안에 분명한 것들을 오히려 혼란스럽게 만들어 왔다.
 이미 얘기했듯이 엄마는 내가 기껏 착한 일을 생각해 내고 실행하고자 하면 그것을 북돋아주려 하지 않고 오히려 그 싹부터 아예 싹둑싹둑 베어 내려하였다.
 그럴 때마다 나는 생살이 잘리우듯이 아프곤 했었다. 이제까지 그렇게 내가 받은 상처가 얼마인지 몰랐다. 내 안에서 선심(善心)이 돌아나오는게 보이기만 하면 엄마는 당장 그것을 잘라내지 못해 안달을 하는 것이었다. 마치 선심과 내가 결탁되지 못하도록 눈에 불을 켜고 망이라도 보고있는 사람같앴다.
 "그렇게 하면 너만 손해 본다는 걸 모르니?" 하면서 기껏 엄마가 나를 밀어 놓는 곳은 나의 이기심쪽인데 내가 보기엔 오히려 그쪽이 엄마가 내 안에서 잘라내주어야 할 쪽이었다..
 나는 엄마가 왜 성당엘 열심히 다니는지 알 수 없었다.
 엄마가 생각하는 하느님과 내가 생각하는 하느님이 서로 달랐다. 그러므로 나는 엄마 앞에서 혼란스러웠다.
 나의 분노는 엄마 하나에게만 국한된 것이 아니었다.
 내 안에 남모르게 숨겨놓은 분노가 또 하나 있었다.
 그것은 상호씨에게도 그 누구에게도 한번도 내가 털어놓아 본 적이 없는 것이었다.
 성당이나 교회당이나 예수그리스도의 십자가를 내걸고 〈하느님〉을 섬긴다는 집들을 바라볼 때마다 내 안에서 불쑥불쑥 치미는 분노와 반감이 언제부터 시작되었는지는 확실히 알 수 없었지만 지금 내 안에서의 그 추세는 점점 더 심해지고 있는 중이었다.
 이 땅에 세워져 있는 성당과 예배당의 숫자가 다방이나 여관의 수보다도 더 많다는 통계가 있다는 소리를 들었다.
 사실인지 아닌지 모르지만 비록 그런 통계가 굳이 없더라도 고개만 들면 온 사방에 붙여놓은 성당과 예배당의 표지판들이 그렇게 무수히 내 눈에 띄이는데 그리고 이 땅엔 그토록 이름난 성직자들과 신도들이 산더미처럼 쌓여있는데 왜 나를 고독하게 만들고 내가 설 땅을 모조리 빼앗아 버리고 있는 이 검은 회오리바람은 점점 더 거세어만 가는지.
 여기에 대한 내 의문의 끝은 그들에 대한 불신과 분노의 감정인 것이다.
 그들 안에 진정 신(神)이 존재하시고 그들이 진실로 신(神)을 숭배하는 사람들이라면 나의 어린 감지력으로도 만져지는 이 시대의 어둠의 장막이 이렇게 점점 더 두터워질 수는 없을 것이다라고 나에게 판단되는 것이다.
내가 교회나 성당 다니는 사람들 가운 데 속할 수 없는 또 한가지의 이유가 바로 이 때문인 것이다.
그러나 나는 어느 성직자나 어느 성당 어느 교회를 특별히 헐뜯어 말한 적은 없었다.
하지만 겉으로 배출하지 않는 나의 그 침묵 속엔 나의 더 깊은 노여움도 함께 있었다.
지금도 나는 상호씨에게 그 얘기만은 하지 않는다.
우리는 서로의 신앙에 관해서 만은 논의해본 적이 없고 마치 금기처럼 피해 왔다. 그곳은 우리가 화제로 삼기엔 너무 큰 곳이다, 라고 우리는 똑같이 생각하고 있기 때문일게다.
"오빠 편견 아냐? 유명한 해외 영화제에 나가 상도 받았다는데……."
"속지마! 바보야!"
간혹 사나와지고 맹렬해지는 상호씨 특유의 그 표정이 되어 상호씨는 나에게 벌컥 대든다.
가끔 상호씨는 나에게 "속지마 바보야" 라고 말하는데 그 가난 속에서도 상호씨를 귀공자처럼 빼어나게 보이게 하여 주는 것은 바로 그럴 때의 그의 말투 때문인지도 모른다. 그의 그 말투 안엔 태산이라도 쓰러뜨릴 것 같은 강렬한 자신감이 배어있다.
그가 달고 있는 일류대학 뺏지보다도 그의 이 말투가 더 그를 돋보이게 하여준다.
"카알힐티 알지? 영희야!"
"아, 잠 못 이루는 밤을 위하여, 라는 책 쓴 사람?"
"그 사람이 이런 말을 했어. 이 세상에서 제일 나쁜 소설은 육체적 쾌락을 인간의 가장 최고의 것으로 찬양하고 있는 소설이라고."
"그렇지만 오빠! D.H 로오렌스는 머리를 잘라낸 육체만으로도 인간은 아름답다고 했는데……."
"우리는 선택해야돼. 머리를 잘라낸 사람으로 남느냐, 머리를 달고 사는 사람으로 남느냐."
"오빠, 그런데 거기서도 울면서 뛰어나가는 여자애가 있더라."
"그런데 넌 왜 울면서 거기서 뛰어나오지 않았어?"
상호씨의 표정 위엔 한가닥의 실망이 비친다.
마치 내가 순결이라도 잃고 온 것처럼. 그의 그것이 아주 틀린 생각이 아닐지도 모른다.
그들을 보고 있는 동안 나도 그들처럼 벌거벗겨져 그들 속에 속해 있었는지도 모른다.
전혀 내가 거기서 아무런 영향도 받지 않았다고는 말할 수 없다.
간접체험이란 말도 있지 않은가?
아무도 자기 오관의 문에 완전히 빗장을 걸 수 있다라고는 말할 수 없을 것이다.
이 세상의 어느 누구에게도 자기의 오관의 문을 물샐틈없이 닫을 힘은 주어져 있지 않은 지도 모른다.
더러운 것에 가까이 있으면 더러운 것이 흘러들어오기 마련이고 더러운 것에 적셔지기 마련이고 결국은 더러워지게 마련이다. 그러므로 피하는 것이 가장 상책인지 모른다.
비록 짧은 시간이었지만 그곳에 있는 동안 내 안에도 변신을 당한 곳이 필경 있으리라 여겨진다.
우리는 열시가 넘어서 〈달빛〉을 나왔다.
"다시는 그런데 가면 안돼, 영희야 자신을 너무 믿지마."
상호씨는 나를 집 앞까지 데려다 주고 산등네 자기 자취방으로 돌아갔다.

그날밤 나는 고해 성사는 보지 않았지만 세상에 태어나서 가장 오래 기도했다. 내가 알고 있는 기도문이란 주기도문과 성모송 밖에 없었으므로 그 기도문으로 나는 기도했다.
 나는 내가 자꾸만 착해져야하는 확실한 이유 하나를 더 발견한 듯 하였다.
 그것은 상호씨를 위해서였다.
 그 이유가 그날밤 나에게 그렇게 뚜렷해 보일 수가 없었다.
 상호씨와 나의 크리스마스이브 파티는 산꼭대기에 있는 상호씨의 자취방에서 열렸다.
 연숙이는 희재씨와 함께 지내기로 했다고 했다.
 "아빠도 저렇게 집에 계시고 한데, 올해엔 넌 집에 있지 그러니?"
 남동생 영환이는 이제 고삼 올라가면 공부해야 하기 때문에 올해 진탕 친구들과 놀아보겠다고 우중충한 초저녁에 벌써 나가버렸다.
 그리고 그 뒤를 이어 내가 나가려니까 엄마가 그러면서 붙잡는다.
 엄마 심정도 이해는 된다.
 그리고 엄마한테 난 몹시 미안하다. 그러나 내가 집에 남아있다고 해서 아빠에게 무슨 위로가 될까, 싶다. 아빠는 내 얼굴조차 대면하길 달갑지 않아 한다.
 "붙잡지마! 붙잡지마!"
 엄마 뒤에서 탁하게 가라앉은 아빠의 목소리가 들려왔다.
 불쌍한 아빠! 어디 가서 누굴 만나 크리스마스를 함께 지낼거냐고 아빠는 나에게 묻지도 않는다.
 직업이 떨어지니까 아빠로서의 권리까지 포기해 버리고 만다.
 내가 이렇게 먹고 입고 움직이고 있는 것이 모두 아빠의 수고의 덕인데. 오히려 전보다 더 아빠에 대한 나의 육친으로서의 애정이 애절하여져 있는데 아빠는 내가 아빠에게 전과 달리 특별히 굴려하면 오히려 부담스러워하는 기색이다.
"나가봐라, 나가봐."
방문을 열고 내게 얼굴을 내밀고 얘기를 하던 엄마는 엄마 뒤의 아빠 쪽을 바라보면서
"얘도 식군데 어떻게 저만 좋으라고 그러세요?"
엄마 말엔 아무런 대꾸도 안 하고 아빠는
"이 집에서 아무도 나 때문에 자기생활에 지장 받는 사람이 있어선 안 된다, 나가봐라."
"아빠 미안해요. 일찍 들어올께요."
그러며 나는 집을 뛰어나왔다.
엄마도 정작 내가 자기 말대로 하길 바라진 않을게다.
자기들이 외톨이가 되는 건 싫고 나의 관심권 안에 두 분이 있기를 원하지만 또 한편으로는 내가 밖에 나가 재미있게 지내길 바랄 것이다.
여기저기 몇군데의 지붕꼭대기가 번쩍번쩍하는 게 성탄을 알리는 분위기가 전혀 없다고는 할 수 없지만 성탄이브치곤 썰렁한 거리가 나로 하여금 언제부터 이즈음이 이렇게 되어버렸는가를 새삼스럽게 또 한번 되새기게 하여주었다.
올해로 갑자기 이렇게 된 것은 아닐게다.
어느 해부터인가 잦아들어오던 것이 이젠 내 눈에까지 확연하게 보이게 된 것뿐이리라.
숨어온 병색을 모르고 있다가 어느 날 갑자기 완연해진 사색(死色)을 보는 것에 비길 수 있을까.
그러나 나는 나의 크리스마스 축제를 만들기 위하여 내가 생각해 두었던 대로 데코레이션케익과 샌드위치, 통닭, 김밥, 귤, 오렌

지, 사과 등과 예쁜 종이로 싸여진 쵸코렛과 사탕, 과자 등 상호씨와 둘만이 먹기엔 지나치게 많게 느껴지는 푸짐한 잔치감 들을 한 바구니 샀다.
"아기예수님과 함께 먹을 것이니까."
너무 욕심내고 많이 산 바구니 속을 들여다보면서 계면쩍어 한마디 해본 말이라고 나는 나의 그말을 그렇게만 생각했었다. 그런데 상호씨 자취방으로 올라가는 산등성이 위에 다다닥 붙어있는 부르크집들 속을 지나가다가 안에서 콜록콜록하는 여자 늙은이의 깊은 해소기가 있는 기침소리를 들었을 때 나는 전혀 내 계획안에 없었던 일 하나를 실행하고자 하는 생각에 불쑥 붙잡혔다. 상호씨 집에 가기 위하여 오르내리면서 여러 차례 눈여겨보았던 곳이었다.

그 동네의 남루함 가운데서도 그 집의 남루함은 유독했다.
이곳 집들은 모두가 담이 없고 여름철엔 방문을 열어 놓으므로 안이 쉽게 들여다보이는데 이 집은 병들어 거동이 불편한 할머니를 할아버지가 보살피며 살고있는 집이었다.

둘이 다 팔십이 넘어 보이는 노인들이었다.
엉키고 흐트러진 지푸라기 다발 같은 할머니의 머리칼하며 가슴이 온통 다 끓어오르는 듯이 자지러지게 기침을 할 때의 그 참혹함은 목불인견의 참경이어서 어쩌다 그 광경과 마주치면 도망치듯이 나는 빨리 그 앞을 지나치곤 하였었다.

그래도 밥은 굶지 않고 살고 있는 것이 희안했다.
단칸방 옆에 붙어있는 부엌에서 찌그러진 냄비에 무언가 먹을 것을 담아 할아버지가 할머니 있는 곳으로 들고 들어가는 것을 볼 때마다 그 안에 먹을 것이 있다는 것이 나는 매번 신기했었다.

아마 나라에서 극빈자에게 주고있는 생활보조비를 받고 있는 것 같았다.

겨울이라 방문은 닫혀 있었다.

댓뜰엔 할아버지 슬리퍼만이 댕그라니 하나 놓여있었다.

이집에도 할머니 신발은 저 부엌아궁이 옆에다 가져다 놓는가보다. 똑똑 내가 문을 두드리자, 뉘요? 하는 할아버지 목소리가 들렸지만 할머니의 해소기침소리가 계속되는 동안엔 문이 열리지 않았다.

잠시후에야 문이 열리고 더러운 이불로 가득찬 우중충한 방안이 들어났다.

할아버지와 할머니는 내 모습이 눈에 익은 듯하였다.

나는 얼른 내가 들고 있는 가방에서 손에 잡히는 대로 빵이며 과일이며 쵸코렛이며 김밥이며, 꺼내서 방안으로 집어넣었다. 간신히 덥혀 놓은 그 작은 방으로 계속 밖의 찬바람이 밀고 들어가고 있다는 조바심 때문에 내 손길은 몹시 서둘렀다.

이걸 엄마가 봤으면, 오지랖도 넓다, 가난은 나라도 못 구한다고 했다라고, 하며 눈을 흘길게 뻔했다.

귓가에 빙빙 도는 엄마의 소리에 쫓기듯 나는 빨리빨리 내가 넣고 싶은 양만큼 얼마만큼을 집어 내 놓은 다음 그들의 표정을 살필 겨를도 없이 문을 닫아버렸다.

그리곤 내 입에는 아직 익지도 않은 소리로

"아기예수님께서 주시는 크리스마스 선물이예요!"

라고 소리를 질렀다.

그러자 안에서, 고맙수, 하는 할아버지의 쉰 소리와 계속 솟구치는 기침 속에서 허우적거리며 간신히 만들어낸, 고맙수, 하는 할머니의 숨찬 목소리가 연거푸 들렸다.

아무것도 아닌 일인데 그 일을 하고 나니 가슴속의 빗장이 활짝 열리는 듯 무언가 내 안에서 행복한 느낌이 밀려온다.

어디에서 밀려오는 행복감인지 모르지만 이것도 분명 존재하는 일 중의 하나다라는 생각이 나에게 든다.
 가파른 산길을 위로위로 한참 올라와 드디어 제일 높은 산꼭대기까지 왔다.
 다시 길은 저쪽 내리막길로 이어지지만 상호씨 집은 산정을 타고 왼쪽으로 들어가 있다.
 사법고시 아저씨방은 불이 꺼져있다.
 크리스마스이브라고 집에 갔나? 좀체 방을 비우는 적이 없는 아저씨다.
 그런데 상호씨 방앞 댓뜰 위에 그 아저씨의 슬리퍼가 놓여있다.
 내가 오는 기척을 알아듣고 상호씨가 문을 여는데 보니 사법고시 아저씨가 상호씨 방에 와 있다.
 "미안합니다. 학생이 자꾸만 건너 오라고 해서······."
 아저씨가 일어서면서 미안쩍게 웃는다.
 "들어와······."
 상호씨는 나의 두 손에 들고 있는 짐을 받으면서 나의 두 손을 가볍게 잡았다 놓았다.
 툇마루로 올라서는데 방안에 가득 담겨있는 아름다운 모습들이 나를 갑자기 놀라게 했다.
 순간 내가 혹시 방을 잘못 찾았나 하는 착각이 들 정도다.
 어린날의 시골성당 안에서 보았던 구유 안의 아기예수님과 성모 마리아, 성요셉, 나팔을 든 목동들, 말과 양, 동박박사,······크리스마스트리도 있다.
 규모는 아주 작지만 어린날의 시골 성당에서 보았던 그 모습 그대로를 옮겨다 놓았다.
 밀집이 깔려있는 외양간과 구유 안의 솜 속에 싸여 누워 계신 아기예수님.
 양쪽으로 두 주먹을 꼭 쥐고 평화롭게 잠들어 계신 구유 안의 아기예수님의 모습도 옛날 내가 보았던 그 모습과 너무 닮았다.

츄리도 크지는 않지만 그 안에 별과 종들, 하얀 눈과 무수한 색 등들이 반짝거리는 게 너무 평화롭고 아름답다.

방안이 작은 성당 안 같고 이곳으로만 하늘의 빛과 은총이 쏟아져 내리고 있는 것 같다.

하늘 높은 곳엔 천주께 영광, 땅에서는 마음이 착한 사람들에게 평화……라고 외치는 천사들의 외침이 어디선가 아주 가까이에서 들려오는 것 같다. 다른 곳에서는 이미 들리지 않게 된 그 소리가……. 내가 이렇게 느끼는 것은 상호씨가 바로 나의 성당이기 때문인지도 모른다.

내가 그리워하는 어릴적의 성당의 것들이 바로 그의 안에 있어서인지도 모른다. 적어도 그의 안엔 다른 사람들에게선 내가 이미 찾아볼 수 없게된 많은 나의 그리운 것들이 숨겨져 있다.

그 냄새를 맡고 나는 거기에 이끌리어 이렇게 그를 찾아다니고 있는 것이다.

"오빠. 너무 근사해요. 너무 좋아요!"

내가 소리를 지르니까, 상호씨는 웃고만 있다.

"저 세분은 왜 저렇게 멀리 떨어져 계신가요?"

하고 내가 물으니까 상호씨는 그 세분이 바로 성경에 나오는 동방박사들인데 며칠 더 있어야 아기예수님 가까이 모실 수가 있단다.

며칠 뒤가 날수로 몇날 뒤인지는 상호씨도 확실히 모른다고 한다. 다만 어릴 때 할머니한테 들은 지식이라고 한다.

성탄 때엔 아직 동방박사의 모습은 아기예수님 곁에 나타나게 두지 않고 저만큼 떨어진 곳에 두었다가 정해진 며칠이 지난 뒤에야 가까이 가져오더라고 했다.

"어디서 이런 걸 사왔어요? 아직도 이런 걸 파는 데가 있나요?"

상호씨는 그동안 내가 자꾸 어린날 성탄 무렵의 성당얘기를 하며 그리워하는 걸 귀담아 듣고 자기 마음속에 새겨두었던가 보다.
 올해 나는 아주 큰 크리스마스 선물을 상호씨에게서 받은 것이다.
 작년 크리스마스땐 우리는 밤늦도록 헤매 다니다 헤어졌다.
 나는 너무 감사해서 아기예수님의 발에 입 맞추고 마음속으로 기도했다.
 (아기예수님. 상호씨와 나를 그리고 저 사법고시 아저씨도 축복해 주세요. 나는 당신이 누구신지 잘 모르지만 한번도 당신이 내게 낯설다고 느껴본 적이 없습니다. 혹시 제 영혼이 당신에게서 태어난 것이어서가 아닐지요? 제가 태어나기 전부터 당신은 이미 내게 낯익었던 분이어서가 아닐까요? 그렇지 않고서야 어떻게 2000여년 전에 오셨던 먼 이방인인 당신이 저에게 이토록 한번도 낯선 적이 없을 수 있을까요? 그리고 당신을 아버지, 라고 부를 때 제 마음은 왠지 조금도 서슴이 없습니다. 나를 낳아준 아버지 말고는 당신이외엔 나는 아무도 내 아버지, 라고 부른적이 없고, 또 당신 이외엔 아무도 내 하느님이라고 생각해본 적이 없습니다. 이정도도 당신 앞에서 나의 떳떳함일 수 있다고 당신께서 인정해주신다면 제 인생이 저에게 너무 힘들다고 느껴질 때면 제가 조금은 어려성을 이기고 염체없이 당신에게 달려들 수가 있겠습니다.)
 오늘은 그분의 탄생을 기리는 날이므로 모처럼 마음을 가다듬고 나는 아기예수님 앞에서 잠시 나의 진실에서 우러난 헌사를 바친다. 신(神) 앞에 거짓을 아뢸 수는 없는 일이다. 지금만은 경건한 마음이 되고자 애쓰며 내 딴엔 나의 가장 깊은 심중에서 끌어올린 진실이 만든 말들을 꿰어서 그분 앞에 드린다. 비록 작은 나의 진실이지만 죽음의 사지처럼 느껴지는 캄캄한 적막 가운데 앉아서 꺼져버린 그분의 제단 앞에 한줌의 불꽃을 피우듯 그렇게 나의 그것을 열렬히 그분에게 바친다. 적어도 이 순간만은,

"아니 이렇게 많이 사왔어? 무거워서 들고 오느라고 힘들었겠다."

상호씨는 내가 들고 온 음식들을 꺼내면서 놀란다. 나는 힘든 줄도 몰랐었다.

"아기예수님과 같이 먹을 거라고요."

"그럼 오늘은 내가 아기예수님이 되는 건가요? 황송한데……."

사법고시 아저씨가 껄껄 웃는다.

거듭되는 낙방 속에서 굴뚝 속처럼 아저씨 안에 끼어든 실의와 좌절, 열패감의 때가 겉에까지 내비쳐 기가 없고 몹시 꼬질꼬질해 보인다.

늘 방에만 있어서인지 불빛 아래인데도 병색이 돌고 장가도 안 갔는데 벌써 머리가 벗겨져 있다.

내가 처음 봤을 땐 머리를 홀랑 밀어내고 수염까지 홀랑 밀어냈더니 지금은 머리도 장발인데다 수염까지 기르고 있다.

면도하기가 귀찮아서라고 변명하지만 그 이유만이 아닐지도 모른다.

제발 할머니가 꾸었다는 용꿈을 잊어버리고 자신이 할 수 있는 다른 일을 시작해 주면 어떨까……나는 그 아저씨를 바라보면서 가엾고 안타까워 그런 생각을 또 한번 하여 본다.

김밥이며 통닭이며 해소쟁이 할머니 집에다 손에 잡히는 대로 꽤 덜어냈는데도 아직 많다.

큰 상이 없으므로 작은 상 위에 펴놓고 그리고도 남는 것을 상호씨는 방바닥에다 종이를 펴고 그위에 벌려 놓는다.

상호씨가 사법고시 아저씨에게 크리스마스 케익을 자르라고 하니까 아저씨는 굳이 사양하지 않고 선뜻 플라스틱 칼을 받아든다.

오래만에 초대를 받아 주빈대우를 받는 것이 기분에 좋은가 보다.

너털웃음을 그치지 않는다. 그래도 그 웃음 속엔 듣는 사람으로 하여금 가엾이 여기는 마음을 일으켜주는 무언가가 들어있다.
　선입견인지도 모른다고 나는 생각하려 한다.
　사법고시 아저씨를 주빈 삼아 우리들의 성탄파티는 무르익어 갔다.
　내가 사가지고 온 파티용 음식물은 상호씨 보다 사법고시 아저씨 입 속으로 더 많이 들어갔다.
　"술이 없구먼, 맥주 딱 한 깡통만 있었으면, 더 바랄게 없겠는데……."
　못내 아쉬워하는 눈치였지만 우리가 들은 체 만 체 하였더니 포기하는 눈치였다.
　술을 사자면 저 밑에까지 내려가야만 되었기 때문에 여간 번거로운 일이 아니었다.
　내가 나의 보따리 속에 술병을 사 넣지 않은 것은 우리들의 오랜 관습에서 비롯된 아주 평범한 일일뿐이었다.
　우리는 상호씨 자취방에서 만나면서 아직 한번도 술을 함께 마셔본 적이 없었다.
　그것은 우리들 사이에 묵계되어있는 금기사항이었다.
　사법고시 아저씨가 우리들 사이에 끼어서 그렇게 유쾌하게 놀아본 것은 처음이었다.
　함께 크리스마스캐롤도 불렀고 나중엔 아저씨 혼자서 울고 넘는 박달재와 비 내리는 고모령을 소리 높여 불렀다.
　우리는 들어주었다.
　그가 우리들 사이에 끼어있는 것이 우리들에겐 불편하지도 나쁘지도 않았는데 아저씨는 우리들 사이에 자신이 너무 오래 끼어있었다고 생각한 모양이었다.
　1시가 좀 넘어서 자기 방으로 돌아가 자야겠다고 일어섰다.

"이거 내가 좀 가져가도 돼?"
 일어나면서 아저씨는 흐터져 있는 과일, 과자, 김밥, 도시락 등을 가리켰다.
 그러시죠, 하며 상호씨는 빈 비닐봉투 하나를 찾아서 이것저것 담았다.
 "왜, 김군이 줘? 이 아가씨가 사온 건데, 아가씨 보고 담아주라고 해."
 웃음의 소리처럼 하였지만 거기엔 무언가 배신의 어조가 끼어있었다. 적어도 그 목소리는 이제까지 상호씨가 베풀어준 호의에 대한 대응으로서는 마땅치가 않았다.
 그러나 상호씨는 못 들은 척 봉투에 담은 음식물을 아저씨 손에 쥐어주었다. 서 있는 사법고시 아저씨의 키는 상호씨의 어깨 밖에 닿지 않았다.
 사법고시 아저씨는 다소 미안한 기색으로 돌아와, 오늘 고마웠어요. 잘 먹고 갑니다. 하느님축복 많이 받으쇼, 라고 하며 상호씨의 어깨를 두드려 주었다.
 그리고 나에게 악수를 청하는 걸 상호씨가 나서서, 그냥 가시죠, 라고 말했다.
 상호씨의 말에 아저씨는 순순히 나를 향하여 내밀었던 자신의 손을 거두고 방문을 열었다.
 찬 바람이 쌩하고 우리들의 잔치자리로 처들어왔다.
 얼른 방에서 궁둥이를 빼고 문을 닫아주려던 아저씨가 왠지 갑자기 몸을 돌리더니 우리들을 향하여, 자네들 피임약은 쓰고 있겠지? 하면서 열린 문안으로 쑤욱 얼굴을 들여 밀었다.
 그의 그 난데없는 갑작스런 질문에 우리는 대답할 엄두도 못내고 마치 독 뒤에 몸을 숨기고 쳐다보는 쥐의 눈처럼 검게 번들거리는 아저씨의 두 눈을 쳐다보았다.

맨날 풀기없어만 뵈던 그의 두 눈이 그렇게 반들거려 보이긴 처음이었다.
"자네들 생각을 해서 이런 말 해주는 거야. 결혼 전에 낙태를 많이 하면 결혼해서 애를 낳으려해도 애를 못 낳거나 기형아를 낳게 되기가 쉽다는 거야. 주기 피임법이라는 것도 알지? 거기에 대한 자세한 내용을 알고 싶으면 내 방에 거기에 관한 자료가 있으니까 줄 수도 있어. 나중에 나한테 필요할 것 같아서 내가 잡지에서 오려 잘 간직해두었거든. 콘돔사용법은 알고 있겠지?"
그때 상호씨가 나서서, 알았습니다. 가 주무세요. 하면서 더 이상 그가 말을 못하도록 얼른 잘라버렸다.
"오늘 잘 먹었네, 고마웠어."
다시 한번의 치하를 한 뒤 그 사법고시생은 드디어 우리들의 방문을 닫아주었다.
나는 그가 닫은 문을 다시 밀고 툇마루까지 따라나가서
"아저씨, 이젠 용꿈에서 깨어나세요, 용은 좋은 게 아니고 마귀래요, 마귀!"
그렇게 그의 방으로 들어가고 있는 그의 뒷꼭지에다 대고 소리를 질렀다.
내가 생각해봐도 참으로 유치한 나의 반응이었다.
그러나 그것은 평소 내가 그에게 해 주고 싶었던 말이기도 하였었고 또한 우리 둘을 한데 묶어놓고 갑자기 발길로 차 듯한 그 악의에 찬 그의 모욕에 대한 나의 자그마한 항거이기도 하였다.
그날밤 그는 우리들이 입고있었던 하얀 눈송이 같은 옷위에 너무나도 심한 꾸정물을 쏟아 붓고 나갔다.
우리 둘을 바라보던 그 쥐 눈처럼 반들거리던 그의 두 눈안엔 인간에 대한 존경심이란 일체 찾아볼 수가 없었다. 그 두 눈안엔 오직 두 마리의 짐승만을 바라보는 듯한 은연 중의 멸시로 가득

차 있었다. 자기와 같은 눈 높이 안에 우리 둘을 세워놓고 같은 짐승으로서 같은 짐승을 대해보자는 의도가 담뿍 머금어져 있었다. 평소에도 우리는 그 아저씨가 우리를 의심하고 있다는 것을 눈치챘었지만 이렇게나 노골적인 모욕의 발길질로 우리들을 차고 나갈 줄은 몰랐었다.

분명히 이것은 악의다.

그가 우리에게 뱉고 간 말들은 모두가 우리들을 모욕하기 위한 저의에서 그가 만들어낸 악의의 말들이다.

우리들이 그에게 바친 작은 선의를 그는 오히려 상처받은 자처럼 우리에게 앙갚음으로 되갚아주고 나갔다.

우리들의 이 성스런 크리스마스를 그가 종국에 그런 더러운 말들로 망쳐놓다니! 불쌍한 아저씨라고 예수님처럼 모셨더니, 엄마 말처럼 선심은 아무에게나 베푸는 것이 아닌가 보다.

그러나 진정한 선심이라면 끝까지 선한 마음으로 남아 있는 것이다. 미워하지 말자.

"우리가 이해해야돼, 저 아저씨는 지금 우리들을 샘내는 거야."

가만히 서 있는 나에게 대고 상호씨는 위로하듯이 말했다. 우리는 그 사법고시 아저씨가 던져 주고 간 부끄러움과 충격 속에서 얼마간 아무 말도 못하고 허물어진 잔칫상 앞에 앉아있었다. 그러나 정작 우리를 점점 더 견딜 수 없이 만들어 가고 있었던 것은 그 아저씨의 말들이 우리와 전혀 멀지 않다는 것을 우리가 점점 깨달아야만 되었던 일이었다.

만일 그 아저씨의 말에 대한 항거가 우리 안에 없었다면 우리는 어쩌면 그날밤 수많은 젊은이들이 축복 받은 밤을 빙자하여 저지르고 마는 그 많은 탈선들 속에 합류하였을른지도 모른다.

악역이 선역이 될 수 있다면 바로 그날밤의 그 사법고시 아저씨가 맡은 역이 바로 그 역일 것이다.

그날밤 상호씨는 나에게 비교적 소상하게 자기집 환경에 대하여 말해주었다.
　아마 그것은 그가 별러 온 일들 중의 하나인지도 모르겠다.
　그동안 우리들의 감정이 그렇게 깊어 가고 있었음에도 나는 그의 집 환경에 대하여는 잘 알지 못하였다.
　그가 거기에 대하여는 나에게 자세히 말하고자 하지 않았고 또 나는 그가 말하고자 하지 않는 것에 대하여 굳이 알려고 하지 않았다.
　다만 그의 아버지가 시골 초등학교에서 교편을 잡고있다는 것과 그의 아빠에겐 상호씨 말고도 다른 자식들이 넷이나 딸려있다는 것 외에는. 사실 그 밖엔 더 알 필요도 나에게는 없는 것들이었다.
　그런데 그는 왠지 그날밤 그 이외의 소상한 내용들을 나에게 더 이야기하여 주었다.
　사실 지금 그의 아버지와 살고 있는 어머니는 그의 생모가 아니라는 것과 동생들도 그의 친동생들이 아니고 이복형제들이라는 것, 그의 어머니는 그가 아주 어렸을 때 채돌도 안된 갓 지난 어린 그를 두고 세상을 떠났고, 그 뒤 외동딸을 시집보내고 혼자 사시던 외할머니가 그의 집에 들어와서 그를 돌보며 아버지의 뒷 시중도 들고 거의 칠년 간을 한집에서 살았다는 것이었다.
　할머니의 극진한 사랑을 독차지해 받았으므로 어린날 그는 어머니 없는 아이가 흔히 느끼는 그런 외로움도 모르고 자랐다고 했다.
　상처한 뒤 칠년여를 혼자 잘 지내던 아버지는 결국 전근간 임지의 하숙집의 딸인 지금의 어머니에게 처녀장가를 들었는데, 그뒤 할머니와 상호씨는 아버지와 분가하여 따로 살았고 아버지는 처녀장가든 새여자와 학교 근방에서 살았다.
　열한살 되던 해 그를 키워주던 외할머니가 죽자 상호씨는 아버지와 새어머니가 낳은 아이들 속으로 끌리워 왔다.
 상호씨 표현을 그대로 빌리자면 아버지도, 새어머니도 이복동생들도 모두가 그에겐 낯이 설어 남의 식구들같았지만 그에게 나쁘게 대해주는 사람은 한 사람도 없었다라고 했다.
 그의 큰 누나뻘 밖에 안 되는 서모는 교회에 열심히 다니고 있었는데 그는 그녀의 권유에 따라 같이 사는 동안 예배당에 꾸준히 다녔다고 하였다.
 외할머니하고 같이 있었을 때엔 성당엘 다녔고 영세도 받았다고 그는 처음으로 나에게 실토했다.
 그리고 지금 그의 기억에 더 남아있는 건 새어머니와 함께 다니던 교회나 찬송가나, 예배보다도 아주 어릴 때 할머니가 끌고 다니던 성당과 성가, 미사, 고해 성사 등이며 특히나 할머니가 노상 묵주를 손에 들고 묵주기도를 바치시던 모습이 지금까지도 눈에 선하다고 하였다.
 그가 잠들었다가 혹시 눈을 떠서 보면 옆에서 할머니가 성당에서 축성해 온 초를 켜놓고 묵주기도를 드리시곤 하였는데 그걸 보면 그의 어린 마음이 얼마나 안도가 되고 편안해 지곤 했었는지 기도하시는 할머니 옆에서 자던 기억이 지금 그에겐 제일 그리운 일들 중의 하나라고 한다.
 나에게 세실리아라는 세례명이 있듯이 그에게도 베드로라는 세례명이 있다고 하였다.
 새엄마의 곁으로 옮겨지면서 그는 성당과는 인연을 끊어버렸고 가톨릭에서 받은 세례명도 다시는 쓰지 않았다. 그러나 아직도 그의 머릿속에 남아 있는 것은 할머니에게서 배운 것들이라고 했다.
 오늘 자신이 꾸민 성탄의 구유도 할머니하고 성당 다닐 때 보았던 그때의 기억 속에 찍혀있었던 것이었다.

새엄마로부터는 미안하지만 한번도 할머니가 묶주기도 하는 곁에서 그가 느꼈던 그런 안심과 평화를 그는 느껴본 적이 없었다고 한다.
그만큼 더 할머니가 그를 사랑했었기 때문인지도 모른다고 했다.
어릴 때 그가 할머니에게서 받았던 그에 대한 그 따사한 사랑의 전달은 지금까지 그 누구로부터도 그가 받아본 적이 없는 아주 유일한 것이었다고 한다.
"내가 이만큼이나 돼가고 있는 것은 할머니가 하여준 기도 때문이라는 생각을 해보는 때가 간혹 있어. 내가 가지고 있는, 거의 의심하지 않는 몇 가지 생각들 중의 하나가 할머니가 하늘나라에 가계시다라는 생각이고 거기서도 나를 위하여 〈하느님〉께 빌고 계시겠구나하는 생각이야. 왜 그런 생각이 그렇게나 확실히 나에게 드는지 모르겠어."
그의 기억의 사진첩 속에 올라와 있는 새엄마도 결코 나쁜 여자는 아니었다.
콩쥐팥쥐 엄마처럼 그에게 심술궂게 군 적이 한번도 없었고 그에게 잘 해줄려고 노력하던 모습들이 그의 기억에 아직도 남아있다고 말했다.
공부를 하고 있으면 밤참을 주었다든가. 새벽에 일어나 도시락을 싸주던 모습이라든가······.
그러나 아버지가 조금만 그에게 가까이 오려하면 얼음장같은 얼굴이 되어 몹시 히스테릭하게 굴었으므로 때때로 아버지는 엄마의 비위를 맞추어주기 위하여 그가 별 잘못한 일도 없는데 그에게 험악한 얼굴을 지어 고함을 치거나 거칠게 그의 등때기를 밀거나 하여 그에게 모욕감과 수치, 설움을 담뿍 안겨주었다고 한다.
"영희야, 너 눈물 속에서 저녁 별을 본 적이 있니? 어른어른 물 속의 보석처럼 번져 보이는 눈물 속의 초록별을 본 적 없지?"

그러나 상호씨는 지금은 웃으며 말하고 있었다.
"그래서 나는 되도록 아버지근처엔 얼씬도 하지 않으려 했었다. 나는 경우가 밝은 소년이었거든, 새엄마가 그러는 이유에 대해서도 이해할 수 있었어. 슬프기는 하였어도 아버지를 미워하지는 않았어. 내가 대학에 붙었을 때, 아버지는 엄마 몰래 나를 불러내어 큰 양복점에 가서 양복을 한 벌 맞추어 주면서, 너 나를 이해하지? 하면서 눈물을 흘리는 데 그 눈물이 나에겐 응혈진 핏덩어리 같이 보이더라. 설음을 당하고 있던 나보다 아버지의 마음이 더 아팠을 거야."
그러나 그에게도 결코 쉬운 날들은 아니었다고 상호씨는 고백한다.
"나란 존재가 물 속이나 땅 속이나 하늘로나 사라져 저들 눈에 띄이지 않을 수는 없을까, 라는 생각을 계속 가지고 있었거든, 그렇게 생각할 때의 소년의 마음이 얼마나 아픈 것인지 넌 모르지? 나이 어린 소년이 세상에 태어나 있는 자신의 존재를 주위의 모든 이들에게 축복스러운 것으로 느끼지 못하고 모든 이들 속에서 사라져버려야만 하는 존재로서 느낄 때의 아픔을 넌 모를 거야."
새엄마에게 가장 견딜 수 없다고 느끼게 하였던 일들 중의 하나는 그의 집에 들린 사람들이나 우연히 만난 사람들이 분수 없이 그들 가족에게 던지던 말들이었다.
"아니 형은 저렇게 키도 크고 잘 생겼는데 동생들은 형만 못하네."
그럴 때면 새엄마의 얼굴은 애써 미소를 띄우긴 하였어도 그 미소가 오히려 데드(dead)마스크를 씌워 놓은 것처럼 더 참혹하게 그녀의 얼굴을 만들어 버리곤 하였었다.
그녀의 안색이 하두 적나라하게 그녀의 내면의 상처를 들어내놓고 있는 것을 발견한 어떤 아주머니 하나가 푼수없이 또 그런 말

을 하는 사람을 향하여
 "어린애들은 아직 몰라요. 크면 변해요. 크면 쟤들이 형보다 더 나을 수도 있어요."
 하고 말했다.
 그 소리를 귀담아 들었던 상호씨는, 아무리 같이 있는 기회를 피하려고 그가 노력하다가도 혹시 동생들과 같이 있는 자기얼굴을 들키어 사람들의 푼수없이 던지는 칭찬의 말을 듣게 될 경우엔 얼른 자기가 먼저 나서서
 "아줌마, 애들은 아직 몰라요. 크면 변해요. 크면 쟤들이 형보다 더 나을 수도 있어요."
 그렇게 말하곤 하였단다.
 그리고부터는 그런 말을 듣게 될 때의 새엄마의 낯색이 조금 나아졌던 건 사실이었다.
 그가 너무나 애처롭다고 느껴짐으로서 자신의 본성을 그렇게나 노골적으로 노출해버린 자기자신에 대하여 새엄마는 적어도 얼만큼은 부끄러운 생각이 들었는지도 모를 일이었다.
 사실 그는 진심으로 동생들이 자신보다 더 나았으면 하고 바랬었다고 말했다
 그렇게 되면 새엄마가 그렇게 순간순간 얼굴이 새파래지는 일이 안 생길 것이고 또한 그러므로서 그가 있는 거처가 훨씬 편해질 것이라는 생각 때문에…… 그리고 아무 생각없이 자신들이 보고 느끼는 대로 그 말이 상대방에게 어떤 돌팔매질이 될지에 대해 전혀 미리 생각해보지도 아니하고 말하는 사람들이 그는 제일 싫었었다고 얘기했다.
 그때의 생각으로는 그런 사람들의 입을 실로 꿰매 버렸으면 좋겠다고 까지 생각했었다는 것이다.
 그는 진심으로 이복동생들을 사랑했었고 동생들에 대한 그의 마

음은 새엄마나 아버지에 대한 감정과는 전혀 관계없는 별도의 것이었다고 했다.
 조금도 일그러진 감정없이 그 아이들이 그에겐 귀엽고 이뻤었다고 했다.
 새엄마가 그가 자는 데 깨워서 아이를 보라고 하거나 내일이 시험인데 공부하는 도중에 그를 끌어내어 아이를 업어 재워달라고 하여도 그는 마다하지 않고 하였었다.
 물리칠 수 없는 청이긴 하였고 마지못해 한 일이 아니라고 할 수는 없지만 그래도 그일이 그에게 그렇게 아주 싫지는 않았었다는 것이었다..
 친동생들을 가져 본 적이 없으므로 정말 친동생에 대한 감정이 어떤 것인지는 모르지만 이복동생들에 대한 자신의 사랑을 그는 의심하여본 적이 없었다.
 그 증거로 나타난 것이 이복동생들의 그에 대한 반응이었다.
 눈에 좋은 것만 보이면 아이들은 누가 시킨 적도 없는데 경쟁하듯이 먼저 나서서 오빠 줘야한다. 형아 줘야한다고, 하며 그에게 들고 뛰어오는 것이었다. 자기들 엄마가 눈을 흘기거나 좋지 않은 낯색을 지어도 아이들은 개의치 않았다. 너희들 먹어! 형아는 크니까!
 라고 하며 엄마가 소리치면 아이들은 와앙 울음을 터뜨려 버리곤하였다.
 엄마가 과히 기뻐하지 않는다는 것을 알면서도 포기하지 않고 아이들은 엄마에게 숨기거나 엄마를 속이어 가면서까지 자기들이 하고 싶은 일을 계속하여 나갔다.
 "새로 태어나는 아이들이 어른들보다 더 착하다는 것은 우리들에겐 참으로 희망적인 일이야, 뿌리는 살아있다는 증거니까. 썩은 겉잎이 떨어지면 그 안에서 또 다시 새로운 건강하고 깨끗한 새

순이 돋아나고 있는 셈이거든. 혼탁한 물이 온 세상을 덮어도 저 밑에서 끊임없이 맑은 물이 샘솟듯이 그렇게 새로운 아이들은 우리 세상에 태어나고 있지."

 새엄마도 그에 대한 아이들의 사랑에 대해서 끝끝내 무서운 칼질을 하려 하진 않았다.

 모성애의 본질로서 그녀는 자신의 자식들이 하는 일을 허용해 주고자 하였고 또 그들이 하고자하는 일이 선한 짓이라는 것도 그녀는 익히 알고 있었다. 게다가 그녀는 아이들에게서 이 일을 끝내 막으려 하였다간 아이들 마음속에 엄마에 대한 적개심과 갈등까지도 생겨날지 모른다는 것을 예감하며 두려워하고 있었을지도 모른다.

 그녀는 이미 그녀의 아이들이 이 이복형아에 관한 자신들의 일에서만은 엄마인 자기를 빼돌리고 비밀의 성을 쌓아가고 있다는 것을 눈치채고 있었으니까.

 거기에 대하여 그녀는 질투하고 있었지만 손을 대었다간 자신의 자식들이 다치기 때문에 참을 수밖에 없었다.

 그리고 한편으로 그녀는 이 어린아이들을 통하여 그녀의 신앙으로부터 보다도 더 심한 양심의 채찍을 맞고 있었음이 틀림없었다.

 아이들이 그와 한편으로 붙어주면서 그에 대한 그녀의 태도는 전보다 훨씬 부드러워져 버렸다.

 "애들이 나에겐 하늘에서 보내주신 천사들이었어. 하늘나라에 가신 할머니가 〈하느님〉께 기도 하셔서 천사들을 보내주신 것이라고 나는 생각했었거든. 애들이 즈이들 엄마편이 되지 않고 내편이 되어 주었던 것은 참으로 이상해."

 그 아이들에겐 즈이들 엄마가 안에 가지고 있는 것들보다도 상호씨가 안에 가지고 있는 것들이 훨씬 더 자신들의 것과 가깝다고 느끼고 있었던 것은 아니었을까. 마치 내가 지금 상호씨의 것들에 이끌리고 있듯이.
 누구나 자기와의 동질감을 냄새 맡을 수 있는 내적인 후각을 가지고 있으니까.
 "아버지는 끝끝내 새엄마 앞에서 내게 다가오지 못했지만 이복동생들은 자기엄마를 이기고 나한테 와 주었거든. 새엄마는 결국 이 아이들을 이기지 못했어. 아이들은 즈이 엄마가 나한테 조금이라도 잘 못한다고 느끼면 떼를 지어 엄마한테 덤벼들었거든."
 그녀는 자기 안의 스승에게 불복하다가 결국은 자기밖의 아이들 속에서 자신의 스승을 만나야만 되었는지도 모른다.
 아이들이 자라나면서 그의 거처의 냉기는 많이 완화되었지만 그는 거기서 떠나야만 되었다.
 새엄마는 네번째 아이를 낳았다. 첫째가 딸, 그 다음이 아들, 그 다음에 또 아이를 낳은 것은 그녀의 아들을 더 하나 얻기 위하여서였다.
 아들 하나로는 부족하다고 그녀는 생각했고 상호씨는 끝내 그녀의 아들 가운데 넣어주지 않았다.
 그녀는 결국 네번째에 가서 아들을 더 하나 얻음으로서 자신의 소원성취를 하고는 자신의 출산을 마감하였다.
 아버지의 시골 초등학교 교사봉급으로 그여자의 네 아이와 전처소생인 상호씨를 합한 다섯 아이들을 먹이고 입히고 교육시키기가 너무 벅찼다.
 상호씨는 중학교 3학년 때부터 가정교사 자리를 찾아 남의 집으로 방출되었다.
 고향에선 공부를 아주 뛰어나게 잘 한다고 주위 사람들에게 소문이 나있었으므로 그에게 가정교사 자리를 찾는 일이란 그렇게 어렵지 않았다
 초등학교 학생이나 중학생까지도 그는 돌보아주면서 그 집에 들

어가서 기거하며 숙식을 제공받고 학비까지도 얻어 썼다.
"비굴해지지 않으려고 애썼었어. 자꾸만 허리가 구부러지고 가슴이 웅크려 드는 것만 같았으니까. 가르치는 아이의 성적이 오르지 않으면 눈치가 보이고 미안하고 심할 땐 곧 그 집에서 나와 버리기도 했었어. 비굴해 지는 것보다 내가 더 나 자신에게 두려워 했던 일은 난폭하여지는 일이었어. 세상사람들 모두를 내가 미워하게 될까봐 나는 두려워했었어. 세상에서 유독 나만이 불이익을 당하고 있는 것 같은, 세상에 대한 피해의식이 내안에 있었으니까. 가끔 불만의 덩어리 같은 게 내 안에서 폭발되어 분노의 화기로 치솟곤 하였거든. 모든 걸 때려 엎고 싶은 마음도 일어났고, 그럴 때에 동생들한테서 오는 편지를 받으면 마음이 부드러워지곤 했었어. 진짜로 도움이 된 건 사실이야. 결국 새 엄마가 나에게 좋은 일을 하여준 셈이야. 내 동생들을 낳아주었으니까."

그렇게 시작한 상호씨의 가정교사 생활은 지금까지 이어져 오고 있는 셈이다.

대학에 들어와서 일년을 마치고 곧 군대에 갔다와 복학한 뒤에도 그는 여전히 아르바이트로 아이들을 가르치며 거기서 번 돈으로 학비와 생활비를 충당하고 있었다.

학교로부터 대여장학금도 얼마 그가 받고 있는 것으로 나는 알고 있었다.

그러나 그는 가난의 땟국에 전혀 절어 보이지도 않고 적어도 내 눈엔 잘 자란 큰 나무처럼 내 앞에 우뚝 서 있다.

오히려 고생 안하고 자란 다른 이들보다 더 맑고 더 튼튼하게 구부러지지도 휘지도 않은 건강한 모습으로……내 동기 남학생들보다 훨씬 그는 더 늠름하고 어른스럽다.

군대를 갔다온 복학생이라 실제 나이도 그들보다 몇 년 위지만 그에겐 다른 남자애들을 저 아래로 내려다보이게 만드는 우뚝 선기상이 있다. 적어도 내가 느끼기엔.
 그에겐 나를 설복하고 위압하는 힘이 있다. 이것은 그가 나에게 말해주고 있는 그의 인생 어느 대목에서 훌쩍 자라버린 그의 높은 키이며 성숙일까를 나는 생각해 보았다.
 누군가 사람은 나무의 나이테와 같은 마디마디의 중대한 시기를 거치게 되는데 그 어느 대목에서든 충실치 못했을 땐 그의 인생전부 안에 큰 불균형과 기형을 가져오게 된다라는 얘기를 나에게 하였었다.
 그런데 상호씨는 어려웠던 자신의 시기시기들을 다른 사람들보다 몇 배나 더 충실히 키우며 거쳐온 것 같다. 그의 숙성은 애 늙은이 같은, 소위 젊은이가 노숙하다라고 불리워지는 그런 숙성이 아니다.
 예를 들면 지난번 내가 사귀었던 공대생처럼, 순진한 맛이 다 빠져버리고 비비 말라비틀어지고 건조하게 느껴지는, 세속의 기성 안에 완전히 흡수당하여 젊은이다운 신선한 맛은 다 잃어버리고 유독 관능의 세계로 이끄는 기교만은 다른 제 나이 또래들보다 뛰어난, 그런 노숙함이나 성숙함이 그의 것은 아니다. 그것은 성숙이라기보다 시들음이라 불러야 마땅할것이다.
 내 눈에 전에 내가 알던 다른 모든 남자애들을 모조리 소위 말하는 대가리에 아직 피도 안 마른 애숭이들로 내려다보이게 만드는 그의 숙성함 안엔 싱싱한 나무진이 줄줄 흐르는 듯한 젊음의 신선함과 높은 산 위의 솔솔 바람, 달빛 속의 풀벌레 소리,산모퉁이의 하늘 위에 떠있는 초생달과 같은 사랑의 정서가 되어줄 만한 그런 것들이 가득 담겨져있다.
 그렇지만 그는 내가 접해본 어떤 남자들보다도 욕정이나 관능의 세계로 난 문으로부터는 멀리 떨어져 있는 사람처럼 보였다.
 나에겐 하늘과 땅과 바다와 꽃과 별을 볼 수 있는 눈이 주어져 있고 또한 가을바람 소리와 낙엽 구르는 소리, 폭포가 내려지르는 소리와 온갖 새가 지저귀는 소리를 들을 수 있는 귀가 지녀져 있듯이 남자에 대하여서도 그런 것들을 볼 수 있고 들을 수 있는 눈과 귀를 내안에 가지고 있다라고 믿는다.

적어도 나는 이곳이 화장실과 아주 가까운 곳인지 아니면 먼 곳인지 분간할 수가 있는 것이다.

그런데 내가 느끼기엔 상호씨는 나를 안고 계속 화장실 쪽으로 달려갈려고 하는 남자는 아니었다.

그리고 우리들의 첫 키스도 그런 일환으로 일어났던 사건은 아니었다.

사법고시 아저씨가 던진 말들에 우리들의 기분이 그토록 쑥밭이 되어버리고만 것도 그 말들이 우리들의 감정 안에서 어떤 고공으로부터의 큰 낙하를 가져왔기 때문이었다.

아무 준비 없이 높은 곳에 서 있다가 냅다 엉덩이에 발길질을 당하여 밑으로 꼬꾸락질을 당한 꼭 그런 기분이었었다.

비록 거기서 갑작스럽게 어떤 일이 우리사이에 벌어진다 하여도 그 아저씨의 번들거리는 쥐눈 같은 두 눈이 의미하던 그와 똑같은 그런 일은 아니었다. 비록 우리가 거기서 아주 멀지 않은 곳에 있다고 느꼈다하여도 우리 마음으로는 가장 배척하고 있던 곳이었다. 설령 나중엔 우리도 그렇게 될지도 모르지만 적어도 지금은 아니었다.

그리고 상호씨의 아이를 갖는다는 일은 지금의 나에겐 내 생의 저 깊은 뿌리로부터 희구하고 있는 일이었다.

내가 여자로서 태어난 이유가 드디어 확실해지는 일이기도 하였다.

그러나 우리에겐 그날밤 거기서 아무 일도 일어나지 않았다.

구유 안의 아기예수님과 성모마리아와 성요셉과 양치는 목동들 곁에서 나는 상호씨가 차분히 들려주는 그의 지난 날들의 얘기를 들었다.
　그것만으로도 우리는 충분히 행복했다. 자신의 이런 신변 얘기를 오늘밤 나에게 하리라고 그가 미리 계획하였던 일인지 아니면 사법고시 아저씨가 던진 말에 대한 반항으로 인하여 그가 시작한 일인지 나는 알 수 없었다.
　그러나 확실한 것은 사법고시 아저씨가 던진 말들이 아저씨가 거기 앉아있을 때보다도 더욱 장애가 되어 우리사이를 가로막고 있었다는 사실이었다. 우리는 정말 그의 말처럼 되고싶지가 않았었다.
　"아주 여러 집은 아니었지만 이집저집 다니며 돈을 받고 아이들을 가르치면서 비굴해 질려는 생각이 들려고할 때마다 나는 이렇게 나자신에게 말하곤 했었지. 나는 다만 내 지식과 지혜를 이들에게 나누어주고 거기에 대한 정당한 댓가를 받고 있는 거다. 앞으로 내가 대학교수가 되건 회사중역이 되건 결국 이일은 내가 계속해야만 할 일이다. 내 지식과 능력을 그들에게 주고 거기에 대한 정당한 댓가를 받는 일, 여기에 무슨 비굴함이 필요한가, 그런 생각이 드니까 곧 아무렇지도 않아지는 거야. 다만 내가 그들에게 좀더 큰 도움을 줄 수 있었으면 좋겠어. 내가 돕고 싶은 만큼 도울 수 없다는 것. 내 능력의 한계를 절감하고 안타까워하는 일. 이것은 세상에 나가서도 마찬가지일꺼야."
　그리고 그는 그의 책상 위의 탁상시계를 보았다.
　시계는 2시를 넘어 가리키고 있었다.
　그는 내 얼굴을 똑바로 마주 보았다.
　"영희야! 이제 가야되지 않겠니?"
　보통 때처럼 그렇게 말하는 눈이었다.
　나는 그 눈길에 쫓겨 여늬 때처럼 일어서야만 되었다.
　오빠, 나 여기 더 있으면 안 돼? 라고 보통 때처럼 나는 오늘은 말할 수가 없었다.

왜 그렇게 말할 수 없는 것일까.
 상호씨는 못에 걸어두었던 나의 코트를 걷어서 입혀주었다.
 돌아서기만 하면 그가 안아줄 것 같아서 나는 오히려 돌아설 수가 없었다. 그러나 그가 뒤에서 나의 어깨를 껴안아 나의 얼굴을 그의 품안으로 이끌어 품어주었으면,――나는 아무런 몸짓도 나타내 보이지 않아도 그의 편에서 그래주기를 나는 바랬다. 이젠 나가는 길이니까 더 이상의 일이 벌어질 위험도 없었다. 그리고 우린 벌써 한번 껴안은 사이가 아닌가. 하지만 상호씨는 그냥 나를 세워둔 채 자기의 검은 낙타 털코트를 입었다.
 경식이 엄마가 경식이가 수능시험을 잘 봤다고 거기에 대한 감사의 답례로 사준 것이라는 그 코트는 그에게 잘 어울렸다.
 그 잘 어울리는 코트를 입는 것으로 보아 그는 요 밑 길까지만 나를 바래다 줄 계획이 아닌 모양이었다.
 우리집 앞까지 데려다 주려는 게 확실했다.
 2시가 넘었으니까 당연히 그렇게 해야한다.
 방의 불을 끄고 상호씨는 댓뜰 위에 벗어 놓은 나의 구두를 내가 잘 신을 수 있도록 놓아준 뒤 오늘은 댓뜰 위에 그냥 놓아두었던 그의 구두도 신었다.
 고시 아저씨 방엔 불이 아직 켜져 있었다.
 오늘밤에도 고시공부를 하는지 아니면 우리들이 이방에서 무슨 짓을 하는지 끝내 지켜볼 모양으로 저러고 앉았는지 모를 일이다.
 다른 때 같으면 헛기침소리나 하고 있을 터인데 그는 우리의 기척이 들리자 활짝 문을 열었다.
 "어이, 가시게요? 조심해 가세요! 덕분에 오늘밤 크리스마스이브 잘 쇳수다!"
 입으로는 그런 인사치례를 깍듯이 하면서도 마음은 온통 우리들의 몸 태를 훑어보기에 바빠하는 표정이 너무나 확연했다.

자기가 떠난 뒤에도 몇 시간을 단둘이 방안에 있으면서 우리가 하였을 무슨 짓의 찌꺼기라도 우리들의 몸태에 남아있으면 그것이라도 좀 핥아볼 량으로 혈안이 되어있는 것 같았다.
　굶주린 자가 주걱으로 뺨을 맞고 아프기에 앞서 거기에 붙은 밥알 몇 알이라도 허겁지겁 챙기고자 하는 그런 형상이었다.
　징그럽고 측은해 보였다.
　그 생각 때문에 무슨 고시공부가 될까 싶다.
　"김군, 집에 다시 올거지? 그럼 아가씨 잘 모셔다 드리고 오게——."
　그는 우리 뒤에 대고 혼잣말로 떠들었다.
　밤바람과 추위를 참으면서 까지 끝내 우리의 모습을 뒤쫓아 오고있는 사법고시 아저씨의 눈길을 알고 있었기 때문에 아카시아나무들이 줄지어 서있는 내리막길로 나올 때까지 우리는 조금 떨어져서 아무 말도 나누지 않고 걸었다.
　하늘엔 별이 촘촘히 박혀있었다.
　저쪽엔 햇슥한 반달도 떠 있었다.
　밤의 산동네는 묘지처럼 고요했다.
　——이젠 여기 우리 모두 잠들었오——하는 푯말을 붙여 놓듯이 거의 모든 창에 불이 꺼져있었다.
　우리는 울퉁불퉁한 골짜기의 내리막길을 내려오면서 고요한 밤 거룩한 밤을 불렀다.
　그 노래가 다 끝나자 우리는 우리가 기억하고 있는 다른 많은 크리스마스캐롤들을 함께 불렀다.
　그가 먼저 내놓으면 내가 따랐고 내가 먼저 내놓으면 그가 따라왔다.
　"어마! 아기예수님께 인사를 드리지 않고 나왔네요. 이따 돌아가서 오빠가 내 대신 인사드려 주세요."

"그러지."
"새엄마는 요즘도 연락해요?"
"언제나 하고 있어, 편지도 서로 하고, 가끔 내가 돈도 부쳐드리지. 동생들하고도 자주연락하고 있어. 편지는 우리 학교로 와. 새엄마에 대한 내 감정은 나쁘지 않아. 여러 가지로 나를 키워준 분이니까, 내 육신뿐 아니라 내 마음까지도. 난 언제나 그분에게 고맙게 생각하고 있어."
"새엄마 편지엔 뭐라고 써 있어요?"
"계속 교회 나가라는 얘기지, 집을 떠나 밖으로 나돌면서부터 새엄마를 따라 다니던 교회를 내가 그만두었거든."
그리고 그는 가볍게 웃었다.
우리는 어느 새 버스길로 내려와 있었다.
언제나처럼 밤의 골짜기를 지나서 환한 대로의 불빛 속으로 나설 때면 느껴지는, 밀실에서 벗어나는 듯한 다소의 민망함이 또 한번 우리를 스쳐갔다.
그러나 우리는 손도 안 잡은 채 산길을 다 내려왔다.
버스는 끊어졌고 택시만이 횡횡 더 빠르게 달리고 있었다.
그중 하나를 상호씨가 세워서 나를 먼저 태우고 옆에 탔다.
우리 동네 베이커리 앞에서 차를 내릴 때까지 우리는 거의 아무 말도 나누지 않았다.
십분도 안 걸려서 택시는 베이커리 앞에다 우리를 내려놓고 달아나 버렸다.
이곳엔 아직 지나다니는 사람들이 있었다.
고등학교 남자애들 몇이 떼를 지어 윗길로 올라가고 우리또래의 한쌍의 젊은 연인들도 우리를 스쳐지나갔다.
우리집 골목까지, 그리고 우리집의 대문 앞 가로등이 있는 곳까지 그는 나를 따라왔다.

우리가 마주보고 서있는 동안의 골목 안의 고요가 마치 비단결로 우리 두몸을 싸안는 것 같았다.
밤새도록 문등이 켜져 있는 우리집 안에선 아무런 기척도 들려오지 않았고 내방이 있는 2층엔 불이 완전히 꺼져있었다.
아랫방들은 담이 높아 들여다보이지 않았다.
상호씨의 눈은 깊은 우물처럼 어둠 속에서 더 깊이 패여 나를 향해 있었다.
창백하여 더욱 투명해 보이는 그의 피부와 선려한 입술, 그리고 높은 산허리에 감겨있는 보라색 안개처럼 웃을 때에 조차도 떠나지 않는 한자락의 우수가 덮혀 있는 그의 그 반듯한 이마와 바르게 서 있는 콧마루.——간간히 나로 하여금 그의 앞에서 아! 이이에겐 나보다 더 아름다운 여자가 와야 돼! 라고 탄식할 수밖에 없게 만드는 그런 아름다운 얼굴이 되어 그는 나를 향해 서있는 것이었다.
"안아주고 싶지만, 영희야, 오늘은 네 기분이 그럴 기분이 아니겠지?"
나보다 그가 더 사법고시 아저씨의 말에 심히 걸려 있는 것 같았다.
내가 고개를 숙이고 있는 동안 그는 안 포켓에서 무언가를 꺼내었다.
아주 조그만, 손바닥 크기로 접혀 예쁘게 포장되어 있는 작은 뭉치였다.
"크리스마스 선물이야. 나는 아직 부자가 아니어서 너에게 비싼 것은 줄 수 없어."
나는 그것을 받아들고서야 내 가방 속에 감추어간, 그에게 줄 선물을 생각해 냈다.
하마터면 나는 그것을 잊을 뻔하였다.

무엇 때문에 내가 그것을 까맣게 잊어먹고 있었는지 알 수 없었다.
어젯밤에서 부터 그에게 주려고 핸드빽 속에 넣어두고 있었던 것이었다.
먹을 것들에만 잔뜩 마음을 빼앗겨 버렸었나보았다.
그에게 줄려고 내가 마련한 나의 크리스마스 선물은 작은 금반지였다.
오빠는 내꺼야! 이영희씀. 이라고 나는 그 반지 이마에 써넣었다.
그리고 거기에 잇대어 내가 상호씨에게 더 쓰고 싶었던 다른 말들은 하얀 종이에다 적어서 꽃봉투안에 넣어 반지곽 옆에 함께 쌌었다.
──오빠는 나에게서 달아나지 못해요. 내 마음이 언제나 오빠를 따라다닐테니까요. 하늘에도 땅에도 오빠가 나로부터 도망칠 곳은 아무 데도 없어요. 이미 내가 오빠의 눈에는 내 눈을 박아 넣었고 오빠의 마음엔 내 마음을 박아 넣었으니까요──.
크리스마스카드를 사러나갔다가 못샀기 때문에 나는 하얀 백지에다 그 말들을 몇번이고 또 쓰고 또 쓰고 하면서 적어놓았다. 잘못 써서 버린 종이가 수북하게 책상위에 쌓일 만큼. 그렇게 쓴 것을 나는 상호씨에게 주었다.
"오빠, 이것은 나의 크리스마스 선물이에요."
하고 내가 그것을 내밀었더니 그는 전혀 기대를 못했던 얼굴로 감격해 하면서 받았다.
그것을 받아 소중하게 안 주머니에 넣은 뒤, 안녕 영희야, 연락할게, 하면서 상호씨는 나 대신 그의 안주머니에 넣은 나의 선물을 껴안고 주춤주춤 뒷걸음을 치다가 드디어 골목을 벗어나 큰길쪽으로 사라졌다.

그때까지 깨어있다가 나에게 대문을 열어준 이는 아버지였다.
나는 상호씨가 내게 준 선물이 무얼까 궁금했기 때문에 아버지에게 변변히 인사도 못하고 급히 2층 내방으로 뛰어 올라와 보라색 작은 장미꽃 무늬의 포장지를 뜨더보았다.
눈부시게 아주 하아얀 실크 마후라가 얌전하게 접혀있었다. 그리고 그 속엔 반듯반듯한 글씨체로 쓴 상호씨의 편지가 조그만 봉투 안에 숨어서 끼어있었다.
사랑하는 영희에게.
신(神)이 나에게 주신 가장 큰 선물로 나는 너를 꼽는다.
나의 늑방에서 뽑아낸 나의 갈빗대인 영희야, 죽음도 우리를 갈라놓을 수 없는 곳에서 살자.
상호씨가 성탄 선물로 준 그 하이얀 너무나도 하이얀 그 실크 마후라를 두 팔로 가슴에 껴안고 있는 동안 나는 이렇게 아무일 없이 집으로 돌아올 수 있었던 일에 대하여 문득 감사해지는 마음이 들었다.
그리고 더욱 무궁한 시간들이 우리에게 주어진 듯한 이상스럽게도 아주 풍요로운 느낌에 사로잡혔다.
보이지 않는 저 위로부터 하얀 눈이 펑펑 쏟아져 우리들 머리 위로 자꾸만 자꾸만 쌓이고 있는 것 같았다.
왜 이런 느낌이 드는지, 그리고 이런 느낌이 어디로부터 오는 것인지는 나는 잘 모르지만 내가 분명히 알수 있는 한가지는 이것도 확실히 존재하는 느낌이라는 점이었다.
조금 뒤 내 침대 곁에 놓아둔 휴대폰이 울렸을 때, 나는 그것이 상호씨에게서 온 전화일꺼란 사실을 이미 알고서 받았다.
"나야, 영희야."
"벌써 집에 돌아갔어요?"
"중간에서 뜯어보고 싶었는데 억지로 참고 집까지 왔어. 얼마나 빨리 뛰어올라왔는지."
 아직도 숨이 차 하는 목소리였다.
 "아기예수님께 네가 못한 인사 먼저 해드리고 지금 네 선물을 뜯었어, 영희야 뜯어보고 바로 전화하는거야. 영희야 내 인생안에 이렇게 행복한 순간이 있을 줄은 몰랐다."
 "오빠 사랑해요."
 "영희야! 너 죽으면 안 돼. 아파서도 안되고. 네가 원하는 대로 난 꼭 그대로야. 내 눈엔 네 눈이 박혀있어. 네 눈동자가 언제나 내 동공 안에서 살고있거든. 언제나 네 모습이 내 눈엔 보여."
 "오빠가 준 하얀 실크마후라 너무 마음에 들어요. 오빠, 나는 지금 위에서 펑펑 쏟아지고 있는 하얀 눈을 맞고 있다. 오빠랑 같이."
 성애긴 유리창에 새벽의 서기가 비칠 때까지 우리는 서로의 목소리에서 달콤한 꿀을 빨며 전화통에 매달려 있었다.
 "네가 준 반지 내 서랍 속에 넣어두고 매일 아침 꺼내볼게. 오빠는 내꺼야! 하는 네 소리 들으면서, 다시 한번 말해 줄게. 영희야. 난 정말 네꺼야, 이젠 좀 자라. 너무 피곤하겠다."
 그의 그말을 마지막으로 우리는 전화를 끊었다.
 어느 새 방안이 환했다. 날이 밝은 것이다.
 골이 좀 아픈 듯 했지만 내 머릿속은 오히려 더 맑게 느껴졌다. 나는 침대에 누워서 우리에게 아직도 주어져 있는 그 무궁무진한 시간들을 흐뭇한 행복감 속에서 마치 실체들처럼 바라보았다.
 써도써도 줄어들기는커녕 오히려 더 풍요해지는 시간들이 우리들 앞에 끝도 없이 마치 끝이 보이지 않는 평원처럼 무궁하게 펼쳐져 있는 것이다.
 나는 내 자신이 너무나도 부자처럼 느껴졌다.

3장

　새해의 태양은 예년처럼 저 동쪽바다 밑으로부터 불쑥 힘차게 솟구쳐 올랐다.
　그러나 올해엔 그렇게 뜨기가 태양에겐 좀 힘들어 보였던 듯하였다.
　숨었다가 마지못해 얼굴을 내미는 시늉 같기도 했다.
　그러나 태양은 올해에도 떠올라 지구를 다시 비춰주기로 한 모양이었다.
　우리 네 식구 모두가 거실에 나와서 새해가 뜨는 광경을 TV화면에서 바라보았다. 아버지까지도 안방에서 나와 거실 응접의자에 앉아 그 광경을 바라보았다.
　새해가 다시 시작되었으니 혹시나 좋은 일이 있을까하는 막연한 기대를 아버지는 갖는 듯 하였다.
　그러나 애처롭게도 아버지에겐 일자리를 주겠다는 제의가 들어오지 않았다.
　남 유다른 기술을 가지고 있는 것도 아니고 어떤 제품생산직에 종사해 거기에 대한 전문지식이나 안목을 습득한 것도 아니고 금융 계통에서 돈만 만지다가 그만두었으므로 이렇다하고 내세울 만한, 남이 탐낼만한 기술이나 특별한 지식이 아버지에겐 없었다.
　거기다 나이가 육십이 내일모레이므로 정상적으로 해도 이젠 퇴임해야 할 연령이 꽉 찬 셈이었다.
　그런데도 아버지의 모습은 비교적 젊었고 오십대 초반이나 중반

쯤으로 밖엔 보이지 않았다.
 집에서 그냥 놀기엔 아직 너무 일러 보였다.
 거기다 아직 시집 안 보낸 딸 하나가 있고 늦게 얻은 막내아들은 대학도 안 들어가 있었다.
 아버지는 아직도 자신이 돈을 더 벌어야 한다고 생각하고 있었고 거기에 대하여 몹시 초조해하고 있었다.
 엄마 역시 아버지의 그런 초조감을 늦추어 주긴 커녕 더욱 보조를 맞추어 주는 역할을 맡고 있었다.
 자신이 제일 아버지를 위한다고 생각하고 있었지만 내가 보기엔 곁에서 어머니가 아버지에게 하고있는 역할은 누구보다도 악역이었다.
 병들고 상처받아 쓰러진 짐승을 어서 달리라고 사정없이 채찍질을 가하고 있는 형국이었다.
 자신감도 잃어버리고 일하라고 청해오는 곳도 없는 사람을 무조건 들볶는 것이었다.
 곁에서 끊임없이 앞으로 살 걱정을 늘어놓고 남편을 찾아주지 않는 사람들에 대하여 계속 비난을 퍼붓는 것이었다.
 그러므로서 아버지의 마음 안에 그들에 대한 증오와 적개심과 배반감만을 더 해주고 있을 뿐이었다.
 그것이 나는 제일 싫었다.
 남을 미워한다는 일이 결국은 자신만 해친다는 것을 엄마는 모르는가 보았다.
 알면서도 그들이 미워지는 자신의 감정을 억제치 못하고 또 그것을 아버지에게 전달시키고 있는 것 같았다.
 예년엔 연말연시면 눈코뜰새없이 바쁘게 불려 다니던 아버지가 꼬박 집에 있다는 게 내 눈에도 놀랍고 기이하게 보이는 풍경이었다.

직장이 떨어지니까 확실히 달라지는 것이었다.
그 변화가 내게도 현저하게 느껴지는 것이었다.
세상이 정말 이런 곳인가 싶었다. 세상의 비정이란게 너무나도 확실하게 느껴졌다. 그럴수록, 나 같으면, 이제 세상이란 걸 알았으니, 세상에 대한 단념의 칼을 빼어들고, 네가 나를 버렸으니 나도 너를 버린다, 라는 생각으로 더 이상 세상에 대한 기대나 원망을 버리고 자기나름대로의 독자적인 새로운 길을 모색해 볼만도 하였다.
그런데 아버지에겐 그게 안되는 모양이었다.
나에게 그렇게 오랫동안 강건하고 능력있고 위엄있어 보이던 아버지가 속 빈 나무처럼 그 안에 이렇게도 허한 바람만 지니고 있을 줄은 나는 정말 몰랐었다.
손이나 발이나 맞아도 살만한 곳에 칼을 맞은 것이 아니라 아버지는 심장에 칼을 맞은 것 같았다.
도무지 쓰러져 일어나질 못했다.
아버지에겐 회사가 다만 일터가 아니고 그 이상이었던 것이 분명했다.
흔한 말로 쓰이는 그의 모가지를 자를 수 있는 곳으로까지 아버지는 진짜로 그곳을 스스로 그렇게 만들어버렸던 것이었다.
아버지는 그 일자리가 너무 좋았고 거기서 인정받고 있다는 사실에 대한 너무 큰 자부심과 보람을 느꼈고, 언젠가 이곳에서 떠나야 된다는 사전예비를 전혀 마음 안에 만들어두지 않았다가 이런 일을 당하니 아버지의 자기 불신은 회사에 대한 것뿐 아니라 제반의 자신의 모든 사고체계, 신념에까지 미쳐버린 것 같았다.
이제 자기가 믿고 생각하는 것을 도무지 믿지 못하게 되어버렸는지도 모른다. 돈은 벌어야 한다고 마음은 초조하게 갖고 있으면서도 밖에 나가기를 두려워하는 눈치였다.

나가서 누구를 만나 새로운 일자리를 청해보자는 생각은 전혀 하지 못했다.

예전처럼 자주는 아니어도 간혹 술좌석이나 사람 모이는 곳에 나오라는 전화가 와도 아버지는 사람을 만나는 일에 대해 몹시 두려워하는 사람처럼, 몸이 좋지 않다느니 집에 애들이 와 있다느니, 라는 등의 핑계를 지어내며 거절하였다.

버림받은 초라한 자기 몰골을 사람들 앞에 내어 보이길 싫어하는 아버지의 심정은 이해할 수 있지만 내가 바라는 것은 아버지가 그러지 말았으면 하는 것이었다.

차라리 아버지가 겸손하고 솔직하게 그들에게 도움을 청해주었으면, 오히려 나는 그것을 아버지가 자신을 이긴 모습으로 받아들이며 기뻐하겠는데, 그들에 대한 아버지의 태도는 거드름과 허세를 동반한 것이어서 곁에서 보기에 너무 불쌍하고 딱해 보였다.

아버지가 그들에게 그러는 것은 그들에 대한 내적인 열등감과 부러움, 시기 따위의 역적인 노출이란 것을 나는 알고 있었기 때문이었다.

아버지로 하여금 그들을 친구로서 못 느끼게 만들고 그들에게 도움을 청할 수 없게 만드는 가장 큰 이유 중 하나가 아빠 곁에서 그들에 대하여 간단없이 쏘아대고 있는 어머니의 비난의 화살 탓도 컸다.

엄마는 결국 아버지의 가슴에다 독화살을 쏘아대고 있는 폭이었다.

그 결과는 필시 뿌린 대로 거두어야 하는 온 우주원리에 의거하여 당연히 엄마에게 돌아오게 될 것이다.

아버지의 증세는 아주 심하지는 않았지만 자폐증이나 대인 공포증을 의심할 정도로 변모해 나갔다.

외출은 일체 안하고 집에만 처박혀 있으려 하는 것이었다.

집안에서도 거실이나 정원같은 넓은 공간보다는 안방에 주로 기거하려했다.
안방엔 침실이 붙어있으니까 욕실도 화장실도 따로 나올 필요가 없긴 하였다.
아버지가 가꾸어온 마당엔 하이얀 목련이 피고 개나리꽃들이 화사한 봄볕 속에서 송알송알 그 작은 꽃들을 노오랗게 늘어진 가지 위에 줄을 세우고 있었다.
분홍 살구꽃도 수줍게 볼을 붉히고 대문 오른 편에 서 있었고 잔디도 파릇파릇 새싹이 쏟아나 퍼져가고 있었다.
그래도 아버지는 이곳에 잘 나오지를 않았다.
모처럼 잠깐 나와 있다가도 누군가 인기척이 나면 얼른 방으로 숨어 들어가 버렸다.
특히나 엄마 친구들이나 엄마가 다니는 성당사람들이 오면 더 빨리 안으로 숨어 들어가 버렸다.
사실 그것은 엄마의 재촉이기도 하였다.
아버지가 집에서 놀고 있다는 걸 엄마가 남들에게 창피하게 느낀다는 것을 아버지는 잘 알고 있었고 아내에게뿐 아니라 아이들에게도 아빠가 집에서 놀고있는 것은 수치스러운 일이라고 생각하고 있었기 때문에 아버지는 누가 집에 들어오면 얼른 숨고자하였다.
강의가 시작되었으므로 나는 학교에 나가고 있었다.
일찍 들어올 때엔 아버지가 혹시 마당에 계실지도 모른다는 생각에서 나는 아버지! 저, 왔어요! 라고 일부러 크게 소리를 질렀다.
내가 왔으니까 아버지가 안으로 도망치지 않아도 된다는 것을 미리 알리기 위하여.
아버지가 되어가는 모습이 내 마음을 점점 더 아프게 하고 있었다.

아버지가 아니었으면 내가 이렇게 좋은 집에서 편하게 살 수도 그리고 또 아무 걱정 없이 좋은 옷에 좋은 음식을 먹고 학교에 다닐 수도 없었을 것이라는 생각이 새삼스럽게 더 나에게 자꾸만들고 아버지의 수고의 값을 어떻게든 갚아주고 싶은 마음도 나에게 더해지고 있었다.
 나에게 아버지에 대한 특별한 애정이 없다라고 느꼈었는데 아버지가 불쌍해지고 있는 것을 바라보고 있는 내 심정은 정말 그게 아니었다.
 나 역시 아버지를 저렇게 만든 피해자 중의 한 사람인지도 모른다는 생각도 들었다.
 아버지가 자신을 부식시키면서 벌어다주는 돈으로 내가 이렇게 자랐으니까.
 사랑하는 아내와 네 아이들에게 행복한 생활을 대어주는 재미가 아버지에겐 너무 커서 아버지는 그 진원지인 자기 일자리에 대한 애착을 너무 크게 갖게되었는지도 모른다.
 아버지와 나와의 사이는 한번도 나쁜 적이 없었다.
 큰언니와 작은언니에 대해서보다는 못했는지 몰라도, 그리고 막둥이로 얻은 아들보다는 내가 아버지 마음속에서 못했는지 몰라도, 내가 필요한 것이 있다고 아버지에게 말하면 아버지는 한번도 거절해본 적이 없었다.
 필요하다면 별로 따져보지도 않고 잘 사주었고 자식들에게 심하게 잔소리를 하는 아버지도 아니었다.
 특별히 우아한 이상이나 투철한 신념이나 고상한 가치관 같은 것을 보여준 아버지는 못되었지만 그래도 아버지는 아주 타락하지 않은 어느 선상(線上) 위에 있으며 아버지로서의 자신의 직분과 역할을 충실히 하려고 하였고 도덕적으로 부패했던 모습도 우리들에게 보여준 적이 없었다.

내가 보아온 바에 의해서는 아버지는 단 하번도 엄마를 배반하고 딴 여자와 바람을 피운 적이 없었다.
　아버지의 그런 모습이 은연중의 교훈이 되어, 작은언니가 좀 자유분방한 남성편력을 거치긴 하였어도, 아버지의 아이들 넷이 큰 탈선 없이 제자리를 지켜오고 있는지도 몰랐다.
　아버지는 우리 다섯 식구에겐 둘도 없는 생명의 은인인 셈이다.
　우리 모두가 그 등에 업히어 살아온 것이다.
　아버지 외에 우리식구 가운데서 누구 한 사람 손 하나 까닥한 사람이 없다. 모두가 아버지의 등만 파 먹고살았다. 그만큼의 능력이 있는 아버지였지만 쓰러져 누운 걸 보니 속이 빈 고목이었다.
　"널 시집이나 보내고 나서 아버지가 이렇게 됐어야 하는데 아버지 직장이 없으니 누가 우리 애들 결혼식에 오겠니? 아버지 재직중에 큰 일을 치루어야 손님도 많고 돈도 많이 들어오는 건데, 신랑편이라도 손님이 많게, 그면도 신경을 써둬라. 결혼식장에 손님 없으면 그거 정말 못할 일이더라. 하객으로 간 사람 까지도 송구스러워 주인 볼 면목이 없어지는 심정이더라니까. 그러니 주인된 사람 마음은 얼마나 더 하겠니? 양쪽 다 미안해서 죄인들처럼 서로 고개를 못 들게 되니, 그게 무슨 꼴이니? 그 좋은 날."
　엄마는 아버지가 저렇게 쓰러져 누우니까 그것도 큰 걱정 중의 하나인 모양이다.
　나도 그 말엔 공감이다. 상호씨와 나의 결혼식장엔 제발 많은 사람들이 찾아와 축하해 주었으면 좋겠다. 하지만 가망이 없어 보인다. 아버지가 쓰러지고 나니까 아버지가 덮어주던 그늘이 얼마나 컸던지 새삼 보인다.
　비록 상호씨 집 쪽엔 손님이 없다 하여도 아버지만 현직에 있으면 우리집 손님으로도 식장을 채우기가 그다지 어렵지 않았을 것이다.

인심은 마치 물결 같다.
쏠리는 쪽으로는 가세가 있어 더욱 쏠리고 빠져나가는 쪽에도 가세가 있어 더욱 빠져나간다.
아버지에게서 별 도움을 받지 못했던 사람들도 예전엔 잘도 찾아오더니 이렇게 되니까 씻은 듯이 사라져버린다.
큰언니와 작은언니는 아버지의 재직 때에 결혼식을 치루어 우리 쪽도 손님이 많았고 신랑 쪽의 부모들도 재산가들이라 천여명 하객을 수용하는 식장 안이 북적북적하였었다.
그때엔 우리가 잘 알지도 못하고 가까이 하지도 않던 사람까지도 다 찾아와 주었다.
상호씨와 내가 결혼한다면 엄마가 말하는, 바로 그런, 주인이나 하객이나 서로 쳐다보기 민망스런 초라한 결혼식이 될지 모른다. 작은언니네, 큰언니네, 내 친한 친구들 몇명 꼽아보고 엄마친구들 몇명 꼽아보고. 그리고 나면 내 계산으로는 끝이다. 더 이상 와줄 사람이 생각나지 않는다. 아버지는 대인 공포증 증세니까 지금 상태 같아서는 청첩이나 내려하실지 모른다.
상호씨네 주변도 변변치 않다.
더욱이 집이 지방에 있어서 서울까지 올라와 식에 참석할만한 사람은 더 적을 것이다. 그런 생각을 하면 우울하고 초라한 기분이 든다.
그러나 내 마음속에는 상호씨 이외의 다른 대상에 대한 물색은 전혀 없다.
나는 상호씨와 결혼할 것이다.
엄마의 말을 듣고 있으면 내 마음속에서 초라해지고 마는 상호씨의 존재가 오히려 나에겐 더 연연하고 애절한 느낌을 일으켜준다.
마치 가엾게 쓰러져 누운 아버지에서 내가 전에 없던 쓰라린 애정을 느껴야만 하듯이——.

 그러나 아버지와 상호씨는 내 안에서 보이는 모습이 서로 다르다.

 아버지는 세상의 일부지만 상호씨는 세상 위에 있다.

 아버지에 대하여는 가엾다고 느끼지만 상호씨에 대해서는 다만 세상의 잣대로서만 그를 재어보려는 것에마저도 나는 저항을 느낀다.

 비록 지금은 그가 나에게 큰언니의 형부나 작은언니의 형부처럼 우리들의 결혼식장 안을 가득 채울 수 있는 사람들을 주지 못한다 하여도 그리고 그것이 나를 한편으로 슬프게 한다하여도 그 이상의 것들을 그가 나에게 줄 수 있는 사람이라는 것을 나는 믿을 수 있는 것이었다.

 그리고 그를 만날 때마다 나는 매번 그가 주는 그 이상의 것들로 충족되어 돌아오고 있는 것이다.

 더 진한 젖을 빨고 있는 사람에겐 덜 진한 젖에 대한 부족은 그렇게 크게 느껴지지 않는 법이었다.

 그리고 아버지를 통하여 내가 처음으로 가까이에서 절감하는 세상 영화에 대한 허망함은 상호씨가 나에게 줄 수 없는 세상의 많은 것들에 대하여 더 쉽게 포기할 수 있도록 나를 도와주었다.

 그러나 우리들 사이엔 크리스마스이브 이후 더 이상 아무런 진전도 일어나지 않고 있었다. 둘 사이가 더 가까워 질수 있는 아무런 행동도 우리사이엔 없었다.

 상호씨도 개학이 되었으므로 우리는 방학 때처럼 한가하지 못했다.

 다행이 상호씨가 가르쳐온 경식이는 대학에 붙어 주었고 상호씨는 또 다른 학생 과외지도 아르바이트자리를 구해야만 하였다.

 그의 집으로부터 그는 전혀 경제적인 원조를 받고 있지 못하였으므로 대여장학금을 받고도 부족한 학비와 생활비 일체를 스스로 조달해야만 했다.

 그 수단으로서 그에게 동원되는 것은 오직 학생 과외 아르바이트 자리밖엔 없었다.

 자칫하면 비굴해질 수 있는 자리인데도 그는 잘 이겨나가고 있는 것 같았다.

 그가 결론지은대로, 자신의 지혜 지식을 누군가에게 주고 거기에 대한 정당한 보수를 받는 일이라는, 이일에 대한 자기 나름대로의 개념 확정을 내리고 그는 거기에 다른 의미를 보태려 하지 않았다.

 경식이 엄마의 주선으로 곧 다른 아르바이트 자리가 그에게 주어졌다. 그의 일자리는 이렇게 연줄을 타고 얻어지게 된다고 하였다.

 한때 일류 대학생들이 호황을 누렸던 이 일자리도 지금은 비교적 얻기가 귀해져, 여기서도 경제적 불황이 체감된다는 것이다.

 고3짜리 두 아이를 각기 일주일에 이틀씩 그러니까 도합 나흘을 방과후에 가서 3시간씩 봐주고──그리고나서 자기공부를 해야된다는 것이 상호씨에겐 몹시 고단한 일이었다.

 졸업이 코앞에 닥쳤으므로 취직걱정도 해야하고 대학원 진학과 해외유학에 관한 계획도 그는 가지고 있었다.

 과외가 없는 날이나 하루중 남는 시간들엔 그는 주로 도서관에 가서 지냈다.

 그가 너무 보고 싶을 땐 나는 우리가 처음 만난 그 도서관으로 그를 찾아가곤 하였다.

 강의시간이나 아이들 과외 할 때에나 도서관에 가 있을 때엔 핸드폰을 그가 꺼놓고 있었으므로 그에게 전화를 거는 데에도 나는 많은 제약을 받아야만 했다.

그가 아주 늦게 귀가하였으므로 산동네 그의 자취방엔 거의 찾아갈 수가 없었다.

그 징그러운 사법고시 아저씨를 또 만나야한다는 것도 나에겐 께름칙한 일이었다..

그는 마치 우리 사이의 감독관처럼 거기 버티고 있는 것이다.

요놈들, 대가리에 피도 안 마른 놈들이 무슨 짓거리들이야!

그러나 실제로 우리들의 두번째 키스는 계속 연기되고 있었다.

내가 도서관 안으로 들어가 그가 노상 앉아 있는 자리로 찾아가 소리 없이 서 있으면 그는 얼마 후에 알아보곤 보던 책이나 노트를 그냥 두고 나를 따라 나오곤 하였다

우리는 도서관 건물 앞에 놓인 벤치 위에 얼마간 앉아있곤 하였다.

"오빠를 보기 위하여 내가 항상 찾아와야 돼?"

"내가 너보다 더 많은 일을 해야하니까. 넌 나보다 한가하잖아?" 하면서 그는 웃었다.

우리 머리 위에서 흔들리는 나뭇잎 사이로 별빛이 내려와 그의 눈동자 안에서 반짝이고 있거나 다른 이들 보다 몇배나 고단하게 살아온 그의 이마와 콧마루 위에 우수가 깊어 보일 땐 내가 얼마나 더욱 그의 품에 안기기를 열망하며 거기 앉아있었는지 아마 신(神)만이 아실 것이었다.

때로는 내 온몸이 한가닥의 번개처럼 느껴지기도 하였고 한줄기의 바람처럼도 혹은 그의 몸안에 녹아 들어가는 오직 한방울의 이슬방울로도 느껴지곤 하였다.

그러나 그는 한번도 그렇게나 호젓한 어둠 속임에도 나의 허리를 자기 팔로 휘감는 일도 그리고 그의 그 선려한 입술로 나의 여자를 깨워주는 일도 다시는 시도하지 않았다.

갈망하다가 채워지지 않은 채 나는 그와 헤어져 그냥 돌아와야

만 했었다.
 하지만 그렇게 돌아올 때마다 나는 왠지 우리들의 더 긴 풍요한 장래와 우리들의 보다 무궁한 시간 속으로 들어와 있는 듯한, 그런 기분 좋은 느낌 속으로 빠져들곤 하였다. 그리고 마치 내가 대단한 것이라도 이기고 돌아온 듯한 개선장군과도 같은 한가닥의 승리감도 드는 것이었다.
 그 속에서 나에게 분명하게 느껴지던 것은 우리가 점차 어딘가 작은 집으로부터 점점 더 큰 집으로, 혹은 실내악 속에 있다가 오케스트라 음악 속으로, 우주 속에서 초우주 속같은 곳으로 분명히 어딘가 점점 더 큰 곳으로 옮겨져가고 있다는 사실이었다.
 나의 조갈도 점차 가라앉아갔다.
 우리집에도 차츰 가난이라는 게 찾아오고 있었다.
 전기불 꺼라, 수돗물 잠가라, 치약 조금씩 짜 써라, 다림질도 그만해라,──어머니의 그런 끊임없는 잔소리가 식구들의 일거일동을 뒤따라 다녔다.
 식구래야 엄마를 제외하고 세 식구뿐이었다. 아버지와 나와 영환이──.
 파출부가 우리집에 오지 않게 된지는 벌써 오래된 일이었다. 아버지가 일자리에서 나오자마자 어머니는 즉시 우리집에 일주일에 세번씩, 이틀에 한번씩 오던 파출부 아줌마부터 끊어버렸다.
 어머니에겐 수입이 없는 생활이 공포로 이어지는 것 같았다.
 처음엔 이 생활이 오래 가지 않겠지, 곧 다시 아버지가 어딘가에 취직이 되겠지 하는 기대의 일말을 가지고 있다가 점점 달수가 흐르고 아버지의 실직이 장기화되고 재취업에 대한 희망이 전혀 없다고 느끼자 엄마는 히스테리칼한 반응을 보이기 시작했다.
 그렇게 아껴봐야 줄어드는 생활비가 기만원대 밖에 안되고 줄어드는 돈의 액수에 비하여 식구들이 감당해야 하는 불편함과 정신적인 초조감, 긴장감이 너무 크다고 나는 생각했지만 엄마에겐 그렇게 함으로서 얻어지는 안도감이 훨씬 더 큰 것 같았다.
 이것이 엄마에겐 헤프게 살다가 당할 위험을 미리 방지하는 일이 되기 때문이었던 것이다.
 나는 엄마의 그런 잔소리가 나의 등때기를 손바닥으로 때리는 일 만큼이나 싫고 어느 땐 뾰족한 송곳으로 머릿속을 쿡쿡 찌르는 것 같기도 했다.
 내가 꿈꾸어 오던 가난은 이런 것이 아니었다.
 사람을 바작바작 조여 가는 이런 가난이 아니었다.
 이것은 없어서 참는 일도 아니었다.
 없어서 참는 일은 주어진 환경에 대한 아름다운 적응이며 자신 안의 많은 것들을 솎아내고 다듬어서 자신을 순수하게 만드는 한 가지 방법 일수도 있었다.
 그러나 엄마가 우리에게 요구하는 가난은 그것이 아니었다.
 엄마에겐 많은 돈이 있는데도 없다고 느끼고 있었다.
 이것은 채워지지 않는 엄마의 탐욕이 만들어낸 자기 올가미였다.
 아버지가 받은 거액의 퇴직금과 은행에 어머니가 가지고 있던 꽤 큰 돈을 엄마는 이미 정기예금이라는 이름의 묶음 속에 묶어 꼼짝못하게 만든 뒤 이 은행 저 은행에 분산해 놓고 있었다.
 그것은 이미 아무도 쓸 수 없는 돈이었다.
 엄마가 죽고 우리 모두가 죽은 뒤에도 아마 은행에 넣어둔 채 그 돈은 그대로 남아 있을 것이었다.
 그것은 이미 엄마에겐 쓸 수 없는 돈이었다.
 거기서 나오는 얼마의 이자를 가지고 살아야만 한다고 엄마는 생각하고 있었다.
 있는 돈을 줄여가며 산다든가, 가지고 있는 집이나 토지를 팔아서 생활한다는 것은 엄마에겐 공포의 도가니 속으로 들어가는 일이었다.
 구멍이 뚫린 배 안에 앉아있는 일인 것이다.
 다달이 들어오는 돈으로 살다가 그 돈이 끊어지고 가지고 있는 것들을 헐어서 줄여가면서 산다는 것은 엄마에겐 몸이 바짝바짝 타는 일과 같았다.
 이 돈을 다 쓰면 그녀는 죽을테니까, 그러므로 그녀는 어떻게든 원전은 쓸 수 없도록 은행에 묶어두고 거기서 떨어지는 부스러기 이자만으로 살려는 것이었다.
 아빠가 받아오던 월급액수에 비하면 이자액은 턱도 없이 적긴 하였다.
 그러나 살고 있는 집도 우리가 살기엔 너무 큰 저택이니까 줄여서 아담한 빌라 같은 곳으로 옮길 수 있고 엄마가 그동안 뒤에다 마련해 놓은 얼마의 토지와 아파트도 한 채 있다는 것을 나는 알고 있었다.
 그 아파트나 토지를 처분한대도 전세금 다 빼어 주고도 돈은 많이 남을 것이었다. 거기다 아버지의 퇴직금과 엄마가 풍족한 살림에서 떼어내 이제까지 은행에 저금해 오던 돈 등——엄마는 결코 가난한 사람이 아니었다. 엄마 스스로 자랑삼아 떠들었기 때문에 영환이까지도 우리에겐 꽤 많은 돈이 뒤에 있다는 것을 알고 있었다. 따라서 우리 모두는 우리에게 요구되고 있는 이 가난이 엄마의 탐욕이 만들어낸 올가미라는 것을 모두 알고 있었다. 그러므로 우리의 마음은 우리들의 이 가난에 순순히 승복당할 수가 없었다.
 그러나 엄마 스스로는 앞으로 살 일에 대한 공포에 사로잡혀 있었다.
 엄마에겐 엄마가 이미 가지고 있는 돈은 아무것도 아니고 수입이 전혀 없다는 사실만이 크게 부각되고 있었다.
 엄마는 거기에 몹시 놀라고 당황해져 있었다.

이렇게 수입이 없이 살아본 적이 엄마에겐 한번도 없었기 때문이었다.
 늘 벌어다 주는 돈으로 살다가 아무도 벌어다주는 사람이 없어지자 그리고 방석 밑에 깔고 앉은 돈을 곶감꼬치 빼먹듯 빼먹으며 살아야한다고 생각하자 그 돈이 사라지고 난 뒤의 미구에 닥쳐 올 비참하고 막막한 미래가 그녀에게 덜컥 겁을 집어먹게 해주는 것이었다.
 그래서 그녀는 어떻게든 돈을 줄여 쓰게 하려고 날뛰고 있는 것이었다.
 그래도 엄마는 자신의 승용차만은 결코 없애려 하지 않았다.
 이것은 자신의 품위 유지상 반드시 필요하다고 생각하고 있었기 때문이었다.
 아버지가 타고 다니던 차는 회사의 재산이었으므로 아버지의 퇴직후 회사로 다시 반납되었다. 엄마에게만 하이얀 베이지색 차가 남게 되었는데 동창회 모임이나 성당모임에서 어딘가 가야할 때 아무튼 그녀가 나타나야 할 장소엔 반드시 그녀는 그녀의 그 하얀 베이지색 승용차를 타고 나타나고 싶어했다.
 여자다운 윤곽에 피부가 하얀 엄마는 아빠보다 겨우 한 살 밖에 아래가 아닌 오십의 중반을 벌써 넘고있었지만 아무도 그 나이로 보지 않았고 자기자신도 자신이 늙어가고 있다는 사실에 대한 긍정을 끝내 거부하고 있는 것으로 보였다. 젊은 여자처럼 차리고 다니고자 하였다.
 아빠가 쓰러진 뒤에도 엄마의 그런 태도는 여전히 계속되었고 아버지도 엄마가 그렇게 전과 다름없이 살아주는 일에 대하여 불만감 같은 것은 전혀 없어보였다.
 오히려 아버지는 엄마에 대하여 더욱 미안해하였다.
 엄마가 가지고 있는 것들이 모두가 다 아버지가 마련해준 것들인데도 불구하고 엄마의 생활에 자신이 누를 끼치고 있는 듯이 아버지는 엄마에게 몹시 비굴하고 몹시 미안해하였다.
　아버지에겐 정말 갈 곳이 없어보였다. 내가 손을 뻐쳐보아도 아버지에겐 닿지가 않았다.
　엄마가 너무나 돈돈하면서 몰아 부치고 가을학기 나의 등록금낼 때도 곧 다가오고 있었으므로 여름방학을 이용하여 무슨 일을 해볼까 생전 처음으로 내가 그런 궁리를 하고 있는데 그때 마침 선배 언니한테서 전화가 왔다.
　부군이 대학교수를 하다가 국회로 나가있는 선배 언니였다.
　소문난 유명인인 언니인데 과대표 자격으로 나는 2학년때 언니가 자기 모교 후배들을 위해 베풀어준 조촐한 만찬에 초대된 적이 있었다.
　그녀가 왜 그런 모임을 마련했는지, 거기에 대하여 사람들은 정치인이므로 어떤 형태를 취하던 자기선전을 위한 PR용 접대일거라고 말들을 했지만 작은 키에 아기자기하고 귀엽게 생긴, 공부도 많이 한 선배 언니는, 전혀 정치냄새가 나지 않고 나에겐 참 감이 좋다고 느껴지던 여자였었다.
　그 언니 집에도 가 봤는데 어마어마하게 잘 살지도 않고 특히나 그 언니가 나환자촌에 가서 나환자들과 함께 식사를 하면서도 별로 더럽다는 생각이 들지 않더라는 얘기를 하는 걸 듣고는 나는 몹시 감격하고 친근하게 느껴져 부쩍 가깝게 마음으로 끌어당긴 언니였다.
　나환자까지도 더럽지 않다고 느낄 수 있는 사람이라면 누구도 그 앞에서 기가 죽거나 특별히 잘 보이려고 긴장을 할 필요가 없을 것이라고 나에게 생각되었기 때문이었다.
　바쁜 사람이어서 자주 만날 수는 없었지만 일년에 한 두번씩 아주 가끔 언니는 나에게 전화를 걸어 불러내어 저녁을 사주고 음악

회와 연극엘 데리고 가곤 하였다.
 유명인인 언니가 나에게 가지고 있는 그 특별한 호의에 대하여 나는 잘 납득이 되지 않았지만 나에겐 아주 어릴 때부터 그리고 초등학교 때도 중학교 때에도 고등학교 시절에도 대학에 들어온 뒤에도 이유 없이 나를 특별히 좋아하는 사람들이 나타나주곤 하였고 하늘로부터 거저 받았다고 밖에 할 수 없는 나의 그 행운에 대하여 나는 어느 정도 익숙해 있었기 때문에 이 언니가 나를 좋아하는 이유에 대해서도 그런 종류로 이해하기로 하고 더 이상은 깊이 생각해 보려 하지 않았다.
 선배 언니가 만나자는 장소는 고급호텔의 지하레스토랑이었다.
 나가보니까 언니는 이미 와서 기다리고 있었다.
 "선거 때문에 무척 골치 아프겠네요, 언니."
 대학교수를 그만 두고 정치에 뛰어든 이유를 나는 아직도 모르겠는 것이었다.
 "지역구 관리 때문에 나는 요즘은 아예 그곳에 가서 살다시피 해. 찾아오고 부탁하는 사람이 얼마나 많은지——."
 남편이 아니고 이 언니가 국회의원에 출마해도 손색이 없다고 나는 늘 느껴왔다.
 이 언니를 만나본 우리친구들도 모두 한결 같이 그렇게 말한다.
 수필가로, 대학교수로, 언니는 이미 이름이 나있고, 갖추고 있는 품위나 미모나 모두가 어디 내놓아도 손색이 없는데 자기는 내세우지 않고 자신의 것은 모두 버리고 오직 남편의 뒷바라지에만 골몰하는 언니의 모습이 아깝지만 아름다워 보인다.
 "돈 안 쓰곤 안돼, 안돼"
 둘 다 훈제 연어구이를 시켜놓고 나서의 푸념이다.
 "언니같은 사람이 그런 말하면 어떻게요?"
 "내가 돈 안 쓰고 실력만으로 해보겠다고 우겼더니 너무 딱해보였던지 어떤 신부님이 나를 불러다가 이렇게 충고를 하시더라. 맑은 물에 고기가 사는걸 봤느냐고."
"신부님이요?"
"그래."
"……"
(맑은 물에 고기가 살지, 탁류 속에 고기가 어떻게 사나요? 오염된 탁류 속에선 모두가 죽어버리잖아요? 섬진강 맑은 물 속에 사는 고기들을 보세요. 얼마나 싱싱하고 건강한가. 알도 잘 낳고 부화도 잘 되고 바윗돌 밑엔 가재도 자라고, 오염된 물 속에서 죽어서 하얀 배를 위로 내놓고 떠 있는 물고기들을 보세요. 조개들도 다 폐사해요. 기형물고기들도 얼마나 많아요?)
그러나 하고 싶은 나의 그 많은 말들은 다 내 안에 쌓아두고 나는
"언니, 언니는 다른 사람들과 좀 다를 수 없어요?"
라고만 했다.
"얘, 난 요즘 이런 생각이 든다. 모두가 다 죄를 짓고 있는데 혼자 나만이 죄를 안 짓겠다고 버티는 것도 죄가 아닌가 하고, 그게 바로 교만죄가 아닐까?"
듣고 있노라니, 나는 푹 웃음이 터진다. 이것이 무슨 궤변의 소리인가. 내 입에 넣고 씹던 밥알이 두어개 쯤 밖으로 튀어나가 다행히 언니의 밥그릇 속으로 떨어지지 않고 언니의 얼굴 위에 맞고 떨어진다.
"언니, 미안해요"
"괜찮아."
언니는 꽃 손수건으로 밥알이 붙었다 떨어진 자기 뺨을 닦아낸다. 좀 부은 건지, 살이 찐 것인지 언니의 얼굴이 부석부석하다.
그 부석부석한 얼굴이 방금 내 마음속에 떠올랐던 그 부패되어 있는 생선의 어느 부위를 문득 나에게 연상시킨다. 이 언니의 안

에도 이미 부패의 칼이 깊이 들어가버렸구나, 하는 생각이 불현듯 나에게 든다.
 한동안 만나지 못한 동안에 언니의 얼굴 안에서 무언가 확실히 달라져 버린게 점차 내 눈에 뜨이기 시작한다.
 언니 얼굴 위에서 항상 빛나던, 수재만이 지닐 수 있는 그 총기와 영특함의 빛이 많이 사라져 버렸고 떳떳하게 살고있다고 자부하고 있는 사람만이 지닐 수 있는 그 구김없이 날이 서 있던 표정도 많이 뭉글어지고 후즐근해져 버렸다.
 확실히 예전과는 달라져있다.
 물간 생선을 연상시키는 그 무언가 죽어가는 세포같은 것들이 언니의 얼굴에서 내비쳐 보이고 어린애처럼 귀엽다고 느껴지던 얼굴이 뭉글뭉글해져서 그런지 좀 징그러운 것으로 변모 되어가고 있는 중이다.
 한때 똑똑했던 사람들도 결국은 이렇게 혼탁한 물속에서 무언가 무언지 잘 모르게 되어 세상이 가는 대로 따라가 죽게되는 건가보다.
 그래도 교수 노릇을 하는 게 나을텐데, 난장판인 정치판에 뛰어들어 자기가 본래 가지고 있던 모든 것들을 포기하고 그들과 한물에서 죽어가고 있는 언니가 안타깝다.
 원리원칙이 무시되고 온갖 모함과 술수와 거짓이 난무하는 탁류 속에서 계속 함께 돌아가다 보면 결국은 한 믹서기안의 물건처럼 되어버리고 말 것이다.
 그 안에서 자기만의 것을 지킨다는 것은 불가능할 것이란 생각이 든다.
 공부도 많이 한 여자고 아주 합리적인 사람으로 내 기억 속에는 접혀져있는 데 그 태엽이 망가져 가고 있는 게 보인다.
 아주 못사는 사람이 생계를 위하여 나쁜 판에 뛰어드는 건 이해와 동정이 가는 일인데 나의 좁은 소견으로는 이런 언니처럼 좋은 직장을 가지고있는 사람이 그것을 내 팽개치고 굳이 자기생리와 맞지도 않는 불의 부정 비합리적이라고 지칭되는 정치집단 속에 속하려 했다는 건 이해와 공감이 안가는 일이다.

나 같으면 이런 선택은 절대로 안 할 것 같다.

그것이 언니와 내가 서로 다른 점이다.

대학교수가 국회의원보다 백배나 나에겐 더 좋은 일자리 같은데 언니에겐 안 그런가 보다.

잠시도 가만있지 못하고 워낙 활동적인 사람이라 대학교수처럼 한적한 일자리가 따분한가보다.

바쁜 것이 이 언니에겐 좋고 이곳저곳에 자기얼굴을 내미는 일도 이 언니에겐 즐거운가보다.

그러자니 국회의원이란 자리가 필요하고 그 자리를 차지하고자 하다보니 정정당당한 방법으로는 안되겠다 싶으니까 비리와의 타협이 불가피하여지고 그러다 보니 보편타당성을 떠난 괴상한 논리로 자기를 합리화시키려는 궤변가로 돌변하여지고 마나보다.

그렇지만 저 언니가 정말 속으로도 자기가 지금 말하고 있는 것처럼 생각하고 있는지는 의문이다.

계속 쉬지 않고 자기주장을 떠들고 있는 것도 사실은 마음속의 갈등과 괴로움에 못 이겨서 누군가로부터 수긍을 당하고 위안을 받아보려는 것은 아닐까. 그러나 나는 언니의 말에 장단을 맞추어 줄 수는 없다.

그렇다고 맞대항 해서 싸우고 싶지도 않다.

이미 언니 안에서 대세는 기울었고 언니의 길은 정해진 것 같다. 누구의 말에 자신의 키의 방향을 돌릴 사람으로는 보이지가 않는다. 무너지는 것들 속으로 언니는 이미 너무 깊이 들어가 있고 지금 언니에게 필요한 것은 그녀의 동조자들이다. 내가 보기엔 그녀의 동조자는 굳이 찾아다니지 않아도 될 것 같다. 세상 전부가 그녀의 동조자일테니까. 그녀가 사는 방법이나 그녀의 변신을 진심으로 나무랄 사람이 이 시대엔 과연 몇 명이나 남아있을까. 유명한 국회의원 아무개 사모님——함자만 대면 누구나 다 아는 유명인사의 아내가 된 사람을 향해 누가 감히 자신있게 당신 인생의 키를 돌리라고 말할 수 있겠는가. 그러나 왜일까. 나에겐 언니의 저 끝이 벌써 위태해 보이고 이 언니가 이렇게 시들어 가고 있다는 게 안타깝다.

　그녀가 그녀의 그 항상 바쁜 시간 안에서 특별히 나를 지목해 만나서 점심까지 사 주면서 이렇게 온갖 궤변을 다 동원하여 자신을 변호해보려 하고 있는 이유에 대해서도 나는 생각해본다. 그녀에게 장단을 맞추어 줄 사람들은 그녀 주변에 얼마든지 많을 텐데. 그렇다. 이 언니에겐 지금 자신이 놓치고 떠나는 것들에 대한 안타까움이 있는 거다. 그만큼 언니가 아직 살아있다는 증거가 아닐까.

　언니의 눈에도 내가 아직 놓치지 않으려고 붙잡고 있으려 하는 것이 보이는가보다. 자기는 버렸는데도 나는 아직 가지고 있다는 것이 언니에겐 안타깝고 거기에서 오는 열등감에서인지 언니는 계속 자기가 관계하고 있는 유명인사들의 부인들에 대하여 얘기를 늘어놓는다. 그들과 자신이 함께 했던 여러 행사들을 나열하며 계속 떠든다. 굉장한 다변이다. 재미도 없는 얘기인데다 언니가 그들을 동원해서 의도적으로 나를 압도하려 하고있는 것이 느껴져 나는 많이 피곤했다. 나는 전혀 대항하지 않고 가만히 있는 데 자꾸만 언니는 나를 자기발 아래 밟으려 하고있다. 그래도 나는 잘 참고 들어주었다. 그동안 몇번 만났어도 언니가 이렇게 한 적은 없었는데 그 사이 급속히 속물화 되어버린 것 같다. 컴퓨터의 출현 때문인지 이 시대의 모든 것들이 점점 더 빨라지고 있는 것 같음을 느낀다.

앞으로는 이런 것들이 더욱 빨라질지도 모른다. 빨라지는 것들 안엔 가속이라는 게 있으니까.

오후 세시쯤 선배언니와 나는 호텔지하식당을 나왔다. 카운터에다 음식값을 내느라고 나보다 조금 늦게 식당을 나온 언니는 먼저 로비에 나와 있는 나와 눈이 마주치자

"얘, 네 얼굴은 마치 유리알 같구나, 어쩌면 그렇게 언제 봐도 맑고 곱니? 몸도 맨날 그대로구, 살도 안 쪄? 너를 보면 무슨 예쁜 꽃 한송이를 보는 것 같다."

언니 가슴속에 깊이 눌러 놓았던 말이 불시에 자기도 모르게 튀어나온 것 같다.

탄식처럼 불쑥 던지는 말이다.

식당 안에서 계속 위압적으로 나를 누르려던 언니가 순간적으로 허세를 벗고 왜 그렇게 갑자기 되어버리는지 모르겠다.

로비 벽에 걸려있는 대형거울 안에 우리 둘이 걸어나오고 있는 모습이 비추이자 언니는, 얘, 저것 봐 나좀 봐라, 너한테 비기니까 살찐 조그만 암돼지새끼 한 마리 같지 않니, 하며 자조적으로 킥킥 웃었다.

우리의 모습이 나타나자 호텔현관에서 기다리고 있던 언니의 고급승용차가 우리 앞으로 스르르 달려오더니 그 안에서 단정한 옷차림을 한 청년하나가 재빨리 뛰어나왔다.

언니의 차 기사인가본데 언니에게 뒷문을 열어주는 태도가 흡사 충성스러운 시종이다.

그가 곁에 서자 언니의 모습은 당장 우리 사이에서 월등한 존재로 변모되어 보인다.

"언니, 점심 고마웠어요. 또 연락하세요."

하며 나는 떠나고자 하는데 언니가 굳이 차안으로 나를 끌어들인다.

집까지 데려다 주겠다는 것이다. 대단한 친절이다.
 나에 대한 운전기사의 태도도 아직 내가 누구로부터도 한번도 받아보지 못했던 그런 정중한 대우다. 차안에서야 나는, 언니 내가 일할만한 자리 없을까, 하고 언니에게 그 말을 꺼내었다.
 이 언니에게 부탁하면 내가 원하는 일자리가 쉽게 얻어지리란 생각이 들어서였다.
 "왜? 아직 학교졸업 안 했잖아?"
 "학교 다니면서 할 수 있는 일은 없을까요? 이제 곧 여름방학도 되잖아요?"
 "아버지가 금융계통의 임원이시잖아?"
 "퇴직했어요. 가지고 있는 돈을 빼먹고 있으니까, 심리적으로 엄마가 불안해하세요."
 "그래?"
 언니는 잠깐 생각해 보는 듯 하다가
 "가정교사 아르바이트자리 같은 건 어때?"
 "좋아요."
 "알았어."
 하더니 언니는 그 자리에서 당장 핸드폰으로 어딘가에 전화를 건다. 그런 뒤 그녀는 나를 어느 호화빌라 앞에 내려주고 떠나 버렸다.
 "잘 해줄꺼야. 내가 부탁해두었으니까. 또 연락할게."
 하면서 차에서 내리지도 않고 언니는 바삐 떠나버렸다.
 역시 발이 넓은 사람이다 싶다.
 나의 부탁에 발빠르게 대처해주는 언니의 호의 안에서 자기과시욕의 냄새가 물씬 풍기긴 하였어도 나로선 고맙긴 고마웠다.
 나는 예쁜 돌계단을 딛고 올라가 언니가 가르쳐준 집의 초인종을 눌렀다.
 곧 주인여자인 듯 싶은 여자가 나타났다.

엄마보다 젊은 나이의, 선이 굵은 윤곽에 화장이 짙은 얼굴이다.
"아무개의원님 사모님이 보내신 분이시죠?"
아주 반색을 한다.
운전사의 호의만큼이나 이 집에서의 나에 대한 환대도 극진하다.
이 모두가 국회의원 사모님이신 언니의 후광이다.
이래서 권력의 추종자들이 생기는 모양이다.
한눈에 들어오는 실내가 백평도 넘어 보인다.
거대한 거실 중앙엔 분수까지 솟아 나오고 있고 그 안에서 물고기까지 뛰어 놀고 있다.
마즌편 대형 유리창문으로 빌라 뒷뜰의 모습이 들어와 있는 게 한폭의 대형 아름다운 풍경화를 걸어놓은 듯 하다.
검은 대리석 바닥에 깔아놓은 황금색 고급 양탄자도 너무 근사하고 응접의자며 탁자의 모습도 그리고 거기에 달려있는 집기 하나하나의 모습들도 몹시 고풍스럽고 이국적이고 어디서 구해온 것들인지 멋지다. 실내 구석구석이 어느 한군데 빠진 데가 없이 세련미의 조화 안에서 일체를 이루고 있다.
주인의 미적 감각이 뛰어나 보인다.
내겐 누가 돈을 아무리 많이 준다하여도 이렇게 꾸며놓을 재간이 없다는 생각이 든다.
우리 엄마 역시 어림두 없어 뵌다.
이곳에 데려오면 당장에 기가 죽어버릴 엄마를 생각해본다.
나를 홀 중앙의 응접의자에 앉힌 뒤 주인여자는 은영아, 하고 어느 방에 대고 소리를 질렀다.
그렇게 몇번이나 부른 뒤에야 저쪽 끄트머리 방문이 열리고 퉁퉁한 여자애 하나가 나타났다.
선배언니가 전화하는 소리를 옆에서 들은 바로는 고등학교 3학년 학생이라고 하였는데 머리에 노란 물을 들이고 눈썹까지 밀고 귀를 뚫어 귀걸이를 해 넣었다.
 쌍꺼풀도 첫눈에 봐도 만든 쌍꺼풀이다.
 하얀 짧은 바지에 오렌지색 티셔츠를 입은 모습도 나보다 더 어른스러워 보이는 것 같다.
 이런 아이들을 처음 보는 건 아니고 이미 익숙해 있었지만 내 힘으로 도저히 다스려지지 않을 것 같아 겁이 먹어진다.
 이 집의 너무 휘황찬란한 분위기에 눌린 데다 내 몸의 두배나 될 만큼 허우대가 큰 몸집에 얼굴 가꾼 것이며 옷입은 맵시도 이미 전문 기성인 수준으로 느껴져 나의 학생으로 받아들이기가 내겐 너무 버겁다.
 상호씨가 가르치는 학생들은 어떤 애들일까라는 생각을 해본다. 나는 한번도 그들을 본적이 없다.
 그에게 견디기 어려운 때가 많을 것이란 생각이 처음으로 나에게 사무쳐온다.
 이제까지 나는 비교적 좋은 집에 살면서 가난을 그리워했을 망정 어디 가서 이런 위축감을 느껴본 적이 없다.
 상대적 빈곤이란 낱말의 뜻을 이제야 배우는 것 같다.
 그러나 상호씨가 당하는 일을 나도 함께 당한다고 생각하니 혼곤한 감마저 든다
 아까 차안에서 선배언니로부터 들은 바로는 주인여자는 대학에서 의상학을 공부하고 나온 뒤 자기의 전공을 살려 오래도록 시내 중심가에서 고급 의상살롱을 경영하여 돈을 많이 번 이름난 의상 디자이너이며 남편은 정부의 어디 기관장으로 있다가 일찍감치 거기를 나와 기관장 당시의 연줄과 인맥을 이용해 자기사업을 시작해 크게 번창시킨 수완가라고 한다.
 둘이 다 이 사회가 선망하는 성공자들인 것이다.
 이 집 남편이 의원님의 친구의 동생인 바람에 선배언니와는 연

관이 된 모양이다.
"애가 초등학교 때는 공부를 아주 잘 했어요. 반장두하구······."
은영이라는 아이를 불러다 자기 곁에 앉힌 뒤 여자가 하는 말이다.
내 태도나 표정이 자기 집의 꾸며 놓은 모습에 경탄을 머금고 있음을 보고 그녀는 기꺼워하는 표정이다.
시간을 두고 보니까 흔히 유명 의상디자이너들이라고 소개되는 여자들이 가지고 있는 공통점이 그녀의 모습에서도 보인다.
주인여자보다 약간 더 늙은 나이의 여자가 무표정한 얼굴로 과일과 쥬스 따위가 든 쟁반을 들고 와서 우리 앞에다 놓는다.
이 집의 고정 가정부인가 보다.
"드세요. 드세요"
하면서 주인여자가 내 앞으로 과일을 밀어 놓고 있는데 저쪽 방문이 열리면서 긴 머리를 흐트러트린 어떤 여자 하나가 파자마 바람으로 나왔다.
화장실엘 가려고 나온 모양새 같았다.
그 여자가 열어놓은 문 사이로 방안에 모여있는 꽤 여러 명의 여자들이 보였다.
그들이 손에 들고있는 것이 무언가 나는 곧 알아보았다.
"문닫아! 문닫아."
목소리는 확실히 들리지 않았지만 보이는 표정들이 그런 표색이었다.
그러자 곧 문이 닫혀졌다.
내가 그쪽을 보고 있는 것을 알아챈 여자는
"오래간만에 친구들끼리 모여서 장난삼아, 큰 판이 아니고 백원짜리동전을 가지고 노는 거예요."
하면서 선이 굵은 사람이 애써서 웃을 때 지어지는, 이마에 굵은 주름이 가는 웃음을 웃었다.
 "은영아, 선생님 모시고 네 방으로 들어가거라. 네 방도 구경시켜드리고, 선생님께 네가 하고 싶은 여러 가지 말씀도 드리고, 선생님 시키시는 대로 잘 따라야 해!"
 엄마가 시키는 말엔 대꾸도 안 하면서 그 아이는 내게, 선생님 들어와 보세요, 하며 앞장을 선다.
 그렇게 제 방으로 나를 이끄는 태도가 전혀 귀엽지 않은 것도 아니다.
 나이 차가 기껏 4, 5년 밖에 안 될텐데, 애써 선생님 노릇 하려 하지 않고 언니쯤으로 대해주자고 나는 마음을 미리 낮추어 먹었다. 아이 방이 우리집 안방만은 하였다.
 분홍시트가 덮힌 침대며 옷장이며 책상이며 안락의자며 오디오, 비디오, 컴퓨터도 노트북컴퓨터 외에 세워 놓은 컴퓨터도 또 하나 있었다.
 벽으로는 온통 돌아가며 마이클잭슨을 비롯한 밤송이처럼 머리를 세운 외국가수들 국내가수들의 사진들이 다닥다닥 붙어있었다.
 영환이의 방에서도 자주 보던 사진들이어서 나는 놀래진 않았지만 그 정도가 여기가 훨씬 더 심했다.
 "이런 사진들을 왜 여기다 이렇게 붙여놔?"
 "선생님은 싫으세요?"
 "차라리 해가 지는 노을의 풍경이나 낙엽이 떨어져있는 오솔길, 남빛 바닷물결 좋잖아? 그런 걸 보면 마음이 가라앉아지고 시원하고."
 "그런 것들은 너무 심심하잖아요?"
 "오디오, 비디오 이런 것들은 엄마가 다 사다 놔 주셨어?"
 "내가 사달라고 했어요. 음악도 듣고 비디오도 보고 해야 공부가 더 잘 된다고."

아이에게 현재 배우고있는 영어책들을 내어 놓아보라고 했다.
 진즉 생각은 해 본 일이지만 이렇게 빨리 이일을 시작하리라곤 예측 못했으므로 전혀 나에겐 준비가 없었다.
 대학에 들어오고 거의 4년간 고등학교 아이들이 배우는 영어책을 한번도 다시 들여다 본 적이 없다.
 집에 영환이가 있었지만 먼발치로만 보았을 뿐 관심 있게 그애 가까이 가서 공부하는 것을 도와준 적이 없었다.
 그애도 나에겐 청하지를 않았다.
 은영이가 내놓은 책들이 대략 눈에 익은 것들이고 어렵다고는 느껴지지 않아 그 점엔 우선 안도가 되었다.
 은영이에겐 학교공부는 뒷발치고 과목마다 과외선생님을 붙여 지도를 시키고 있었다.
 나는 영어과목 선생으로 이 집에 취직된 것이다.
 이 집에 들어온 선생님들에게 엄마가 한 달에 얼마씩 주고 있는지 은영이가 내가 묻지도 않는데 나에게 일러주었다.
 나의 얼굴이 달아오르는 것처럼 너무나 뜨거웠다.
 누구에게서 돈을 받는다는 것이 나에겐 아직도 너무도 서투른 일처럼 느껴졌다.
 엄마, 아버지로부터 외에는 누군가로부터도 나는 아직 돈을 받아본 적이 없었다.
 그리고 그것이 나에겐 이유없이 부끄러운 일로 느껴지는 것이었다.
 상호씨가 집을 나와 가정교사 자리를 전전하면서 비굴해지지 않으려고 노력해야했다는 말이 또 한번 내 마음에 사무쳐온다.
 수고의 값을 받는다는 것이 무어가 수치인가.
 각 과목 선생님들이 오면 거기에서 은영이를 가르친다는 탁자 앞에다 은영이를 마주 앉혀놓고 나는 오늘은 첫날이라 정식은 아니지만 간단한 테스트를 해보겠다면서 은영이에게 가르쳐보기를 잠깐 시도해 보았다.
 그런데 도무지 집중이 안되었다. 뻔들거리는 종이 위에서 연필심이 미끄러지고 글씨가 잘 안 써지듯이 온 방안이 번쩍거려 사방으로 정신이 분산되어 마음을 제대로 가르치는 일에 깊이 기울일 수가 없는 것이었다. 아이도 들을 자세가 아니었다. 건성으로 앉아 있을 뿐 듣고싶은 마음은 별로 없고 딴 얘기만 하고 싶어한다.
 "선생님! 선생님은 왜 여자대학에 갔어요?"
 "여자니까. 난 여자대학이 좋았어. 친구도 많고."
 "여자친구보다 남자친구가 더 좋잖아요?"
 "여자대학 가도 남자친구 얼마든지 사귈 수 있어. 소개팅도 있고 미팅도 있고."
 "여자대학 가서 남자를 사귀려면 꼭 소개팅이나 미팅 그런걸 해야 되잖아요? 그렇지만 남자 학교를 가면 그런 것 필요 없이도 언제나 남자하고 같이 지낼 수 있잖아요? 우리반 애들도 거의 다 남자학교엘 가고 싶어해요. 여자대학에 가고 싶어하는 애 별로 없어요. 그래서 여자들만 다니는 학교가 점점 인기가 떨어지고 있는 거예요."
 "너는?"
 "나도 물론 남자학교엘 갈 거예요."
 공부는 거의 못하고 얘기만 하다가 은영이의 방에서 나왔다. 내일은 일요일이니까 월요일 저녁때 오겠다고 은영이에게만 말해주었다.
 일부러 화투하는 방까지 찾아가 은영이 엄마에게 인사를 하고싶지가 않았다.
 현관까지 따라 나와준 은영이에게만 인사를 하고 나는 살그머니 밖으로 나왔다.

아직 밤은 오지 않았지만 한낮의 강한 햇살이 많이 사윈 초저녁의 골목길에는 하얀 명주결 같은 초여름의 바람이 불고 있었다.
 양쪽으로 삐쭉삐쭉 웅장하게 서 있는 빌라들이 옛날 구라파의 귀족들이 살던 아름다운 성처럼 서 있고, 빌라들 앞으로 화초와 수목들이 예쁘게 가꾸어진 뜰이 붙어있는, 사이의 골목길을 나는 기분 좋게 선선한 저녁바람을 맞으며 걸었다.
 모든 것들이 잘 정돈되어 보이고 멋들어지고 고급스러워 보였다.
 그러나 나의 마음은 그 어느 때보다 더 열렬히 상호씨 곁으로 달려가고 있었다.
 저 산동네의 상호씨 곁으로.
 나의 어깨 위에 무거운 짐처럼 얹혀 나를 누르던 위축감은 어느덧 사라지고 대신 거기엔 상호씨를 향한 그리움의 날개 깃이 붙어있었다.
 그리움의 날개 깃이 붙어 나의 마음을 한없이 산동네의 상호씨 곁으로 밀고있었다. 불과 몇 시간 밖에 안 있어봤지만 나는 이미 그 안의 것들을 다 알아버린 것 같았고 벌써 그곳이 나는 싫었다. 그곳은 내가 살고 싶은 곳이 아니었다. 그곳에 있는 그 짧은 시간 동안 그 사실이 너무나도 확연하게 나에게 느껴졌었다. 세상과 나 사이에 그어져있는 균열이 다시 한번 나에게 확실해 오고 있던 순간이었다. 거기서 나는 마치 나 자신을 낯선 거리 안의 이방인처럼 또 한번 그렇게 느껴야만 되었었다.
 그래도 나는 모든 곳에서 되도록 잘 견뎌보고 싶었다. 비록 은영이나 은영이네집 분위기가 내 마음에 안 들고 그들이 나와 아주 다른 사람들로 느껴진다 하여도 나는 이 일을 열심히 해 보고 싶었다. 이것은 나에게 새로운 경험대인 것이다.
 모험심이 일어나기도 하였고 이겨내고 싶었다.
 자신을 키우는 일이 될 수도 있다라고 생각하고 싶었다.

그래도 이 일자리는 우리과의 다른 친구들이 간혹 하고 있는, 싸롱에 가서 시간당 얼마씩 받고 커피를 날라다 주거나, 경양식집에서 스파게티를 날라다 주거나, 음악소개를 하며 디스크자키노릇을 하는 일보다는 나에게 맞았다.
 은영이가 귓뜸 해준 월급여를 몇 달만 모으면 상호씨에게 컴퓨터를 하나 사줄 수도 있을 것 같았다.
 그리고 상호씨에게 필요한 다른 것들도, 엄마에게도 아빠에게도 영환이에게도……나는 내가 그돈으로 그들을 기쁘게 해줄 수 있는 일들을 생각해보았다.

4장——

 오후에 시험이 있어 2층 내방에서 책을 보고있는 아침녘인데 대문에서 사정없이 요란한 벨소리가 들려왔다.
 한번 부저를 눌러도 충분히 들리는데 으스러지게 부저를 누르고 있으면서 그것도 모자라 그 안에서 뗏다 눌렀다 뗏다 눌렀다 하면서 재촉을 하고 있는 것이었다.
 무슨 급한 일을 알리는 신호가 분명했다.
 나는 허겁지겁 뛰어나가 인터폰을 들고
 "누구세요?"
 하고 물었다.
 "나야, 어서 문 열어!"
 작은언니 목소리였다. 뛰어들어오는 모습이 반미치광이 같았다.
 아빠는 안에 있고 영환이는 학교 가고 엄마와 내가 현관거실 마루에 서서 그 모습을 지켜보았다.
 "웬일이냐?"
 엄마는 당장에 입술이 바짝 마르고 혀끝이 또르르 굴러 들어가는 소리로 언니를 향해 물었다.
 어깨까지 늘어뜨리고 다니는 긴 머리칼은 가닥가닥 뭉쳐 흐터지고 단발로 이마 위에 내려와 있는 앞머리는 들린 치마처럼 사정없이 위로 걷혀 올라가 있었다.
 누군가에게 잡혀 흔들렸던 머리칼의 모양새가 틀림없었다.
 뺨과 눈두덩이도 부어있고 입술에서도 피가 약간 흐르고 있었다.
 롱치마에 소매없는 헐렁한 티셔츠를 입은 모습도 어수선해 보였다.
 평소때의 미모가 어디론가 숨어버린 모습이다.
 "엄마, 그 새끼가 있잖아, 그 새끼가 있잖아!"
 한손 안에 움켜쥐고 있는 손수건으로 연실 눈물을 닦아내면서 그녀는 울고 있다. 그 새끼란 작은형부를 두고 하는 말이라는 것을 우리는 알고 있었다.
 "어젯밤에 내가 현장을 잡았어. 맨날 제 화실에 데려다놓고 그림을 그리던 계집애인데, 문도 안 잠가놓고 그 짓을 하고 있는 거야. 내가 들어가도 모르더라니까."
 엄마는 질린 얼굴로 분해서 부르르 떤다.
 "밤새도록 그 새끼랑 싸우다 나왔어. 미안해하기는 커녕 나한테 손찌검까지 해, 엄마, 내가 이러구도 살아야 해? 제 감정에 충실했을뿐이래. 아직도 그 계집애가 좋으니까 자기는 끊지를 못하겠다는 거야. 얼마간 내가 참아주던가, 그렇지 않으면 내 마음대로 하래."
 "그래 너는 맞고만 있었어?"
 "내가 왜 맞고만 있어? 미쳤어? 그 계집애 그림들을 내가 완전히 다 찢어놓고 다른 그림들도 다 찢어 놓고 물감이며 화폭이며 붓이며 다 때려부수고 그 새끼 화실을 난장판으로 만들어 놓고 왔어. 그 계집애는 그 새끼가 나를 붙잡고 있는 동안에 달아나 버렸어. 그 새끼 손등이며, 팔이며 닥치는 대로 내가 물어뜯으니까 그 새끼도 나를 막 패는 거야, 그 새끼가 나를 감히 이렇게 대할 수 있는 거야? 감히, 나를."
 분해서 동동 발을 구른다.
 "계집애는 어떤 계집앤데?"

"그 새끼가 강의 나가는 학교 제자야. 대단치도 않아. 나만 못해, 엄마, 나만 못해! 그런데 그 새끼가,"
 거실바닥에 털석 주저앉아 어린애처럼 두발을 버리적버리적 거리며 소리소리지르며 운다.
"그동안 넌 그 눈치를 못 챘어? 부부간에 그런 눈치도 못 채고 계집애랑 그냥 맨날 한방에 붙어있게 내버려두었어? 그림 그린다라고만 알고."
"그림을 그린다는데 어떡해? 나는 그 새끼가 감히 날 배반하고 그런 애랑 붙어버릴 줄은 몰랐어."
 정말 언니는 전혀 눈치를 못 챘던 것 같다.
 보름 전쯤에 집에 다니러 왔을 때에도 언니는 비록 남편을 대동하지는 않았지만 남편에게서 이상한 낌새가 있다는 말은 하지 않았다.
 그런게 있었으면 속에 두고 있지 못하고 언니는 반드시 엄마 앞에서 터트렸을 터인데, 모르다가 갑자기 당한게 분명하다.
 계속 언니 입에서, 지 까짓게 감히 나를, 지 까짓게 감히 나를, 하는 말이 거꾸로 돌리는 녹음테잎처럼 반복되어 나온다.
 언니의 키 큰 자존심에 상처를 입은 게 분명하다.
 상대방 여자도 그녀가 자기상대로 전혀 꼽지도 않았던, 언니 눈에 형편없는 여자였다는 게 더욱 언니에겐 분한 것 같다.
"엄마! 나 분해서 어떻게 살아? 나 분해서 어떻게 살아? 나 그 새끼랑 이혼할꺼야, 당장 이혼할꺼야."
 파랗게 질려 분에 떨고만 있는 무능한 엄마를 붙잡고 언니는 계속 몸부림이다.
 그래도 가장 자기편이라고 믿을 수 있는 게, 그 잘난 언니에게도 엄마밖엔 없는가보다.
"그 새끼가 간덩이가 부었어, 엄마 어떻게 나한테 이럴 수 있어?

내 앞에서 딴 계집애하고의 현장을 들키고도 겁도 안 내! 이건 나를 완전히 무시하는거야. 감히 나를, 왜 그렇게 됐어? 엄마, 내가 이젠 그 새끼한테 그렇게나 우습게 보인거야?"
 그 끝에 불쑥 한다는 소리가.
 "엄마, 아버지가 저러구 있으니까 그 새끼가 날 더욱 깔보게 된 거 아냐?"
 언니 입에서 왜 그 소리가 튀어나오는지 모르겠다.
 정말 그 말만은 안해 주었으면 하는 말이 언니 입에서 기어코 튀어나온다.
 그렇지 않아도 시체처럼 누워 딸이 밖에 와서 소란을 벌리고 있는데도 낯도 못 내밀고 있는 불쌍한 아버지인데.
 언니의 자존심은 이 일의 원인을 자기 탓이 아닌 다른 누구 탓으로든 돌리고 싶어 날뛰고 있겠지만 이건 너무하다. 자기의 자존심을 건지기 위하여서는 남의 상처 같은 것은 아랑곳하지 않는 언니의 이기심이 순간적으로 나는 너무 밉다.
 그것도 다름아닌 아버지의 마음을 찌른다.
 세상에서 버림당하고 집에 누워 앓고있는, 겉은 멀쩡해 보여도 마음의 병이 들어있음이 역력한 아버지의 가슴에다 칼을 던진다.
 특히 작은언니는 미술한다고 특기과외니 하면서 아빠의 덕을 큰언니나 나보다 영환이 보다도 훨씬 더 본 사람이다.
 대학입시 시험 때도 담당교수에게 어마어마한 돈을 갖다 바치고 특별과외를 받고 들어갔다.
 시집갈 때도 시어머니 롱 밍크코트까지 해가지고 간 언니다.
 그래야 평생 시어머니 앞에서 기죽지 않고 살수 있다고. 그렇게 아버지 덕을 많이 본 언니가, 아빠의 수고의 피를 쪽쪽 거의 다 빨아먹은 언니가 어떻게 저렇게 쓰러져 누운 아빠에게 그런 말을 할 수 있을까. 남을 배려하는 마음은 조금도 없고 오직 자기만 아는 언니의 그 지독한 이기심이 너무나 미워서 두다리를 버리적거리며 통곡을 하며 울고있는 언니인데도 언니에 대한 동정심과 형부에 대한 노여움이 순식간에 내 안에서 걷혀버린다.
 "언니는, 두 사람이 잘못해놓고 왜 아빠를 끌고 들어가! 아빠가 언니 일에 무슨 상관이야? 아빠가 잘해줘서 시집 잘 갔잖아? 그럼 됐지, 그 다음은 두 사람끼리의 일 아냐? 언니가 못나서 당한 일을 왜 아빠한테 뒤집어씌우려고 그래?"
 나중에 한 말은 내 생각에도 지나쳤다 했는데 아차 했을 땐 이미 늦었다. 아니나 다를까 언니한테서 화산폭발에 비견할 만큼의 반응이 일어났다.
 "야! 이 기집애야!"하고 비명에 가까운 날카로운 함성을 지르더니 언니는 당장 그 자리에서 데굴데굴 구른다.
 "이렇게 당하고 온 언니한테 너 어떻게 그렇게 말할 수 있어? 넌 이런 일 안 당할 줄 알아! 엄마! 쟤 잘난 체 하는 것 좀 봐요! 쟨 왜 나만 보면 저래요? 무슨 원수졌다고."
 게거품이라도 내뿜을 듯한 것이 경기직전의 모습이다.
 엄마는 겁이 더럭 나서 달려들어 껴안고
 "애, 영주야, 참아라, 참아!"
 하면서 부들부들 떨고있다.
 경련이 일어나는 언니를 가슴에 껴안은 채 엄마는 나를 곤두선 눈으로 바라보면서,
 "넌 어서 나가! 학교 가!"
 하고 소리를 지른다.
 "언니 말이 무어가 틀리다구 그래? 아빠가 저러구 있으니까 그놈이 언니를 깔보게 된 것은 당연한 이치야! 사람 마음은 다 똑같은 거야. 그놈한테 그런 마음 없을 줄 아니? 친정을 우습게 보니까 그놈의 태도가 확 바뀌어서 니 언니한테 예전에 없던 이런 짓

을 하는 거야!"
 "엄마 난 못살아, 저 기집애 좀 빨리 나가라고 그래. 저 잘난 체 하는 얼굴 좀 내 앞에서 치우라고 그래!"
 엄마와 언니가 번갈아 가면서 나에게 공격을 퍼붓고 있는데 갑자기 아버지가, 사람이 오면 숨기만 하던 아버지가 방문을 벌컥 열고 뛰어나오더니
 "그만들 해! 그만들 해! 내가 죽어주면 될 거 아냐!"
 버럭버럭 소리를 지르면서 이상한 몸짓으로 마치 팽이처럼 빙빙 몸을 돌리며 아래 위로 펄쩍펄쩍 뛰는 것이었다. 그 모습이 정상이 아니고 기괴해 보였다.
 나는 가슴이 무너지는 듯 놀라고 당황해서 그러는 아버지를 껴안고.
 "아빠, 제가 잘못했어요. 제가 잘못했어요. 용서해주세요. 용서해주세요."
 하며 울음을 터뜨렸다.
 왠지 아빠가 얼마 못살 것 같았다. 나는 아빠를 방안으로 밀고 들어가서 침대에 눕혔다. 그래도 아빠의 가슴이 벌렁벌렁 뛰고 있었다.
 쉽게 가라앉지를 않는다.
 나는 그 옆에서 두 손을 싹싹 부비면서,
 "아빠 잘못했어요. 아빠, 사랑해요."
 눈물이 범벅이 되어 아빠의 들먹이는 숨이 가라앉기를 기다렸다.
 시험만 아니면 계속 아버지 곁에 있고 싶었지만 5교시에 영미소설 시험이 있었기 때문에 아버지의 숨이 덜 가라앉았는데도 할 수 없이 나는 일어나야만 했다.
 문밖에서의 언니의 소란보다도 내 심장은 아빠의 들먹이는 숨결에 더 꽁꽁 묶여 조이고 있었다.

괜히 내가 그 말을 했다고 몹시 후회가 되었다.
 아빠의 편을 든다는 것이 오히려 아빠를 더욱 못 견디게 만든 결과를 낳았다.
 거실 바닥에 누워 발버둥질을 치며 통곡을 터뜨렸던 언니는 내가 집을 나올 때쯤엔 한 팔로 부풀어 오른 얼굴을 감추고 몸을 새우처럼 웅크리고 응접세트의자 위에 누워 있었다.
 내가 목격하는 바로는 이것이 작은언니가 당하는 최초의 시련인 것 같았다.
 언제나 주위 사람들의 각광을 받으며 화려하게 잘 나가는 것 같더니, 이런 일을 당하는 것이다.
 그렇게 한 가닥의 티끌이 되어 초라하게 누워있는 걸 보니 언니에 대하여 측은한 마음이 솟아오르고 형부에 대하여 진짜로 미워지는 마음이 처음으로 내 마음속에서 불끈 일어났다.
 엄마는 언니에게 무언가 기운을 차릴 수 있는 음식을 마련해주기 위하여 부엌에 나가 있었다.
 나는 우리집이 점점 더 무너지는 것들 속에 깔리고 있음을 느끼며 집을 나섰다.
 이빨이 하나 빠지면 그 곁의 이도 흔들리듯이 우리집의 아무도 이젠 내 눈에 안전해 뵈질 않는 것이다. 그러나 나는 나의 그것이 과장된 기우일 수도 있다, 라고 애써 생각하고자 하였다.
 학교 교정엔 강렬한 오후의 여름 햇빛이 쏟아지고 있었다.
 오늘 마지막 시험이 있는 아이들보다도 어제까지 시험을 마감한 아이들이 더 많아서 내가 학교 본관 건물로 들어갈 때까지 우리과 누구와도 나는 마주치지 않았다.
 나의 시험은 본관 4층 왼쪽에서 두번째 강의실에서 치루어 지기로 되어있었다.
 졸업 후에 취업의 길이 불투명해 보인다고 느끼는 아이들 중엔 대학원 진학을 마음먹고 준비하고 있는 아이들도 있었고 내년에 졸업하자마자 결혼할 계획을 가지고 있는 아이도 있었고 교수 곁에 조교로 일단 남아보자고 작정한 아이도 있었고 또 몇 명은 신문사 방송국 등 자기가 제일 선호하는 직장을 목표로 두고 거기에 대한 취직시험 준비에 몰두하고 있었다.
 각기 제 행로에 대한 계획들이 달라져 있었으므로 4학년의 1학기를 끝내고 있는 우리과의 분위기는 스산했다.
 마음이 흐트러져 있어서 같은 과 친구를 만나도 바삐 스쳐가 버리기가 일쑤였다. 아주 친한 애를 빼놓고는──시험을 보고 나오는데 연숙이의 얼굴이 보였다
 어제로 그 애의 시험은 다 마감된 줄로 알고 만나리라는 기대를 전혀 안하고 있다가 보니까 더욱 반가왔다.
 특별히 나를 만나기 위하여 일부러 학교에 왔다고 한다.
 우리는 둘이 학교 뒷산 갈참나무 밑 그늘에 가서 앉았다.
 연숙이는 나와 같이 먹겠다고 커다란 핸드백 속에 넣어 가지고 온 김밥도시락 두통과 오렌지 몇 개와 스넥과자, 깡통콜라 등을 나무그늘 밑에 내놓았다.
 김밥 한 통씩을 서로 나누어 가지고 우리는 나무젓가락으로 집어 입에 넣고 우물우물 씹으며 하얀 사금파리처럼 교정 안에 쏟아지고 있는 여름햇살을 내려다보았다.
 시험을 다 끝내고 난 뒤면 언제나 만끽되는 해방감이 너무 좋았다.
 잠시는 아무 걱정도 없는 것처럼 느껴지는 것이다.
 아빠의 일이나 둘째 언니의 일이나 그쪽은 잠시 눈을 감아두고 싶었다.
 시험을 다 끝낸 뒤에 연숙이와 함께 바람 부는 상쾌한 학교 뒷산등성이에 앉아 찬란한 여름햇살 속에서 하얀 석고상처럼 빛나는

교정건물들과 그 사이로 움직이는 평화로운 아이들의 모습을 바라보면서 김밥을 먹는 이 즐거움만에 나는 지금은 매어 달려 있고싶다.
　아직 상호씨는 시험이 끝나지 않았으므로 만날 수는 없지만 이 홀가분한 기분으로 도서관엘 찾아가 잠깐이라도 그의 얼굴을 한번 보고 올 수도 있다.
　그를 생각하면 언제든 내 가슴 안에서는 행복의 물결이 샘솟아 오른다. 오빠는 내꺼야.
　어디 가 있어도 그는 나의 것이다. 내가 그의 것이듯.
　어제 저녁 뉴스에 저 남쪽에 상륙해 있는 태풍이 북상중이라더니 지금 우리에게 불고 있는 이 기분 좋은 바람이 그 태풍의 한 끝인지를 생각하고 있는데 연숙이가 불쑥
　"영희야, 나 지금 기분이 날아갈 것 같애."
　한다.
　"시험 끝내고 나니까, 그지? 나두."
　"그것만이 아니고——."
　그제야 나는 연숙이가 나에게 무슨 할 말이 있구나, 하는 생각이 들어 그 애의 얼굴을 똑바로 바라보았다.
　그렇게 자주 만나온 우리 둘 사이인데, 그동안에 연숙이가 나에게 안하고 숨겨두었던 얘기가 있다니.
　"너한테 숨겨왔지만 나 몇 달 동안 고민해왔어, 그게 안 나와서."
　그거라는 건 여자의 생리를 뜻하는 말이 분명할게다.
　그것이 안 나와서 고민했다는 의미를 못 알아들을 내가 아니다. 그런데 연숙이가 왜 나에게 이런 얘기를 하는지 짐스럽다.
　공범자가 되자는 심사처럼 뵈어서 싫다.
　연숙이에게서 이런 얘기는 듣고 싶지 않다.

우린 같이 미팅도 소개팅도 수없이 하고 잘 어울려 지내왔지만 연숙이가 남자들과 잠자리를 같이 하고 있다는 얘기를 나에게 하고자 하였다면 내가 아직도 연숙이와 우정의 관계를 계속해 왔을지는 의문이다.
　이것은 내가 용서하고 안하고의 문제가 아니고, 또 나는 그 애를 야단칠 자격도 없고 야단칠 마음도 없지만, 우정이 필요로 하는 최소한의 동질성에서 마저도 벗어나는 일이기 때문에 나는 그애와 도저히 더 이상의 친구가 될 수가 없다라고 느꼈을 것이다.
　비록 우리는 아주 많이 같지는 않지만 서로 맞는 게 있기 때문에 오랜 친구로 지내온 것이다. 물론 우리과에도 누구누구가 남자애들과 슬리핑투게더(sleeping together)하고 다닌다는 소문이 나돌고 있고 그애들에게도 나는 특별히 다르게 대하지 않고 여늬 애들이나 마찬가지로 대하고 있지만 더 이상 가까이 하고자하는 마음은 들지 않는다. 도저히 친해 질 수는 없을 것 같아서다.
　"병원에 가 봤더니 임신이라는 거야. 너무 고민이 되는 거야.
　희재씨에게 얘기했더니, 희재씨도 무척 고민을 하더라. 우린 아직 아이를 낳아 기를 형편이 안되잖아? 희재씨 공부 더 해야하고, 또 나도 아이를 갖고 싶지 않거든. 졸업 후에 직장생활도 조금 해보고 싶고, 또 벌써부터 아이를 낳으면 우리의 인생은 어떻게 돼?"
　"애기 있어도 둘이 재미있게 살 수 있잖아?"
　"그래도 아이가 딸리면 힘들잖아? 결혼하더라도 얼마간은 애기를 안 낳고 살고싶어. 우리끼리만 살고 싶은 만큼 실컷 살아보다가 그러다가 언젠가 애기가 갖고 싶어질 때가 오면 그때 가서 낳아도 되잖아?"
　이것은 그동안의 꾸준한 연숙이의 주장이었다.
　"그래서 말야, 어제 시험 끝내고 병원에 가서 수술했어. 아주 간단하더라. 시간도 별로 안 걸리고 아프지도 별로 않아. 눈 깜짝할 사이에 모든 일을 끝내고 나는 자유로운 몸이 되어버리는거야. 얼마나 시원한지."
 연숙이의 말투는 흡사 화장실에 가서 밀렸던 변 한번보고 나온 사람 같다. 이래도 되는 것인지, 너무나도 대수롭지 않게 얘기하는 연숙이의 말들을 듣고 있는 나는 마치 나의 깊은 곳을 쇠뭉치로 맞는 듯 하다.
 언젠가 TV에서 낙태장면을 소개해주는 필름을 보았는데 메스가 들어갈 때 자궁 속의 태아가 자기를 찢으러 들어오는 칼인줄을 본능적으로 감지하고 애써 피하려고 발버둥치는 모습이 나는 너무나도 애처롭다고 느꼈었다. 그 태아 살해 장면을 보면서 나는 이가 시리도록 끔찍해서 계속 엄마! 엄마! 하고 소리를 질렀었다.
 그리고 기독교에서는 아이가 엄마의 자궁에 잉태되는, 다시말해 피가 엉기는 그 최초의 순간부터 영혼이 깃든다고 가르치고 있는데 영혼이 깃들어있는 사람을 찢어 죽이고 어떻게 저렇게 편안할 수가 있을까?,
 적어도 나는 지금 연숙이 앞에서 그애가 하고 있는 일에 내가 동조하고 있지 않다는 사실만은 그애에게 분명히 해 두고 싶었다.
 "그런데 그 얘기를 왜 나 한테 해? 처음부터 끝까지 다 너 혼자 네 마음대로 해온 일 아냐? 혼자 간직하고 있으면 안돼? 난 너한테서 이런 얘기 듣기싫어. 나까지 네 일에 끌어들이려는 것 같애서, 분명히 말하지만 나는 네가 한 그일에 동의하지 않아."
 "나도 네게 숨겨온대로 그냥 지내려고 했었어. 넌 나하고는 좀 다르잖아? 이 얘기를 하면 네가 날 다시 만나지 않으려고 할지도 모른다는 생각은 들었지만 너에게만은 이제까지 모든 얘기를 다 해왔는데 도저히 이일도 너에게 끝까지 입을 다물고 있을 수가 없었어. 날 너무 나쁘게 생각하지마. 나 희재씨와 결혼할거야."
 "전에 사귀던 문태하고도 우식이하고도 넌 꼭 결혼하겠다고 했

없어."

"이번은 달라, 희재씨는 그 애들과 달라."

산을 내려와 연숙이와 함께 걸으면서 나는 남자와 잠자리를 하고 다닌다고 공공연하게 나에게 알려온 이 친구와의 관계를 내가 어떻게 할까에 대하여 골똘히 생각하였다. 적어도 우리는 그 선에서만은 우리 둘이 다 똑같이 용납을 안 한다는 은연중의 묵계가운데서 상호간의 동질성을 확인하면서 우리들의 우정을 지켜 오고 있었다. 그런데 그것이 이젠 깨진 것이었다.

그 애가 나의 것을 더 이상 존중해 주지 않겠다는 의사표현을 나에게 한 것은 일종의 나에 대한 결별선언인 것이다. 그녀의 이런 결심은 나를 떠나서 다수의 길에 합해지는 길이므로 그녀에겐 아주 쉬운 선택이었을 것이다.

내 주변의 모든 이들이 스러져 가는 별들처럼 내게서 떨어져 나가고 무너져 가는 축대 끝에 나 혼자 외로이 서 있는 것 같은, 문득문득 느껴지는 그런 느낌이 또 한번 나에게 엄습해 왔다.

옆에서 여전히 희희닥거리고 어제 그 일로 인한 자유감에서 인지 더욱 명랑해진 듯한 연숙이의 행태가 나에겐 일종의 나에 대한 조롱과 방자함으로 전달되어 오고 있었다.

언제나 나에게 윗자리를 주고 자기는 밑자리를 차지하려 해온 이제까지의 연숙이와는 다른, 나의 것에 위압당하지 않고 되려 자기의 것으로 나를 위압하려는 듯한 그런 감마저 그애에게서 풍기는 것이다.

연숙이와는 학교근처 로터리 길에서 헤어졌다. 그 근방 다방에서 희재씨와 만나기로 했다는 것이다.

"그럼 잘 가."

겨자색 브라우스 위로 유난히 두드러진 연숙이의 가슴께가 전에 없이 내 눈에 거슬려 보이고 희재씨가 기다리고 있는 다방쪽으로 뛰고 있는 연숙이의 뒷모습도 바로 며칠 전 까지 그렇게 가던 연숙이에게서 내가 보았던 것들과 달라 보인다. 나를 밀어내는 듯한 몸짓으로도 보인다.
 은영이에게 가는 날이어서 길에서 핸드폰으로 전화를 걸었다.
 오늘 저녁에 가도 되겠느냐, 고 물었더니 은영이는 외국에 나갔던 자기아빠가 오늘 귀국해서 오늘저녁에 집에서 손님들과 함께 만찬을 한다면서 오지 말란다.
 다행이다. 마지못해 가긴 하여도 썩 내켜서 가는 곳이 아니라 오늘 오지말고 다음날 오라면 중·고등학교때 시험일자 연기를 받은 것만큼이나 나는 반갑다.
 아까 내가 집을 나올 때 본 아빠의 모습을 생각하면서 집으로 돌아가 아빠하고 같이 있어야겠다고 작정을 했는데도, 작은언니까지 와 누워있는 우중충한 집안으로 고개를 들어 밀기가 싫다.
 아빠가 아무 일도 안하고 집에 웅크리고 있고 부터 집안 분위기가 컴컴해진 것은 사실이고 그런 집에서 아빠와 줄창 함께 있어야 하는 엄마도 가엾게 보아주어야 한다는 생각이 문득 든다.
 사사건건 엄마만 비난할 수가 없다는 생각도 든다.
 나도 아빠가 아침에 일찍 나갔다가 저녁에 들어오면서 우리들에게 많은 것을 가져다 줄 때의 집이 좋았었다. 그때엔 아버지는 정말 많은 위로를 우리들에게 주었었다. 그렇지만 위로란 서로 주고 받아야 하는 것이 아닐까. 한쪽은 언제나 받기만 하고 다른 한쪽은 언제나 주기만 하는 것이 아니고 위로를 주던 쪽이 쓰러지면 위로를 받던 쪽에서 일어나 그에게 위로를 주어야만 하는 것이 온당한 일이다. 우리들에게 그렇게 많은 위로를 주었던 아빠가 쓰러졌으니 이젠 우리가 일어나 아빠에게 위로를 주어야만 한다라는 생각을 하면서 나는 꾸역꾸역 집으로 가고 있었는데 중간에서 그만 새어버렸다. 나의 발길은 상호씨가 공부하고 있는 도서관 쪽으로 마치 지남철을 향해 쇠붙이가 끌려가듯 가버리고 말았다. 언제 나처럼 그 자리에 앉아있는 상호씨를 보자 그 모습이 너무 반가와 그쪽으로 다가가지도 않고 나는 멀찍이 서서 가만히 바라보고 서 있었다.

이 도서관에 오면 나는 언제나 다른 곳에서보다는 마음이 정돈 되고 때때로 내가 느끼는 무언가 무언지 모르는 듯 하던 혼미감도 이곳에 오면 벗겨져 나가고 정상의 테두리 안으로 돌아오는 것 같 은 안도감 안에 젖어 들었다.

내가 들어와서 조금 소리를 내거나 잡음을 일으키면 눈살을 찌 프리고 나무라듯 나를 바라보는 사람들의 힐책의 눈길도 나는 오 히려 반가왔다.

상호씨는 내 안에서 이곳을 상징하고 또 상호씨는 이곳에 몹시 어울려 보인다.

이렇게 와서 다시 볼 때마다 상호씨는 내 기억 속에 살아있던 상호씨보다 한 수 위의 모습으로 변모되어 있었다.

한꺼풀의 구름이 걷혀 나가듯 그의 모습을 가리고 있던 것들이 한겹 벗겨져 나가고 훨씬 더 근사해진 모습으로 바뀌어져 있다. 전보다 분명히 더 환해져 있는 것이다. 만날 때마다 나는 새로운 상호씨와 만나는 것 같다.

그렇게 느껴지는 것이다. 더 확실히 그렇게 느껴질 때가 있고 덜 확실히 그렇게 느껴질 때가 있는데 오늘은 더 확실히 그렇게 나에게 느껴지는 날이다.

이마 위에 약간 내려와 있는 흑갈색 머리칼도 전보다 더 청결하 고 부드러워 보이고 얼굴 빛깔도 창백하기만 하지 않고 오늘은 언 제나 켜놓고 있는 형광등 불빛 외에도 도서관 창으로 빗겨드는 저 녁햇살의 영향을 받고있어서인지 아주 창백하지만은 않는다. 그의 안색이 보기 좋은 빛을 띄우고 있다.

저 창밖의 녹음과 여름에 피는 꽃들이 뿜어대는 그 강렬한 화려함의 얼마가 여기까지 미쳐와 그의 얼굴을 물들였는가보다.
어떻게 한사람이 이렇게 내 마음을 행복하고 기쁘게 만들어 줄 수 있을까, 그 신비에 젖어서 나는 서 있었다.
그를 바라보고 있는 내 마음 안엔 언제나처럼 행복감이 샘솟고 오늘은 특별히 무언가 송학가루의 분무 속에 서있는 것 같은 약간 아련한 느낌마저 들었다. 왜 내가 오늘은 이렇게 무언가 송학가루의 분무 속에 서 있는 것 같은 걸 느끼는지 모르겠다.
밖이 지금 여름으로 무르익어 가고 있는 계절이기 때문이 아닐까.
들어오다 보니 이 도서관 밖의 곳곳의 녹음이 너무 짙었었다.
그를 마주 보고있는 나의 마음은 한없이 기껍고 편안하다. 그의 곁에 있을 때처럼 나에겐 마음이 편해지는 때가 없다.
이곳만이 나에게 안식을 주는 곳이다. 혼돈되어 있다가도 그를 보면 마음이 투명해져서 잘 보이지 않던 모든 게 잘 보이고 겁이 났다가도 자신감이 생기고 산란스럽게 들떠있다가도 마음이 가라앉곤 하는 걸 느낀다.
그를 만나면 이렇게 내 마음은 그에 대한 사랑과 신뢰감 안에서 차분해지고 편안해지는데, 그런데 왠지 요즈음에 와서 내 몸은 그를 대하면 언제나 연하고 작은 한 장의 분홍 꽃잎파리가 바람에 조금씩 계속 나부끼듯 계속 떨리고 있다. 그것을 나는 그의 앞에서 숨기고 있지만 그에게 완전히 숨기어 지고 있는지는 의문이다. 참으려해도 참아지지 않을 때도 있다.
요새 때때로 내가 말 실수를 하고 그에게 바보처럼 보여질 행동을 저지르고 나서 집으로 돌아가 몇 시간이고 뒤채며 이불로 얼굴을 가리고가리고 하면서 창피해 하게 되는 경우가 생기는 것도 그의 곁에 있으면 내 몸이 가만히 있으려 해도 계속 떨리기 때문이다.
 이 증상은 전엔 없었는데 요즈음으로 오면서 나에게 일어나고 있는 일이다. 적어도 내가 자각하기엔 그렇다. 언제부터인지는 확실히 모르지만 적어도 예전엔 내가 이렇게 의식할 정도는 아니었다.
 이 진원지가 어디인지 생각해 보고 있지만 너무나도 그 느낌이 부끄럽다. 부끄럽다라고 느껴진다. 강도가 조금씩 심해지고 있으므로 나의 조종이 어렵다고 느낄 때가 있다
 지난번 왔을 때도 좀 심했었다. 오늘은 조금 더 한 것 같다. 그의 모습이 지쳐 있거나 피곤해 있을 때 보다 저렇게 목욕을 갓 해 보이거나 아무튼 그의 온몸에서 청신한 기운이 뿜겨져 나오는 듯한 날은 그와 가까이 있기가 나에겐 더 어렵다. 내 몸이 더 떨린다. 밤도 아닌데,——.
 그가 푸른 산처럼 나를 감싸안은 듯한 그런 속에서 나는 떨게 되는 것이다. 내 또래의 젊은 남자애들이 제 온몸 전체의 전율을 나에게 가지고 와서 나를 동조시켜 보려 했었을 때에도 나는 떨지 않았는데, 맹숭 맹숭 나는 아무렇지도 않았었는데, 그의 곁에선 나는 남모르게 계속 떨고 있다.
 지난번엔 가만히 떨어져 앉아 있는데도 그의 온몸이 나의 온몸으로 파고 들어오는 것처럼 느껴져 나는 숨이 막히고 몸이 떨려서 그에게 들킬까봐 몹시 긴장했었다. 그러나 그는 전혀 떨지 않았다. 나이 탓일까? 그는 나보다 네 살이나 더 위이니까. 그러나 나의 이 떨림은 푸르름의 가장 중앙 속으로부터의 초대이다. 나는 그것을 알고 있다.
 그가 저렇게 청순해 보이는 날이면 그의 모습이 너무나 맑고 싱싱하게 보여 마치 푸른 산이 짙푸른 청기를 뿜어내는 듯한 날이면 나의 떨림이 더해지기 때문이다.
 상호씨는 나에겐 그 어떤 남자애들 보다도 젊다. 그러나 그의

젊음은 다른 남자애들처럼 마구 밖으로 방출되는 게 아니고 정제된 엑기스처럼 그의 안에 깊이 숨어 있다가 다른 남자아이들보다 더 강력한 향기로서 뿜어져 나오고 있는 것 같다. 적어도 나에겐 그 푸르름의 방향이 너무나도 짙게 느껴진다.

 그의 곁에만 가면 내가 꽃잎파리처럼 떨게되는 것은 그가 뿜어주는 그 강렬한 방향 때문일게다. 그가 가만히 있어도 그의 몸 안에서 뿜겨져 나오는 강열한 그무언가가 나의 꽃잎을 사정없이 흔들어 버린다.

 오빠는 내꺼야──나는 상호씨를 바라보면서 내가 지난번 크리스마스선물로 보낸 금반지 이마 위에 써서 보낸 나의 그 말을 입 속으로 되뇌었다. 상호씨는 한번도 그 반지를 내 앞에 끼고 나와 본 적은 없었다. 산꼭대기 그의 자취방 책상 서랍 안에 넣어두고 그동안 하루도 빠짐없이 아침이면 그 반지를 보고 나온단다. 오늘도 상호씨는 내가 준 반지의 글씨를 읽고 나왔으리라는 생각을 떠올리는데 그의 아래로 숙이었던 이마가 위로 들린다. 꾸준히 내가 보내고 있는 나의 시선이 그의 감관 줄에 전달이 됐나보다. 언제나 그는 나를 오래 혼자 두지 않는다. 곧 알아차리고 마는데 오늘도 그렇다. 오늘은 내가 그가 잘 알아차리지 못하게 조금 다른 자리에 가서 좀더 오래 숨어서 그를 보고 싶었는데 들켰다. 나를 보자 그의 입가에 눈부신 미소가 번진다. 다른 날 보다 더 반가와 한다. 내 가슴 안에서도 빛의 분화구가 솟는다. 아, 하느님 감사합니다, 라고 외치고 싶을 만큼이다.

 그는 아주 조심스럽게 자기자리를 빠져나와 내 앞에 와 잠깐 선다. 다른 때는 나를 보면 소리없이 일어나 내 앞을 지나쳐 문 쪽으로 나아가곤 했었다. 그가 나오라는 말을 안 해도 나는 즉시 알아채고 그의 뒤를 쫓아 나가곤 했었다. 그런데 그는 오늘은 내 앞에 와서 그 눈부신 미소를 띄우고 잠깐 발까지 멈추고 서서 나를 바라보았다.
 나의 온몸이 그 눈부신 미소 안으로 몽땅 빨려 들어가는 듯한 순간인데 더 이상 나에게 또 무엇이 필요한지 나는 너무나도 그의 품안에 껴안기고 싶다는 갈망으로 목아지가 조이는 것 같았다. 〈정숙하시오〉라고 써 붙여 있는 그런 속에서.
 모두가 조용히 공부하고 있는 도서관에서.
 우리는 발소리를 죽이고 도서실을 나와 그 좁은 층계를 상호씨가 앞서고 내가 뒤따르며 내려갔다. 도서관 건물이 서 있는 언덕 위로 불어오는 바람이 마치 우리 둘을 하늘로부터 끌어올리려고 내려오는 부드러운 천처럼 우리들의 몸을 휘휘 휘감았다. 나는 센 바람에 치마폭이 자꾸 올라가 허벅지가 드러나려 하였기 때문에 두 손으로 그것을 내리 덮느라고 정신없어 하면서 상호씨의 뒤를 따라 걸었다.
 "저녁 안 먹었지?"
 상호씨는 도서관 벤치 옆을 지나 아래로 내려가면서 나를 뒤돌아보고 물었다.
 나는 파마기 없이 늘어뜨리고 다니는 나의 긴 머리가 온통 뒤로 쏠려 고개가 젖혀지고 이마 위에도 바람이 때리고 있었기 때문에 그에게 대답을 잘 할 수가 없었다. 게다가 목구멍으로 바람이 몰려 들어가고 있어서 말을 잘 할 수가 없었다.
 언덕 위라 이곳엔 언제나 바람이 다른 곳보다 있어왔지만 오늘은 특별히 바람이 더 센 것 같았다.
 남쪽에서 태풍이 북상하고 있다는 어젯밤의 뉴스가 정말 맞는가 보았다. 연숙이랑 아까 낮에 우리 학교 뒷산에 있을 때엔 바람이 있긴 하였어도 이렇지는 않았었다.
 여기 오니까, 조금 전 내가 이 언덕을 올라올 때보다도, 지금은 더 태풍의 조짐이 있는 것 같았다.

교정 안의 나무며 꽃들에 바람이 불고 있었다. 피어있는 장미, 칸나, 팬지꽃들이 바람에 흔들리고 있었다.
그런 속을 상호씨와 걷는 것이 나에겐 너무 좋았다.
우리는 학교식당으로 가서 간단하게 저녁식사를 시켰다.
상호씨와 나는 둘이 똑같이 오징어덮밥을 시켰다.
"오늘 시험 끝났고, 은영이네는 안 와도 좋다고 해서 오빠 잠깐 보고 가려고요."
나는 이미 짝이 잘 맞는 나무젓가락들을 몇번씩 가지런히 맞추어 보면서 그렇게 그에게 입을 뗐다.
"잘 왔어. 오늘 여기로 영희가 안 왔으면 내가 밤에 영희네 집으로 갈려고 했어. 도서관 나와서. 집 앞에 가서라도 잠깐 영희 얼굴만 보고 오려고."
상호씨의 말에 젓가락을 잡고 있는 나의 손이 파르르 떨린다.
"내가 드린 반지 오늘 아침에도 봤어요?"
"물론 봤지, 그러나 반지만 보고 견딜 수 없다고 느껴지는 날이 있거든."
그렇게 말하는 그의 얼굴을 마주 쳐다볼 수가 없고 또 그렇다고 해서 오래 그의 시선을 피하고 있는 것도 어색스러워 나는 순간적으로 어찌할 바를 모르다가 다행하게도 저쪽에서 상호씨를 알아본 어떤 학생 하나가 이쪽에 대고 손을 들어 보이는 것을 쳐다보면서 그 순간의 우리들의 숨찬 분위기에서 벗어났다.
우리는 말없이 저녁을 먹었다.
저녁을 먹고 나왔는데도 밖은 아직 어둡지 않았고 바람은 아까보다도 조금 더 심해진 듯이 되어 불고 있었다.
나의 시야 안에 들어오는 저녁 무렵의 광활한 캠퍼스안 사방에서 세레나데의 노래가 들려오는 것 같았다.
우리는 다시 도서관으로 올라가는 비탈길로 들어섰다.

또다시 바람은 나의 스커트를 걷어올렸고 나는 그 사정없는 바람의 손길로부터 나의 치마폭을 뺏어오기 위하여 혼신의 힘을 다하여 싸워야 했다. 그런 속에서도 나는 상호씨의 모습을 눈여겨보고 있었다.

얼핏 그는 내 쪽을 보았고 다음엔 다시 내게로 고개를 돌리지 않았는데 일부러 나를 안 보려는 기색이 그의 뒷덜미에 너무나 역력해 보였다.

우리는 언제나 우리가 앉곤 하는 벤치 위에 나란히 앉았다.

바람에 나뭇잎 쓸리는 소리가 쏴악 쏴악 들리고 우리가 잠시 앉아 있는 동안 우리의 온 주위로 어느 새 기척도 없이 찾아온 어둠이 내려와 있었다.

우리들 머리 위의 흔들리는 나뭇잎들 속에서 언제나처럼 우리를 내려다 보고있는 별들이 보였다.

학교 동편으로 초생달이 떠오르고 있었는데 그 초생달은 마치 바람에 휙휙 밀리고 있는 것 같았다.

"오빠 사람마다 자기의 별을 가지고 있다는 얘기 들어봤지?"

"응, 그래."

"그거 정말일까?"

"성경에도 동방박사가 별을 보고 예수님을 찾아왔다는 얘기가 써 있잖아."

"하지만 우리 같은 보통 사람들에게도 우리의 별이 있을까?"

"글세."

"오빠. 오빠도 졸업하면 취직해야지?"

뚱딴지같은 나의 질문에 그는 내게로 얼굴을 돌린다. 내가 무슨 얘기를 시작하려고 이 뻔한 질문을 하는지 탐색해 보려는가보다. 이제 몇 달만 지나면 각 기업체에서는 입사시험의 공고문을 내붙이고 졸업반 학생들은 취업의 총대를 메고 뛰어나가 그중 하나라도 쏘아 맞춰야만 한다. 이것은 남자에겐 생사양단간의 일이다. 아빠를 보니까 나에겐 더욱 그렇게 느껴진다. 상호씨도 어김없이 그 길 안에 서야한다. 상호씨가 요즈음 더욱 더 도서관에 들러붙어 있는 이유도 그 때문이다.

어학연습실(language lab)도 그의 단골주거지다.

이제 곧 11월이 오고 11월이 오면서부터 졸업생들이 본격적으로 총대를 메고 나가 쏘아 맞춰야만 하는 계절이 닥쳐오는 것이다. 거기서 만일 한군데라도 못 맞추면 실업이라는 가혹한 총알에 자기가 맞고 쓰러져야 할 판이다.

그러므로 이 일은 상호씨에게나 나에게나 우리 모두에게 중요하다.

그래서 나는 상호씨가 이곳 도서관에서 열심히 공부하고 있는 게 좋고 마음속으로 그가 튼튼한 직장에 붙어 주기를 간절히 빌고 있다. 기도도 한다. 서로에게 말은 안 하지만 우리 서로는 이런 일들에 대하여 다 알고 있다. 하지만 이렇게 내가 입을 열어 노골적으로 그의 취직에 대한 얘기를 해본 적은 없다.

너무나 뻔한 얘기이기 때문에서일까. 그보다 우리들이 이제까지 딛어온 곳이 땅이 아니고 어딘가 구름 속처럼 떠 있는 곳이어서였던지도 모른다. 그동안 우리가 있었던 곳이 그런 구체적인 얘기를 꺼낼 수 있을 만한 데가 아니었던 것 같다.

시간이 꽤 흘렀고 사랑이 깊어 가고 있었음에도 그리고 둘이 하나가 되어 살아가는 일에 대한 열망으로 나의 가슴이 불타고있었음에도 우리는 우리들의 구체적인 미래에 대하여는 이렇게 터놓고 얘기를 해본 적이 없었다.

"오빠, 졸업하고 어떤 회사에 들어가고 싶어?"

"왜 갑자기 그런 얘기를 하지? 아무 데나 들어가지겠지. 오늘 우리과 한경주교수님이 날 부르더니, 졸업하고 자기 곁에 조교로 남아

줄 생각이 없느냐고, 조교로 남아있으면서 대학원에 진학하겠다고 하면 대학원 공부는 학비없이 장학금으로 시켜주겠다고, 그리고 작지만 조교월급도 주겠으니 생각해보라고 하시더라."
"오빠, 대학원에 들어가면 돈은 언제 벌어요?"
나의 말에 상호씨는 똑바로 나를 처다보고 있다.
한참동안 말없이 나는 그에게서 고개를 돌린 채 바람에 몹시 쓸리고 있는 마즌편 하늘에 떠있는 햇슥한 초생달을 바라보고 있었다.
우리들의 머리 위의 하늘이 휘장처럼 바람에 펄럭이고 그 안에서 별들도 달도 모두 떨어질 듯이 밀리고 있었다.
나의 머리칼이 불고있는 바람에 뒤로 젖혀져 계속 휫날리고 있었고 얇은 흰 블라우스와 겨자색 스커트를 입고 있는 나의 온몸은 바람에 사정없이 벗겨져 나가는 듯 하였었다. 나는 마치 알몸이 되어버리는 듯 하였다.
돌아가면서 창문마다 불이 켜져 있는 도서관 건물은 오늘따라 더욱 더 고성처럼 외롭고 높아 보였고 간혹 몇 사람이 도서관 건물로부터 혹은 저 아래로부터 나타나 우리의 멀지 않은 곳을 지나쳤지만 우리들의 대부분의 시간들은 우리 둘만의 호젓 속에서 지나가고 있었다. 마치 우리는 우리 둘만의 시간을 굳이 만들어 주기 위하여 계획된 장소 안에 앉아있는 것 같았다.
"오빠가 빨리 취직을 하고 돈을 벌어야지 우리가 빨리 결혼을 하잖아요?"
나는 그의 얼굴을 보지도 않은 채 그렇게 말했다. 순간 그에게서 일어나는 어떤 충격이 나에게 느껴져 왔다.
침묵 속인데도 나는 그의 충격을 느낄 수가 있었다.
"나는 오빠와 빨리 결혼해서 빨리 오빠의 아이를 낳고 싶어요."
순간 덜컥 물레방아가 돌아가는 것 같은 더 큰 충격이 그에게서 느껴져 왔다.
 잠시 후 그는 이봐, 하면서 돌려져 있는 나의 어깨를 두 손으로 붙잡아 자기 쪽으로 잡아 젖히며 나의 얼굴을 자기에게 똑바로 향하게 하고 있었다.
 그의 이마 위로 머리칼이 휘날리고 있었다.
 "영희야, 너 오늘 왜 이래?"
 나의 어깨를 잡은 그의 손이 사정없이 떨리고 있었다.
 "오빠는 오늘 왜 이래요?"
 나도 마주대고 그에게 말했다.
 "영희야, 누가 너하고 결혼한다고 했어? 내가 언제 너하고 결혼하겠다고 했어?"
 그는 아주 잔인하게 만든 목소리로 나에게 그렇게 조그맣게 말했다.
 나는 그의 얼굴을 쳐다보았다.
 내 눈에서 눈물이 마구 쏟아지기 시작했다.
 "나는 오빠의 아이를 낳고 싶은데요. 아주 많이 낳고 싶은데요. 결혼해야 아이를 낳잖아요."
 나의 그 말들은 그 순간 그의 얼굴을 보면서 나의 충일돼오는 진실을 가장 정확히 뱉어낸 말들이었다.
 예비되었던 말도 아닌데 토하여지듯이 나의 가슴으로부터 쏟아져 나오고 있는 것이었다.
 나는 아, 이 사람의 아이를 어떻게 죽일 수 있단 말인가.
 이 사람의 아이라면 이 사람의 생명의 일부인데 어떻게 이 사람의 아이를 죽일 수 있단 말인가.
 사랑하는 사람의 아이를······.
 사랑하는 사람의 아이를 죽인다는 것은 그것은 곧 사랑하는 사람을 죽이는 일과 같은 것이다.

상호씨의 아이를 죽인다는 상상만으로도 나의 가슴은 슬픔으로 터져 버릴 것 같았다.

그렇게 되면 그가 너무 불쌍할 것 같았다.

연숙이 앞에서 못하고 왔던 말들이, 그 애에게 몹시 걸려 채인 듯 했으면서도 대항을 못하고 왔던 마음의 멍이, 나의 오랜 친구 하나가 이젠 나에게서 정착을 풀고 나만 홀로 두고 떠나가던 모습이……그 모두가 얼크러져서 이곳에서 끓어오르고 있는 것인지도 몰랐다.

울고있는 나의 온몸을 상호씨는 잡아끌더니 벤치에서 일으켜 세웠다.

그리고는 나를 도서관 뒤뜰로 끌고 가는 것이었다.

그곳은 마치 옛날 시골집 뒷마당처럼 생긴 곳인데 학교의 뒷산과 이어져있는 으슥한 한 데에 불과했다.

거의 언제나 사람들의 눈길로부터 버려져 있었다.

상호씨가 나를 그리로 끌고 간 것은 처음이었다.

남자가 이리로 여자를 끈다는 것은 그 의도가 너무나 확실해 보여 수줍은 남자라면 감히 엄두도 못 낼 곳이었다.

그곳으로 상호씨는 나를 끌고 가더니 그 어두컴컴한 도서관 뒷벽에 나의 몸을 밀어 붙였다.

그리고는 전에 없이 잔인하고 낮으막한 말투로

"영희야, 너 오늘 왜 이래? 왜 이렇게 나한테 특별하게 굴어?"

다시 한번 그렇게 나에게 말하는 것이었다.

"난 너하고 결혼하지 않아. 그것도 모르니? 바보야. 내가 왜 너하고 결혼을 해? 넌 좋은 집에서 살아야 해. 언제나 공주처럼, 나같은 놈한테 오면 안돼."

그는 마치 알카포네처럼 말했다.

어슴프레한 속에서 그의 얼굴은 몹시 굳어져 있었고 일그러져 보이기까지 하였다.
 나는 순간적으로 다른 사람의 얼굴을 보고 있는 것 같았다.
 그의 깊은 곳에 숨어있던 비참을 지금 비로서 그는 내 앞에서 토해놓는 것이었다.
 "그리고 우리에게 결혼이 왜 필요해? 세상에서 나의 여자는 너 하나 밖에 없고 세상에서 너의 남자는 나 하나 밖에 없으면 되는 거 아냐? 그리고 니가 무슨 나의 애기를 낳겠다는 거야? 어린애가 어떻게 어린애를 낳아?"
 "오빠 나는 스물세살이에요. 어린애가 아니예요."
 "아냐, 너는 스물세살이 아니고 아홉살이야. 아무것도 몰라, 정말 아무것도 몰라."
 다음 순간 우리의 몸이 어떻게 하나로 달라 붙어버렸는지 몰랐다.
 두번째의 우리들의 포옹과 키스는 서로가 서로에게 동시에 달려들은 일에 불과하였다.
 그리고 내가 먼저 터트린 눈물로 그의 눈물샘을 열어서 우리의 포옹은 서로 부둥켜안고 운 일이라고도 할 수 있었다.
 그는 거의 흑흑 느끼면서 울고 있었다.
 그의 가슴 깊은 곳에서 끓어올라 폭발된 사랑은 곧 그의 가슴밑 깊은 곳에 흐르고 있던 눈물도 함께 폭발시켜 버렸는지도 몰랐다.
 나는 처음으로 그날밤 그의 저 가슴 밑바닥에 흐르고 있었던 내용들을 본 셈이었다.
 나에게 그동안 그가 감추고 있었던 달의 이면 같은 곳, 그의 안에 애써 숨겨져 왔던 내용들의 얼마가 폭파되어 밖으로 누출되어 나의 눈에 뜨이고 만 것이었다.
 그의 가슴 깊은 고랑 속에 숨겨져 흐르고 있던 것을 나는 그날밤 처음으로 확실히 본 것이었다.

그것이 무엇이었던지를 나는 그날밤 확실히 느끼고 있었다.
그것은 슬픔이었다. 그의 가슴속에 패여오고 고여오고 억눌려온, 그러나 마르지 않고 그의 해맑은 얼굴 저 뒤에서 도도히 흐르고 있던, 그것은 슬픔이었다. 껴안고 있는 우리의 두 몸이 마치 망망 대해를 떠가고 있는 듯이 느껴지고 있었다.
학교 뒷산 여름 숲에서 들려오는 여러 가지 풀벌레소리, 새소리, 바람에 흔들리는 나뭇잎소리, 온갖 소리들이 우리들 귀에 너무나 잘 들렸다.
별들과 달이 하늘에서 떠가고 있는 소리까지도 우리들 귀에 들리는 것 같았다. 폭풍의 속 같은 고요 가운데 우리는 들어가 있었다. 아주 투명한 고요가운데……아카시아 필 무렵의 상호씨가 사는 산동네 언덕배기에서 맡아지는 그런 향내들이 온 사방에서 바람결을 타고 우리들에게 몰려오고 있었다.
나는 이 세상에서 내가 가장 있고 싶었던 곳에 지금 와 있다라고 느끼며 그의 품에 안겨 있었다.
이 이상 갈 수 없다라고 느끼는 것의 끝까지 나는 와 있었고 그러므로 내 마음은 몹시 만족스럽고 평정스러웠다.
아무런 걱정도 떠오르지 않고 우리집에 일어나 있는 그 우울한 사건들도 내 마음 안에서는 씻겨 나가고 없었다.
그런 것들이 이곳을 지배하지 못했다.
우리들의 감정 속에 바탕색처럼 깔려있는 그 알 수 없는 슬픔이 오히려 나에겐 은밀한 비밀처럼 향그러웠고 오히려 그안에서 나는 한없이 평온한 안식을 느꼈다.
그의 곁에 있을 때면 시작되곤 하던 풀잎파리처럼 떨리던 몸의 경련도 지금은 일어나지 않았다.
어떤 크나큰 충족과 확인이 내 영혼 안에 들어와 있었다.
한바탕 모든 것들이 씻겨 나간 듯 했고 알 수 없는 기갈로 목마르던 것이 크게 축여진 것 같았다. 어디인지 그곳은 아주 깊은 곳이었다.
 상호씨는 얼마 후 나에게서 떨어져나가서 다시 도서관 안으로 들어갔다.
 그리고 곧 책가방을 가지고 나왔다.
 우리는 손을 잡은 채 교정을 걸어나와 우리집 쪽으로 왔다.
 상호씨는 나를 집에까지 데려다주고 그의 산동네 자취방으로 돌아갔다.
 나의 방에 들어오자 나는 마치 이미 내가 그의 신부가 된 것처럼 느껴졌다.
 우리들의 결혼식에 대한 많은 꿈을 꾸다가 잠이 들었다.
 그를 만나고 와서 이렇게 배가 부른 것처럼 흡족스럽게 느껴보긴 처음이었다.

제5장──

　그날밤 이후 나는 상호씨에게 가는 일을 조금은 자제하기로 하였다.
　그가 공부할 수 있도록 나는 참아주기로 하였다.
　그가 보고싶을 때 그를 위하여 그를 보지 않고 견디며 참는 일도 나에겐 행복한 일이었다.
　그가 대학원에 진학하는 일에 대하여도 나는 생각해 보았다. 그가 교수 곁에 조교로 남아있으며 대학원에 진학하고 석사학위를 받고 그 다음 다른 나라로 유학을 가거나, 혹은 국내에 남거나 하며 그 이상의 공부를 계속하는 일에 대하여도 나는 생각해 보았다.
　그를 따라 나가 색다른 나라에 가서 사는 일도 나에겐 즐거운 일로써 받아들여졌다. 대학 1학년 입학 하자마자 아빠가 보내주어서 다녀온 구라파의 여러 나라들이, 그때는 몰랐었는데, 시간이 가면서 다시 보고 싶은 많은 모습들을 나에게 떠올려주고 있었다.
　대학에 들어갈 때에는 나도 여러 가지 포부와 꿈이 있었는데 졸업을 맞이하고 있는 지금엔 오히려 나의 그 꿈과 포부들이 퇴색된 듯이 느껴지고 있었다.
　별로 거기에 대한 큰 열망이 나에겐 느껴지지를 않았다.
　물론 다른 아이들이 원하듯이 나도 신문사나 방송국이나 혹은 외국인 회사와 국내 대기업에서 졸업후 일자리를 얻어보았으면 하는 바램이 아주 없는 것은 아니었지만 그것이 그렇게 많이 원해지지는 않았다.
 난 원래 애초부터 공부를 많이 하고 싶었던 편은 아니었다.
 그러므로 대학 후에도 공부를 더 계속하고 싶은 생각은 별로 해본적이 없었다.
 영문과를 택한 데에도 특별한 이유는 없었다.
 외국어를 한다는 것이 나에겐 재미가 있었다. 남의 나라의 닫힌 장막을 뚫고 들어가는 일인 것이다.
 영어뿐만 아니라 불어나 독어도 나는 비교적 잘 했다.
 외국에 나가서도 나는 그 덕을 많이 보았다.
 그리고 그것으로서 나는 만족하였다.
 외국어의 어원을 판다든가, 초서의 캔더베리 테일즈 같은 옛날 영어로 쓰여진 책들을 깊이 파고 들어가 연구해 보고 싶은 생각은 크게 없었다.
 앞으로 어떤 계기가 나에게 생겨서 나의 심경에 변화가 올지는 예측 불허지만 아직은 그런 마음이 나에겐 대단하게 있지가 않았다.
 상호씨를 만나면서부터 그리고 그에게 깊이 끌려 들어가면서부터 세상에 대하여 가지고 있던 나의 꿈들은 오히려 내 안에서 소멸을 당해오고 있다고 표현해야 좋을 것이었다.
 프리즘처럼 상호씨란 존재를 통하여 보는 나의 미래만이 나에게 주어진 나의 미래로서 나는 받아들이고 있기 때문이었다.
 처음부터 그의 존재가 내 안에 하두 크게 뛰어들어와 큰 바윗돌처럼 내 안을 차지하고 있기 때문에 그를 떠난 나의 계획이란 있을 수가 없게 되어버리고 말았다.
 그는 나의 모든 계획들에 앞서 있는 존재였다.
 그를 벗어난 나의 계획이나 꿈이나 포부따위는 나에겐 이제 아무 소용도 없었다.

그가 이루어줄 수 없는 일이나 그가 원하지 않는 일이란 나와는 아무 상관도 없는 일이었다.

그런 것들은 이미 나의 계획이나 포부 안에 참가시킬 수가 없게 된 것이었다.

나는 그것들을 포기해야만 하는 것이다.

예를 들자면, 이젠 나에겐, 큰집에 사는 일, 결혼식장에서 많은 사람들의 축복을 받는 일, 아름답고 큰 다이아몬드를 손가락에 끼는 일, 신분이 높은 시아버지로 말미암아 사람들로부터 존경을 받는 일, 이러한 모든 일은 이미 내가 단념해야 하는 일들이었다.

상호씨를 택하기 위해서는 나는 이런 일들을 잃어야만 하는 것이다.

이외에도 상호씨를 택하기 위하여 나에게서 제한되어야하는 일들이 아직 많았다. 가령 공부를 더 하기 위하여 외국유학을 떠나는 일 같은, 이것도 이젠 나에겐 허용이 안 되는 계획이며 금지된 포부인 것이다. 상호씨가 나에게 주는 기쁨이나 행복감의 크기가 워낙 크고 상호씨란 존재가 나에게 워낙 만족스러웠기 때문에 세상의 다른 일들이 나에게 소홀해 보이기 마련인 것은 당연하고 포기하기가 쉬운 것이지만 원래 "나"라는 계집애의 속성자체가 그러한 것들에 대하여 다른 아이들처럼 그렇게 대단한 열정을 가지고 있지 못했던 탓도 있었다.

다른 친구아이들이 나랑 함께 자면서 그들의 미래의 계획이나 꿈에 대한 얘기를 밤새워 토해낼 때에도 나는 들어주고는 싶은데 재미가 없어 계속 졸립기만 했었다.

큰언니나 작은언니한테도 나는 그런 나의 성의없는 태도 때문에 통박을 많이 받았었다.

특히나 작은언니는 여고 다닐 때 그녀와 한 집안에 사는 우리집 사람들에게 자신의 많은 꿈을 얘기해 주는 걸 즐겼다.

일하는 아줌마들이나 우리집에 묵어 가는 시골 친척집 소녀들이나 청년들이 그녀의 꿈을 가장 귀담아 들어주던 경청객들이었다.
 나는 그녀에게 그런 경청객이 못되었다.
 그래도 그녀의 얘기를 청취해줄 지지자가 하나도 없을 때엔 그녀는 나라도 동원시키려 하였는데 나는 언니의 그 얘기들이 별 재미가 없었다. 언니가 원하는 것들에 대하여서도 나에겐 크게 공감이 안 왔다. 이상하게도 나에겐 그것들이 언니가 원하듯이 원하여지지가 않는 것이었다. 적어도 나에겐 그것들이 언니의 입안에서처럼 불덩어리의 언어들이 되어 나올 수 있는 내용들이 아니었다.
 언니도 내가 자기처럼 자신이 원하는 것들을 원하지 않고 있다는 것을 알고 있었다.
 그것이 언니에겐 몹시 약이 오르는 일이었다.
 "야, 이 기집애야, 넌 왜 꿈도 없니? 꿈 없는 인생은 물 없는 사막이고 죽은 인생이야."
 그렇게 나에게 면박을 주곤 하였다.
 그렇지만 나에게도 꿈이 아주 없는 것은 아니었다.
 세상에서 되고싶다라고 원하던 일들이 나에게도 있었다. 그러나 그것이 나에겐 남들처럼 대단치가 않았다. 밤잠을 안자고 밤새껏 얘기를 할 수 있을 만큼의 열정으로 내 안에서 타고 있지 못했을 뿐이었다.
 만일 나에게도 꿈 많은 나의 다른 친구들이나 작은언니와 같은 그렇게 뜨겁게 타고 있던 꿈들이 있었다면 상호씨가 내 안에 이렇게나 깊이 파고 들어오지도 못했을 것이었다.
 사실 따지자면 상호씨는 나의 마음속에 묻혀있던 가장 큰 꿈이었다. 그는 나의 가장 큰 꿈의 이루어짐이었다. 비록 작은언니나 다른 친구들처럼 그런 꿈은 내 안에 없었다 하여도 대신 나에겐 다른 큰 꿈이 있었다. 그 꿈이 상호씨를 통하여 이루어진 것이었다. 나는 이것을 기적이라고 밖에 볼 수 없었다. 사랑에 대한 나의 꿈이 이렇게 쉽게 이루어질 줄은 나는 몰랐었던 것이다. 그리고 나는 나의 이 꿈을 다른 아이들의 꿈과 바꿀 생각이 추호도 없었다.

 그렇다고 내가 세상에 대하여 전혀 모르고 있는 아이도 아니었다.
 그리고 상호씨가 나에게 전혀 세상의 꿈을 이루어 줄 수 없는 불능의 존재가 아니라는 것도 나는 충분히 알고 있었다. 은연중에 나는 나의 모든 꿈을 그에게 위탁해 놓고 있는 셈이었다.
 그리고 나는 기다리고 있는 것이다. 그가 나의 꿈들을 이루어 줄 수 있는 날들을. 가까운 미래가 아닌, 언젠가의 먼 훗날에.
 나는 나의 꿈들에 대하여 조금도 조급해하지 않는다. 상호씨 자신만으로도 이미 내 마음은 흡족해 있으니까.
 그리고 그의 현재의 것들보다 그의 미래의 것들을 바란다는 일이 나에겐 더 즐겁다.
 사람에게 진정 기쁨을 주는 것은 오늘의 쾌락이 아니고 내일에 대한 희망이라는 말도 있다.
 그 말은 정말 나에게 맞는 것 같다.
 내일 사형을 받아야만 하는 사형수가 오늘 아무리 맛난 만찬을 받는다 한들 어떻게 그 풍요한 맛을 즐길 수 있겠는가?
 우리들의 마음을 진정 즐겁게 하는 것은 현재의 것들보다 미래에 대한 희망인 것이다.
 비록 상호씨가 현재는 대단한 것을 가지고 있지 못하다 하여도 그를 향한 어떤 기대의 문이 내 마음 깊은 곳엔 열려져 있었다.
 내가 점점 더 상호씨를 보다 현실적인 자리에서 생각하게 되는 이유들 중 하나가 우리 집안의 분위기였다.
 나는 한시 바삐 집을 떠나고 싶어지고 있었다. 전에는 그렇게 빨리 떠나고 싶지는 않았던 곳인데 지금은 빨리 떠나고 싶어지는 곳으로 점점 더 변화되어 가고 있었다. 나 역시 아빠를 버리려 하고 있다는 사실이 내심으론 미안스럽다고 느끼고 있었지만 아빠때문만은 아니었다. 물론 아빠가 집에 처박혀 있으므로서 그리고 아빠가 새로운 일을 시작해 보려는 의도나 스스로 자신을 이기고 일어서려는 의지를 보여 주지 않음으로서 집안에 만들어 주고 있는 어둠이 나 역시 짜증스러웠다. 아버지는 은연중에 온 집안을 자신이 갇혀있는 어두컴컴한 굴로 만들어 버리고 있었다. 아버지가 갇혀 있는 의식의 굴은 검정 물처럼 어느 새 밖으로까지 번져 나와 온 집안을 다 어둡게 물들여 놓고 있는 것이었다.

 마치 한 사람의 찬란한 빛이 그가 속해 있는 세계를 찬란케 하여 놓을 수 있듯이 아버지는 자신 안의 깊은 우울과 좌절감, 실의 열등감 등으로 온 집안을 그렇게 어둡게 만들어 놓고 있었다. 특별히 눈에 현저하게 뜨이는 것이 없는 데도 어떤 음울하고 침통한 분위기가 온 집안을 연기처럼 가득 채우고 있었다.

 이젠 그만 아빠가 일어설 수 있었으면 좋겠는데 아빠는 일어서지를 못했다. 내 생각엔 그보다 훨씬 더 많은 것을 잃고도 더 크게 상처를 입고도 얼마든지 잘 살고 있는 사람들이 세상엔 많을 것이다라고 생각되는 데 아빠는 그렇지가 못했다.

 그러나 제삼자들로서는 아빠가 어떤 일을 어떻게 가혹하게 당하였고 내적으로 얼만큼 깊은 상처를 받았는지 알 수가 없었다.

 사람은 각기 고립되어 있도록 만들어진 존재이며 남들이 알 수 없는 자기만의 곳을 가지고 있다라고 느껴지기 때문이다.

 아빠는 아주 내성적인 사람은 아니었지만 그렇다고 아주 활달하거나 낯이 두껍고 배짱이 두둑하다고 불리어지는 타입도 아니었다.

 아빠와 한 집안에서 살면서 느껴야 하는 우울감은 고3짜리 영환이게도 힘들게 느껴져 간게 분명하였다.

"엄마, 일류대학 가면 뭐해요? 아빠 봐요! 아빠 봐!"
"이놈의 자식! 공부가 하기 싫으니까 핑계가 좋다. 그동안 아빠 잘 달려오셨어. 네가 아빠 나이만큼 살려면 아직 멀었어. 일류대학 나오고 아빠만큼 살아보고 나서 말해!"

엄마는 영환이에게 그렇게 말하긴 했지만 늦게 얻은 외아들의 대학 입시에 관한 일이어서 여기에 대한 조바심을 감추지 못했다.

하필 이때에, 제일 중요한 시기에, 아버지가 저렇게 쓰러져 있으니……

물론 녀석이 만든 핑계라는 것도 엄마는 알고 있었다.

그러나 핑계가 될 만한 작은 빌미 하나라도 아이에게 주어서는 안 되는 것이다.

그리고 사실 엄마가 느끼기에도 이 집안의 분위기 안에 아이에게 짐이 될 만한 것들이 있는 것이다.

어머니의 그런 것들은 아버지에게 모두 전달이 되어가게 되어 있었다.

엄마의 아주 세심한 것까지도 아버지에게 전달이 되어 간다는 것을 어릴 때부터 자라오는 동안 나는 여러번 경험해 오고 있었다.

가령 엄마의 마음에 안드는 주위사람들이 있다면 처음엔 아버지에게서 다른 대접을 받는다하여도 그들은 곧 아버지의 태도가 엄마와 같아져 버렸음을 깨달아야만 하는 것이었다.

그런데 이번엔 다른 사람이 아닌 아빠 자신이 피해를 당하는 쪽에 있으면서 엄마로부터 전달을 당해야만 하는 입장이 된 것이다.

미세한 전달로서만이 아니라 엄마는 곧 노골적으로 아빠에게 "여보, 애가 당신 때문에 공부에 지장을 당하는 것 같아요. 그렇지 않겠어요? 멀쩡한 아빠가 집에만 처 박혀 있으니, 그렇지 않아요? 고3때라는게 보통 어려운 때에요? 신경이 곤두설대로 곤두선 땐

대."
 그러며 엄마가 아빠에게 설득한 일은 다른 출근하는 아버지처럼 아침에 일찍 나갔다가 저녁 늦게 집으로 돌아와 달라는 부탁이었다.
 엄마자신도 이 아버지로부터 해방되고 싶어하는 마음이 있었을 것이었다.
 집안에 혹처럼 온종일 붙어있는 무거운 아빠를 떼어놓고 그녀만의 홀가분한 하루들을 살고싶어서일 것이다.
 그리고 그것은 엄마를 찾아오는 손님들로부터도 그녀가 창피를 모면할 수 있는 길이기도 하였다.
 간혹 불시에 찾아온 엄마의 손님이 어쩌다 아빠가 있는 안방문을 열었을 때의 엄마의 황겁해 하는 모습은 정말 특별했다.
 손님 편에서도 간이 떨어질 지경이었다. 고양이에게 쫓겨 훼에서 뛰어내리는 수탉처럼 엄마는 화다닥 안으로부터 뛰어나와 손님을 얼싸안듯이 해서 밖으로 밀어내곤 아빠가 있는 방문을 닫는 것이었다. 그가 거기 있는 아빠의 모습을 볼 수 없도록. 그런 엄마의 모습이 내 눈에 하도 특별해서 과연 우리가 부끄럽다고 여기는 것들의 정체가 무엇인가에 대해여 나는 다시 한번 깊이 생각해 보고자까지 하였다.
 아빠가 집에서 놀고 있다는 것이 나에겐 그렇게 부끄럽지가 않았다. 아빠가 집에서 놀고있으므로 해서 엄마가 느끼고 있는 많은 분위기들에 나도 적지않이 공감하고 있지만 그렇게 많이 엄마처럼 나는 창피하다고는 느껴지지가 않았다.
 아침 일찍 나가서 저녁 늦게, 예전에 아빠가 일할 때처럼, 그리고 아직도 일하고 있는 다른 아버지들처럼 밖에 나가 지내다가 돌아오라는 엄마의 소청을 받고도 아빠는 들어 줄 수가 없었다.
 아빠 역시 영환이의 대학입시에 관한 문제이므로, 그리고 아내의 체면에 관한 문제이기도 하므로 심각하게 느낄 수밖에 없는 일이지만 그러나 그일은 아빠에겐 너무 힘든 일이었다.
  아침 일찍부터 밤늦게까지 그 많은 시간을 어디 가서 지낼 수가 있단 말인가. 그것도 매일.
  아빠가 얼마나 내심 힘들었는지, 여기에 대한 증거로 아빠가 예전엔 생각도 못해봤던 성당엘 엄마를 따라 두번이나 일요일에 나갔다 온 일이었다.
  그러나 아빠는 곧 그만 두어버렸다. 무엇이 못 마땅했는지 두번째 일요일을 끝으로 아빠는 다시는 엄마를 따라나서지 않았다.
  그리고 다시 누워버렸다.
  영환이가 아빠를 집에서 볼 수 있는 시간이 아주 많은 것도 아니었다. 학교 가고 학원 가고 학교에서 과외수업하고. 영환이 편보다 엄마가 자기 편을 더 염두에 두고 짜낸 계획이라고 해야 할 것이었다.
  그래도 영환이의 눈에 아빠의 모습이 띌 때는 얼마든지 있었다.
  엄마의 그 말이 있고부터 영환이의 눈에 띌 때면 아빠는 무슨 죄라도 지은 듯이 얼굴을 마주치려 하지 않았다.
  작은언니가 어느 날 아침 헝크러진 머리칼을 하고 우리집 대문 초인종을 그렇게 요란스럽게 울리며 뛰어든 것은 바로 이런 때였다.
  아빠보다도 우리집을 정말로 나에게 견딜 수 없는 곳으로 점점 만들어 가고 있었던 것은 작은언니의 출현이었다.
  원래가 나는 이 작은언니와 맞지 않았고 자주만 와도 힘들었는데 이젠 아예 집안에 죽치고 앉아버린 것이었다.
  거의 온종일을 언니는 전화통에 붙어 있었다. 남편은 물론 그녀의 친구들이나 친지들 누구나가 그녀 앞에 끌려나와 그녀의 원통해 하는 소리를 들어야 하는 것이다.

외국에 나가 있는 사람들을 불러 댈 때도 있었다.
 남편과 전화선이 이어질 때의 그녀의 첫 소리는 언제나 야! 이 새끼야! 이었다.
 한참을 욕을 하다가 울기가 일쑤였다.
 자존심의 상처, 배신감, 상실감, 그리고 잘 떼어 내지지 않는 남편에 대한 육정 속에서 언니는 마치 불이 붙은 벌레처럼 데굴데굴 굴르고 있었다.
 내 눈엔 꼭 그렇게 보였다. 곁에서 봐도 지옥이었다.
 어느 땐 곁에서 보고 있는 나까지 숨이 막혀 왔다.
 툭하면 여전히 가장 자주 튀어나오는, 지새끼가 감히 나에게, 라는 소리를 연실 입술에 달고 반미치광이처럼 뒹굴고 있는 것이었다.
 작은형부는 찾아오지 않았다.
 찾아오고 싶어도 찾아올 수도 없을 것 같았다.
 찾아 왔다간 언니의 상태로 보아 물어 뜯기어 제대로 살아 나갈 것 같지가 않았다.
 그러나 언니의 상태로 봐서는 형부가 찾아와 주어야 할 것 같았다.
 언니가 지금 뒹굴고 있는 환난 속에서 언니를 건져줄 수 있는 사람은 형부밖에 없었다.
 그러나 형부는 와 주지 않았다.
 원래가 결혼 초부터도 사네 안사네 하는 소리가 툭하면 튀어나오고 조용하게 살아온 부부는 아니었지만 아직까지 형부에게 다른 여자가 이렇게 구체적으로 나타난 경우는 내가 곁에서 보아온 바로는 없었다. 게다가 의심하는 경우와 자신의 눈으로 직접 목격한 경우는 틀린 것이다. 언니에겐 형부가 자신에게 몹시 맞다라고 느껴졌었던 사람임에 틀림없었다.

안살아, 못살아, 이혼할꺼야, 하면서도 언니에겐 형부가 잘 포기가 되지 않는 눈치였다.
　처음 볼 때부터 나에겐 형부가 너무 느끼하고 기름투성이로 보여져 싫었었는데 언니의 마음엔 들었던가 보았다.
　언니랑 형부가 둘이 서로 좋아하는걸 보면서 나는 언니랑 나랑은 많이 다르구나 하는 사실을 내심으로 다시 한번 확인했었다.
　그리고 솔직히 말하자면 나에겐 언제나 둘의 관계가 위태위태해 보였었다.
　적어도 안정적으로는 보이지 않았었다.
　언니한테는 발설은 안했지만 이렇게 될 줄을 나는 미리 짐작했었다.
　그런데 이상하게도 언니에겐. 전혀 준비가 안되었던 일이었고 뜻밖이었던 것이었다.
　오히려 그것이 나에겐 이상했다.
　그리고 언니의 자존심을 위한다면 오히려 이 사람 저 사람에게 언니가 그 얘기를 안 해주었으면 좋겠는데 언니는 계속 그 얘기를 사방에 대고 떠들고 있었다.
　온갖 자기 변명의 말과 남편에 대한 비난을 섞어가면서 그래봤자 남들에게 알려지는 것은 남자에게 버림받은 초라한 자기 자신일 뿐인데…….
　나보다 위의 언니지만 가끔 내 눈에 언니의 갇혀있는 모습이 보일 때가 있었다.
　그런 나의 마음을 내가 밖으로 들어내 놓으면 언니와는 결국 싸움이 되는 것이다.
　"잘난 체 하는 계집애, 그래도 난 네 언니야, 이 기집애야! 넌 언니에 대한 최소한의 애정도 없어? 내가 이렇게 당했는데도 넌 분하지도 않아?"

이번에도 언니가 집에 와 있는 동안에 그 말이 얼마나 또 내 앞에서 되내어 졌는지 몰랐다.

여자로서 참을 수 없는 일을 당한 언니가 가엾고 또 그런 경우 발휘될 수 있는 여자의 최대한의 인내의 한계가 얼마인지도 나는 모르고 때로는 형부가 밉고 괘씸하기가 송곳으로 내 관자놀이를 쑤시는 듯 하기도 하였지만 언니의 하나하나의 행동거지가 내 마음엔 들지 않았고 언니가 저러지말고 다른 식으로 나가 주었으면 하며 바랄 만큼 내 생각과는 반대로 나갈 때가 언니에게 너무 많았다.

심지어는 그 불쌍한 언니를 향하여 저러니까 저런 일을 당했지, 라는 생각까지 내 마음속에서 먹어질 때까지 있었다.

온 집안 식구를 대하는 언니의 태도가 점차 적대적으로 변해져 가고 있었다.

우리들 탓이기도 하였다.

왜냐하면 언니의 그 매일 매일 계속되는 난동에 작은언니와 언제나 죽이 잘 맞고 모성애만이 지닐 수 있는 관대함으로서 작은언니를 꾸준히 품어오고 언니와 한편이 되어 주던 엄마마저도 언니의 체류가 한달이 넘어가자 눈에 보이지 않게 짜증기를 나타내기 시작했기 때문이었다.

남이 자기를 깔 보는 일, 그런 냄새를 맡는 데엔 작은언니는 그야 말로 사냥개 이상의 후각을 가지고 있었다.

"당신은 엄마두 아니야! 엄마두 아냐!"

엄마가 조금이라도 자기에 대하여 변심한 기색을 보이고 예전처럼 공주모시듯 극진히가 아닌 약간의 천대라도 언니에게 보이면 언니는 사정없이 엄마에게 달려드는 것이었다.

엄마는 모성애가 피할 수 없이 갖게 되는 딸에 대한 동정과 연민때문이기도 하였지만 언니의 그 달려드는 사나움 때문에 꼼짝을 못하고 언니의 종노릇을 맡아 하고 있었다.
 특히나 남편에게 그일을 당하고 친정으로 돌아와선 언니는 더 잘 엄마에게 덤볐다.
 특히나 엄마가 제일 기가 죽는 언니의 말은
 "당신은 엄마두 아니야, 엄마두, 엄마가 뭐 저래? 당신은 엄마두 아냐."
 라는 소리였다.
 그렇게나 잘난 체하던 언니에게도 막상 상처받고 뛰어와 몸을 쉬일 곳은 이 친정 밖엔 없었다는 사실도 나에겐 좀 놀라지는 일이었다.
 언니에겐 많은 숭배자 지지자 특별한 호의를 베풀어주는 사람들이 많다……라고 나는 느끼며 살아 왔기 때문이었다.
 이 언니 때문에 우리집 안은 광풍이 불고 있는 것 같았다. 북상하여 많은 피해를 주리라고 예고되던 저 남쪽에서 올라오던 여름 태풍은 어느 하루 상호씨의 도서관 앞 뜰만 시원케 하다가 조용히 물러갔는데 우리 집안에 몰려든 광풍은 좀체 가라앉지도 떠나주지도 않았다.
 나는 견디기가 어려웠다.
 특히 언니 앞에서 나는 말조심, 표정조심, 행동조심을 해야만했다.
 조금이라도 실수를 했다간 언니의 사나운 발작이 터지기 때문이었다.
 그렇게 언니는 남이 자기에 대하여는 한 마디도 기분 나쁜 말을 못하게 하면서 자기 자신은 남에게 너무나 말을 막 했다.
 특히나 언니가 아버지에게 말을 막하는 것이 나에겐 견딜 수가 없었다.
 옛날처럼 아버지가 세상에 나가서 잘 대우를 받고 집안에서도 우러러 떠받들리던 때라면 몰라도 이런 때엔 언니가 그런 말을 해선 안될 것 같았다.
 오죽 했으면 큰 죄인이나 된 듯이 죽어지내던 아버지가 눈알에 벌겋게 핏기를 세우고 언니에게
 "야, 남자가 바람 피우게 되는 건 다 여자 탓이야, 여자 탓!"하고 소리를 지르기까지 하였다.
 작은 언니가 아빠의 이 말에 얼마나 격노하여 입에 게거품을 품었는지……이 때엔 엄마까지 합세하여 아빠에게 달려들었다.
 화가 난 판이기도하지만 그때 언니가 아빠에게 던지는 말들은 흡사 개를 나무라듯 하다고 표현해야 맞을 정도였다.
 결국 나는 그날 오랫동안 참아온 침묵을 깨고 언니에게
 "나가 줘, 언니. 이곳은 아빠의 집이야. 언니가 여기 와서 아빠한테 그렇게 말할 자격이 없어."
 하고 대들고 말았다.
 그 바람에 나는 언니에게 세차게 몇 대 뺨을 맞았다.
 언니에게서 내가 가장 못견디겠다고 느끼는 것들 중의 큰 하나가 언니는 언제나 자신을 특별한 그 무엇으로 느끼고 있다는 점이었다.
 다른 사람들은 누구나가 다 할 수 있는 일인데 언니는 왠지 다른 이들과 자기 자신을 동등하게 볼 줄을 몰랐다.
 내가 아픈 일이라면 저 사람도 아픈 일이 될 수 있으리라는 이 생각을 언니는 왜 못하는지 나는 알 수가 없었다.
 자아 도취적 교만이 언니의 이성의 눈을 멀게 하여 언니로 하여금 평범한 이런 생각조차도 할 수 없게 만들어 버렸는지도 모른다.
 그런 것이 인간 안에 왜 생기게 되는지 나는 알고 싶었다.
 영환이가 고3이고 누나로서 그런 동생에게 대하여, 자기 감정이 지금 아무리 그렇더라도 배려를 해야겠다는 생각을 할 수 있을 텐데, 언니는 영환이가 윗층에서 공부하고 있을 때에도 소리지르고

쌈하고 큰 소리로 전화걸고 자신이 하고 싶은 일을 다 해버리는 것이다.
　엄마가 보다 못해 눈치를 주면
　"쟤 대학만 중해요? 나 망한 년 취급 말아요! 대학 떨어지면 일년 재수하면 돼지. 그게 뭐 중요해요!"
　라고 달려들었다.
　실의에 빠진 아빠하고 만은 살기가 힘들다고 느끼던 때가 지금 돌아보면 그때엔 집안에 평화가 가득했었다고 표현해도 과언이 아닐 정도였다.
　그 만큼이나 언니가 일으키고 있는 광풍이 우리들에겐 힘들었다.
　이것은 단순히 타인으로부터 괴롭힘을 당하고 자기 생활에 지장을 받는 일만이 아니고 혈연의 공동체로서 우리자신의 일이기도 하였으므로 더욱 더 괴로웠다.
　서울에서 멀지 않은 S시에 사는 큰언니가 형부의 여름휴가를 맞아 세 살짜리 딸아이를 가운데 세우고 우리집에 왔을 때 작은 언니가 보여준 참혹한 반응은 우리들 모두의 가슴을 찢어놓은 것이었다.
　그 꾀죄죄한 꼴로 죽은 친할머니가 기거하던 방으로 뛰어들어가 큰언니 내외가 돌아갈 때까지 문을 잠근 채 나오지 않았다.
　그런 언니가 나에겐 너무 불쌍해 보였다.
　그날 엄마는 반은 죽은 얼굴이었다. 이 작은 딸이 너무 불쌍해서. 비록 성질은 불같고, 엄마가 보기에도 문제점이 아주 없다고는 느껴지지 않는 딸이지만, 특히나 언니가 집에 와서 소란을 피우면서 엄마는 새롭게 이 언니의 문제점에 대하여 더 소상하게 알아 가는 눈치이지만, 그러나 엄마가 이 둘째딸 때문에 받고있는 상처와 번민은 아빠가 그녀에게 준 것과는 비교가 안될 정도였다.
　엄마가 낳은 네 자식들 중에 엄마가 내심으로 제일 기꺼워하고 있던 자식이 바로 이 둘째 딸이었다는 것을 나는 알고 있었다.
 재능과 미모를 겸비하고 사교적이고 게다가 부잣집에 시집가 주어서 사람들 속에서 엄마의 방석을 기껏 높혀 주었던 작은 언니가 지금 그녀에게 주고있는 실망과 상처가 어떠하리라는 것은 쉽게 예상할 수 있는 일이었다.
 엄마는 어떻게든 이 언니를 제자리로 돌려보내고자 하였다.
 그것이 또한 엄마의 옛자리를 다시 찾는 일이 될 수도 있기 때문이었다.
 "가서 그 사람하고 직접 만나서 대화를 해보면 어떠냐? 계속 전화로 이렇게 욕만 하지말고."
 시간이 가면서 엄마는 언니를 그렇게 설득하기에 이르렀다.
 그러나 내심 엄마의 마음 안엔 딸이 그녀의 집에 와 있는지가 한달이 넘는데도 찾아와 주지 않는 사위에 대한 괘씸감이 깃들어 있었다.
 그것이 엄마의 입을 통하여 불쑥불쑥 튀어나왔다.
 아무리 세상이 신식으로 변해가고 엄마도 비록 나이는 먹었지만 비교적 신식을 따라 살자는 측에 들지만, 그리고 이 딸 내외가 그 애정표현의 적극성에 있어서는 신식들 중에서도 특히 튀어 보였지만, 사위가 하고있는 일이 그녀에겐 너무나 상식에 벗어나는 것이었다.
 바람 피는 현장을 목격하고 아내가 집을 나와 친정에 와 있는데 사위는 너구리처럼 제 집에만 들어앉아 한번도 찾아오질 않고 있었다. 전화도 제 편에서 먼저 걸어 주는 일이 없는 것이었다.
 미안하다, 잘못했다는 사과 한 마디가 없었다.
 상식으로 치면 찾아와 백배 사죄의 절을 올리고 다시는 이런 일이 없을 거라는 서약을 준 뒤 딸을 데려가야 하는 것이 아닌가——이것이 엄마가 바라는 일이였지만 이루어지지가 않았다.

그 새끼하고는 안살아, 이혼할꺼야, 이혼. 하고 입버릇처럼 떠드는 언니도 마음속으로는 엄마와 똑같이 그것을 바라고 있었다.
 왜냐하면 언니의 모습 안엔 아직도 형부를 떠날 수 없어함이 너무나 역력히 들어나 보였기 때문이었다.
 불속의 벌레처럼 뛰고 있는 모습 자체가 언니가 형부를 얼마나 떠나지 못하고 있으며 형부에게 묶여 있는가를 입증하는 일이었다.
 그런데 형부의 언니에 대한 감정은 그렇지가 않아 보였다.
 단순한 실수로 저지른 일이라면 아내와의 관계를 정상화시키려는 노력을 보이려 할텐데 안 그러고 있는 것이 심각했다.
 엄마도 나도 우리 식구모두가 영환이 조차도 언니의 하소연을 듣는 사람들도 모두가 그것을 눈치채고 있었다.
 자신이 버림받았다는 것을 언니 자신도 알고 있을 것이었다.
 시대가 어찌되고 사람이 어떻게 변하건 남자가 여자를 사랑하는 일이 이루어내는 행태는 같은 것이다.
 사랑하는 아내라면 당연히 찾아와야만 하는 것이다.——우리 모두가 그것을 알고 있었다.
 언니의 시댁에서도 전화 한번 걸어 주지 않았다. 언니네와는 따로 살아 온 터이지만 언니가 벌써 시어머니에게 전화를 걸어 그들 사이에 벌어진 일에 관하여 보고를 했음에도 시댁에서는 거기에 대한 반응이 없었다.
 "그것들이 우릴 깔보는 거야. 깔보는 거야"
 하고 언니는 점차 시댁식구들까지도 엄마 앞에서 씹어대기 시작했다.
 언니의 그 우리라는 낱말이 나에겐 몹시 거슬렸다.
 혈연의 공동체로서 언니의 불화덕 속에 같이 가담을 당해야만 하는 내 고통의 분담 몫에 대하여서는 감수인내하고 있는 나였지만 나를 비롯한 우리식구 모두를 언니가 자기와 같은 패거리로 끌어들여 넣으려는 일에는 나는 반감이 솟았다.
 비록 피를 같이 나눈 자매지만, 언니! 나는 아니야, 라고 언니 앞에서 말하고 싶을 때가 나에겐 너무 많았기 때문이었다.
 나는 언니와 생각이 다른데 왜 내가 언니의 "우리" 속에 있어야만 한단 말인가? 짜증이 났다.
 그래도 언니가 그렇게 말할 때 나는 참고 가만히 있어 주었다.
 언니가 자기만이 당하는 비참에서 벗어나고자 해서 하는 말임을 나는 알고 있었고, 그렇게 해서라도 언니가 자신의 비참에서 조금이라도 벗어날 수 있다면 이보다 더 한 것도 나는 참을 수 있을 것 같았다.
 그만큼 언니가 내 안에서 점점 더 가여워지고 있었다.
 언니는 이미 얼마 전까지의 그 잘났던 언니가 아니었다.
 어릴 때부터 꾸준히 나를 능가해온, 그리고 자기가 가지고 태어난 나보다 훨씬 나은 것들로 집안식구들과 주위사람들의 관심을 나나 큰언니로부터 뺏어오던 그 작은언니가 아니었다.
 사람의 모습이 어떻게 이렇게 달라질 수가 있을까 싶게 얼굴모습까지 달라져 보였다.
 철근콘크리트 건물에서 철근이 빠진 것처럼 언니의 얼굴을 어여쁘게 꾸며주고 있던 그 도도함과 요염함과 상냥스러움의 표정이 사라지고 그 안에서 일그러진 모습까지 내비치고 있었다.
 내가 전처럼 상호씨를 자주 찾아가지 않고 있는 이유들 중엔 이 가엾어진 언니에 대한 일말의 연민도 아주 없지가 않았다.
 집안에 언니가 이러구 있는 데 상호씨에게 가서 나혼자만이 꿀물을 빨고 오기가 다소 미안스런 일인 것이다.
 그러나 그러면 그럴수록 내 마음은 더욱 더 상호씨 곁에 있었다.

그리고 집을 떠나고 싶은 나의 마음은 안으로 더욱 깊어가고 있었다.
어차피 이곳은 내가 오래 있을 곳이 아니며 내가 살아야 할 견고한 성을 나가서 따로 만들어야 한다는 생각이 더욱 더 나에게 절실해 지고 있었다.
결국 각자의 인생은 각자의 생각대로 각자가 주관해 나가는 길인 것이다.
언니나 엄마나 아빠나──내가 사랑하는 사람들임엔 틀림없지만 그들의 인생을 내가 바꾸어 놓을 수는 없다.
그들은 그들의 길을 가고 나는 나의 길을 갈 뿐이었다.
나와는 상관없이 살아온 그들이 만든 결과에 나까지 한데 얼크러져 묶여있고 싶지 않았다.
지금 당하는 것으로만 그치고 싶었고 더 이상은 오래오래 당하고 싶지가 않았다.
내 안엔 아직 그렇게 무턱대고 희생을 참아야 할 만큼 아주 큰 사랑이 없었다.
그리고 내가 그들에게 도움을 줄 수 있다고도 느껴지지 않았다.
우리가 결국 자기 자신에게 돌아가고 마는 것은 남들 안에 우리가 결코 깊이 뛰어들 수 없기 때문인지도 모른다.
우리가 뛰어들려해도 아무도 우리에게 그들 마음의 깊은 문은 열어주지 않고 설령 거기까지 우리가 뛰어들 수 있다하여도 우리가 그들에게 하여줄 수 있는 일이란 아주 작은 것이다.
그들이 원하는 바를 우리는 해줄 수가 없는 것이다.
그것이 신(神)이 주신 인간의 한계인지도 모른다.
결국 우리는 타인에게 무능력한 존재로서 남아 있어야만 하는 것이다.
그러므로 각자는 각자의 일을 자기자신만이 해결해야 하는 것이다.
 보다 일찍 이 사실을 터득한 사람들은 남들로부터의 기대를 일찌감치 포기하고 모든 일의 시작과 종말의 원인을 자기자신으로부터 찾으려 하는데 언니는 아직 그것이 안되어 있는 것 같았다.
 내가 언니와 같은 일을 당한다면 지금의 언니처럼은 나는 하지 않았을 것 같았다.
 이렇게 친정을 찾아와 소란을 떨지도 않았을 것 같았다.
 나보다 훨씬 더 밖으로부터의 찬사, 갈채들을 받아오며 그것으로 인하여 행복해왔던 작은언니였던 만큼 불행해질 때에도 그만큼의 밖으로부터의 위로를 받으려 하게되는 것이 당연한 일인지 모른다는 생각도 들었다.
 이 작은언니에 대한 얘기를 나는 상호씨에게 자세히 하지 않았다.
 자세히 하고 싶지가 않았다.
 상호씨 곁에만 가면 내가 빠지고 마는 그 특별한 늪 속으로 구태여 언니의 혼란스런 얘기를 끌어들여 그곳까지 망쳐 놓고 싶지가 않았다.
 언니의 일은 집에서 당하는 것만으로도 나에겐 충분하다고 생각되었다.
 되도록 빨리 집을 떠나고 싶어진 마음이 부채질한 상호씨와의 결혼에 대한 나의 결심은 도서관 안의 상호씨를 우리들의 장래를 위한 역군으로 느끼게끔 하여주었다. 그가 공부를 해야한다는 것은 우리들의 현실과 직접적으로 연관되어있는 일이기 때문이었다. 상시(常時)채용의 풍토지만 11월부터 본격적으로 시작되는 대기업들의 취직시험에서 그가 꼭 붙어주기를 나는 간절히 바라고 있었다.
 우리들에겐 그 길밖엔 다른 길이 없어 보였기 때문이었다.

그런데 그 길이 때때로 나에겐 너무 까마득하고 어마어마하게 힘든 길로 느껴지기도 하였다. 하지만 그곳만이 우리가 원하는 바의 공정한 취사선택이 이루어지고 있다고 여겨지는 곳이었고 또한 상호씨가 나가서 싸워 이길 수 있는 승산이 있다라고 여겨지는 유일한 곳이었다.

그러므로 도서관의 상호씨를 안 만나러 가는 이유들 중엔 그 시간에 그가 공부할 수 있도록 이란 이유 하나가 내 안에 덧 붙여졌다.

그리고 그와 빨리 헤어질 때에도 공부해요, 오빠――라고 말하는 경우까지 나에겐 생겼다.

우리들의 두번째 포옹과 키스가 있은 이후 쉽게 또 다시 그런 일은 우리들 사이에 일어나지 않았다.

헤어질 때마다 나는 그 황홀한 순간 속으로 그가 나를 다시 초대해 주었으면 하는 기대로 부풀었지만 그러나 그는 나를 다시 전처럼 붙들고 도서관건물 뒤의 그 으슥한 공터로 끌고 가서 "영희야, 너 오늘 왜 이래, 왜 이렇게 특별히 굴어?"

라면서 껴안아 주지 않았다.

자칫하다간 나의 그런 기대가 그에게 발각되고 거기에 그가 부응해 오지 않을 경우 거절당하는 수모만 당할까봐 나는 내 편에서 오히려 그런 순간을 피하는 것처럼 서둘러 그의 앞에서 떠나곤 하였다.

두어달 후면 닥쳐오는 취업시험시즌이 나에게보다도 상호씨에게 더 부담이 되리라는 것은 당연한 일이고 점차 그가 그것을 의식하고 있다는 사실이 나에게도 확실하게 다가왔다.

나의 대학생활의 마지막 여름방학이 무더위 속에서 지나가고 있었다.

상호씨와 만난 이후 두번째 맞이하는 여름방학이었다..

작년엔 아빠의 차를 타고 나, 영환이, 엄마, 아빠 이렇게 네 식구가 충청도 동굴이 가까이 있는 어떤 계곡에 가서 사흘을 묵고 왔었다.
 상호씨와는 아직 한번도 단둘이 어디로 여행을 떠나 외박을 하여 본적이 없었다.
 상호씨는 제안하지도 않았고 나는 바라지도 않았다.
 지지난해엔 연숙이를 비롯한 지희, 화자 등 나의 영문과 친구들과 동해안에 가서 텐트를 치고 바닷가에서 며칠 묵다 돌아왔다. 그때 같이 갔던 애들은 올해에도 모두 나름대로 피서 여행을 떠났다.
 올해에도 연숙이는 희재씨와 함께 바닷가로 떠났고 지희는 어학연수하러 캐나다로, 화자는 제주도에 있는 제 언니네 집으로 가서 여름을 지내겠다고 방학이 되자마자 떠나 버렸다.
 올해엔 나는 아무데도 갈 수가 없었다.
 언니만 아니었으면 엄마는 아빠를 끌고 돈이 별로 안드는 가까운 피서지엘 같이 갔을지도 모를 일이었다. 나는 은영이네 집에 일주일에 두번씩 가서 영어를 가르쳐주는 댓가로 난생 처음 내 힘으로 돈을 벌었고 그 중에서 얼마를 아빠와 좀 시원한 델 다녀오라고 엄마에게 줄 요량이었다.
 그 계획을 은밀히 내 마음속에 숨겨놓고 있었다.
 돈이 떨어지기도 전에 찾아온 엄마의 가난은, 돈을 쌓아놓고도 시작된 엄마의 가난은 여전히 자신과 식구들을 들볶고 있었지만 집에 와 있는 작은언니에게만은 예외였다.
 작은언니한테만은 엄마는 수돗물을 잠가라, 불을 꺼라, ——라는 말을 자주 하지 못했다.
 그랬다간 작은언니가 벌써부터 구박이냐고, 엄마에게,
 "엄마는 엄마두 아니야, 엄마두 아냐!"

라고 소리소리지르며 달려들 것이 뻔하기 때문이기도 하였지만 이 버림받은 딸에 대한 모성으로서의 측은함 때문에도 엄마는 그렇게 할 수가 없었을 것이었다.
 은영이네 집에 가서 받은 나의 첫 월급의 반은 엄마에게 반은 나의 저금통장으로 넘어갔다.
 돈을 모아서 상호씨에게 노트북컴퓨터를 사주고 싶었다.
 내가 사준 컴퓨터로 그가 일하는 것을 보고싶었다.
 내가 주는 돈을 받고 며칠동안은 엄마의 입에서 가스불 꺼라 다리미질 하지마라 하는 소리가 그치는 듯 하였지만 며칠 못가서 다시 그말이 예전처럼 되풀이되었다.
 아무 것도 변한 것이 없었다.
 은영이네에서의 나의 아르바이트자리도 아무래도 오래 계속될 것 같지가 않았다.
 우선 나에게 가장 부담이 되는 일은 내가 그 아이를 도울 수 없다는 점이었다.
 그 아이 안엔 배우고자 하는 의욕이 전혀 없었다.
 배워야 할 절실한 필요성이 은영이에겐 느껴지지를 않는 것이었다.
 나와 마주 앉아서도 정신은 다른 데 팔려있고 내가 설명해 주는 내용은 귀담아 들으려 하지를 않았다.
 물에 떠있는 바가지처럼 내가 아무리 그애의 머릿속을 내가 가르치는 지식의 물 속으로 깊이 눌러 밀어 넣으려 해도 어느 새 그애의 머릿속은 물 밖으로 튀어나와 있는 것이었다.
 그애의 마음속엔 엉뚱한 생각으로만 가득차 있었다.
 자꾸만 나하고 딴 얘기만 하고 싶어했다.
 나는 돈을 받고 있는 입장이므로 거기에 대한 나대로의 보답을 해야만 한다는 생각 때문에 그애가 하고자 하는 대로 잡담만 하고 있을 수가 없었다. 과일이나 차를 가지고 그애 엄마가 직접 들어와 볼 때도 있었다.
"어때요? 선생님."
그럴 때마다 나의 얼굴에 모닥불을 붓는 듯 했다.
뭐라고 대답할 말이 없었다.
"선생님 너무 부담 갖지 마세요."
내 얼굴이 너무나 미안해 하니까 그녀는 위로의 말까지 해준다.
그러나 낙심의 빛은 감추지를 못했다.
이번 선생도 결국 이 애를 이기지 못하는구나, 은연중에 내 비치는 그녀의 표정이 다소 멸시하는 빛이다.
"여기서 정 안되면 미국으로 보내죠. 뭐, 재 오빠처럼. 거기 가서 랭귀지스쿨 다니다 아무 대학이나 들어가게."
"은영이엄마, 이 공부방 분위기를 좀 바꿔보면 어떨까요?"
"아니 이방이 어때서요? 공부할 환경이야 이 이상 더 어떻게 좋아요?"
펄쩍 뛴다. 너무 주위가 번쩍거려 정신이 분산된다는 얘기를 해주고 싶지만 그만 두었다.
그 말을 귀담아 들어 줄 것 같지가 않고 또 설령 겉 환경은 바꿀 수 있다 하더라도 은영이 마음 안에 들어가 있는, 물바가지를 자꾸만 밀어내는 것 같은 그 욕망의 치솟음은 어떻게 해 줄 수가 없을 것 같아서다.
선배 언니한테서는 가끔 전화가 오는가 보았다. 그 언니에게 은영이 엄마가 나에 대하여 어떻게 얘기할지,──그러나 좋게는 말할 수 없을 것 같았다.
내가 그들이 기대했던 만큼의 대단한 효과를 내주지 못하고 있으니까.
그러나 나에 대한 은영이의 감정은 나쁘지 않았다.
나를 싫어하는 눈치는 아니었다.

공부하기만 싫지 나와 같이 있는 것에 대하여는 싫어하지를 않았다.
 그러던 어느 날 느닷없이 작은형부의 얼굴이 TV화면에 비쳤다.
 엄마와 나, 작은언니 세 사람이 거실에서 TV를 보고 있는데 느닷없이 작은형부의 얼굴이 거기 나타난 것이었다.
 어떤 미술전람회에 나와서 전시된 작품들에 대한 미술평론 전문가로서의 품평을 말하고 있었다.
 영화배우보다도 더 화려한 얼굴에 느물느물한 미소를 띠우고 그 미끈거리는 목소리로 대담을 간 TV기자에게 뭐라고 말하고 있었다.
 그동안 언니의 얼굴은 초췌해지고 꾀죄죄해지고 일그러지기마저 하였는데 작은형부의 얼굴은 전보다 오히려 더 근사해 보였다.
 그렇게 작은언니가 쏘아대는 독화살을 맞고도 끄떡이 없었다.
 형부의 양심은 쇠가죽보다도 더 질긴 것 안에 갇혀 뚫을 수가 없는 것 같았다.
 그의 얼굴을 보자 언니는 순식간에 새파랗게 질려버렸다.
 "어머어머 저 새끼 봐, 저 뻔뻔스런 새끼! 저 새끼 매장시켜야돼! 저 새끼! 매장시켜야돼!"
 그 얼굴을 보자 언니는 새로운 불길 속에 다시 한번 던져지는 것 같았다.
 공교롭게도 선배언니의 부군인 모의원이 모종의 비리에 연루되어 구속이 불가피할지도 모른다는 뉴스가 나온 것도 바로 그날밤이었다.
 그 뉴스가 특별히 사람들의 눈길을 끈 것은 선배언니의 부군인 아무개의원이 대학교수출신으로 기성정치인들과는 다른 참신한 이미지를 모두에게 주고 있었기 때문이었다.
 작은언니의 모습과는 너무나도 대조적인 모습으로 느물느물 웃

고 나타난 작은형부로 말미암아 작은언니에 대하여 아파지는 마음
이나 거의 맞먹게 이 선배 언니의 남편이 구속되리라는 소식도 나
에겐 마음이 아팠다.
　언제 내가 이 언니와 이렇게 깊이 연결되어있었는지 의아해질
만큼 선배언니의 부군이 구속되리라는 소식이 나에겐 큰 아픔을
주었다.
　어쩌면 그 아픔은 선배언니에 대한 특별한 애정에서라기보다 한
도괴되는 성(城)을 바라보면서, 그성을 쌓기 위해 그토록 혼신의
힘을 다했던 한 인간의 노고를 생각하며 거기에 대해 느껴야 하는
허망함과 안타까움으로부터 오는 아픔인지도 몰랐다.
　은영이네서 첫 월급을 받았을 때 나는 그 선배 언니에게 저녁을
한번 사겠다고 전화했었다. 그때 언니는
　"저녁은 누가 사든, 보고싶으니까 언제 시간 내서 한번 만나자."면
서 아주 반갑게 대해 주었다.
　유명인인 사람이 나같은 무명후배에게 그렇게 관심과 친절을 보
여 주었다는 것만으로도 언니는 참 괜찮은 사람이었다고 느껴진
다.
　은영이 집을 소개받던 날 유난히 다변이 되어 나에게, 모든 사
람들이 다 죄를 짓는데 나만 죄 안짓는 것도 죄다, 라고 궤변을
털어놓던 언니가 그 뉴스를 보던 날 밤엔 다시 내 뇌리에 떠올랐
다.
　양심적인 지식인으로서 자신의 본질에 반하는 짓을 계속하여 나
가야 하는 상황에서 그녀 자신이 느끼고 있는 번민과 갈등을 가장
적극적으로 들어낸 말이 그런 궤변이었을 것이다.
　그때 그 언니에게 못해 주었던 말들이 이제야 뒤늦게 내 마음속
에서 떠올랐다.
　빛과 어둠은 언제나 상극이며 빛은 언제나 빛이지 빛이 어둠이

될 수는 없는 것이라고, 그리고 자신이 빛이기를 포기한다는 것은 다만 빛이 되기만을 포기하는 것이 아니고 어둠이 되기를 자청하는 일이라고.

그때엔 주눅이 들어 언니 앞에서 감히 입도 못 떼었던 말들을 나는 혼자 누워 계속 생각해 보고있었다.

다음날은 은영이네 집에 과외를 가는 날이지만 우리들의 소개자가 TV와 신문지상에 구속운운하며 크게 대서특필되고 있는 날이라 소개받은 쪽 양편 모두가 다 서로 얼굴을 대면하기가 거북스러울 것 같아서 나는 오늘만은 피하고 싶었다.

그래도 해외 휴양지로 은영이가 제 엄마, 아빠와 여름휴가를 다녀오는 바람에 몇번 빼먹어서 그것을 보충해야 함으로 나는 아무 소식도 못 들은 것처럼 전화를 걸었더니 은영이 엄마가 와달라고 하였다.

저녁때 자기가 남편과 함께 외국인 바이어들 접대 파티에 나가니까 그동안 은영이와 함께 있어 달라는 것이다.

밤에 두 부부 모두 자주 집을 비울 때 일하는 늙은 가정부와 단둘이만 은영이를 집에 두기가 뭣해, 그것도 이 집이 가정교사를 두는 이유중의 하나다.

은영이네 집에 가서 TV며 신문을 안 본척 하면 된다는 생각으로 나는 집을 떠났다.

하지만 내가 도착하자마자 은영이 엄마는 대뜸 그 얘기부터 시작했다.

"TV봤죠? 아무개의원님, 오늘 낮에 드디어 구속됐다고 하데요. 이건 정치싸움이라구요. 정책상 뒤집어씌우는 거라구요, 국회의원들 치고 아무 비리에도 관계없는 사람이 어디 있어요? 좋은 양반인데 참 안됐네. 그동안 우리 뒤도 많이 봐 주었는데, 곧 또 풀려 나겠죠."

하고 바삐 나가 버렸다.
 그렇게 느껴서인지 선배언니의 남편이 그렇게 되었다니까 나에 대한 그녀의 태도도 어느 듯 무언가 전보다는 다소 소홀하게 대하는 것 같다.
 구속이 될지도 모른다고만 하더니 아주 구속이 됐는가 보았다.
 너무 안됐다 싶었다.
 공명심이 누구보다도 강한 사람이라고 나는 선배언니에 대하여 느껴왔는데 공개적으로 너무 큰 수치를 당했다 싶다. 풀려나겠지만 선배언니가 당한 불명예는 누구보다도 그녀자신에게 가장 큰 상처로 남게 될 것이다.
 옛날처럼 우리들 속에서 그녀는 자기자신을 영예스럽게 느끼지 못할 것이다. 그리고 교수들이나 선배들이나 우리 후배들이나 언니 동창들도 적어도 옛날처럼은 언니를 우상화시켜 보지 못하게 될 것이다. 지금 언니의 심정이 얼마나 참혹할까, 집에 없으려니, 하면서 전화를 걸었더니 뜻밖에도 선배언니가 전화를 받는다.
 "언니, 집에 있으셨어요?"
 "지금 막 집에 돌아온거야. 의원님보고 밖이 시끄러우니까 잠시 들어가 쉬시다 나오세요, 라고 말하고 돌아왔어."
 "언니 괜찮아요?"
 "곧 잘 되겠지 뭐, 기도나 좀 해줘. 엄마가 성당다닌다고 했지? 전화해 줘서 고마와."
 오래는 나하고 얘기를 하고 싶지 않아 보인다. 상황이 그러할 것이다.
 기도해 달라는 부탁을 받아들고 나는 전화통에서 물러났다.
 기도해 달라는 청이 그냥 지나가는 말이 아니고 상당히 성의가 담겨있는 말이다.
 하늘에 매달리려는 자세가 다른 이들보다는 낫다고 느껴진다.

나도 이 언니에 대하여 기도해 주고 싶다. 사람은 누구나 자기가 기도해 주고 싶은 사람을 위하여 하늘에 계신 하느님께 빌 수 있다.
　그런데 나는 이 언니를 위하여 무엇을 청해야 할지 잘 알 수가 없다.
　적어도 언니가 원하는 것들을 이루어주시라고 나는 기도해지지가 않는다.
　내 마음은 그것을 바랄 수가 없다.
　언니 제발 거기서 빠져나와 나하고 함께 레몬꽃 피는 남쪽나라로 가요. 무너진 자리를 다시 돌아보지 말아요.
　은영이에게 숙제를 시켜놓고 나는 빈 종이 위에 그렇게 써 놓는다.
　선배언니와는 집에 있는 작은언니처럼 나와 같은 핏줄기로서 맺어진 관계가 아니고 대학 선 후배라는 지적인 관계로 만났고 상아탑이 상징하는 이상(理想)의 공동체 안에서 만났다.
　그러므로 언니와의 사이엔 이상이라는 낱말이 풍기어 주는, 현실 저 너머의 푸른 고공의 하늘같은 분위기가 있었다.
　나는 그것이 좋았다.
　선배언니는 학업성적도 아주 우수했던 사람으로 소문나 있었다.
　교수들이 모교에 남기를 종용했지만 일찍 미국으로 유학 가서 학위를 받고 돌아와 이미 명성이 자자했던 젊은 학자와 결혼했다. 지금은 살이 쪘지만 한때엔 미모로도 소문이 나 있었다.
　게다가 언니는 나환자들과 밥도 함께 먹었다. 언니는 우리 친구들의 부러움의 대상이었고 우리 이상의 성취자로서 우리들을 가장 앞서 달리고 있던 사람이었다.
　우리들의 이상이 추락을 당한 셈이다.
　"선생님 오늘은 공부하지 말고 우리 비디오 봐요."
　은영이는 오늘은 더욱 더 공부할 의욕이 없다.

숙제는 건성으로 들여다보는 척만 하고 연필을 빙글빙글 돌리며 연필가지고 괴상한 장난질을 하고 있다.
 그의 반에서 하고있다는 연필점을 저도 한번 시도해 보려는가 보다.
 일본에서 들어왔다는 그 연필점 소문은 얼핏 들었지만 내용은 잘 모르다가 나는 여기와서 은영이에게 자세하게 들었다.
 연필을 돌리다가 주문을 외면 귀신이 정말 연필에 붙어 어느 대학에 가야할 것인가를 아이들에게 가르쳐 준다는 것이다. 그런데 귀신이 잘 붙는 아이가 있고 잘 붙지 않는 아이가 있단다.
 은영이는 잘 붙지 않는 편인데 가끔 저한테도 귀신을 붙여 보려고 시도를 하고 있다.
 나는 그걸 볼 때마다
 "애, 그만 둬!"
 하며 얼른 연필을 뺏곤 한다.
 나보기엔 그 짓이 섬뜩하고 끔직하다.
 귀신이 정말 내려오는지 안 내려오는지 모르지만 주문을 외고 귀신을 부르는 시도를 보내면 공중에서 어떤 이상한 힘이 내려와 아이가 쥐고 있는 연필을 마구 재빠르게 돌리기 시작하다가 —— 가르쳐 달라고 청하면 응답으로 사인을 보낸다는 것이다. 그쪽 방향으로 연필 끝을 세워 준다는 것이다.
 이상한 기운이 정말 오긴 오는가 보다.
 신이 들린다고 하는 그 일이 아이들에게 이루어지고 있는 것 같다.
 은영이의 말에 의하면 이런 짓을 하는 아이들이 아주 많고 저희 반 아이들 거의 다가 연필에 붙어있는 귀신에게 자기가 어느 대학에 갈 것인가를 묻고 있다고 한다.
 "넌 하지마."
 했더니, 은영이는 픽 웃으며

"왜요? 선생님. 재미있잖아요."
하며 나의 충고를 튕겨 버린다.
"너 그러다 귀신이 들리면 어떡해?"
"귀신들리면 어때요? 귀신이 시험문제도 가르쳐 주고 대학도 붙여주고 하면 좋잖아요?"
나는 그런 세계가 무서운데 아이는 별로 그렇지를 않은 것 같다
"선생님, 오늘은 공부하지 말고 비디오 봐요."
"공부해야지. 비디오를 왜 봐. 고3인데 대학가야지."
"어차피 나 대학 못가요. 미국 갈거예요."
"노력은 해 봐야지, 끝까지. 그러다 안돼면 그렇게 하더라도."
"선생님 오늘만 비디오 봐요. 엄마 방에 가면 아주 이상한 비디오 많아요"
엄마가 서랍 속에 넣어 두는데 자기가 살짝살짝 꺼내다 본다는 것이다.
대개 그 서랍문은 잠구어 두는데 안 잠가두고 나갈 때도 많다는 것이다.
엄마는 친구들과 화투하다가 중국음식 시켜먹으며 문을 잠그고 그 비디오를 보기도 한단다.
"엄마는 내가 못 본 줄 알지만 나는 거의 다 봤어요."
아빠가 외국에 갔다 올 때에는 그곳에서 새로 나온 최신식 비디오 테잎을 사 가지고 와서 엄마의 서랍 속의 것들 속에 보태준단다.
그래도 우리엄마, 아빠는 은영이네처럼 그런 이상한 비디오는 집안에 흔적이 없다.
은영이의 몸이 왠지 미끈미끈해 뵈고 살집이 좋은데도 싱싱해 보이지 않고 어른들 물에 푹 절어 보이는 이유가 그런 비디오를 어릴 때부터 보아왔기 때문이 아닐까, 싶은 생각이 든다.

"은영아, 너 그런 비디오 보면 안돼."
"선생님은 그런 비디오 본 적 없어요?"
"본 적 없어."
"왜요? 싫으세요?"
"난 싫어. 사랑하는 사람들 얘기는 재미있는데 사람이 짐승처럼 보이는 건 싫더라."

나의 논리가 너무나 서뿌르고 설득력이 없어 뵌다. 설명해줄 말들이 찾아지지를 않는다.

반대자의 과녁을 꿰뚫어 줄만한 총알이 나에겐 없다. 다만 싫을 뿐이다. 나는 싫다.──는 그것이 언제나 나의 모든 이유다.

내 말에 왠지 은영이는 반발을 안하고 잠시 가만히 있다.

어떤 이유에서인지는 모르지만 조용히 고개를 숙이며 듣고 있는 은영이를 바라보면서 내 마음은 이 아이가 제발 내 말을 들어 주었으면 하는 소망에 간절히 탄다.

애가 내 말을 들어주기만 한다면 나는 지금 이 아이가 있는 곳에서 이 아이를 건져주고 싶다.

정말이다. 건져주고 싶다. 이것은 나의 진심이다.

내 눈엔 벌써 이 아이의 끝이 보인다. 이 아이가 어떻게 될지가 미리 보이는 것이다. 이상하게도 내 눈엔 언제부터인가 모르게 선배언니나 작은언니 그들의 저 끝이 미리 보였듯이 잘 보이는 것들이 있었다. 이 아이에 대해서도 내겐 보인다. 언제나 내 말은 튕기어버리고 제 주장 속으로만 돌아가 오뚜기처럼 서곤 하던 은영이가 오늘은 잠시라도 다소곳하게 있어서 희망을 가지고 바라보고 있는데 문득 고개를 들면서 아이 입에서 한다는 소리가.

"그래도 선생님은 처녀는 아닐 거 아니에요?"

하고 묻는다. 나는 느닷없는 아이의 그 당돌한 질문에 세차게 발길질을 당한 기분이다. 어릴 때도 이런 일을 당한 적이 있었다.

아빠의 임지를 따라 저 남쪽도시에서 살 땐데 내 마음에 드는 소년 하나가 동네에 있었다.
 그 아이도 나를 좋아하고 있다고 내 멋대로 믿고 있었는데 그 날도 나는 그 소년이 보는 앞에서 한껏 얌전을 피우며 있었다.
 그런데 그 소년이 느닷없이 자기친구들에게 나를 가리키며
 "야, 저 가시내 젖 알통 나온거 보래이!"——침을 뱉듯이 소리를 지르는 것이었다. 나의 얇은 여름 원피스 위로 그때 마악 나의 젖 몽우리가 터져 나오고 있었을 때였다. 지금 나의 혼곤한 기대가 순식간에 모욕과 실망, 배신감의 된 모서리에 찢기어지는 느낌이 그때의 것과 비슷했다.
 귀까지 화끈했다. 그러나 간신히 평상시의 목소리를 되찾아
 "넌, 왜 내가 처녀가 아니라고 생각했어?"
 "그럼 선생님이 아직도 처녀란 거예요?"
 내가 할말을 찾지 못하여 머뭇거리고 있으니까.
 "선생님은 이쁘고, 그러니까 남자친구들도 많을 것 아니에요?"
 "이쁘면 처녀일 수 없는 거야?"
 "선생님 이런 말 알아요? 처녀가 아닌 것은 용서받을 수 있지만 못 생긴 건 용서받을 수 없다고하는 말."
 키득키득 웃는다.
 "선생님도 나도 우린 운이 좋게 태어난 거죠?"
 "왜?"
 "예쁘게 태어났으니까요."
 은영이에게는 공주병 증세도 있다. 이것은 농담이 아니고 은영이는 정말로 자기가 이쁜 줄로 확고히 믿고 있다. 이미 물샐틈없이 꽉 잠겨진 철문 속에 이 아이는 들어가 있다.
 "선생님, 내가 이 얼굴에 남자친구가 없었겠어요?"
 남자친구가 있느냐고 내가 묻지도 않았는데 은영이는 자기의 얼

굴을 손가락질 해 보이며 그렇게 말한다.
"그럼 너한테도 벌써 남자친구가 있었다는 거야?"
"벌써라니요? 우리 반엔 초등학교 때에 벌써 임신했었던 애가 있어요. 나는 중학교 때에요."
수업 속으로 밀어 넣으려 해도 아이는 계속 튀어나와 부끄러움도 없이, 만들어 놓은 죽은 인형처럼 지껄이고 있다.
오늘 따라 더 지껄인다.
듣고있는 내 귀가 음란비디오를 보고 있는 것만큼이나 달아오른다.
내 안에서 호기심이 고개를 들고 일어나 아이의 다음 고백을 기다리고 있다.
나는 자리에서 일어났다. 오늘 수업은 틀렸다. 오늘뿐 아니라 여기 와서 이 아이를 보는 일도 곧 끝내야 될 것 같다. 아이는 오히려 나를 어린애취급 하려는 기색까지 있다. 나에게 가르쳐주고 싶어하는 것들을 가지고 있다. 우리사이에 다리를 놓아주었던 선배언니도 볼상사납게 되어 더 이상 여기서 나의 자랑스러운 후견인이 될 수 없게 되었고 무엇보다도 은영이를 도울 수 없다는 무기력감이 점점 내 안에 더해져 나는 도저히 이 자리에 서 있을 수가 없다. 그 애가 원하는 대로 잡담상대만 되어주면서 돈을 받는다는 것은 내겐 용납되지 않는 일이다. 이것이야말로 나의 비굴이요, 굴욕이다.
나는 내가 하고 싶은 일들만을 하고 내가 값어치있다고 여기는 것들만을 사고 팔 것이다.
병든 아이의 미치광이 같은 소리에 장단을 맞추어주면서 돈을 벌 수는 없다. 그렇다고 나에게 은영이를 꾸짖어 바로 잡아줄 만한 능력이 있는 것도 아니고 그 일이 나에게 허락되지도 않을 것이다.
오늘따라 은영이의 병든 모습이 나에겐 더 확실히 보인다. 많은 사람들이 제 안에 온전한 것들을 지니고 있으면서도 온전치 못한 짓들을 하고 있는데 반해 이 아이 안엔 아예 그 온전한 것이 없어 보였다. 사람이 제 안에 온전한 것들을 보존하고 성숙시키기 위하여는 적어도 인생의 얼마동안은 반드시 어떤 보호막 속에서 보호되어야만 하는데 그 시기마저도 이 아이에겐 주어진 적이 없는 것 같았다. 이 아이의 시간들은 오직 파괴당하기 위하여만 쓰여진 것 같았다.

나는 은영이의 집을 나와 언제나처럼 저녁 결의 골목길을 걸었다.

날은 더웠지만 창문에 레이스 커텐이 펄럭이는 궁성 같은 빌라들의 모습은 여전히 아름다워 보였고 시야 안에 들어오는 골목길의 풍경은 양곁에 질서 정연하게 심어놓은 여름수목과 꽃들의 그윽한 향기 속에서 평화로운 저녁 한때의 모습을 여지없이 보여주고 있었다. 그러나 나의 눈에 비치는 그 모습들은 이미 아름답지도 평화로와 보이지도 않았다.

내 눈에 보이는 그 모습들은 마치 소돔과 고모라의 마지막 날에도 그랬었을 성싶은 참혹한 파괴 직전의 거짓 평화의 일부 일뿐이었다.

무언가 이 시대의 중앙을 휘몰아치고 있는 그 세찬 바람이 오늘 또 한번 더욱 더 내 전신으로 사무치게 느껴지는 날이었다.

그 정체가 무언지 그 진원지가 어디인지는 모르지만 어디에서인가 분명 불어오고 있는 어떤 무서운 바람이 우리 가운데의 사람들을 하나씩하나씩 쓰러뜨려 놓고 있었다. 은영이는 다만 그 희생자의 하나일 뿐이며 아빠도 작은언니도 선배 언니 역시 그렇다.

누구 한사람 우리가 특별히 미워해야 할 사람은 없고 모두가 이 시대 안에 불고 있는 이 광풍에 의한 희생자일 뿐이다.

내가 지금 느끼고 있는 이 바람은 상호씨의 도서관 뜰에서 항상 불고 있는 그 기분 좋은 바람이 아니고 살인적인 광풍이며 나에겐 그것이 점점 확대되고 있다고 느껴지는 것이다. 내눈엔 마치 사람들이 조금씩 미쳐서 날뛰고 있는 듯이 보일 때가 있었다. 오늘이 바로 그런 날이었다. 어느 땐 그 광풍의 힘이 어떻게나 센지 나의 온몸을 휘몰아 위로 끌어올려 어딘가에 집어던지려 하고 있다라고까지 느껴지며 눈앞이 뿌연해 아무것도 보이지 않는다고 느낄 때가 있었다.

오늘이 바로 그럴 때였다.

특별한 일도 없었는데 오늘따라 더욱 더 온 세상이 광풍 속에 휘말려 있는 듯이 보이는 것이었다. 결국 나는 상호씨의 도서관으로 가버리고 말았다.

도서관 앞뜰 벤치에서 상호씨와 함께 먹기 위하여 과일 몇 개와 스넥과 우유를 사가지고.

오늘은 상호씨와 그 도서관 앞뜰에서 오래오래 이야기를 나누고서 돌아오고 싶었다.

"오빠, 오빠에겐 불고있는 이 바람이 느껴지지 않아요?"

"IMF한파?"

"그것 말고도요——."

"언제나 바람은 불고 있지. 영희야, 봄엔 봄바람이 불고, 여름엔 여름바람이, 가을엔 가을바람이, 겨울엔 겨울바람이, 밤엔 또 밤바람이, 내가 사는 산동네 내 자취방 툇마루 밑으로도, 그리고 처마 밑으로도 바람은 언제나 불고 있어. 영희야 내가 자고 있을 때에도 나의 방문 밖에서 불고 있는 바람이 내귀엔 들리는데 여간 기분이 좋지 않더라. 오월의 밀밭 속에서 부는 바람소리도 나는 알고 있다. 파도를 몰고와 창문밑에서 부서지는 바람소리도 나는 아주 많이 들었다. 아카시아 꽃이 필 때의 꽃잎을 흩날려 떨어뜨리는 바람소리도 나는 몹시 좋아해. 영희야 너 추운 겨울밤 산모퉁이 위에 떠있는 하이얀 초생달 위에서 부는 바람 본 적 있어?"

상호씨가 내앞에서 모처럼 우스개 소리를 한다. 그러나 우스개 소리처럼 하는 상호씨의 모든 말들이 아름다운 시처럼 내 귀엔 들린다.

상호씨가 열거하는 하나하나의 바람들이 내 감관의 눈 안엔 아주 선연히 보인다.

"오빠, 그런 바람이 아니고 이것은 광풍이에요. 어딘가 땅 속 저 깊은 어둠의 심연 속에서 검은 구름처럼 치솟아 올라와 온 세상을 휩쓸며 부서뜨리고 쓰러뜨리고 있는 무서운 광풍요."

"그런 광풍이 어디 있어?"

"나에겐 느껴져요."

"영희야."

그제야 상호씨는 이제까지와는 다른 어조 안으로 돌아와 나를 부른다.

"세상은 우리와는 아무 상관도 없는 거야. 우리는 영원한 자유인이야. 세상이 어떻게 되어지더라도 우리는 우리식대로 살면 돼."

우리 식이란 어떻게 해서 우리들에게 만들어지는 것인가를 나는 생각해 본다. 그러나 분명 우리들에겐 우리의 식이란 것이 존재한다.

"아우슈비츠 수용소에서 기적적으로 살아 나온 어떤 생존자의 자서전을 읽은 적이 있어."

"어떤 내용이었는데요?"

"그 얘기를 지금 영희에게 해주려는 거야. 아우슈비츠 수용소는 우리 모두가 알고 있잖아? 2차대전 때 세계각지에서 유태인들을 모아다가 불화로 속에 집어넣어 태워 죽인 곳. 그곳에서 살아 나온 생존자의 실제 목격담이야. 아우슈비츠 수용소에 수용된 당시의 유태인들의 참상은 이루 형용할 수가 없을 정도였대. 죽을 운명에 처하자 그들은 그 절망감에 못 이겨 미치광이가 되어버리더라는거야. 평소의 도덕감을 상실하고 수치감도 잃어버리고 아무 남자나 여자하고나 잠자고 때리고 뺏어먹고, 그들중 많은 이들이 완전히 짐승처럼 되버려 아무 짓이나 막 하더라는 거야. 그런데 그 미치광이들 속에서도 말이야, 대다수가 미쳐버리는 것 같은 속에서도 참으로 이상하게도 소수의 사람들만은 말이야, 끝까지 인간답게 남으려는 노력을 보이더라는 거야. 그 안에서도 의복을 단정하게 입고 예의를 지키며 훔쳐먹거나 뺏어먹거나 하지 않고 모든 자신의 행위, 처신을 존절하게 만들며 당장 내일 불속에 들어가 태워 죽임을 당할 운명에 처해 있는데도 조금도 자기자신을 흐트러트리지 않고 막되게 굴지 않고 평소에 지켜오던 것들을 그대로 지키면서 최후까지 자신을 인간답게 지키려는 소수의 사람들이 나타나더라는 거야. 그런데 말야 이상한 일은 그런 사람들에겐 불의 화덕 속에 집어넣어지는 운명이 피해가고 살아남을 기회가 주어지더라는 거야, 죽지 않고 살수 있도록 어떤 기적의 힘이 그들을 죽음의 운명에서 건져내어 생명의 길로 이끌어 주더란 거야."

상호씨의 그 얘기에 나는 아주 깊은 감동을 받았다. 상호씨가 그동안 나에게 해준 어떤 얘기보다도 그 얘기는 나의 가슴 깊은곳까지 밀고 들어와 공감을 일으켰다. 나의 가슴속에 화끈한 불덩어리가 떨어지는 것 같았다.

그렇다. 분명 어떠한 힘이 존재할 것이다.

이 검은 광풍 안에도 어떤 힘이 존재하면서 사람들을 수없이 쓰러뜨리듯 그 반대의 힘도 반드시 존재할 것이다. 하나가 죽음의 힘이라면 다른 하나는 생명의 힘일 것이다.

저 죽음의 화덕으로부터 끝까지 인간답게 남으려는 소수의 사람들을 살리고 만 힘. 이 힘은 반드시 존재하고 그 힘에 의지하는 사람들은 반드시 살아남을 것이다.

"비록 유태인들이 기독교인들의 주장대로 메시아를 메시아로서 받아들이지 않고 메시아를 십자가에 못박아 죽이면서 이 죄와 벌은 우리와 우리 후손들이 받겠다고 큰 소리친 벌로 민족말살의 대형벌을 하늘로부터 당하여 아우슈비츠 수용소와 같은 일을 당하였다하여도 그 안에서도 신(神)의 자비와 엄연한 하나의 신(神)의 법칙이 이루어지고 있었다는 사실을 나는 그 책을 읽으면서 깨달았어."

내가 너무나도 숨죽여 듣고 있었으므로 상호씨의 음성은 약간 떨렸다.

"영희야, 우리는 어쩌면 지금 아우슈비츠 수용소에 들어온 유태인들과 같은지도 몰라. 너만 느끼는 게 아니고 나도 느껴. 내가 졸업하고 세상에 나가면 나는 더 많이 느끼겠지. 그러나 그것은 우리와는 상관없어. 이 시대가 아무리 미치광이 같은 것들로 가득찬다 하여도 그리고 대부분의 사람들이 자신이 인간임을 스스로 포기한다하더라도 최후까지 인간답게 남으려는 노력만 우리가 버리지 않는다면 우리는 반드시 이 시대가 받을 불화덕의 운명 속에서 구제될 수 있다고 믿어. 우리가 알지 못할 뿐이지 이 세상 안에는 정의의 법과 질서가 반드시 존재한다라고 나는 믿고있어."

그날밤 나는 상호씨에게서 많은 이야기를 들었다.

우리가 그렇게 장시간 앉아서 지적인 이야기를 나누어 보기는 처음이었다.

내가 또 누구의 이야기를 그렇게 깊이 공감하고 감동을 하면서 들어보기도 처음이다.

내가 그날밤 듣고있던 것은 다만 좋아하는 한 남자의 말이 아니었다. 나의 감성 저 너머의 이지의 귀를 열고 나는 그의 말을 듣고 있었다. 내 이지의 그렇게 깊은 문을 열어준 사람은 그가 처음이었다.

내가 이제까지 생각 못하였던 일들을 그는 나에게 생각하게 하여 주었고 깨닫지 못하였던 것들을 깨닫게 하여 주었다. 그의 말을 듣고 있는 3시간 동안 나는 마치 내 생각의 키가 지난 십여년의 세월동안에 자란 것만큼이나 자란 것처럼 느껴졌다.

그날밤 나는 그와 사귀어온 이래 처음으로 깊숙히 그의 안에 묻혀있는 또 하나의 세계 안으로 초대되었다. 소위 지성이란 낱말로 불리워지는 곳이었는데 지성이란 측면에서 보자면 그날밤 그와의 대화는 전혀 새로운 우리들의 만남이었다. 그의 얘기를 듣고있는 동안 내가 느낀 그의 지적인 탁월함에 대한 감탄은 그가 달고 다니는 일류대학 뺏지나 그가 노상 도서관에서 읽고있던 그 두틈한 원서들이 나에게 주던 것과는 비교가 안 될 정도로 훨씬 능가하는 것이었다. 한 마디로 나는 그날밤 그에게 압도당했다고 표현해야 맞을 것이었다. 허지만 또 다른 말로 표현하자면 그날밤 나는 그의 앞에서 여자로서의 나의 자리를 더욱 확실히 찾았다고 할 수도 있었다. 그리고 또한 그는 내 앞에서 남자로서의 그의 자리를 확실히 내 보인 셈이었다. 왜냐하면 남자는 모든 면에서 여자보다 당연히 키가 커야하니까. 아무튼 그날밤의 우리들의 그 깊은 지성적 대화는 그동안 대체적으로 감관의 미세한 줄로 엮어져온 우리들의 관계를 굵은 밧줄로 다시한번 더 꽁꽁 묶어준 듯한 그런 역할을 하여 주었다.

제6장

 드디어 엄마는 장마비가 주룩주룩 쏟아지는 날 오후에 작은 형부를 만나러 나갔다. 엄마 편에서 사위에게 전화를 걸어서 한번 만나자고 청을 넣은 것이었다. 사위 편으로부터 먼저 화해신청이 들어오기를 기다려 본 뒤 안되니까 할 수없이 엄마가 내린 단안이었다.
 특히 작은형부가 TV화면에 멀쩡한 얼굴을 내민 것을 본 뒤 언니와 엄마의 초조감은 더해져갔다.
 입으로는
 "안살아, 안살아, 이혼할꺼야, 그새끼 매장시켜버려야 해!"
 라고 떠들지만 형부를 본 뒤의 언니는 다시 살고 싶어하는 눈치가 더욱 더 역력했다.
 엄마도 형부가 언니를 다시 오라고하기만하면 그 일을 없던 일로 하고 언니를 밀어넣고 싶어했다.
 엄마는 엄마의 그 하얀 세단을 타고 엄마에게 아주 잘 어울리는 베이지색 투피스를 입고 형부를 만나러 나갔다.
 그러나 채 한 시간도 안돼 돌아온 엄마의 얼굴은 참혹하리 만큼 실색을 짓고 있었다.
 "언니는 저 방에 있니?"
 언니는 나와 보지도 않고 방안에 드러누워 있었지만 귀를 소라껍질처럼 열고 엄마의 입에서 나오는 소식을 기다리고 있을 것이었다.

그러나 엄마가 너무 일찍 들어온 일이나 또 엄마 입에서 아무 소리가 나오지 않는 것을 보아서 대략 그 결과를 언니는 이미 알아차리고 있을 것이었다.
한참 만에야 엄마는
"얘, 영주야! 단념해라."
하고 작은 딸이 누워 있는 방에 대고 말했다.
그러자 언니는 화다닥 문을 열고 뛰어 나오면서
"그 새끼가 뭐래?"
하고 소리를 질렀다.
"니가 너무 드세고 뻑세서 싫단다. 고분고분하고 보드라운 맛이 없어서 깊은 정이 안 간대."
"핑계야, 핑계, 그 새끼가 핑계대는 거야. 엄마 우리가 얼마나 잘 살아왔는지 엄마두 알고 있잖아? 그 새끼가 변해서 공연히 트집을 잡는 거야. 기분이 좋을 때면 맨날 나보고 자기의 가장 이상적인 여성상이라고 하던 새끼가."
"이왕 살거면 그동안 잠자코 있었던 게 나을 뻔했다. 전화통에 대고 계속 이 새끼야! 저 새끼야! 하고 욕을 해 댔으니 그 사람 입에서 너한테 이젠 지겹다는 소리가 나올 만도 하지."
"그러니까 엄마보고 만나러 가지 말라고 했잖아. 뭣 때문에 그런 새끼를 찾아가서 그런 소리나 듣고 와요? 엄마는 상관하지 말란 말예요!"
"니 마음대로 하란다. 넌 아직도 젊고 이쁘니까 상대자가 많을 거라고. 니 길 찾아가라고, 니가 원하는 대로 이혼해 줄테니."
엄마의 이 말이 언니에겐 가장 큰 충격이었던 것 같았다.
언니는 갑자기 입술이 새파래지더니 아무 말도 못하고 쓰러져 버렸다.
이젠 정말 끝장이구나. 하는 생각이 든 것 같았다.

그날밤 언니는 기어코 약을 먹었다. 문을 잠그었으면 언니는 그 대로 갔을 것인데 다행이 문을 잠그지 않았다.

아래층에서 엄마의 황급한 고함소리와 울음소리가 들린 것은 새벽 한 시경이었다.

그때까지 엄마는 잠을 뒤척이다가 작은언니가 아직 잠을 자고있지 않으면 같이 얘기라도 하려고 그 방문을 열었다가 혼수상태에 빠져있는 언니를 발견했다.

머리맡엔 약병과 물컵이 놓여있었고, 약병의 반이 비어있었다.

이미 언니는 언제부터인지 모르게 이 일을 계획하며 약을 모으고 있었던 것 같았다.

언제 약을 먹었는지 맥박도 약해져 있었고 심장도 거의 멎은 것처럼 크게 들리지 않았다.

급히 119를 불러 언니를 실었다. 119요원의 등에 업혀서 차에 실리는 언니는 이미 죽은 사람처럼 보였다. 엄마와 내가 언니를 싣고 병원으로 향했다.

아빠는 이미 아무 일도 할 수 없는 사람처럼 보였다.

119차 속에서 무릎 속에 얼굴을 묻고 나는 울고 있었다. 이렇게 언니가 허약할 줄은 몰랐었다. 잘못했다고 무수히 하늘에 대고 나는 빌었다. 언니에게도 빌었다.

나보다 강하고 잘난 존재라고 은연중에 믿으며 언니에게 던진 나의 무수한 돌팔매질들이 하나하나 모두 되돌아와 나를 때렸다.

까부러져 누운 언니는 비약하다가 떨어져 죽어 있는 작은 참새 한 마리보다도 더 초라하고 작고 가엾어 보였다. 그렇게 잘난 체하고 강하고 억세어 보이던 언니가 이렇게 어이없이 죽어버린 참새 한 마리가 되어 내 앞에 떨어져 누워 있을 수가 있는지 나는 도무지 믿을 수가 없었다.

"이 언니만 살려주세요. 무슨 일이든 하겠습니다."

하고 나는 쏟아지는 눈물 속에서 하늘에 대고 빌었다.
그리고 갑작스런 회개자가 되어
"잘못했습니다. 잘못했습니다."
하고 무수히 빌었다.
 밤의 응급실에 뉘여 놓은 언니는 그 방의 어느 응급환자보다도 더 중태였다. 당직의사는 언니의 눈꺼풀을 까보고 동공부터 손전등으로 비추어 보았다.
 심각한 얼굴이었다.
"가망이 있나요?"
라고 나는 물어보지도 못했다.
 위세척이 시작되었다.
 응급실 침대에 누워있는 언니의 전신살이 죽은 생선 배처럼 허옇게 떠 보였다.
 응급실 당직의사 이외에 또 어딘가에서 불려온 의사들이 언니에게 붙어 간호사의 보조를 받으며 여러 가지 기구를 가지고 민첩하게 움직이고 있었다.
 서로끼리만 속삭일 뿐 병상을 지키고 있는 엄마와 나에겐 아무 말도 하지 않았다.
 밤이 다 가고 새벽이 되어도 언니는 깨어나지 않았다.
 밤새도록 주룩주룩 내린 비가 그치고 있었다.
 응급실 창에 희뿌연한 날빛이 새어들고 있었다.
 밤이 다 지나가고 새로운 하루가 시작되는 기척이 병동 이곳 저곳을 깨우고 있었다.
 아침의 기운이 이곳저곳에서 나팔꽃 잎새처럼 벌어지고 있었다.
 새벽과 날빛이 주는 막연한 희망이 나의 기분을 조금 낫게 하여 주었다.
 나는 상호씨에게 전화를 걸어 그의 목소리가 듣고 싶었지만 참았다.

이렇게 일찍 전화를 걸면 상호씨가 놀랄 것이다.

상호씨에게 뭐라 할 말도 없었다. 그리고 여전히 나는 아직 그에게 언니의 일을 알리고 싶지가 않았다. 대신 나는 작은형부에게 전화를 걸었다.

분명 찰칵하고 수화기를 드는 소리가 났는데도 여보세요, 라는 음성이 들리지 않는 것으로 보아 이쪽이 누구인가를 염탐하고 있는 것이 틀림없었다.

언니의 목소리가 들리면 수화기를 그냥 놓아버리려고 하고 있는 것이 확실했다. 언니가 그동안 밤낮없이 전화를 걸어서 비난과 욕설을 퍼부어 댔으니 시달릴 대로 시달린 끝이므로 지겹기도 할 것이다.

"여보세요. 형부 저 영희예요. 급한 일 때문에 전화 걸었으니까 제발 받아주세요."

나는 마치 음성녹음기에 대고 말하듯이 말했다.

그제야

"아, 여보세요!"

하는 형부의 응답 목소리가 들려왔다. 느끼하고 미끈미끈한, 마치 윤활유를 잘 묻혀 조금도 갈라지는 탁음이나 파열음 없이 나오는 기계소리처럼 세련되고 왠지 시꺼먼 뱀장어의 기름기 많은 번들거리는 등판을 연상시키는 그 미끌미끌한 형부의 목소리가 수화기 속으로 기어나오는 순간 나는 너무나도 반가웠다.

나는 마치 구원자라도 만난 듯 했다. 이 사람만이 언니를 살릴 수 있기 때문이었다.

"형부, 여기 K병원 응급실이예요. 언니 때문에 와 있어요. 언니가 어젯밤에 자살을 하려고 약을 먹었어요. 아주 중태예요. 와주세요."

내 입에서 줄을 잇듯이 그런 말들이 쏟아졌다. 저쪽에서는 잠시 아무런 응답도 들려오지 않았다.
"형부 듣고 계세요?"
라고 소리를 질렀을 때였다. 느닷없이 들려오는 소리가
"이거 쇼 아냐?"
순간 나는 튀어나온 도깨비 방망이에 되게 머리를 얻어맞은 기분이었다. 아연해져서 나는 말을 잃고있었다.
"그 여자가 원래 쇼를 잘하는 여자라구."
"형부——."
하고 무슨 말을 해보려했지만 형부란 인간에 대한 내 안에서 내려앉은 절망감이 철문처럼 나의 의욕을 닫아 아무런 말도 나오지가 않았다.
내가 먼저 끊었는지 저쪽에서 먼저 끊었는지 우리들의 전화 대화는 더 이상 이어지지 않았다.
언니는 그날 오후에야 깨어났다. 생명을 건진 것이다.
엄마, 엄마 하다가, 그 새끼, 그 새끼, 하는 헛소리를 입에 붙이고 눈을 떴다. 처음엔 그 눈이 어른어른 물건만 비치는 유리창 같더니 점차 그 눈에 전류가 들어오듯이 마음이 들어오는 게 보였다.
우리들의 얼굴을 알아보자 자신이 살아있다는 것을 그녀는 확인하는 듯 하였다.
그 다음에 그녀의 눈엔 눈물이 고여오기 시작했다.
아무 말도 내지 않고 실어증에 걸린 사람처럼 계속 소리없이 울기만 하였다. 그동안의 고단함을 이젠 더 이상 숨기지 않고 진심으로 털어놓고자 하는 것 같았다. 도저히 용납할 수 없던 자신의 패배를 이젠 솔직하게 시인하고자 하는 듯 하기도 하였다.
언니에게 인생이 얼마나 고단했었던 곳이며 또 지금도 얼마나 고단한 곳인가가 너무나도 절실하게 나에게 전달돼 오는 순간이었다.
 그 고단한 인생 가운데로 언니를 다시 끌어다 놓은 우리가 정말 잘한 짓인지 모르겠다는 회의까지도 마음 안에 일어날 수 있는 순간들이었다.
 그러나 이상하게도 내 마음 안엔 그런 회의는 일어나지 않았다.
 사람은 살아야 한다는 명제에 대하여 나는 한번도 회의해 본적이 없다.
 인간은 어떤 경우에도 살아야하며, 주어진 생명은 허락될 수 있는 마지막 순간이 올 때까지, 그전엔 절대로 포기되어서는 안 된다는 생각이 내겐 언제부터인가 모르지만 아주 확고하게 주어져 있었다.
 이것은 누구로부터 배운 것도 아니며 누구의 영향을 받아 만들어진 것도 아니었다.
 마치 사람을 죽여서는 안 된다는 사실을 배우기도 전에 내가 이미 알고있었듯이 그 생각도 태어날 때부터 내 안에 이미 가지고 태어난 것인지도 모른다.
 나는 어떠한 경우에도 언니처럼 자살같은 것은 시도하지 않을 것이다.
 "언니, 모든 것을 잊어버리고 그림 그려. 언니한테는 아무도 못 가진 특별한 재주가 있잖아! 언니 그림 그리며 언니 생활 다시 시작해요."
 깨어나서 끝없이 울고있는 언니에게 다가가서 나는 그렇게 말했다. 그것은 나의 진심이었다.
 나는 언니가 형부로부터 벗어나 형부를 떠난 자신의 인생을 새롭게 시작해 주기를 진심으로 바라고 있었다.
 이젠 언니가 형부에 대한 집착으로부터 벗어나야만 한다고 나는 생각하고 있었다.
 이번 계기를 통하여 언니가 사선을 뚫고 나온 사람만이 지닐 수 있는 그런 기량으로 크게 자라고 아름답게 변화만 될 수 있다면 이것은 값어치 있는 시련이 될 수도 있는 것이다.
 형부가 맡아 준 악역이 언니의 인간적인 성장을 위하여는 어떤 선역 보다도 더 선한 역이 될 수도 있는 일인 것이다.
 나는 그렇게 되기를 빌었다.
 언니는 곧 병실로 옮겨졌다.
 내가 아는 언니의 친구들이 병실로 찾아왔다.
 큰언니도 오고 작은 언니의 은사 한 분도 찾아 오셨다.
 모두가 언니가 살아나 준 것에 대하여만은 일치된 환영을 보여주고 있었다.
 언니가 약을 먹고 혼수상태에 빠져 있다는 소식을 누군가를 통하여 전해들었을 때에 모두의 가슴 안에서 한결같이 끓어오른 것은 언니의 미모와 재능과 젊음이 너무나도 아깝다는 안타까움이었기 때문에 깨어난 언니를 보자 그들은 일체의 다른 감정들은 잠깐 벗어버리고 오직 언니가 다시 살았다는 사실만을 반가워들 하였다.
 그러나 형부의 얼굴은 끝내 나타나지 않았다. 언니의 먹은 약의 특징이 다행히 후유증이 많은 종류는 아니라고 했다. 일단 의식만 돌아와 깨어나기만 하면 후유증에 대하여는 크게 걱정 안 해도 될 것이라고 의사들이 말해주었다.
 이것은 응급실로 언니가 처음 실려갔을 때에도 의사가 엄마가 가지고 간 약병을 보면서 알려주었던 일이었다.
 언니는 며칠 후 멀쩡해진 모습으로 집으로 돌아왔다.
 언제 약을 먹고 시체처럼 되어 병원으로 실려갔던 사람일까 싶게 적어도 겉으로는 멀쩡한 모습이었다.

작은언니가 집에 들어온 후 전보다 더 훨씬 불편해진 거처를 견디어내느라 힘들어 해온 아빠였지만 작은언니가 살아 돌아온 것에 대하여는 반가워하는 얼굴이었다. 거실마루에 나와서 돌아온 언니를 오래도록 바라보았다.
　그 한번의 자살미수사건은 언니의 심경에 확실히 어떤 변화를 일으킨 것은 분명했다.
　의사들이 위만 세척해낸 것이 아니고 언니 안에 부글거리던 증오와 격노와 배신감, 슬픔 등의 큰 격정의 한 켜를 그녀 마음 안에서 씻어낸 것 같았다.
　토해내지 않으면 죽을 것만 같았던 것들의 얼마가 그녀 안에서 쏟아져 나간 것 같았다.
　그러므로 당장은 조금 후련하고, 부글거리던 것들이 나가버려 아주 속이 뒤집힐 것 같은 증세가 조금은 완화되고 약간 안정도 되찾은 것 같았다.
　응급실에서 당한 의료조치들은 무의식 중에서였으므로 별 통증을 못 느끼던 곳이었지만 의식이 깨나면서 몰려온 육체적 통증은 그 눈물의 홍수 속에서도 언니를 인정사정 없이 물어뜯고 매질을 가하던 곳이었다.
　그 가혹한 육체적 통증을 통하여 언니는 마음의 고통을 내려다볼 수 있는 성장을 받은 것 같았다.
　그 안에서 언니는 자존심이나 우월감의 손상, 무시당하고 버림받는 일 따위가 아주 작게 보이는 것을 목격했을 것이었다.
　아무튼 언니는 그 사건 전과는 많이 달라져 있었다.
　불 속의 벌레처럼 뛰던 것이 좀 덜해졌고 입에 노상 붙이며 살았던 그 새끼 저 새끼 하는 형부에 대한 욕지거리도 많이 줄어들었고 형부에게 계속 전화를 걸어대던 일도 또 이 사람 저 사람에게 전화를 걸어 형부 욕을 해대는 일도 훨씬 줄어들었다.

그때보다는 많이 조용해진 셈이다.
 화상(火傷)의 아픔이 조금은 진정된 것 같았다.
 죽으려고 했었는데 왜 나를 살려놨어? 왜 나를 살려놨어? 하는 소리를 간혹 하긴 하여도 우리가 두려워 하고있는 만큼 그렇게 많이 하지는 않았다. 그것은 언니에게서 삶의 의욕이 피어나고 있다는 증거이며 절망에서 깨어나 희망쪽으로 돌아앉고 있는 일로 보여져서 우리들에겐 반갑게 느껴졌다.
 언니에겐 어디인가 몰두할 데가 필요하다고 생각되었기 때문에 그림을 열심히 그리라는 권유가 이곳저곳에서 들려왔다. 남편과의 불화만 있었을 때보다는 자살사건이 있은 뒤의 언니에 대한 주위 사람들의 태도는 훨씬 더 동정적이 된 것이 사실이었다.
 워낙 잘난 체하던 언니였으므로 그런 일을 당한 데 대하여 고소하게 생각했던 사람들도 있었을 것이었다.
 그러나 오죽했으면 죽으려고까지 하였을까——를 사람들은 생각하게 된 것이다. 자살의 결심에까지 이르른다는 것은 누구에에게나 죽음보다 더한 고통이 반드시 그 안에 있어야만 되는 일이기 때문이었다.
 사는 일이 전혀 그에게 중요하지 않고서는 감히 뛰어들 수 없는 일이 자살인 것이다.
 전엔 냉담했던 사람들 중에서도 간혹 언니를 찾아오는 사람들이 생겨나 있었다.
 그리고 엄마도 나도 아빠도 영환이도 모두가 자살소동이 있은 후에는 언니를 대하는 태도를 전보다는 달리했다.
 그런 속에서 언니는 그림을 다시 그리겠다고 하였다.
 형부와 같이 살던 집보다는 훨씬 못했지만 우리집도 아주 나쁜 환경은 아니었다.
 몇해 전 친할머니도 돌아가셨고 일하는 사람도 이미 없고 묵어

가는 친척들도 없으니 엄마는 이층 전부를 식구 단출한 사람들에게 삯월세를 주어 매달 얼마씩 돈을 받았으면 하는 계획을 마음속으로는 세우고 있었지만 아직 실행의 단계엔 옮기지 못하고 있었다.

매달 꼬박꼬박 돈을 받는 건 좋지만 남의 식구들을 집안에 들이고 함께 산다는 것이 엄마에겐 엄두가 안 나고 또 그러한 일은 영환이가 대학에 붙고 난 뒤에야 구체적으로 생각해 봐야 할 일로서 여겨지고 있었다.

옥상에 있는 옥탑방도 꽤 크고 아직 세를 안준 채 있으므로 거기에서 언니가 그림을 그렸으면 하는 생각도 엄마는 가지고 있었지만 언니에겐 감히 입도 못 떼어보고 있었다.

언니의 불같은 성미가 어떤 반응을 보일지, 거기다 자살소동까지 벌인 일이 있는 뒤라 엄마는 여간 조심하는 눈치가 아니었다.

언니의 그 잠시의 정적이 우리들에겐 폭풍전야처럼도 보였다. 특히 나에겐 그렇게 보였다.

어쩐지 언니가 저대로 가라앉을 것 같지가 않았다.

영환이의 방만 이층에 없다면 이층전체를 언니에게 주었을 터이지만 엄마는 그렇게 할 수가 없었다.

내 방이 이층에 있다는 사실은 엄마에겐 크게 고려될 사항이 아니었다.

나는 엄마 눈에 꼬치꼬치 따지는 편이긴 해도 순한 애로 엄마 마음속에 적혀있다는 것을 나는 알고 있었다.

인정이 많아서 제 것을 제대로 못 지키고 세상에서 손해만 보며 살 것이라는 것이 나에 대하여 가지고 있는 엄마의 가장 뚜렷한 생각이며 그만큼 다른 딸들에 비하여 나를 없수이 여기고 나에 대하여 세상적인 큰 기대를 안 가지고 있다는 것도 나는 알고 있었다.

엄마가 가지고 있는 세상사물에 대한 견해와 인식이 그녀가 가장 사랑하는 자식들에 대한 감정안에까지 전혀 침투하지 않는다고 볼 수는 없는 일이었다.
 상호씨같은 남자와 내가 깊이 사귀고 있고 결혼까지 결심하고 있다는 것을 알게된다면 엄마는 더욱 더 자신의 생각을 확실히 하게 될 것이며 나에 대한 엄마의 감정도 더욱 더 확실해지고 말 것이다.
 그러나 이미 엄마, 아빠나 이 집 식구들에 대한 내 안에서의 비중도는 점점 더 붕괴의 속도를 더해가고 있었다.
 그것은 혈연으로서의 애정의 변질을 의미하는 것은 아니었다.
 하지만 그들은 이미 점점 더 아무것도 아닌 존재들로서 내 안에서 변모해 가고 있었고 어느듯 그들은 내 눈엔 이미 무너지고 있는 것들의 일부일 뿐이었다.
 아무도 무너지는 것들에 대하여 큰 비중을 둘 사람은 없을 것이었다.
 반대로 상호씨는 나의 도피처를 의미했다.
 그 무너지는 것들로부터 나를 구해주고 내가 의지할 수 있는 유일한 도피처로서 상호씨는 내 안에서 등장되고 있었다.
 그와의 결혼에 대하여 생각할 때 내가 예전에 느끼던 집안의 반대에 대한 중압감이나 두려움은 점점 더 그 막이 엷어져가고 있었으며 아직은 전혀 안 느껴진다고는 할 수 없어도 점차 사라져 가고있는 추세에 있었다.
 언니는 점차 형부와의 서류상의 이혼은 일단 유보해둔 채 형부에 대한 분노와 증오 적개심, 집착, 복수심 따위에서 나오는 ──결국 자살소동까지 이르렀던──그런 자기 파괴적 행동은 중지하고 여봐란 듯이 살아보자는 생각 쪽으로 기울어진 것 같았다.
 언니쪽에서 먼저 옥상 옥탑방을 자기화실로 쓰겠다고 나섰다.

꽤 넓고 아주 빛이 잘 들어오고, 물감통이며 그림도구들을 함께 두고 써야할 방이므로 아뜨리에는 썩 좋지 않아도 되었다.
 그러나 언니가 살던 집은 달랐다. 두 사람이 다 화가이므로 그들의 집엔 집을 지을 때부터 구도 된, 천정이 열려있는 특이하고 멋진 모습의 아뜨리에가 있었다.
 언니의 약점이 국선과 같은 큰 미술대회에 나가 본상을 받아 본 적이 없다는 것이므로 그것을 겨냥하여 그림을 한번 그려보겠다는 포부를 언니는 엄마와 내 앞에서 펼쳐보였다.
 그녀가 아는 국제미술전도 이곳저곳에서 열리고 있었다.
 일단 그런 곳에서 입상만 하면 대학강단에 서기가 수월하고 형부의 명성이나 지위를 능가하기는 어렵지 않다라고 언니는 생각하고 있었다.
 아뜨리에만이 아니라 언니의 거처방도 정해졌다.
 그녀가 원하는 대로 엄마는 아래층의 식당과 마주 있는 큰 방 하나와 할머니가 쓰던 작은 방 하나를 언니에게 주었다. 너무나 넓고 횅하고 침침하던 집에 식구 하나가 더 느는 것은 좋은 일이었다. 거처할 방이 정해지고 아뜨리에도 마련되었으므로 언니의 집에 가서 언니가 당장 써야할 물건들을 가져와야만 되었다.
 그 일을 엄마는 나에게 시켰다.
 조그만 트럭을 하나 빌려줄테니 타고 가서 운전기사와 일꾼들과 함께 언니가 적어주는 물건들을 그 집에서 옮겨다 차에 싣고 오라는 것이었다.
 형부에게도 엄마가 전화로 얘기를 하고 허락을 받았다는 것이었다.
 누군가 그 일을 해야 되는데 내가 봐도 나밖에는 우리집에서 그 일을 할 사람이 없었다.
 언니는 그 새끼 꼴도 보기 싫다, 라고 말하고 있고 엄마는 그놈

얼굴 마주칠 생각만 해도 가슴이 떨려 심장이 멈출 것 같다고, 말하고 있었다.
 지난번 만났을 때 엄마에게 작은형부가 몹시 지독하게 굴었던 것 같았다. 나 역시 형부에게 되게 한방 맞은 상태지만 그 정도는 아니었다.
 언니도 내가 그 일을 하는 것이 제일 낫다고 생각했는지 그 일을 나에게 시켰다. 언니가 나에게 부탁하는 법은 아직은 없었다. 언제나 언니는 나에게 명령을 내릴 뿐이었다.
 언니와 나의 사이는 그동안 언니도 나도 그렇게 많이 변화되었음에도 불구하고 아직도 그렇게 아주 좋지는 않았다. 예전과 달리 언니를 대하는 나의 태도가 부드러워지고 순종적이 된 이유가 불쌍해진 언니에 대한 같은 골육으로서의 연민과 동정으로부터 우러나고 있다는 것을 언니는 알고 있었고——그것을 나에게서 아주 안 바라는 바도 아니면서——아직도 언니는 그것이 못마땅하였다. 자기자신을 나의 동정과 연민의 대상으로 낮추고 싶은 생각은 아직 언니에겐 없는 것이다.
 나에 대한 언니의 경쟁심은 여전히 꺼지지를 않고 있었다. 나는 언니에게 그런 생각이 없는데 언제나 언니 스스로 나를 자기의 경쟁대상으로 만들어 사사건건 긴장을 하고 있는 것이었다. 특히나 형부와 같이 살 때 작은형부 앞에서는 모든 여자들을 적으로 느끼고, 형부의 눈에 자기가 가장 아름답고 뛰어나 보인다는 사실을 끊임없이 확인하기 위한 몸짓을 계속 하고 있던 언니는 내가 그 곁에 있으면 떠나지 않고는 못 배길 정도의 눈총을 나에게 보내곤 했었다. 내가 형부를 아주 싫어하는 것을 알고 있으면서도 언니는 형부 앞에 내가 자기와 나란히 보여지고있다는 사실에 대하여 못 견디어하곤 했었다. 그러던 언니가 나를 형부의 집에 보내고 있는 것이다.

이젠 형부 앞에 내 얼굴을 내밀고 형부를 차지한 그 여자를 괴롭히라는 것인지도 모른다. 분명 나를 보내는 데에는 어떤 의도가 언니 안에 숨어 있을 것이었다. 하지만 나는 거기에 대하여는 상관하지 않기로 하였다. 떠나는 날 엄마는 운전수 외에 남자 일꾼 둘을 더 사서 트럭에 실어 주었다. 구속되었던 선배언니의 남편이 병보석으로 감옥에서 출감되고 난 며칠 뒤였다. 그 며칠 전 안경을 쓴 선배 언니 남편의 수척한 모습이 TV화면에 나타나고 그를 마중 나온 사람들 속엔 선배언니의 모습도 보였다.

참신한 지식인이 정계에 뛰어들어 혼탁스런 정치풍토를 좀 바꾸어주는가 했더니 결국은 한 통속이 되어 학자로서의 빛나는 오기가 다 빠져버린 꺼칠하고 후줄근한 범죄자의 모습으로 나타난 것은 사람들 속에서 이미 대단한 뉴스거리도 충격도 주지 못하고 다만 이 시대를 온통 채우고 있는 우리를 실망시키고 배신하는 것들 가운데의 또 하나의 모습으로 보는 이들의 마음속에서 눅눅히 받아들여지고 있었다. 정치적 쇼우니, 희생양이니, 모함이니 하는 낱말들이 그를 두고 조금씩 되뇌어지고 있었지만 아무도 그가 무죄하다고 믿는 사람은 없었다. 더 이상 그는 이제 누구에게도 별다른 사람은 될 수 없을 것 같았다. 사실 우리들 사이에 그를 보고 분노하고 실망할 수 있는 사람이 아직 남아 있는지에 대해서도 의문이었다.

내 눈엔 오히려 그 선배언니나 남편이 더 피해자였다. 그 순도(純度)나 투명도에 있어 아직은 세상 사람들보다는 그쪽이 더 나은 것 같았다. 지금이라도 그만 두고 거기서 빠져나와 주었으면 좋겠는데 기자들이 다음 국회의원 선거에 다시 출마할 것이냐고 물으니까 의원은 다시 출마할 것이라고 대답한다. 애처롭다.

며칠 후 내가 선배언니에게 전화를 걸었더니 지금 막 의원님과 함께 지역구 선거구민을 돌아보려 나가려하고 있던 참이라면서 허둥지둥 전화를 끊었다.

　의원님이 옥에 갇혀있는 동안 선거구민들을 방치해 두었으므로 표밭이 망가져 빨리 손보지 않으면 적의 손에 넘어갈 우려가 있다는 내용이 그 잠깐 사이의 통화를 통해 내가 언니에게서 들은 말들이었다.

　병보석이라더니 병은 없는 것 같았다.

　그 며칠 후 나는 트럭에 실려서 언니의 짐을 가지러 서울 근교에 있는 언니가 살던 집으로 갔다.

　한 여름이라 그 넓은 뜰에 잔디가 파랗게 자라있고──마치 융단을 깔아놓은 듯이라고 표현하는 바로 그대로──곳곳에 세워놓은 조각상들의 수도 전보다 더 늘어난 것 같았다.

　형부의 전공이 조각은 아니지만 친구들이나 후배들 가운데 조각을 하는 사람들이 있어 선물로 준 것들을 잔디가 깔린 마당 군데군데 벚나무, 상수리나무들의 수목들 가운데 잘 배치하여 정원의 분위기를 운치 있게 만들어 놓고 있었다.

　파아란 잔디 가운데의 여기 저기엔 색색가지 팬지꽃들 패추니아, 이태리봉숭아들이 무더기를 이루어 예쁘게 피어있었고 마당이 넓으니까 저쪽 한 귀퉁이에 한국 재래종 꽃들만 모아놓은 화단에도 봉선화, 채송화, 백일홍들이 아름답게 피어서 서울근교의 어느 여름 오후햇살을 더욱 화사하게 만들어 주고 있었다. 장마끝이라 수목들이며 꽃들이 싱싱하게 살아난 것이 여기 와서 보니 더 확실해 보였다.

　엄마 없이도 잘 커주는 아이들처럼 언니가 없이도 모두가 잘 자라고 있었다.

　모두가 언니와 형부가 함께 꾸미고 가꾼 것들이었다.

　아름다운 정원과 거기 달려있는, 자갈, 왕모래, 흙, 지푸라기, 칡넝쿨, 대나무 등으로 멋스럽게 지어 있는 이층건물.

이곳은 언니의 성이었다.
 언니는 재작년에 이집을 지었다.
 꾸며놓고 언니는 몹시 마음에 들어했는데 쫓겨난 것이다. 와서 보니 언니의 마음이 아플 수밖에 없겠구나 하는 생각이 새롭게 더해지고 언니의 꿈을 펼쳐놓은 이곳에 비하여 우리집이 얼마나 언니의 마음에 안 들까 싶어지면서 같은 골육으로서의 언니에 대한 연민으로 가슴이 뻐근해 온다.
 형부는 넓은 거실 대나무의자에 반바지차림으로 앉아있었다.
 반바지만 입은 다리가 운동선수만큼이나 굵어 보이고 그 굵은다리엔 시커먼 털이 마치 급슬거리는 검은 실처럼 숭글숭글 가득 늘어 붙어있다.
 낮잠을 자다 일어났는지 눈알엔 버얼겋게 핏발이 서 있고 일꾼 셋을 데리고 들어서는 나를 바라보는 눈발이 사나왔다. 그래도 얼굴은 여전히 화려해 보였다. 붉은 입술과 우뚝한 코, 선이 굵은 눈썹 밑의 이글이글한 눈, 흰 피부——.
 "언니의 짐을 가지러 왔어요."
 나는 차마 형부의 얼굴을 마주보지 못하고 시선을 엇비스히 피하면서 그렇게 말했다.
 짧은 바지 밑으로 버얼겋게 내놓고있는 그의 허벅지와 다리의 살도 나에겐 바라보기가 거북살스런 곳이었지만 그보다 더 나를 견디기 어렵게 만들고 있는 것은 마치 나를 내찰 듯이 꼬고 앉아있는 그의 발이었다.
 내가 고개를 숙이고 다가가고 있는데도 그는 자기의 발을 내릴 생각도 안 했다. 그 무례와 교만함은 내가 당해본 것들 가운데 단연 으뜸이다.
 그 새끼가 우리를 깔보는거야, 깔보는거야, 라고 하던 언니의 말이 문득 떠올랐다.

그러나 나는 노하지도 상처받지도 않는다.
진정 깔보여야 할 사람이 누구인지를 나는 알고 있기 때문이다.
그의 곁을 스쳐 나는 언니가 쓰던 방으로 들어갔다.
두 사람의 침실겸 언니의 거실로도 쓰여지던 아주 큰 방이었다.
언니의 경대며 보석함이며 옷장이며 다 거기에 있었다.
방에 들어서다가 나는 침대 위에서 자고있는 어린 처녀애 하나를 보았다. 짧은 단발머리에 소매없는 분홍색 티셔츠에 거의 수영복에 가까울 만큼의 짧은 핫팬츠를 입은 계집애 하나가 정신없이 침대 위에서 오수를 즐기고 있었다.
나보다 한두살 아래로 보이는 아니 그 보다 더 어려 열아홉이나 스물 정도로 볼 수도 있는 계집애였다.
저 마루에 나가 앉아 있는 남자도 여기서 자다가 깨어 나가서 거기 앉아 있는지도 몰랐다.
틀림없이 나의 유추대로 일 것이었다.
나는 한번도 언니에게서 언니를 버리도록 만든 계집애의 상세한 생김새에 대하여 들은 적이 없었다.
그런데도 나는 직감적으로 이 애가 바로 언니가 말했던 그 계집애라는 것을 담박에 알아보았다.
이미 계집애는 형부의 집에 들어와서 살고 있었던 것이다.
계집애를 보자 나의 가슴은 아픔과 분노로 벌렁거렸다.
복숭아 속살같은 핑크색 피부에 무릎팍에 매듭도 없이 매끈한 두 다리를 가지고 자고 있는 여자애의 모습에 비기면 언니는 이미 할머니였다.
일꾼들과 함께 내가 장롱의 서랍을 빼고 옷을 걷어내고 하는 소리에 계집아이는 잠에서 깨어나 부수수 일어나더니 방밖으로 나가 버렸다.
그 애가 자던 침대는 언니가 가져오라고 내게 명령한 품목이 아니었다. 만일 언니가 그 침대를 가져오라고 나에게 명령했었다면 그리고 그 침대를 우리집 안에까지 끌고 가야 했다면 내가 얼마나 고통스러워해야 했었을까를 상상하면서 나는 몸을 떨었다.
　이층 언니의 아뜨리에에서 그림 그리는 도구일체들을 챙겨다가 우리는 트럭에 실었다.
　언니가 적어준 품목들을 일일이 재점검하면서 나는 하나라도 빠짐이 있는가 눈에 불을 켜고 살펴보았다.
　나는 마치 지옥의 굴에서 언니를 끌어 내듯이 그곳에 있는 언니의 물건들을 샅샅이 끌어내어 차에 실었다.
　적어준 품목이 아닌 것이라도 내가 봐서 언니의 것으로 추측되는 것들이면 나는 그것을 걷어다 차에 실었다.
　계집애는 다른 방에 들어가 다시 잠을 자고 있는지 보이지 않고 형부는 여전히 다리를 꼬고 발길로 나를 걷어찰 듯이 하고 앉아서 잡지책인지 화첩인지를 뒤적거리고 있었다.
　잔뜩 찌프린 얼굴인데 언니의 물건이 아닌 것까지 내가 들고 갈까봐 를 감독하고 있는 것 같지는 않고 무슨 얘기인가 나에게 마지막으로 할말이 있는 듯이도 보였다.
　전화가 오면 굉장히 거드름을 떠는 큰 목소리로 받았다.
　그러더니 어느 틈엔가 그의 모습이 거실에 더 이상 있지 않았다. 그 계집애가 자는 방으로 들어가 함께 자는지도 몰랐다.
　온 집안에서 탕약냄새처럼 음탕한 냄새가 뿜겨져 나오고 있는 것 같았다.
　언니의 짐을 다 끌어낼 때쯤인데 어느 방으로부터 나왔는지 둘은 어느 새 잔디마당에서 배드민턴을 치고 있었다.
　계집애에겐 아무런 근심도 없어 보였다. 남자에게도 아무런 근심도 없어 보였다.
　둘은 똑같이 마냥 즐거워만 보였다

한낮의 뜨거운 기가 가신 석양의 저녁 노을이 물들어가고있는 속에서 계집애는 얼굴에 웃음을 함뿍 담고 남자가 던지는 배드민턴공을 받기 위해 한 마리의 은어처럼 펄쩍펄쩍 뛰고 있었다. 뛸 때마다 짧은 티의 허리께가 걷혀 올라가고 굴곡진 허리와 배꼽이 드러났다. 뜨거운 여름 햇볕에도 그을리지도 않는지 계집애의 살결은 살풋하게 도화색이 돋는 상아빛이고 어린애 피부보다도 더 보드라와 보였다.

방안에서 보던 것보다 밖에서 보는 계집애의 모습이 더 화사하고 색깔스러워 보였다. 그러나 나의 또 하나의 눈에 비치는 계집애의 모습은 한 마리의 꽃뱀이었다. 꽃뱀의 요려함이 벌써 계집애의 모습 안에서 비쳐 나오고 있었다.

가는 몸 안엔 이미 뱀독처럼 남자의 정액이 가득차 있었다.

비록 경험이 주는 눈은 아직 내 안에 없었지만 직관이 주는 눈이 계집애의 그런 모습을 나에게 알려주고 있었다.

뱀독이 가득한 계집애는 이미 한 마리의 뱀으로 변신해 있었다. 드라큘라에 물린 사람이 드라큘라가 되듯이 남자의 뱀독이 퍼져 계집애도 이미 뱀이 되어버린 것이 틀림없었다. 그 나이에 어떻게 저렇게 여린 마음을 다 버리고 한 여자를 정당한 자리에서 쫓아내고 그곳을 차지하여 희희낙낙할 수만 있단 말인가?

관능으로만 살려는 그 단순함이 어떻게 사람일 수 있단 말인가
——인간은 고뇌해야만 하는 것이다.

여덟살 때 나는 학교에서 돌아오다가 두 여자가 싸우고 있는 것을 목격한 적이 있었다.

사람들이 삐잉 둘러 서있는 가운데서 두 여자가 서로의 머리채를 붙잡고 엎치락뒤치락하며 흙바닥 위에서 싸우고 있었다.

한 여자는 아주 새파랗게 젊은 여자였고 또 한 여자는 중년 여자였다.

사람들이 수군거리는 소리를 들어보니까 젊은 여자는 첩이고 늙은 여자는 큰 마누라였다.
아무래도 기력이 좋은 젊은 첩이 기어코 승세를 나타내어 큰마누라의 가슴을 타고 앉아서 큰마누라의 얼굴이며 머리이며를 마구 치기 시작했다.
그 광경을 보고 나는 주먹을 움켜쥐고 발을 동동 구르며 너무나 분해서 소리소리 질러댔다.
그런데 거기서 그렇게 분해서 떠는 사람은 나 하나밖에 없었다.
다른 사람들은 모두 구경만 하고 있었다. 지금도 내가 그런 광경을 보고 그렇게 그때처럼 떨 수 있을지 모를 일이었다. 그러나 나는 아직까지 한번도 아내가 있는 남자 곁에 얼씬거려 본 적은 없었다. 자라서 잃어버리는 것들도 어릴 때엔 온전히 지녀져 있기 마련이다. 그런데 어떻게 저 어린 나이에 벌써 저렇게 모질디 모질어서 남의 살을 딛고도 그가 아파하리라는 것을 전혀 개의치 아니하고 즐거이 날뛸 수 있단 말인가.
어떻게 저것이 살아있는 사람이라고 할 수가 있는가.
생선 한 마리를 잡아서 목을 자르고 그 내장을 다 빼버리고 그런 뒤에도 그것이 살아있다라고 말할 수가 있겠는가?
그런데 어떤 손이 인간 안에서 그런 모든 것을 다 빼내 버리고 머리와 심장과 내장이 없는 껍질만의 이런 죽은 생선들을 만들어 가고 있는지 나는 그것이 알고 싶었다.
마지막으로 짐을 다 챙겨 가지고 일꾼들과 함께 집을 철수하려는데 배드민턴채를 들고 남자가 나에게 다가왔다. 마지막으로 나에게 건네주고 싶은 말이 있는 것 같았다.
"그 여자한테 가서 전해."
네 언니라고도, 또 언니의 이름인 영주라고도 부르지 않고, 그 여자라고 작은형부는 불렀다.

"쑈좀 그만 하라구."
 아직도 언니의 자살소동을 쑈를 부렸던 것으로 알고 있는 것 같았다.
 그러나 나는 거기서 아무런 변명도 하고 싶지 않았다.
 그의 말과 나의 말을 서로 섞고 싶지가 않았다.
 "쑈는 이제 그만 집어치우라고 해. 나한테 왔을 때 이미 처녀가 아니었던 것두 난 다 알고 있다구."
 또 한번 나는 튀어나온 도깨비 방망이에 머리를 얻어맞은 기분이었다.
 그러나 아뭇소리도 듣지 못한 것처럼 나는 잠자코 그를 등지고 집을 나와 이삿짐 차에 올라탔다.
 엄마한테도 저 작은형부는 필경 그 얘기를 했을 것이다.
 엄마가 작은형부를 만나고 와서 너무나 숨김없이 형부가 했던 말들을 언니에게 다 전해준다라고 나는 생각했었는데 엄마는 이 말만은 언니에게 감추고 있었던 것이다.
 엄마두 나처럼 틀림없이 이 말을 들었을 것이다.
 형부가 이 말을 안 했을 사람이 아니다.
 형부의 그 말에 내가 얼마나 충격을 받았는지는 그 계집애가 이 집에 들어와 작은형부와 함께 살고 있는 모습을 봄으로서 내 안에 일어나 있던 분노와 언니에 대한 동정의 감정이 이미 많이 삭감당해 있음을 느끼므로서 확인되었다.
 그렇다고 그들을 내 마음이 용서하고 있는 것은 아니었다.
 형부가 이제 와서 언니의 처녀운운 한다는 것이 무척 야비하게 느껴졌다.
 무슨 권리로! 제 주제에! 모든 요구엔 요구할 수 있는 정당한 자격이 먼저 갖추어져야만 하는 것이다.
 형부에겐 그것을 요구할만한 자격이 없었다.

그리고 덮어두고 잘 살아오다가 이제 와서 그일을 끄집어내는 이유가 흉물스럽기까지 하여 보였다.
그 의도가 너무나 야비스럽고 졸박스러워 보이는 것이었다.
다른 여자가 생기니까 다 지난 옛날 일을 끄집어 내 가지고 이 편의 약점을 잡아 제 자신의 비행에 대한 변명과 방패막이로 삼으려는 의도가 분명해 보였다. 언니의 기를 죽여 언니가 형부에게 가해 올 수 있는 법적인 조치나 여러 가지 불이익을 줄여보자는 궁여지책에서 형부가 갑자기 언니의 과거를 들고나선다고 봐도 틀림없을 것이다.
정말 치사한 자였다.
그런 더러운 자의 마음에서 나온 그림이라면 어떤 재능이 입혀져 있다하여도 참된 예술이라고 생각할 수 없었다. 그림도 자기자신을 쏟아놓는 일인데 그 더러운 작은형부의 마음으로부터 쏟아져 나온 것이라면 어떻게 위대한 작품이 될 수 있겠는가?
세상에서 주는 상이란 무엇인가. 나는 회의했다.
비록 그가 대학 강단에 서고 유명인사로서 TV에 얼굴이 내비친다 하여도 내가 그를 존경하는 일하고는 무관한 것이다. 내 눈에 비친 그는 인격이 철폐된 자였다.
양심이란 측면에서 보자면 그는 아무리 깨워도 깨워도 깨어날 수 없는 깊은 잠 속에 빠져 들어간 자였다.
그에게 애초부터 양심이란 것이 있었는지 조차 의심스러울 정도였다
너무나도 뻔뻔스러웠다.
후한무치란 것의 극한이었다.
그런 자가 감히 처녀 운운한다는 것이 도리어 나에게 분노를 머금게 하는 일이었다
어쩌면 이렇게나 자기자신은 돌아보지 않고 상대방에게서의 자

기의 몫만 챙기려 하는가. 자기는 주지 않는 것을 어떻게 상대방에게만 요구할 수 있단 말인가?

그 뻔뻔스러움, 그 후안무치, 그 비양심에 대하여 정의가 살아있는 영혼이라면 분노치 않고는 견딜 수 없을 것이다.

그런 자가 감히 처녀란 낱말을 알고 있다는 사실 하나만으로도 오히려 놀라운 일이고, 그리고 또 그런 것을 감히 그쪽에서 요구하고 나선다면 이쪽에서도 덮어두지 않고 그에게 일일이 따져서 받을 셈이 많을 것이다.

우선 당신은 총각이었는가, 부터 묻고싶다.

나의 머릿속에선 그런 생각들이 계속해서 돌아가고 있는데도 나의 안엔 많은 것들이 무너져 내리고 있었다.

그에 대하여 우리 식구 모두가 가지고 있었던 그 떳떳함, 그에 대하여 분노하고 꾸짖고 요구할 수 있었던 힘의 발판이 떠내려가고 있는 것이었다.

물론 나는 많은 아이들이 혼전에 이미 여러 가지 루트를 통하여 만난 남자들과 깊은 관계를 가지고 있고 우리과 아이들 중에도 비타민제처럼 수업시간에도 피임약을 먹고 있는 아이들이 있다는 것도 알고있었다. 나와 오랫동안 동행해온 연숙이조차도 이젠 그런 아이들 속에 합류해 버렸다. 한 마디로 이 시대는 우리 전시대 사람들의 눈으로 보자면 개판이고 우리 전 시대의 사람들이 지켜오던 것들이 마구 파괴당해가고 말살 당해가고 있는 .시대인 격이다.

이제 많은 경우 탈선이란 말의 의미가 모호해지고 있었다.

사람들의 의식 안에 그어져있던 많은 선들이 치워져 버렸으므로 당연히 탈선이란 개념이 애매모호하게 되어져버릴 수밖에 없었다. 나도 이 시대 안에 속한 여자로서 이 시대의 대부분의 여자애들과 전혀 별도의 길을 걸어왔다고는 볼 수 없었다.

그렇지만 나는 어떤 경우에도 나의 가장 깊은 속문 만은 열어줄 수가 없었다. 누군가가 침입자가 되어 나의 속문을 열어 젖히려하면 할수록 나의 안에서는 더 심한 반발이 튀어나와 거기에 강렬하게 반항하게 되는 것이었다. 이 일 역시 내가 누구로부터 특별히 교육을 받아 되고 있는 일이 아니었다.

굳이 따지자면 나의 본원에서 밀어내고 있는 어떤 알 수 없는 힘이었다.

상호씨일지라도 이곳에 대한 침입자가 되고자 한다면 내가 허락할지는 의문이었다. 여기에 대한 준비는 아직 내 안에 되어있지 않았다. 그리고 만일 그가 진즉부터 이곳의 침입자가 되려 했다면 내가 과연 지금처럼 그를 사랑할 수 있을지도 의문이었다. 분명히 아닐 것이었다. 그가 이 시대의 일부로서 나의 눈에 비쳤다면 특별한 존재로서 내가 그를 느꼈을 리도 없었다.

나는 이 시대에 문둥병처럼 만연되어 가고있는 많은 일들이 너무나도 싫었다. 동성연애와 같은 것들이 혼전동거나 혼전섹스라는 낱말이 의미하는 것들도. 분신자살 같은 것도 나에겐 너무나 싫었다. 사람이 옳은 것을 위하여 싸우고 이상(理想)을 버리지 않고 산다는 것은 좋은 일이지만 불멸의 영혼을 갖은, 만물 중에 가장 고귀한 존재인 인간이 자신을 불탄 개처럼 만들어 그 사진을 벽에 붙인다는 것이 나에겐 너무나 참혹하고 애처롭고 끔찍한 풍경이었다. 그들을 위하여 울어도 울어도 내 눈물은 마를 것같지가 않았다. 그러므로 나는 그쪽은 아예 보려하지 않았다.

이 시대의 것들 중엔 내가 수용할 수 없는 것들이 너무 많았다.

흔히 어른들이 우리 시대의 아이들을 보고——.

"우리 시대엔 말야, 지금의 너희들과 너무나 달랐어. 그때엔 결혼하기 전엔 그런 일을 저지르면 큰 일 나는 줄 알았어. 그리고 만일에 실수를 해서 선을 넘었으면 꼭 결혼해야하는 줄로 알았어. 그런데 요새 너희들은 만나면 몸부터 부딪치려하고 그러고도 아무렇지도 않게 헤어져 또 다른 사람을 만난다면서? 또 너희들 중 어떤 애들은 결혼하기 전에 미리 살아보고 맞나 안 맞나 알아 가지고 결혼하겠다고 한다면서?"
 라고 하는 소리를 들을 때마다 나는
 "그렇지 않아요, 다는 안 그래요, 그건 일부에요. 일부."
 라고 하며 얼굴에 불을 맞은 사람처럼 뜨거워져서 그런 대화 속에서 바삐 피해 나오려 하였다.
 나는 왜 이 시대의 젊은이들이 이 시대 전의 젊은이들과 달라져야 하는지 그 이유를 알 수 없었다. 병원에 가 보면 태어나는 아이들은 다 똑같지 않은가! 이 시대의 사람이지만 나에겐 오히려 이 시대 전의 사람들의 것들이 더 맞았다.
 신식이라 불리우는 이 시대의 첨단적인 것들과 첨단적인 사람들⋯⋯가장 앞서 나간다고 하면서 이제까지 살아오던 방식과는 다른 것들을 이 시대 안에서 만들어 가고있는 사람들에게서 내가 느끼고 있는 것은 이질감일 뿐이었다. 그들을 우리 시대의 사람들이라고 부르지만 막상 나자신은 그들이 어디에서 온 사람들인지 알 수 없었다. 그들이 나에겐 다만 낯설고 이상해만 보일 뿐이었다.
 우리 엄마, 아빠는 대학 일학년 때 만났는데 엄마의 부모님이 갑자기 세상을 떠나고 가세가 기울자 엄마는 다니던 학교를 그만두고 아직 대학생인 아빠에게 시집을 와서 이제까지 둘 사이에 외도란 모르고 살아왔다.
 농약냄새가 사방에서 풍겨오는 논길밭길 사이로 트럭을 타고 서울까지 오는 동안의 나를 지배한 가장 큰 감정은 허전함과 우울이었다.
 결혼 전에 다른 남자와 자고 다녔다는 작은언니가 나에겐 너무나 낯설게 느껴져 마치 나에겐 작은언니가 죽어버린 사람처럼 느껴졌다. 우리사이에 이어져있는 혈맥을 누군가가 잘라낸 것처럼 작은언니에 대한 마지막 친밀감마저도 내 안에서 다 쏟아져 나가는 느낌인 것이다. 너무나도 정이 떨어지는 느낌이었다. 그동안 작은언니에 대하여 그토록 수없이 실망해온 나였지만 여기에 비하면 전의 실망들은 아무것도 아니었다.
 도저히 그녀를 나의 언니로서 받아들일 수가 없었다. 적어도 지금은······.
 무기를 빼앗긴 사람처럼 작은형부에 대하여서도 몹시 무력하게 느껴졌다.
 그 몰염치하고 뻔뻔스러운 작은형부에게 떳떳하게 총구를 겨눌 수 없다는 점도 나에겐 참을 수 없는 일이었다.
 집에 돌아와서 작은언니의 얼굴을 보았을 때 나는 그녀의 얼굴을 똑바로 쳐다볼 수가 없었다.
 "그 기집애 거기 와서 살지?"
 이미 언니는 다 듣고 있었던 모양이었다.
 그렇지만 나는 언니 편이 열렬히 되어줄 수가 없었다.
 그렇다고 작은형부나 그 계집애 편이 되어주는 것은 더욱 더 아니었다. 나는 그들 모두의 손을 나에게서 밀어내는 것이었다.
 짐을 풀고 정리하는 중에 우리 둘만이 되었을 때 나는 작은 언니에게
 "언니, 그 사람이 나한테 언니가 자기한테 오기 전에 이미 처녀가 아니었다는 걸 자기가 다 알고 있었다고, 이젠 쇼좀 그만하라고 언니한테 전하라고 하더라. 엄마에게두 그 말을 했을꺼야."
 라고 기어코 말해버리고 말았다.
 그 말을 내 안에만 두고는 나는 도저히 견딜 수가 없었다.
 순간 언니의 얼굴이 잠시 해쓱해지더니 묘한 표정으로 바뀌며
 "야비한 새끼. 핑계야, 핑계. 잊어버려."
 하면서 얼른 고개를 돌려버리는 것이었다.
 상호씨에게 나는 여전히 작은언니에 관한 일들이나 집안 일에

관하여 일체 아무런 얘기도 하지 않고 있었다.
 이미 말했듯이 내 유일한 휴식 공간 안에까지 시끄러운 그들을 초대하고 싶지가 않은 게 제일 첫째 이유고,. 그리고 그에게 도움을 청할 일도 없었다. 더구나 그에게 좋은 본이 될 일도 아니었다. 사람에겐 누구에게나 군중심리라는 것이 있으니까 혹시 그가 따라 하고 싶어질까봐 나는 그것도 싫었다. 물론 나의 기우겠지만.
 여름방학이 거의 끝나갈 무렵인데 상호씨는 나에게 일주일 정도 잠시 미국에 다녀오게 되었다는 얘기를 했다.
 그에게 조교로 남아있어 달라고 청한 한교수가 그를 자기가 참여하는 학술발표회에 동반하고 싶다고 청해 이미 몇 달 전부터 수속을 해오고 있었다는 것이었다.
 한교수가 그를 데리고 가는 목적은 영어통역이었다.
 자기 혀가 짧아서 부득이 그에게 같이 가자는 청을 넣었다고 하는데, 겸사겸사, 그에게 해외여행 겸 학술대회 참여 경험도 시켜주고 개인적으로도 더 그와 가까워지고 싶어하는 의도도 있어 보인다는 것이 그의 견해였다.
 나말고도 상호씨를 또 그렇게 좋게 보는 사람이 있다는 것이 나에겐 기쁘고 감사했다.
 그리고 상호씨가 영어를, 교수가 통역을 부탁할 만큼 잘한다고 생각해 본 적이 없었으므로 그 소식도 나에겐 뜻밖이었다.
 상호씨는 한번도 외국에 나가 산 적도 없고 외국에 나가서 그 흔한 어학연수를 한번 받아본 적도 없었다.
 요즘 우리 사이엔 해외 거주교포 자녀들의 특례입학이 흔해지고 있었고 특히 상호씨 학교 같은 일류대학엔 그런 자녀들의 지원자가 더 많았다.
 그들은 현지에 나가 영어로 생활하다 들어온 네이티브스피커 (native speaker)들이라 영어를 현지인인 미국아이들과 똑같이 잘했다. 그들의 토플이나 토익점수도 당연히 높았다. 우리 과에도 그런 애가 있었다. 상호씨 학교엔 그런 학생이 더 많을 것이었다.

나는 아직 상호씨의 토플점수와 토익점수에 대해서도 모르고 있었다. 그가 학교에 있는 랭귀지 랩(language lap)에 가서 얼마의 시간을 보내고 있고 그 때문에 그의 하루의 시간들이 더 빡빡하다는 것은 알고 있었지만 그것은 학생들이 강의를 들어야 하는 것이나 마찬가지로 누구나가 하고 있는 일이고 특별한 일이 전혀 아니였다.

그의 학교에선 이미 외국인 원서강의가 실시되고 있으며 한국인 교수들 중에서도 시대적 요구에 부응하기 위하여 원서로 강의를 시작한 사람들이 있다는 것도 알고 있었다.

우리 시대의 이런 변화에 대해서만은 나는 아주 민첩하게 대응했던 사람이었다.

아버지가 좋은 직장에 있고 경제적으로 윤택한 편이었으므로 많이는 아니더라도 과외 수업이란 이름으로 나는 대학에 들어가고 나서 네이티브스피커로 부터 얼마동안 영어회화 교육을 받았다.

이것은 순전히 엄마의 공이었다. 그러나 나는 거기에 대하여 상호씨에게 이야기 한 적은 없었다.

그것은 그의 가난 앞에서 내가 전혀 우리집의 부유한 환경에 대하여 말할 수 없었던 이유와 똑같았다.

나는 두 언니가 결혼한 남자들의 화려한 집안 배경에 대하여서도 상호씨에게 말한 적이 없었다..

내심으로 내가 상호씨 보다 더 낫다고 여기는 일들 중의 하나가 나의 영어회화 능력이었기 때문에 그 얘기도 나는 상호씨 앞에서 하지 않았다.

누군가를 진실로 사랑한다는 것은 언제나 그의 앞에서 자신이 작아지기를 스스로 청하는 일이라는 사실을 나는 상호씨를 통하여 배워가고 있는지도 모르는 일이었다.
"상호씨가 언제 그렇게 영어를 잘 했어요?"
"이것은 영어회화만의 문제가 아니고 학술대회이기 때문에 전문지식이 요구되는 곳이야."
"교수님이 상호씨보다도 더 리쓰닝이 잘 안 되는가 보죠?"
"영어로 강의도 하시는 분인데 뭐. 아마 내가 한번도 외국에 나가본 적이 없으니까 외국 구경도 한번 시켜주고 싶고, 여러 가지 의도가 섞여 있는 것 같애. 일주일 정도니까."
그 얘기는 진즉부터 있어 왔고 거기에 대한 준비도 있었을 텐데도 상호씨는 떠난다는 전날에야 나에게 알렸다.
도서관이 아닌 찻집에서 만나자고 그에게서 핸드폰으로 전화가 왔기 때문에 뛰어나갔더니 그는 그 얘기를 해 주었다.
함께 저녁을 먹고, 다시 차를 마시고 우리는 아주 늦지 않게 헤어졌다. 상호씨는 내일 아침에 일찍 떠나니까, 집에 가서 준비를 해야 할 것이 조금 있다고 했다.
집 앞까지 상호씨는 나를 데려다 주었다.
멀리 떠난다는 날인데도 그는, 영희야 그동안 잘 있어. 잘 다녀올께, 하고 조금 떨어져서 그 빛나는 눈으로 나를 바라보았다.
"오빠, 기도할게요."
내가 생각해도 어색한 말이 난데없이 내 입에서 튀어나왔고, 상호씨도 나의 그 말에 웃음을 머금었다.
그렇지만 그것은 우리들의 그 분위기에 가장 잘 맞는 말이었는지도 몰랐다. 나는 정말로 감사했으므로.
"그래 기도해줘, 고마워."
하고는 상호씨는 그냥 돌아서는 것이었다.
나는
"오빠!"

하고 그의 등에 대고 불렀다.
"내가 준 반지 가지고 갈 거예요?"
그는 고개를 끄덕였다.
그는 벌써 그 생각을 하고 있었던 것 같다.
고개를 끄덕이고 그는 마치 무정한 남자처럼 돌아서더니 가 버렸다.
나는 그의 뒤를 따라 한없이 가고 싶다고 느꼈다.
해뜨는 쪽을 향해 한없이 달려가고 싶듯이……
상호씨는 나에게 해가 뜨고 있는 곳이었다.
이튿날 나는 새벽 일찍 공항으로 그를 보러 나갔다.
세수를 깨끗이 하고 머리도 얌전히 빗었다.
크림 외엔 나는 다른 화장은 일체 하지 않았다. 나에겐 화장이 맞지 않았다. 화장을 하면 다른 사람들의 지적에 의하면 나의 경우엔 오히려 인물이 가린다고 하였다. 나도 그렇게 느꼈다.
훈련이 안되어서인지 이것저것 발라놓으면 오히려 끈적끈적한 것이 불쾌하고 투박스러워 보였다.
눈썹을 그리거나 아이라인을 칠하면 나의 얼굴은 더 이상해 보였다.
다른 아이들에겐 예쁜 딴 모습을 만들어 주는 화장이 나에겐 전혀 그렇지가 않았다.
대학 4학년이 될 때까지 아직도 화장을 하지 않는 여학생은 우리 과에서 나 하나뿐이었다.
그래도 멋을 안 부리는 편은 아니었다.
특히 상호씨를 만나러 갈 때면 나 나름대로 예쁘게 입기 위하여 몹시 신경을 썼다.
오늘은 특히 상호씨만 만나러 나가는 것이 아니고 그 교수님도 나오는 날이니까 더욱 더 신경이 쓰였다.

이것저것 골라보다가 내가 입고 나가기로 결정한 옷은 하얀 레이스가 목과 소매에 달려있는, 흰 바탕에 분홍색 잔꽃무늬가 자상하게 수 놓여진 예쁜 미디원피스였다.

옷을 고르느라 시간을 너무 많이 써버린 것 같았다.

다 차려입고 집을 나오며 시간을 보니 제 시간에 공항까지 가 닿기가 빠듯했다.

차창 밖으로부터 불어오는 바람이 아직 이 도시에 이렇게 이른 새벽의 상쾌함이 남아있었구나 라고 새삼스럽게 느껴질만큼 시원한 새벽길을 택시로 달려 내가 공항에 도착한 것은 나의 계산으로는 아슬아슬한 시각이었다.

어젯밤에 이미 이별의 인사를 다 마친 뒤라 상호씨가 기대는 안 하고 있겠지만 떠나는 그를 나는 꼭 보고 싶었다.

이것이 그에겐 첫 외국나들이고 또 나에겐 새로운 국면으로의 그의 출현인 것이었다.

상호씨가 외국에 나간다는 것은 나에겐 이보다 훨씬 더 먼 장래의 일로 두고 있었던 일이고 아직은 예상치 않고 있었던 일이었다.

나는 허둥지둥 공항 안으로 뛰어들어가서 게시판 위에 쓰여져 있는 9시 미국행 KAL탑승 출구를 찾아 가지고 그리로 뛰었다.

상호씨가 보였다.

아직 들어가지 않고 입구에 사람들과 같이 서 있었다.

첫 눈에 그를 동반하고 가는 한 교수도 있고 다른 교수도 둘이 더 있었다.

학생들도 몇 있고 나이든 부인과 여학생처럼 보이는 여자애도 하나 있었다. 뒷모습으로만 보이는데 교수를 배웅 나온 그의 과 여학생인지도 모른다.

그의 과에 여학생들이 있다는 것을 나는 알고 있었지만, 모두

예쁘지 않아, 영희만큼은, 하고 상호씨가 예전에 대수롭지 않게 나에게 말해주었기 때문에 나는 그들에 대하여 한번도 신경을 써 본 적이 없었다.
　그리고 나만의 상호씨라는 믿음이 하두 내 안에 커서인지 다른 여자와 상호씨를 연결시켜 생각해본 적이 그를 만난 이래 나에겐 단 한번도 없었다.
　그가 나에게 심어준 여자로서의 자신감인지 혹은 내 안에서 내 스스로 그에 대하여 만들어 가지고 있는 자아도취적 자신감인지 그것은 나는 분간할 수 없었다.
　그를 만난이래 나는 처음으로 상호씨가 세상에 나와 서 있는 것을 목격하는 셈이었다
　그동안 내가 상호씨를 만난 곳은 거의 우리 둘만의 호젓한 곳이었고 산꼭대기의 상호씨 자취방이거나 도서관이거나 우리집 앞이거나——, 다방이나 음식점에서 만날 때에도 거의 우리 둘뿐이었다.
　그는 군대를 갔다 온 복학생이고 같은 반 학생들보다도 나이가 몇 살 위라 과에서도 외로우리라 나는 생각했고 사실 그는 내가 사귀던 다른 남자애들처럼 많은 친구들을 달고 다니지도 않았다.
　그의 학교 구내에서 그를 만날 때면 이곳저곳에서 그를 아는 체하고 눈짓을 보내는 학생들이 있었지만 상례적인 것일 뿐 내 눈에 그들이 그와 아주 가까워 보이지는 않았다. 그의 고독도 나는 그의 다른 것들과 마찬가지로 사랑해 주리라 마음먹고 있었다.
　언제나 내 안에서만 우뚝 서 있던 그를 나는 지금 세상 사람들 속에서 보고 있는 것이었다.
　그는 아직 나를 보지 못하고 있었다. 웃음을 띠운 얼굴로 사람들 속에 서 있었다.
　이것은 나에겐 그의 새로운 씬이었다.

어쩌면 나는 이런 장면을 보게 되기를 두려워해왔는지도 몰랐다.
 왜냐하면 사람들 속에 섰을 때의 그의 모습이 나와 단 둘만이 있으며 서로만 보고 있을 때보다 더 못해 보이면 어떡하나 해서.
 그는 약간 푸른 기가 도는 회색바지에 청색의 노타이 셔츠를 입고 있었다.
 그것은 내가 한번도 보지 못했던 옷이었다.
 그런 옷을 숨기어 두고 내 앞엔 한번도 입고 나오지 않았다는 데에 대하여 나는 얼풋한 배신감을 느꼈다.
 그의 모든 것을 내가 다 소유하고 있었다라고 믿었던 데서 오는 배신감일 것이었다.
 그를 데리고 가는 교수가 백화점 같은 곳에 가서 사 입혔는지도 모른다. 그가 스스로 그런 옷을 사 입을 리가 없다는 생각이 나에겐 들었다.
 너무나도 그 옷은 그에게 잘 어울렸다.
 그들 중에서 그는 제일 키가 컸고 우람지게 딱 벌어진 체격은 아니었지만 반듯한 몸매가 오늘따라 더욱 더 잘 자란 수목을 연상시켰다.
 그러나 나의 주목을 끌고 있는 것은 비단 그의 잘생긴 모습만이 아니었다.
 언제나 나는 그의 모습이 아름답다라고 느껴왔기 때문이었다.
 나의 놀라움은 그들 속에서의 상호씨의 자리에 있었다.
 그들 속에서의 상호씨의 자리는 내가 생각해온 그런 자리가 아니었다.
 그들 속에서도 그는 아주 우뚝 서 보이는 것이었다.
 나는 신기루를 보는 것 같았다.
 언제 그가 저렇게 커 버렸는가.
 언제나 홀로 외진 곳에 쳐 박혀 있기만 하여온 그가 그에 대여 내가 가장 잊을 수 없어 하는 말은, 아줌마, 애들은 아직 몰라요. 커봐야 알아요, 라고 그가 그의 서모 앞에서 자기를 칭찬하는 사람들에게 말하곤 하였다던 그 소리였다.
 다른 소리들은 내가 다 잊을 수 있어도 그 소리만은 내 가슴 안에 꽁꽁 뭉치어 풀리지 않고 있었다.
 그를 바라보는 교수의 눈길로부터 철철 쏟아져 나오는 다정함을 나는 보았다.
 나는 교수들이 저런 얼굴로 바라보는 아이들이 어떤 학생들인지 알고 있었다. 그것은 스승이 제자에게 줄 수 있는 최고의 상 같은 것이었다.
 내가 본 바에 의하면 교수는 자기가 아주 우수한 학생이라고 느끼지 않으면 저런 눈길을 보내지 않았다.
 제자에 대한 동학자로서의 깊은 경탄이 있은 뒤에야 교수가 보낼 수 있는 다정한 시선인 것이다.
 그 교수의 다정함은 거기 있는 다른 모두의 상호씨에 대한 공통된 분위기였다.
 동일집단이기 때문이다.
 상호씨는 이미 내 안에서만 우뚝 선 사람이 아니었다.
 나의 목젖으로부터 불쑥 뜨거운 감격의 오열이 일어나면서 나의 눈 안엔 어느 새 얼핏이 눈물마저 배어 올랐다. 비록 아직은 아무것도 아니지만, 그가 이루어낸 것이 있다면 그것은 순전히 그 혼자의 힘으로 이루어 낸 것이다.
 그 스스로의 힘으로 획득한 승리인 것이다.
 내가 그를 선택하기 위하여는 많은 것들을 포기해야 한다라고 생각했던 것은 어쩌면 너무 성급했던 나의 판단인지도 모른다는 생각까지 들었다.
 우리들의 결혼식에 아무도 와 주지 않을 것이라던 나의 생각도 한낱 어리석은 나의 기우일 수도 있는 것이다.
"오빠!"
나는 한참 만에야 사람들 속에 둘러 서 있는 상호씨를 불렀다.
그들의 동작이 이젠 저 안으로 들어갈 형세였기 때문이었다.
할 수 없이 나는 사람들 속에서 가리워 서서 염탐하던 일을 끝내고 그의 앞으로 내 모습을 드러내어야만 했다.
나의 목소리를 알아듣고 상호씨는 놀란 표정으로 내 쪽으로 고개를 돌리고 레이스 달린 꽃무늬 원피스를 입고 있는 나를 보았다.
나의 그 옷이 너무 튀는 것 같아 나는 얼굴이 달아올랐다.
왜 나는 상호씨처럼 저렇게 수수하게 옷을 입고도 멋지게 보일 수 없을까 라는 생각이 들었다.
상호씨는 나를 발견하자 바삐 그들 속에서 빠져나와 내 앞에 와 서서 우뚝 선 모습으로 나를 바라보았다.
"나왔구나. 너무 일러서 안 나올 줄 알았는데, 영희야 너무 이쁘다."
하고 그는 내가 너무 튀는 옷을 입고 서서 겸연쩍고 부끄러워하는 것을 예민하게 알아차리고 얼른 그렇게 말해 주었다.
"오빠, 잘 다녀와. 내가 기도할게."
또 그 소리가 내 입에서 튀어나왔다. 내가 마치 그에게 잘 보이려고 신앙심 많은 여자처럼 위장하고 있는 듯이 보여질까봐 나는 정말 그 소리를 하고 싶지 않았는데.
──나는 정말은 신앙심이 없는 사람이므로 이것도 일종의 위선이다.
그러나 그 순간은 내가 하느님께 감사해야 한다라고 내 주위의 사람들로부터 간단없이 종용 당해 오면서도 왜 내가 그분에게 감사해야 하는지 알 수 없었던 그 모든 의문이 풀리는 순간이었다.
"고마워. 영희야."

하면서 그는 어젯밤처럼 미소를 머금었다.
"잘 다녀올꺼야, 영희야. 네가 기도해주니까……잘 있어. 일주일 밖에 안돼."
나는 그가 오래 거기서 나와 함께 서 있을 수 없다는 것을 알고 있었다
"오빠 내가 준 반지 갖고 있어?"
"여기."
그는 그의 바지 주머니 속에서 내가 준 반지를 꺼내어 내게 다시 보여주었다.
"오빠는 내 꺼야."
나는 아주 작은 소리로 그렇게 말했다.
"네가 날버려도 난 네꺼야."
상호씨 역시 아주 조그마한 소리로 그렇게 말했다.
그리고 그는 나에게 한 손을 들어보이고 서둘러서 그를 기다리고 있는 사람들 속으로 돌아가 버렸다.
거기 모여있던 사람들의 모든 시선들이 마치 밀물처럼 한번 나에게 와락 밀렸다가 떠나가 버렸다.
시간이 없기 때문이다.
떠나는 사람들과 남는 사람들이 나뉘어지고 있었다.
그런데 내 앞에서 믿을 수 없는 광경이 벌어지고 있었다.
교수를 배웅나온 그의 과 여학생이라고 생각하며 나의 관심밖에 방치해 두고있었던 그 여학생도 함께 입구 안으로 밀려들어가고 있는 것이었다. 부인도 함께.
그제야 나는 내 눈앞에서 벌어지고 있는 그 뜻밖의 상황에 대한 이해에 도달했다.
시간도 촉박한데다 상호씨에게만 너무 정신이 팔려 있느라 나는 잘 보지를 못하고있었던 것이었다.

교수님과 상호씨만 떠나는 줄 알았는데 부인과 딸도 함께 동행하고 있었다.

거기 서 있던 부인은 교수님의 아내인 줄 짐작했었는데, 딸은 전혀 뜻밖이었다. 하얀 블라우스에 청바지 차림의 아주 날씬한, 나처럼 머리도 생머리고 화장도 전혀 안해 보였다.

나보다 밑의 학년처럼 보이는 몹시 앳띤…… 고개를 돌리는데 자세히 보니까 너무나 예쁜 얼굴이었다.

아주 조그만 얼굴에 윤곽이 조각처럼 정교하게 붙은 깜찍하게 생긴, 우리 세대의 아이들이 가장 동경하고 선망하는 바로 그런 얼굴이었다.

청바지에 흰 블라우스를 입은 모습도 규격품이고 특히나 옆 얼굴이 너무나 흠잡을 데가 하나도 없어 도도해 보이기까지 했다.

아주 잘 빠진 작품이었다.

거기다 대면 내 모습이 너무 촌스럽고 엉성하다고 느껴졌다.

그애가 그렇게 이쁘지만 않았다면 내 가슴에 이렇게 비수가 꽂히는 듯 하지는 않았을 것이었다.

그렇게 큰 기쁨을 받던 곳에서 당장에 이런 고통을 받아야 하다니……어느 새 상호씨 일행은 사라져버리고 배웅 나왔던 사람들도 돌아서 가고 있었다.

너무나 가슴아픈 속에 휩싸여 나는 상호씨의 마지막 눈길도 제대로 받지 못한 채 떠내 보내고 말았다.

일주일 후가 나에겐 까마득하게 멀어 보였다.

그 애도 같이 간다는 사실을 상호씨는 왜 나에게 말하지 않았을까. 그리고 교수님에게 그렇게 예쁜 딸이 있었다는 얘기도 왜 나에겐 말하지 않았을까.

상호씨가 그 애를 처음 보는 것은 아닐텐데…….

그동안 교수님을 만나러 딸이 학교에 왔을 수도 있고, 교수님

심부름으로 상호씨가 집에 갔을 수도 있다.
 상호씨는 자기에게 일어난 모든 일을 나에게 다 말해주지는 않았다. 이번에 이렇게 교수님과 함께 학회에 가겠다는 얘기도 떠나기 전날에야 나에게 얘기했었다.
 흔히 있는 일처럼 교수님이 상호씨를 자기 가까이 두고 싶어하고 상호씨에게 접근해오고 있는 이유가 저 딸의 사윗감으로 생각해서는 아닐까.
 그가 정말로 사람 볼 줄 아는 눈을 가졌다면 사윗감으로 상호씨만한 남자가 없다는 것도 알고있으리라.
 그러나 교수님이 과연 산동네 그의 자취방에까지 가 보았는가 묻고 싶다. 상호씨의 불우했던 과거와 외로운 현재의 환경도 알고 있는지 묻고 싶다.
 어쩌면 상호씨 성격에 벌써 자신의 모든 것을 교수님에게 다 알려드렸는지도 모른다.
 나를 처음 만났을 때에도 상호씨는 곧 나에게 산동네 자기 자취방부터 보여 주었으니까.
 그리고 교수님 같은 사람은 상호씨의 그런 것들이 아무 것도 아니라고 생각하는 이 시대의 남아있는 소수의 사람들 중의 하나일지도 모른다.
 그리고 교수님같은 사람은 오히려 그 자취방이 그를 두기엔 너무 소홀한 곳이라고 느끼며 더 좋은 곳에다 그를 데려다 살리고 싶은, 그런 복받치는 애정을 느낄 수도 있다.
 상호씨 편에서 보자면 교수님의 딸을 택하는 편이 나를 택하는 편보다 모든 면에서 월등히 낫다.
 아빠를 비롯한 우리식구들의 우중충한 얼굴들이 떠오르자 내 가슴 안엔 비록 상호씨가 나를 선택하여 준다 하더라도 나는 상호씨를 그들에게 보내리라는 갸륵한 결심까지 맺힌다.

"엄마, 그 새끼가 우리집을 깔보는거야. 아빠가 저러고 있으니까."
라고 하던 언니의 말도 아주 근거 없지 않다는 생각도 들었다.
나의 가슴은 너무 아프고 기분은 초라할대로 초라해지고 말았다.
받았던 푸짐한 상을 다시 뺏기고 전보다 더 참혹한 꼴로 남는 기분이다.
집에 돌아오니까 작은언니는 전화통에 매달려 노닥거리고 있다.
말투로 보아 언니가 노닥거리고 있는 상대는 남자다.
자살소동이후 언니에게 변한 게 있다면 그림을 다시 시작한 일과 남자들에게 전화를 걸기 시작한 일이다.
그중엔 옛날에 사귀던 남자들도 있다.
오중씨는 형부를 만나기 전에 언니가 사귀던 남자인데 나도 알고 있다.
나뿐만 아니라 집안 식구 모두가 그를 알고 있다.
그 사람은 이미 결혼했는데 언니는 그 사람까지 불러내고 있다.
언니의 상처와 고독과 자존심의 극심한 타격을 위로해주기에 가장 마치맞은 상대인지도 모른다.
그래도 아내가 있는 남잔데,
"언니 그 사람은 건드리지마. 마음잡고 잘 사는데, 언니의 상처는 언니만의 상처로 끝내. 다른 사람에게 또 상처를 주지말고."
내 눈엔 지금 언니가 시작하는 일이 뾰족한 쇠창살로 꾸둑꾸둑 굳어 가는 남의 상처의 살을 다시 쑤시는 것처럼 보여 견딜 수가 없었다.
이것은 오중씨 뿐이 아니고 오중씨에게 붙어있는 아내와 딸까지도 쑤시려는 것이다.
참지 못해 내가 한 마디 했더니 언니는 눈을 하얗게 흘기면서
"야 이 기집애야, 너는 가만있어. 알지도 못하면서."
하고 쏘아 부쳤다.

엄마도 나와 같은 마음일테지만 언니에게 간섭하지 않는다.
아무도 이 집에선 언니를 간섭할 엄두를 내지 못한다.
특히 언니의 자살소동이후 언니가 또 그런 일을 벌릴지도 모른다는 공포심이 식구 모두에게 주어져 있다
내가 조금만 무슨 반대의 말을 언니에게 던져도 엄마는 당장 쫓아와 나에게 입을 다물라는 다급한 신호를 보낸다.
언니가 이만큼이라도 삶의 동작을 시작해 준 것이 우선 다행이다 생각하고 언니가 하고 있는 일들의 잘 잘못을 가리는 일은 더 나중에 언니가 정말 온전해졌다라고 생각될 때 해도 된다라고 엄마는 생각하고 있다.
아빠는 특별한 병이 없는대도 자주 끙끙 소리를 내는데 요즘 와서 그 소리가 더 자주 들리고 신음소리 깊이도 더 심해진 것 같다.
언니에겐 아무 소리도 안 하시지만…… 아빠에겐 이미 그런 권한도 없다.
이 집의 모든 주도권은 어느 새 엄마에게로 넘어가 버렸다.
뭐라고 말은 안 하지만 아빠의 잦아지고 심해진 신음소리와 이 작은언니와는 아주 무관한 것 같지가 않다.
특히나 아빠가 기거하고 있는 안방에서 가까이 있는 거실전화통에 가서 언니는 아주 자주 전화를 건다.
그곳은 식구들이 공동으로 쓰고 있는 전화통이고 안방에서 아빠가 듣고 있다는 것을 알고 있으면서도 언니는 거기에 개의치 않고 때로는 몇 시간씩 그 전화통에 매달려 있다.
자기 핸드폰도 있는데 남을 배려치 않는 언니의 성격만은 적어도 아직까지는 변하지 못한다.
자기가 전화를 걸고 있는 동안이면 더욱 심해지는 아빠의 신음소리가 무엇을 의미하는지 모를 리 없는 언니는
"엄마, 아빠 왜 저래? 나 이 집에 있는 것 싫다는 신호 아냐?"

라고 드디어 소리를 지르고 말았다.
 그 바람에 엄마가 아빠에게 뛰어들어가 무어라고 하였지만 아빠는 이번만은 잘 듣지를 않았다.
 처음엔 듣는 것처럼 좀 덜해지다가 곧 다시 그 자리로 돌아와 버리고 말았다.
 이 집에서 무시당해온 가장으로서의 자기 체면에 대한 억눌린 한이 드디어 폭발하려는지도 모른다.
 특히 아빠에겐 무시당한 한의 골이 깊이 패어져 있고 아빠가 폐인처럼 된 것도 바로 그 상처 때문인데.
 집에 있으면서 사랑하는 식구들로부터도 치료를 받기는커녕 오히려 더욱 더 그 골이 패일 일만 당해왔다고 봐야한다.
 그래도 아빠는 다른 실직한 아빠들처럼 집에 있으면서 엄마나 다른 식구들을 계속 불러대며 달달 볶거나 하지는 않는다.
 다만 반년이 넘고 일년이 가까워 오는 동안 밖앝 출입을 안하고 집에만 쳐 박혀 있다는 점이 집안분위기를 어둡게 하고 무겁게 하지 특별하게 식구들을 괴롭게 한 적이 없었다. 오히려 전보다 더 전혀 상관을 안 하려 하였다.
 그런데 이 작은언니에 대해서만은 아빠가 좀 꿈틀꿈틀거리는 모습이 보이는 것이다.
 워낙 언니가 아빠를 함부로 하고 막 대하므로 거기에 대한 참다 참다 못한 대항일 수도 있다.
 그 분위기를 잘 알고 있는 엄마가 제일 바라는 일이 아빠가 제발 밖으로 나가 주었으면 하는 일이다. 돈은 안 벌어와도 좋으니 제발 밖으로 나가만 달라는 것이다.
 지난번에도 얼마동안 아빠를 채근하다가 거부하는 바람에 단념했던 엄마가 다시
 "나가서 바람 좀 쏘이고 오세요. 맨 날 집안에만 쳐 박혀 있으

면 건강에도 좋지 않아요."
 라는 소리를 시작했다.
 그것이 마치 아빠에겐 이 집에서도 자기를 내어쫓으려는 것처럼 느껴지는가 보았다.
 "아니 내가 내 집을 두고 왜 밖으로 나가?"
 하면서 생전 처음 아빠는 버럭 소리를 질렀다.
 자기보고 자꾸만 나가라는 이유가 작은언니 때문인지를 알고있는 아빠는
 "나가라고 하려면 영주보고 나가라고 해. 이건 내 집이니까."
 라는 말까지 뱉어냈다.
 그것은 정말 아빠답지 않은 말이었다.
 그동안 아무 일도 안하고 집에만 처박혀있는 동안 아빠의 정신적인 기능이 퇴화되지 않았나 하는 의심을 나는 처음으로 하여 보았다.
 적어도 내가 아는 아빠는 저런 말을 할 수 있는 수준의 아빠는 아니었다.
 다행이 언니의 반응은 우리가 예상했던 바의 그렇게 질풍같은 것은 아니었다. 다만
 "저건 아빠도 아니야, 아빠도 아니야."
 라는 소리만 수없이 거듭 나왔을 뿐이었다.
 언니도 변하긴 변해 있었다.
 많이 기가 죽은 게 사실이었다.
 엄마에겐 그것도 가슴 아픈 일이었다.
 아빠와 작은언니와의 냉담은 급속도로 진전되는 것 같았다.
 그동안 아주 좋지는 않았지만 조금 좋아졌었는데 다시 나빠졌다.
 나의 바램은 언니가 한시 바삐 이 집을 떠나주어 우리 네 식구가 예전의 평화라도 누릴 수 있었으면 하는 것이었다.

나의 이런 내심을 내딴엔 애써 숨기려하고 있는데도 언니에게 완전히 숨기어지고 있지 않는다는 사실을 나는 나에 대한 언니의 태도를 보면 알 수가 있었다.
 그래도 나는 언니가 수시로 남자에게 해대는 저 전화질만은 정말 견디기가 어려웠다.
 머리속이 박박 긁히는 것 같았다. 언니가 새로운 시도를 하는 것은 좋은데 지금 당장 다른 남자를 사귀는 걸로 직결된다는 것이 나로선 참을 수가 없었다.
 언니가 시작하는 일이 내가 보기엔 너무 빠르다.
 좀 생각해보고 세월이 지난 후 시작해도 될 일을 언니는 너무 빨리 시작하려 한다.
 남자와 전화로 대화할 때의 언니의 태도는 내가 보기엔 너무나 역겹다.
 남자들에게 지나치게 교태를 부리는 태도도 언니의 궁기를 드러내는 일로 보이고 언니의 모습을 몹시 초라하게 보이게 만들어 주고 있었다. 버림받은 여자의 태가 언니의 모습 안엔 이미 박혔다.
 "쟤는 새벽부터 어딜 갔다 온데요? 엄마!"
 전화도중에 언니는 한 손으로 수화기를 막으며 상호씨를 배웅하고 돌아오는 나를 참견한다. 그런 언니의 눈 안에서 나는 오늘 특별히 더 나에 대하여 언니 마음속 저 안에서 맹렬히 타오르고 있는 질투의 불길을 본다.
 이런 집에 상호씨를 한 식구로 초대한다는 것이 안됐다 싶고 차라리 떠내 보내주자는 생각이 또 한번 내 안에서 성급하게 머리를 든다.
 그리고는 언제 상호씨와 나의 관계가 이렇게 뒤바뀌었는지에 대해 문득 나의 생각이 미친다.
 언니 뒤의 부엌에서 손에 도시락 가방을 든 엄마의 모습이 나타난다.
 드디어 아빠가 엄마의 등살에 못 이겨 외출을 시작하는 날인가 보았다.
 "도시락 다 되었어요."
 하고 엄마가 안방에 대고 소리를 지르니까 조금 있다가 정말 아빠가 외출복 차림으로 문을 열고 나타나는 것이었다.
 외출복 차림의 아빠를 보는 것도 참으로 오래간만의 일이었다.
 아빠가 골라 입은 것은 흰 노타이셔츠에 회색바지였다.
 그렇게 입혀 놓으니 아빠의 얼굴은 더 수척해 보이고 병색마저 돌았다.
 "줘."
 하면서 엄마에게서 도시락을 받아든 아빠는 현관에 엄마가 이미 내 놓은 오래된 구두를 신고는 주춤주춤 밖으로 걸어나갔다.
 워낙 한동안 걸어보지 않았던 걸음이라 걷는 것마저 부자연스러워 보이는데……저 걸음으로 어디를 웬 종일 헤매다 돌아오라고 엄마는 아빠를 내쫓는지…….
 아빠가 좋아하는 사루비아와 과꽃이 담 밑으로 어느 새 가득 피어있는 정원사잇길을 아빠는 약간 비틀대는 걸음으로 걸어나가서 대문 밖으로 사라졌다.
 그래도 아빠 안에 남아있는 부성애가 친정집에 와 있는 작은 딸을 편케 해주려고 저런 결단을 내린 것 같았다.
 주춤주춤 나가는 아빠의 뒷꼭지가 너무 불쌍해 보여 나는 이층 내방으로 올라와서 침대 위에 엎드려 울었다. 상호씨 때문인지 아빠 때문인지 두 사람 때문인지 알 수 없는 눈물이 계속 내 눈에서 쏟아져 나왔다.
 상호씨가 돌아오려면 일주일이 남아있다는 것이 너무나도 나에게는 아득했다. 그를 만난 이래 이렇게 멀리 떨어져 보기도 처음인데 혼곤한 마음으로 기다릴 수도 없게 되었다.
 언제쯤이면 그가 전화를 해 줄지, 전화를 하면 무슨 말부터 내가 그에게 해야 할지 우선은 아무 일도 없는 것처럼 평상시의 목소리로 받다가 어디쯤에서 그 얘기를 시작하며 어떤 식으로 그 이야기를 꺼낼지 거기에 대한 무수한 생각들이 내 머리속에서 오락가락했다. 그동안 상호씨가 나를 감쪽같이 속였다는 생각과 거기에 잇따라 분한 마음도 내 안에서 솟아올랐다. 상호씨와 적어도 목소리로라도 접촉이 될 때까지 이 길고 괴로운 시간들을 어떻게 견뎌내야할지 나에겐 막막했다. 내 생애에서 이렇게 길고 지루한 시간들을 맞아보기는 처음인 것 같았다. 상호씨로부터 단절되어 있는 시간들이 나에겐 밀폐된 통속에 갇혀 있는 것 같았다.
 미국에 닿았어도 그가 곧 전화를 해줄지도 의문이었다.
 교수님을 수행해간 입장이므로 닿자마자 자기 여자친구에게 전화부터 할 수는 없다.
 게다가 교수님의 눈에 들자는 다른 의도가 상호씨에게 있다면 나에게로의 그의 전화는 더 지체될 것이다.
 그의 전화만 기다리고 나로서는 아무런 동작도 취할 수 없는 나의 상황이 마치 바늘침에 꽂혀 상자곽 안에 넣어져 있는 산 나비처럼 느껴지기도 한다.
 푸드덕거릴수록 피만 흐른다.
 상호씨 때문에 내가 이렇게 아프리라곤 나는 아직 한번도 상상해 본 적이 없다.
 그러고 있는데 연숙이에게서 전화가 왔다.
 시험이 끝나던 날 만나고 통 못 만났던 연숙이다.
 전화만 몇번 와서 희재씨랑 피서간 일이랑 그동안의 연숙이의 동향에 관하여는 듣고 있지만 긴 여름방학 동안 우리는 한번도 만난 적이 없고 나에겐 이렇게 해서 이 오랜 친구와도 결국 결별이 되는구나 라는 생각이 들어오고 있던 중이었다.
 어쩐지 이젠 그 애가 나에게서 아주 아득히 멀어진 존재처럼 느껴져 오고 있었기 때문이었다.
 이런날 연숙이가 나에게 전화를 해 준다는 것은 반가운 일이였다.
 "지금 나올 수 없니? 너한테 보여줄 사람도 있고……."
 우선 견디기 어렵다고 느끼고 있던 때라 여기서 탈출하자는 생각에서 연숙이가 나에게 보여줄 사람이 누구인지 물어보지도 않고 나가겠다고 얼른 대답하고 알려준 장소로 급히 뛰어나갔다. 연숙이가 말해준 화이트하우스란 경양식 집으로 내가 들어섰을 때 연숙이만이 혼자 앉아있었다.
 그을린 얼굴에 기름이 반질반질 도는 게 전보다 미끌미끌해 보이지만 옛날부터 보아온 연숙이의 모습도 그대로 있어서 반가웠다.
 "희재씨는 잘 있니?"
 "응."
 연숙이가 전하는 바에 의하면 희재씨의 미국유학은 일단 유보하고 요번 가을부터 자기 아버지가 경영하는 섬유회사에 나가서 아버지를 돕기로 했단다. 희재씨의 전공이 섬유니까 회사에도 도움이 되고 자기의 전공도 살릴 수 있으므로 일거양득이고 앞으로의 전망도 유학을 가는 것보다도 이 길이 더 나을지도 모른다는 것이다.
 왜 이제야 그들이 그 생각을 했는지 알 수 없지만 내가 보기에도 괜찮은 생각이다 싶다.
 그들이 결혼해서 살 삼십 몇 평짜리 고급맨션아파트도 희재씨 아버지가 희재씨 앞으로 지난 달 하나 마련해 주었다고 한다.
 희재씨 차도 그동안에 더 좋은 것으로 바꾸어 주었다고 만나자마자 연숙이는 나에게 그 자랑부터 한다.
 거기다 중소기업의 이사로 있다가 우리 아빠처럼 명퇴 당하고 맨날 낚시질이나 다니던 연숙이 아버지를 희재씨 아버지가 자기회사 제품의 판매책으로 모셔다 놓기까지 하였단다.
 그러나 공돈을 주는 건 아니고 자기 아빠가 발이 넓으니까 그것을 이용해보자고 하는 일인 줄은 알지만,
 "그래도 고맙지 뭐니? 영희야, 우리 아빠한테까지 그 집에서 그렇게 신경을 써주니,"
 하면서 연숙이는 희색을 감추지 못한다.
 연숙이의 다른 얘기들은 조금도 부럽지가 않은데, 희재씨 아버지가 연숙이 아빠에게 일자리를 주었다는 말만은 내 가슴에 못을 박는다.
 왜 우리 딸들 중엔 하나도 아빠에게 그런 일자리를 얻어 줄 수 있는 딸이 없는지, 갑자기 안타까워진다.
 물론 지금 누가 아빠에게 그런 일자리를 준다하여도 아빠가 해낼 수 있을지는 의문이지만……쓰지 않고 두면 삭는 기계처럼 아빠는 그동안에 폭삭 삭아버렸다.
 아빠에겐 그 삭는 속도가 다른 사람들보다 몇 배나 내 눈엔 더 빨라 보였다.
 "넌 상호씨와 정말 결혼할꺼야?"
 연숙이는 비후스텍을 나는 연어샌드위치를 시켜 먹고 있는 중인데 연숙이는 이젠 제 자랑을 다 했는지 비로소 묻는다
 다른 때 같으면 그렇게 묻는 연숙이를 나는 대번 욱박질렀을텐데 오늘은 그럴 수가 없었다.
 이미 선택은 내가 하는 것이 아니고 상호씨 편으로 넘어가 버렸다.
 "사실 너같은 애가 상호씨와 결혼한다는 건 너무 손해 아니니?"
 내가 잠자코 있으니까 연숙이는 슬금슬금 제 의중에 두었던 얘기를 꺼내고 있다.
 "우리가 사랑만 먹고 살 수는 없는 거 아니니? 상호씨하고 결혼

해서 언제 아파트 사니? 아파트가 한 두푼이니? 그리고 차없이 어떻게 살아? 모임에 나갈 때에도 모두가 다 차를 가지고 나올텐데 자기만 차가 없으면 결국 소외되고 말아. 상호씨만한 자격 다 갖추고 있는 남자들 중에도 아파트며 자가용이며 마련해놓고서 데려가겠다는 남자 얼마든지 많아. 얘, 사실 상호씨 뭐 볼게 있니? 가정두 그렇구, 가정이 너무 볼 게 없어. 어른들 말이 소도 언덕이 있어야 기댈 수가 있다잖아?"
 왜 연숙이가 수다스럽게 상호씨를 헐뜯는지 그 저의를 아직 파악하지 못하고 있는데,
 "얘, 영희야 너 다른 남자 한번 만나보지 않을래? 희재씨 고등학교 선배인데 너무너무 괜찮아. 아버지가 경찰간부라는데 집안두 좋구 상대(商大) 나오고 증권회사 다니는데 자기가 돈 번 것하고 아버지가 보태준 돈하고 합해서 이미 삼십평 넘는 아파트도 하나 자기이름으로 사 놓고……."
 그러다가 연숙이는 말을 멈추며 입구 쪽에 시선을 팔고 있다. 그 애의 시선을 따라 고개를 돌려보니까 웬 남자 하나가 우리쪽을 향하여 서 있었다.
 크림색 여름양복 상하의 정장에 하얀 와이셔츠에 자주색 점박이 넥타이까지 맨, 첫눈에 봐도 멋을 몹시 낸 것을 단박에 알아 볼 수 있었다.
 광대뼈가 나온 얼굴에 안경을 쓴, 인상이 아주 나쁘지도 좋지도 않은 보통얼굴의 남자는 우리의 시선이 자기에게 모이자 쑥스러워 하는 표정을 지었지만 그의 눈길은 곧 나를 향해 겨누어지고 있었다.
 상호씨보다도 몇 살 더 먹어 보이는 노숙해 보이는 모습이었다.
 그가 무슨 목적으로 여기 왔는지 나는 담박에 알아차렸다.
 연숙이가 나를 불러낸 이유도 그리고 왜 갑자기 연숙이가 상호

씨를 헐뜯었는지에 대해서도, 아까 전화에서 그녀가, 너에게 보여줄 사람도 있어, 라고 하던 소리의 주인공이 지금 나타난 것이었다.
 그가 우리 쪽으로 다가오고 있는 동안의 내가 느낀 분노와 수치감이란, 나는 마치 창녀로 불려 나온 기분이었다.
 내가 비록 상호씨를 떠나 다른 남자를 택한다 하여도 그 이유가 그가 갖고있는 아파트 때문이나 차 때문은 절대로 아닐 것이었다.
 나는 그 남자가 내 앞자리에 앉기 전에 재빨리 일어섰다.
 앉아 있었다간 두고두고 그 일에 대하여 내가 부끄러워하게 되리라는 것을 나는 알고 있기 때문이었다.
 자리를 떠나기 전에 나는 연숙이의 얼굴을 똑똑히 내려다보았다.
 정도는 다르지만 이미 이애도 하나의 드라큘라가 되어 또 하나의 다른 드라큘라를 만들기 위한 작업에 나섰는지 모른다.
 그 대상으로 내가 물색된 것일 뿐, 이런 주선이 나에겐 우정이라고는 느껴지지 않았다.
 그동안 수없이 내가 그 애에게 전달시키고자 했던 상호씨와 나 사이가 이 아이에겐 전혀 전달이 안되었다는 것이 명백해졌고 이 아이와 나 사이가 얼마나 멀다는 것도 다시 한번 입증되었다.
 정답다고 생각했던 그 애의 모습이 괴물처럼 밖엔 내 눈에 보이지 않는다.
 너무나 기가 막혀 무슨 말을 어떻게 해 주어야할지 모르겠고 무슨 말을 어떻게 해준다 하여도 연숙이에겐 전달이 전혀 안되어 갈 꺼라는 체념 때문에 입을 열고 싶은 의욕조차 일어나질 않는다.
 연숙이의 괴물처럼 보이는 얼굴을 한 대 세차게 쥐어박아 주고 싶었지만 참고 입구로 나와 카운터에서 내가 먹은 음식값을 지불하고 나는 밖으로 나왔다.

그 애가 하는 짓이 얼마나 미운지 그 애의 음식값을 내주고 싶은 생각조차 없었다.
이 정도라도 그 애에 대한 나의 노여움을 들어 내보이지 않고는 도저히 견딜 수가 없었다.
그날밤 아빠는 열시가 넘어서 들어왔다. 인터폰에서 아빠의 목소리가 들렸을 때 나는 마치 죽었던 아빠가 다시 돌아온 것만큼이나 반갑고 감사해지는 마음으로 아빠를 얼싸안았는데도 아빠는 그만큼 반갑게 나를 마주 얼싸안지는 않았다.
무표정하고 피곤해만 보였다.
그래도 그날밤 아빠가 잠을 잘 잤다는 소리를 엄마를 통하여 들었다.
이튿날도 아빠는 엄마가 싸주는 도시락가방을 들고 아침에 외출하였다.
내가 대문간까지 따라나가려고 하니까, 아빠는, 얘, 얘, 그만둬, 하면서 나를 안으로 밀어 넣고 어제보다는 좀 나아졌을까, 그러나 여전히 주춤주춤한 걸음으로 정원 길을 걸어서 밖으로 나갔다. 아빠는 자기의 뒷모습을 보이기가 싫어 나를 자꾸만 안으로 쫓는 것 같았다.
왠종일 어디에 가서 또 헤매다 오실지——또 한번 내 마음이 몹시 아팠다. 그러나 저렇게 낮에 밖엘 나갔다 오시면 밤에 잠을 잘 주무시게 되리라는 것만은 나에게 위안이 되었다.
상호씨에게서 전화가 온 것은 이튿날 밤이었다.
왠종일 내가 집에 있으며 전화통 쪽으로만 귀를 세우고 있었는대도 상호씨 전화를 받아준 것은 엄마였다.
"전화 받아라. 미국이란다."
하고 엄마가 아래층에서 소리를 질렀을 때 나는 그 순간 이미 아무 생각도 없이 오직 상호씨의 목소리만 듣고 싶다는 환호의 덩어리가 되어 뛰어나갔다.
 너무나도 그의 전화를 기다리고 있었던 판이었기 때문이었다.
 "나야……."
 하는 상호씨의 목소리가 수화기 안에서 울려왔을 때 나는 마치 내 안에서, 동해바다 속에서 불쑥 솟던 그 신년 첫날의 태양이라도 만난 듯 하였다.
 "오빠."
 하고 나는 울먹인 채 말을 잇지 못했다.
 그동안의 고단함이 와르르 쏟아져 내렸기 때문이었다.
 "여기 보스턴이야. 더 일찍 전화하려고 했었는데 경황이 없었어."
 "지금 누구하고 있어요?"
 "나 혼자. 교수님은 옆 방이고, 여기서는 두 남자가 한방에 들어가면 당장 동성연애자들로 의심받아."
 그 말을 하고 상호씨는 웃는다.
 그의 웃음소리를 듣는 것이 너무 좋지만 가슴이 아플 일이 겁난다.
 "오빠랑 같이 갔던 다른 분들은 어디 계세요?"
 "누구?"
 "교수님의 사모님하고, 그 딸 한분……."
 "아, 사모님하고 따님은 뉴욕에서 내리셨어. 사모님 오빠의 아드님 결혼식에 참석하기 위해서,"
 아, 그랬었구나.
 그래도 나는 내친 걸음이라, 그리고 이 답변을 상호씨로부터 꼭 들어야만 그가 돌아올 때까지의 나의 시간들을 내가 평화롭게 지낼 수 있겠기에 묻고 말았다.
 "오빠, 교수님한테 그렇게 이쁜 따님이 있었다는 얘기 왜 나한테 안 했어?"

"우리와는 아무런 상관도 없는 얘기를 내가 왜 해?"
상호씨는 어리둥절해 한다.
정말 그에겐 아무 일도 아니었던 것 같다.
그 애가 너무 이쁘기 때문에 내가 만든 칼에 내가 찔렸던 상처인가 보았다.
내가 가만히 있으니까 상호씨는,
"영희야, 너 도대체 무슨 엉뚱한 생각하고 있는거야? 쓸데없는 생각하지 말고 나 돌아갈 때까지 잘 있어."
하고 전화를 끊는다.
내가 변죽만 울렸는데도 상호씨는 내가 무슨 생각을 하고 있는지 단박에 다 알아버렸다.
상호씨 전화를 받고 나니 살 것 같다.
침에 찔려있던 나비가 찔려있던 침에서 벗어났다.
질식할 것만 같던 시간들이 당장 쾌적한 시간들로 바뀐다.
그래도 예전에 내가 상호씨에 대하여 생각할 때면 내 마음속에 빈틈없이 꽉 차게 느껴지던 것이 꽉 차게 느껴지지를 않고 미진하고 미흡한 것이 느껴져 더 큰 확신을 상호씨로부터 받아야만 할 것 같다.
금간 자국처럼 상호씨를 향한 내 감정 안에 두려운 마음이 스며들었고, 예전에 몰랐던 슬픔과 아픔이 느껴진다.
그의 앞에서 어느 새 버림받을까봐 두려워하는 여자가 되어버린 내 자신이 문득 깨달아진다.
왜 내가 이렇게 변해가고 있는지 알 수는 없었지만 상호씨 앞에서 내가 점점 작아지고 낮아져가고 있다는 것을 깨닫는 일은 한편으로는 나에게 싫지 않고 되래 달콤하게 느껴지는 일이었다.
김포공항에 귀국하기 전날 상호씨는 또 한번 나에게 전화를 주었다.

세시 이십분에 도착이라고 일러주는 것이 나에게 마중 나오라는 신호인 것 같았다.
 그것을 알면서도 나는
 "오빠, 나 공항에 나가도 돼?"
 하고 물었다.
 "바쁜 일이 있으면 안 나와도 돼."
 "바쁜 일은 없지만,"
 "그럼 나와, 영희가 공항에 나오면 그만큼 빨리 내가 영희를 볼 수 있잖아? 영희는 나처럼 내가 그렇게 보고싶지는 않겠지?"
 내가 아무 말도 안 하고 있으니까 그는 내일 보자면서 전화를 끊는다.
 이튿날 나는 상호씨가 도착한다는 시간보다 훨씬 전에 공항으로 나갔다.
 먼젓번 상호씨가 떠날 때 입었던 레이스 달린 분홍원피스가 너무 튄다고 느꼈고, 그 애의 차림에 비하여 내 차림이 왠지 촌스럽다라고 느껴졌었기 때문에 나는 학교 갈 때처럼 흰 블라우스에 청스커트를 입었다.
 그리고 전혀 굽이 없는 베이지색 단화를 신었다.
 사람들 속에 서서 그를 기다리고 있는 동안 나의 가슴이 몹시 뛰었다.
 두려움과 그리움으로 울렁거려 가만히 서 있기가 힘들 정도였다. 옆에 있는 사람들에게 이상한 여자로 보일까 두려워 나는 한 군데에만 서 있을 수가 없었다.
 대학시험을 치루고 합격여부를 미리 알기 위하여 방송국으로 전화를 걸때보다도 더욱 떨리는 것 같았다.
 사실 나는 대학 입학시험 때보다도 더 무서운 심판대 앞에 나와 나의 합격여부를 기다리고 있는 중이었다. 지금 나에겐 재수란 것도 있을 수 없고 타 대학에 다시 시험을 치를 의욕도 없는 것이다. 단두대에 목을내 밀고 생사의 선택을 하늘에 맡기고 있는 심정이기까지 하였다.

드디어 상호씨의 모습이 입국대열 속에 끼어 나타났다. 나는 그의 일행부터 살폈다. 갈 때와 마찬가지로 교수님과 부인과 딸이 그와 동행하고 있었다. 다소 피로해 보이는 기색이었지만 얼굴들은 모두 밝았다. 옷들이 모두 바뀌어져 있었다.

교수님과 사모님도, 그러나 나의 시선은 상호씨와 교수님 따님인 그 여자애의 표정과 옷차림에 쏠리고 있었다. 상호씨의 옷차림은 정말 색다른 것이었다.

언제나 상호씨는 남의 눈에 띄지 않는 곤색이나 회색이나 엷은 브라운 색깔들로만 골라 입었고 또 그런 색들이 상호씨에겐 잘 어울린다고 나는 생각했었다. 그렇지만 오늘 나는 그런 나의 생각을 바꾸어야만 했다.

밝은 색깔이 얼마나 그에게 어울리는가를 그는 지금 나에게 보여주고 있었다..

틀림없이 천은 코튼으로 보이는데 그 위에 붉은 색과 초록색의 줄이 바둑판을 이루고 있는 소위 야해보인다고 표현해야 하는 체크무늬 노타이 셔츠 상의(上衣)에 짙은 청색 불루진 바지를 입고 있는데 몹시 보기 좋았다.

특히 평소 좀 창백해 보이는 그의 안색을 보완해 주면서 그에게 청년다운 티를 더해주고 그의 수려한 윤곽을 더욱 돋보이게 하여 주고 있었다.

상호씨가 저런 차림으로 나타난 것이 혹시나 그가 떠나갈 때 내가 입고 나왔던 그 화려한 원피스에 대한 무언중의 응답이 아닐까라고 나에게 생각될 수도 있었다.

그리고 그런 생각이 나에게 아주 안 드는 것은 아니었다.

그러나 내가 그렇게만 생각할 수 없도록 만들고 있는 일이 내 눈 앞에 벌어져 있었다.

그의 화사한 면모와 너무나도 일치를 이루고 있는 또 하나의 화사한 변모가 그의 곁에 나타나 나의 가슴을 아프게 하여 주고 있는 것이었다.

떠날 때엔 청바지에 흰 블라우스차림이었던 그녀는 상호씨와 마찬가지로 아주 화사한 모습으로 변해 가지고 들어오고 있었다.

오렌지색의 짧은 블라우스에 하얀 짧은 바지에 흰 샌달을 신고 있는 그녀의 모습은 누구의 눈에도 특출해 보이는 어여쁜 한 떨기의 꽃이었다.

저런 애와 같이 있으면서 상호씨가 나만 생각할 수 있다는 것이 나에겐 믿기워지지가 않았다. 저 애는 틀림없이 상호씨안에서 나의 많은 몫들을 도둑질해 갔을 것이다, 라고 나는 생각하고 있었다.

상호씨는 오랜 시간의 비행기 탑승으로 인한 피로가 살짝 보이는 얼굴이었지만 이마에 몇 가닥 흐트러져 내려온 흙갈색 머리만 빼곤 어느 구석 하나 지쳐서 늘어져 보이거나 흐트러진 게 없이 아주 단정하고 건강한 모습으로 걸어나오고 있었다.

흰 이를 들어내고 웃고있는 모습이 언제나 나에게 눈부시게 느껴지던 상호씨 그대로였다.

그는 교수님과 교수님의 아내와 딸과 함께, 줄밖에서 입국자들을 환영하고 있는 사람들 가운데에서 그들에게 인사를 보내고 있는 몇 사람들에게 웃으며 고개를 숙여 응대를 보내고 있었다.

그러면서도 그의 눈은 몹시 누군가를 찾고 있음이 분명했다.

나는 그가 누구를 그렇게 찾고 있는지 알고 있었다.

나는 사람들 사이에 숨어 서 있었으므로 쉽게 그는 나를 볼 수가 없었다.

특히 내가 입고 있는 옷 때문에 더욱 그럴 것이다.
 아마 그의 눈은 내가 지난번 그가 출국할 때 입고 나갔던 분홍색 꽃무늬 원피스를 찾고 있을 것이었다.
 상호씨가 카터(짐차)를 끌고 있었는데 나갈 때보다 훨씬 많아진 짐이 거기 실려있었다.
 교수님이 산 원서들도 있을테지만 사모님과 따님이 쇼핑한 짐도 그 안에 있을 것이다.
 곧 나의 모습은 상호씨의 찾고 있는 눈에 발각되고 말았다.
 나를 발견한 순간 그의 눈에서 마치 우리들이 만났던 첫날처럼 번쩍하는 섬광같은 것이 지나가는 것을 나는 보았다.
 나의 눈에서도 분명 그런 것이 지나가는 것을 그도 보았을 것이다.
 그러나 그는 그렇게 잠깐 나와 눈이 마주친 뒤엔 나를 내버려둔 채 거기에 마중나온 몇 사람들과 그리고 교수님과 사모님과 따님과 함께 서서 그들끼리의 담소에 합해주고 있었다.
 얼마동안인지 십여분도 넘게 나는 그가 거들떠보지도 않는 속에 서서 버려진 여자처럼 기다려야만 하였다.
 상호씨가 나를 그렇게 대할 수 있다는 것에 나는 놀라고 있었다. 만일 이것이 저 여자애 때문이라면 나는 그를 용서할 수 없을 것 같았다.
 거기 서서 주고받는 얘기들이 대강 끝나고 담소 끝의 미소를 입에 붙인 채 그들 일행이 밖에서 그들을 기다리고 있는 차를 향하여 마악 발길을 옮기려 하는 때인데 상호씨가 그들 속에서 빠져나와 나의 쪽으로 걸어왔다. 사람들은 옮기려던 발길을 멈추고 그가 가고있는 내 쪽을 바라보고 있었다.
 내 앞까지 오자 그는 나의 손목을 잡더니, 영희야, 이리와 봐, 하면서 그들 쪽으로 나를 끌었다. 내가 그들 앞까지 끌려왔을 때 상호씨는 교수님! 하고 일행의 중앙에 서 있는 안경을 쓴 남자를 불렀다.
 "인사시켜 드리겠습니다. 제가 사귀고 있는 여학생입니다. 졸업하고 나면 결혼하려고 합니다."
 그때 나는 그 당황 중에서도 그 온후하게 생긴 교수님의 얼굴과 사모님의 얼굴과 그 어여쁜 따님의 얼굴에서 동시에 무너져내리고 있는 똑같은 낙망의 빛을 똑똑히 보았다.
 내 생각이 아주 틀리지 않았다는 사실을 나는 그 순간 분명히 깨달았다.
 "인사드려, 영희야. 우리과 한경주 교수님이야. 그리고 여긴 사모님이고. 따님이고,"
 "안녕하세요?"
 내가 그들을 향하여 온순하게 고개를 숙이자 그들은 희망을 잃어버린 직후의 잘 수습이 되지 않는 그 쓸쓸한 낯빛을 애써 감추려 하면서
 "오? 그래요? 아주 예쁘게 생겼네."
 "글쎄말야, 이렇게 예쁜 애인이 우리 상호군한테 있었구먼."
 교수님과 사모님은 그렇게 한 마디씩 했지만 따님은 그들처럼 태연스럽게 자기 감정을 감추지 못하고 아파하는 기색이 역력히 드러난, 바스러지는 도자기처럼 되어버린 예쁜 얼굴을 얼른 저쪽으로 돌리고 일행 중에서 먼저 빠져나와 문쪽으로 갔다.
 상호씨도 분명 그것을 보았을 것이었다.
 그리고 그것이 무엇을 의미하는지도 알아차렸을 것이었다.
 뒤로 보이는 그녀의 하얀 바지 밑으로 똑바로 뻗어 내린 어린아이처럼 여리여리한 다리살과 작으막한 어깨가 너무나도 애처로워 보였다.
 그동안 저애가 무언가 상호씨로부터 행복한 것들을 받고 있지

않았다면 지금 저렇게 상처를 받을 리가 없다는 생각이 나에게 들었다.
 저애는 저애 나름대로 상호씨를 통하여 자기가 기뻐하는 것들을 누려 왔기 때문에 지금 그것을 빼앗겨야 한다고 생각함으로서 저렇게 슬퍼하고 있는 것이다.
 만일 그동안에 받은 것이 전혀 없었다면 잃어버려야 할 것도 지금 없을테고 지금의 저런 상실감을 저애는 느끼지 못했을 것이다. 상호씨가 주지 않았는데 저애가 어떻게 받을 수가 있었으며 누릴 수가 있었을까.
 나는 일행에 섞이어 공항 건물 밖으로 나왔다. 그러나 상호씨와는 먼저 거기서 헤어져야만 되었다.
 상호씨는 교수님과 아직 볼일이 남아있어 교수님 가족 일행과 함께 마중 나온 차에 실려 떠나버리고 뒤에 남은 사람들도 여러 대의 차에 나뉘어져서 타고 서울 쪽으로 떠났다. 떠나기 전에 그들은 나도 그들 속에 합승해주기를 청했지만 뿌리치고 나는 굳이 저쪽에서 줄을 서서 손님을 기다리고 있는 택시 쪽으로 달려갔다.
 뒷 좌석에는 한경주 교수님의 세 식구가 앉고 운전석 옆에 앉은 상호씨는 차가 떠나려 할 때
 "영희야. 전화할게."
 하면서 나의 눈을 바라보았다. 그의 눈이 열렬히 타고있었다.
 그의 눈이 그렇게나 열렬히 타고있는 것을 나는 전에 본 적이 없었다.
 나의 눈에서 열렬히 타고 있는 것들이 그에게 전달되어 가고있었는지도 몰랐다.
 그에 대하여 더 해진 열망과 질투와 상처로 내 가슴은 그를 만난 이래 최초로 불타듯하여져 있었기 때문이다.
 그 여자애는 싸늘한 표정 때문에 더욱 조각처럼 보이는 얼굴을

들고 나하고 반대쪽 창문 쪽의 사람들을 바라보며 그들의 인사를 받고 있었다.
 상호씨와 헤어져 집에 돌아온 나는 기진맥진한 사람처럼 내방 침대 위에 쓰러져 버렸다.
 오래 오래, 아주 차근차근히 나는 내 앞에 일어난 이 모든 일들을 다시 생각해보고 싶었다.
 상호씨가 나를 교수님과 그 식구들에게, 제가 사귀는 여학생입니다, 라고 소개해준 것만으로는 나의 모든 불신과 의혹과 상처는 완전히 가시어지지 않았다. 물론 만일 그가 그렇게 말해주지 않았다면 내가 얼마나 더욱 극심한 아픔과 고통의 시간들 속에 갇히게 되었을 지를 나는 알고 있었다.
 이렇게 누워서 생각할 수조차도 없었을 것이었다.
 그러나 나는 아직도 그가 무서웠다. 너무 커져 버린 그의 존재가 나에겐 감당하기가 어려웠고 내가 너무나 초라하고 작고 주눅이 들게 느껴지는 것도 그 정도가 지나쳐 차라리 그를 포기하자는 생각마저 들고 있었다.
 그가 가난하다는 이유 하나만으로 그동안 내 안에서 그를 얕봐 왔던 부분이 없다라고 생각했었는데, 그래도 있었던가 보았다.
 그와 나 사이에서의 선택은 언제나 오직 나의 손에 달려있다라고만 믿어 왔었고 그가 나를 선택해 주고 안해주고에 관하여는 나는 거의 깊이 생각해본 적이 없었던 것이다.
 나야말로 배금주의 사상의 가장 앞선 추종자인지도 모른다.
 하기야 엄마와 아빠 밑에서 오랜 세월을 커왔으니 은연중에 그들의 사고 방식에 물이 들고 말았으리라는 추측은 쉽게 할 수 있는 일이었다.
 내가 떠남으로서 상호씨가 더 행복해지고 더 잘 될 수만 있다면 나는 떠나 주고 싶다, 라고 그에 대한 내 사랑이 내 안에서 나에게 말해주고 있었다.
 그리고 상호씨가 나에게 상처를 줄 수 있다는 가능성이 처음으로 실감되고 있는 내 안엔 상호씨란 존재에 대한 공포심이 돋아나 있었다.
 앞으로 그가 줄 수 있는 상처들이 너무나 무서웠다.
 그냥 무서운 것이 아니고 정말 무서웠다.
 잠시 스치기만 하였는데도 그 혹독함이 그렇게나 지독했었는데 만일 나중에 그가 정말 나를 버리기라도 한다면 나의 고통이 얼마나 극심할지 미리 예측이 되어 차라리 이쯤에서 도망쳐 안전한 곳으로 피신하고 싶었다.
 아직 상호씨가 나를 사랑하고 있을 때, 그리고 아직 내가 절망의 너무 깊은 심연 속으로 떨어지기 전에, 또한 내 안에 아직 떠날 수 있는 힘이 남아 있다고 느낄 때 떠나자라는 생각이 들었다.
 그런 생각들을 하고 있던 중이었으므로
 "영희야! 전화왔다!"
 하는 엄마의 소리가 아래층에서 몇번이나 계속 되었는데도 나는 못 들은 척 꿈쩍도 하지 않았다.
 포기할 줄 알았는데 엄마는 굳이 이층 내 방까지 와서
 "전화 받아! 상호란다. 맨날 너한테 전화하는."
 하면서 방문을 쾅쾅 두드린다.
 "엄마, 나 지금 전화 받고 싶지 않다고 하세요!"
 "변덕도 죽 끓듯 한다. 맨날 상호인가 상어인가 하는 이 남자애 전화만 오면 얼굴에 비누거품을 잔뜩 묻히고도 당장 곤두박질을 하듯이 뛰어 내려 오곤하더니만,……그럼 난 지금 니가 말한 대로 그대로 전할란다."
 하면서 엄마는 내려갔다.
 밤 여덟시경인데 갑자기 초인종소리가 딩동댕하고 아래층에서

울렸다.
 아빠도 아직 안 돌아오시고 남자를 만나러 나간 작은언니도 외출 중이고 학원에 간 영환이도 아직 시간이 좀 이르긴 하여도 돌아올 수 있는 일인데 그 초인종 소리를 듣는 순간 나는 화다닥 자리에서 일어났다.
 그 초인종소리가 나의 귀에 들리는 바로 그 순간 나는 벌써 그가 누구인지를 알고 있었다.
 순식간에 나의 뇌리에 번갯불처럼 스쳐가는 예감이 그가 누구인지를 나에게 알려 주었기 때문이다.
 엄마가 먼저 대문 초인종의 수화기를 받기 전에 내가 미리 뛰어 내려가기 위하여 나는 거의 꼬꾸라질뻔 하면서 층계를 뛰어 내려와 거실 벽에 걸려 있는 대문의 초인종과 이어져 있는 수화기를 들었다.
 그리고 내가, 여보세요! 하니까, 나야! 하는 상호씨의 목소리가 들렸다.
 나는 수화기를 얼른 벽에 다시 걸어 놓고 집에서 입고 있던 옷차림 그대로 대문께로 뛰어 나갔다.
 대문을 열자 상호씨가 대문앞 골목길에 서 있었다. 옷도 공항에서 입었던 옷이 아닌 다른 옷으로 갈아입고 예전 모습 그대로 나만의 상호씨이던 모습이 되어 서 있었다.
 그가 우리집에 와서 이렇게 초인종까지 누른 일은 이번이 처음이었다.
 나는 집에서 입기 편한 대로 입고있던 곤색 티셔츠에 헐렁한 회색 미디스커트 차림으로 그의 앞으로 나갔다.
 우리는 우리집 대문께에서 조금 걸어나가 우리들의 돌연한 첫키스가 이루어졌던 그 유서 깊은 가로등 밑으로 갔다.
 "오빠, 이젠 막 우리집에 와서 초인종을 누르긴가요?"

"언제까지 숨어 있을 수는 없잖아?"
"들어낼 것도 없잖아요?"
 내가 하고 있는 말들이 아픈 돌팔매가 되어 그를 치고 있으리라는 사실을 알고 있으면서 나는 그렇게 말하고 있었다. 무엇에 대항하는지도 모르면서 나는 대항하고 있었다.
"나의 전화를 받고 싶지 않다고 엄마한테 말했어?"
 그의 질문에 나는 고개를 끄덕였다.
"진실이야?"
 이번에도 나는 고개를 끄덕였다.
"이제 나보고 떠나달라는거야?"
 그 말에 나는 고개를 숙인 채 가만히 있었다.
 그도 잠시 말을 끊고 가만히 있었다. 한참만에 그는
"왜 그래? 영희야!"
 하고 격정이 억눌려 있는 나지막한 음성으로 물었다.
"오빠, 아파요! 그리고 무섭고요."
 그러는데 그동안의 마음의 고단함을 토해내듯 나의 두 눈으로 눈물이 주르르 흐른다. 이것은 우리 사랑의 최초의 시련이다.
 상호씨는 나의 두 눈에서 흘러내리고 있는 눈물을 바라만 보고 있다.
 그 눈물이 나의 두 뺨을 타고 내려와 내 목살을 적시고 티셔츠 위까지 흘러내려 오고 있는데도 그는 가만히 보고만 있다.
 다만 말없이 나를 바라보고만 서 있는 그의 입에서 토해져 나오고 있는 뜨거운 숨이 나의 이마와 온 얼굴에 닿는다.
"이 바보야, 왜 아프고 뭐가 무서워?"
 그의 언어는 지금 말이 아니고 불길인 것 같다.
 말할 때마다 그의 입에서 토해져 나온 불길이 나의 얼굴로 쏟아진다.

그가 나 때문에 몹시 고통스러워하고 있는 게 느껴진다.
 아직 골목길엔 지나는 사람들이 자주 있어 거기 계속 서 있을 수가 없었기 때문에 우리는 걷기 시작했다.
 걷는 동안 나는 우리가 가 있을 곳으로 바로 골목길 위에 있는 어린이 놀이터를 생각해 냈다.
 지금은 추운 때가 아니니까 밖에 오래 있어도 된다. 굳이 다방 같은 데 들어갈 필요가 없다.
 큰언니 딸인 애경이를 데리고 한번 가 봤는데 위치가 원두막처럼 저 꼭대기에 있어 바람이 시원하고 놀이터 둘레에 심어놓은 왕벗나무 그늘 밑엔 벤치도 있다.
 상호씨하고 둘이 앉아 얘기를 하기엔 마치 맞은 곳이다.
 나는 손바닥으로 눈물을 닦아 없애면서 그와 나란히 걸었다.
 그러다가 왼편으로 까마득하게 이어져 있는 무수한 돌층계들을 오르기 시작했다.
 내가 그쪽으로 발길을 돌리니까 상호씨도 말없이 따라왔다. 올라가는 층층대 가운데엔 너무 긴 층층대라 붙잡고 올라갈 수 있도록 위에서 아래로 가로질러 긴 쇠 난간이 세워져 있었다.
 우리가 올라가는 동안 위에서 놀던 초등학교 저급학년 정도의 머슴애들 둘이 그 쇠난간을 붙잡고 까불면서 뛰어 내려오고 있었다. 유독 반질반질해 보이는 그 애들을 보자 문득 요즘엔 중고등학교 애들뿐만 아니라 초등학교 애들 속에도 폭력배가 생겨나 엄마들이 아이들을 마음놓고 학교에를 보낼 수 없다던 얘기를 누군가로부터 들었던 것이 내 머릿속에 떠올랐다.
 컴퓨터놀이며 만화비디오, TV만화영화의 많은 내용들이 더럽혀진 어른들의 검은 마음으로부터 조작된 것들이어서 자라나는 새싹들의 마음까지 시커멓게 물들여 놓기 때문이 아닐까?
 이젠 어린아이들 마저 그렇게 되어버리면 세상 어디 가서 우리

는 우리가 만나고 싶어하는 우리의 본래의 것들을 만날 수가 있을
까?
　그런 생각을 하고 있는 동안 상호씨에 대해 내리쏠리 듯한 내 감정
안에도 어느 정도의 분별심과 자제의 능력이 돌아오고 있었다.
　어린이 놀이터로 꾸며진 공터엔 모래가 깔려있고 미끄럼틀이 있
고 그네도 있고 뺑뺑이도 있고 그 밑엔 여러 개의 벤치도 놓여 있
었다.
　둘레엔 미루나무와 은행나무와 왕 벚나무들이 심어져 있었다.
우리가 그 무수한 층층대를 다 올라가자 기다렸다는 듯이 산 위에
서만 부는 시원한 밤바람이 두 팔을 벌리고 우리에게 달려들었다.
　이모처럼 보이는 나이 어린 처녀애의 보호를 받으면서 일곱 살
이 채 안되어 보이는 남자애와 그 여동생으로 보이는 여자 어린애
가 아직까지 거기서 밤늦도록 미끄럼틀에도 올라갔다가 그네를 타
기도 하면서 놀고 있다가 우리가 말없이 나무밑 벤치 위에 앉아있
는 동안 슬그머니 이모 손에 끌려 놀이터에서 사라져버렸다.
　"영희야, 내가 너한테 무엇을 잘못했는지 말해봐."
　어린이 놀이터가 우리에게만 주어지자 그는 다시 입을 열었다.
　"나는 오빠가 무섭구요. 가슴이 아파요."
　"왜 갑자기 내가 너한테 무섭고 또 내가 네 가슴을 아프게 하는
지 말해봐."
　"오빠. 난 오빠한테 갑자기 자신이 없어졌어요."
　"자신이 있고 없고가 왜 우리 사이에 필요해? 그리고 전엔 자
신이 있다가 왜 또 갑자기 자신이 없어졌다는 거야?"
　그의 질문들이 구둣발처럼 나를 차고 들어왔다.
　"오빠. 오빠의 새 옷들은 누가 사줬어요?"
　"그것이 뭐가 중요해?"
　"오빠, 나한테는 그런 것들이 아주 중요해요."

"갈 때 입었던 옷은 교수님이 자기 옷 사는데 내 옷도 한 벌 샀다고 갖다 주셔서 입었고……."
"올 때 입었던 옷은요?"
"교수님 학술 발표회 끝나고 보스턴에서 떠나 돌아오는 길에 뉴욕으로 와서 사모님하고 같이 쇼핑 나갔었었어, 사모님이 영어를 못하니까 사모님 통역해 드리려고 내가 따라 다녔거든. 사모님이 자기물건들을 사다가 내 것도 하나 사서 비싼 것 아니니까 입으라면서 나에게 주시더라. 사모님이 굳이 그 옷이 좋다고 나에게 입으라고 해서, 난 다른 걸 입고 싶었지만, 받아 입은 거야. 갈 때 입고 갔던 옷은 이미 후질러졌고 사모님이 사주신 옷인데 굳이 거절할 이유는 없잖냐? 남의 선의를 고깝게 여기는 마음도 병든 마음이고 비굴이라는 것을 깨달았거든. 부담이 갈 만큼 비싼 것은 아니야. 뉴욕 맨하턴 상점들마다 수북히 쌓아 놓은 것들이나 걸어놓은 것들이 대개가 다 중국이나 동남아에서 수입한 싸구려 제품들이야. 메이드 인 아메리카는 거의 없어. 그 가운데에서 사모님이 나에게 하나 골라 주신거야. 부담 없이 입으라고."
"교수님 따님 것은요?"
"나미 옷도 거기서 골라 주신 것이고 그 외에도 몇 벌 더 사셨어. 집에 있는 식구들 가져다주신다고, 싸니까."
나미가 그 애의 이름이구나. 상호씨 입에서 그 여자애의 이름이 불리어지다니, 또 한번 나의 가슴이 지지듯이 아프다.
"오빠, 사모님하고 쇼핑 다닐 때도 나미랑 같이 다녔나요?"
내가 묻자 상호씨는 잠시 잠자코 있는다.
그러다가 아주 나직히
"영희야. 너 지금 무슨 생각을 하고 있는 거야?"
"나미가 오빠를 좋아하고 있다는 건 오빠도 알고 있잖아요?"
"영희야, 난 줄곧 네 생각만 했어. 누가 나를 좋아하든 그것이

나와 무슨 상관이 있어? 난 이미 네꺼야. 아무도 나를 네게서 뺏어갈 수가 없어. 그걸 넌 아직도 몰라?"
 그의 입김이 또 다시 불길이 되어 나의 온 몸에 부어지고 있었다.
 "오빠. 난 오빠를 보내주고 싶어. 오빠만 잘 될 수 있다면,"
 "날 니가 누구에게 보내 줘? 내가 잘 될 수 있다는 말은 또 무슨 의미야?"
 "오빠. 나미한테 가는 게 오빠한테는 더 좋잖아? 거긴 교수님도 계시고. 난 정말 괜찮아. 오빠만 잘 될 수 있다면, 이건 내 진심이야. 오빠."
 그렇게 말하는 데 또 그쳤던 눈물이 나의 눈에서 흐르기 시작한다. 엄마가 싸주는 도시락을 들고 나가 온 종일 정처없이 헤매다 들어오는 불쌍한 아빠, 남편에게 버림받고 쫓겨나 친정에 와 앉아 혹시 자기를 사갈 남자 하나 없나 해서 전화통 앞에 앉아 온갖 아양을 다 부리며 점점 더 초라해지고 있는 작은언니. 또 엄마. 그들은 어느 새 내 설움이 되어 그들을 생각하니까 더욱 더 나의 눈물 샘이 자극되어 눈물이 계속 흐르고, 상호씨 떠나세요, 하며 그의 등을 내게서 밀어내고 싶다. 한참동안 숨이 막혀 하는 표정으로 말을 잃고 있던 상호씨가
 "영희야!"
 하고 부른다.
 "네가 정말 나를 떠나겠다면 떠나도 난 할 수 없지만 나를 너무 초라하게 만들지는 말고 떠나. 내가 나미에게 간다해도 교수님때문에 나미한테 가지는 않아. 이 바보야!"
 그의 말투가 간간이 나에게, 속지마. 바보야, 할 때의 바로 그 말투다. 세상 전부가 나에게 달려들어도 나는 끄덕 없어, 라고 말하듯한 그 자신감에 차 있는. 그러나 그 말을 하고 그가 한참 고

개를 돌리고 아무 말도 안하고 있어서 내가 자세히 보니까 그는 울고 있었다.
 쇳덩이 같은 나에게 시달리다 못해 그는 결국은 울음을 터트린 것이다. 오빠! 하고 부르며 내가 마치 어미젖을 찾아 들어가는 새끼 양처럼 울고 있는 그의 가슴팍으로 내 머리를 들여 미니까 그는 이 바보야! 하면서 완강히 나를 밀어냈다.
 그래도 나는 자꾸만 밀어내는 그의 팔을 젖히고 그의 가슴팍 속으로 머리를 묻으려하였다. 오빠. 오빠 사랑해요. 하면서.
 이상하게도 그를 울리고 나니까 내 마음이 후련해지고 마는 것이었다.
 분했던 것도 풀리고 상처도 씻기듯이 낫는 것이었다.
 그리고 나미에 대한 의심도 사라지는 것이었다.
 갑자기 그가 너무 크게 느껴져 부담스럽던 것도 그리고 내가 너무 초라하게 느껴져 도망치고 싶던 것도 사라지고 잠시 빗나가고 어긋나 있던 모든 것들이 다 제자리로 돌아오고 우리가 오래도록 사랑해온 그 자리로 어느 새 나는 되돌아와 있는 것이었다.
 상호씨는 거의 흐느끼듯이 울고 있었다.
 오빠! 하면서 내가 다시 달려드니까 그는 이번엔 밀어내지 않고 대신 나의 작은 몸을 그의 두 팔로 휩싸 안았다.
 "영희야. 나야말로 나는 네가 무섭고 가슴아프다. 너는 나를 의심하면 안돼. 그건 정말 나한테 억울한 일이야. 나는 나미한테 아무 짓도 하지 않았어. 관심도 없어. 나는 너무 바빠. 강의 듣고 교수님들 방에 불려가서 도와 드리고 강의 후엔 랩실(시청각 교육실)과 도서관에 가 있고 일주일에 나흘씩은 또 아이들 가르치러 뛰어 간다. 얼마나 피곤한 생활인지 알아? 영희야 너는 좀 가만 있어줘야 해."
 "오빠. 나미가 너무 예뻐요."

"네가 더 이쁘다는 걸 넌 왜 몰라? 그리고 나미가 예쁜 것이 나와 무슨 상관이 있어? 예쁜 여자는 나미말고도 세상에 얼마든지 많아. 그것이 나와 무슨 상관이 있어? 내 여자는 이미 정해졌는데. 너 하나뿐이야. 나는 정말 네꺼야. 영희야. 제발 믿어줘."

그의 입에서 쏟아지던 그 뜨거운 입김도 눈물 속에서 다 씻겨나가고 나의 가슴속의 뜨거움도 눈물 속에서 다 씻겨나가고 우리는 이맘 때의 밤이면 벌써 느껴지는 가을의 기척을 불어오는 밤바람 속에서 느끼며 망연히 앉아 있었다.

세상이 변해도 이렇게 봄이 가면 여름이 오고 여름이 가면 가을이 오는 계절의 순환만은 여전히 변함없이 계속되어 가고 있다는 사실이 나에겐 새삼스런 일로 느껴졌다.

나의 마음은 한번 비워낸 듯이 시원하고 한번의 풍파를 끝내고 나서 이젠 몹시 평화로워져 있었다.

그 고요해진 내 마음 저 깊은 곳으로부터 들려오는, 상호씨를 믿어야 한다는 소리를 나는 듣고 있었다.

그가 나에게 영희야 나를 믿어줘, 라고 말할동안 까지는 나는 그를 믿어야만 하는 것이다. 그는 거짓을 말할 사람이 아니었다. 비록 그가 나중엔 변한다 하여도 그리하여 그것을 또 그가 나에게 고백할 때에도 나는 그를 떠나지는 않을 것이다.

그를 기다릴 것이다.

그가 돌아오기를…….

그가 나에게 준 이 사랑의 깊은 유열감과 찬란한 환희를 나는 결코 잊지 못할 것이었다.

진실이 진실로써 대응하여 이루어진 우리들의 이 깊은 만남은 나에겐 뜻밖의 행운이었고 내 주변의 사람들이 나에게 빈 말처럼 해준, 너는 창조주로부터 많은 것을 받아 가지고 나온 축복 받은 아이다, 라는 소리가 맞는 소리일지도 모른다는 최초의 기대감을 내게 불러 일으켜 준 일이었다.
 비록 우리들의 사랑이 언젠가는 먼 훗날 시들어 버린다 하여도 그것이 인간적인 사랑의 한계일 뿐이라고 나는 생각하며 철저히 체념할 뿐, 다시 상호씨가 아닌 다른 대상을 물색하려 하지는 않게 될 것이었다. 이것은 나에게 확실한 일이었다.
 그 만큼 상호씨는 내게 인간적 사랑이 줄 수 있는 희열의 극한 점을 실감시켜준 존재이며 내 마음속에 너무나도 충만되게 느껴지는 인물이기 때문이다.
 "오빠. 인간에겐 경험해 보지 않고도 인정할 수 있는 일이 있다는 거 알아?"
 "알아."
 "난 경험 해 보지 않고도 확실히 알 수 있는 일이 하나 있어."
 "뭐야?"
 "오빠말고는 내가 다른 남자는 사랑할 수 없다는 것. 비록 오빠가 나를 떠나도 나는 그냥 기다릴거야. 다른 남자 만나지 않고. 다른 남자 만나봐야 내가 사랑할 수 없다는 걸 나는 이미 아니까."
 "그렇게 내 앞에서 지금은 말하다가 어느 날 갑자기, 오빠 전화받고 싶은 마음 없어졌어요. 하고 달아나 버리면 나는 어떡하지?"
 "오빠. 나는 오빠가 나만의 보물인 줄 알았어요. 아무도 오빠의 진가를 모르고 나만 오빠의 진가를 안다고 생각했거든. 그런데 그게 아니야. 오빠에 대한 보석감정가는 나뿐이 아니고 다른 이도 많다는 걸 알았어. 오빠를 알아보고 오빠를 탐내는 나의 경쟁자들이 나타난거야. 한편으로는 좋으면서도 또 한편으로는 나는 자신이 없어지고 무서워 졌어요."
 "그러니 나보고 갑자기 떠나달라고 했던 거야?"
 "오빠. 나는 자주 이런 생각을 했어요. 오빠에겐 나보다 더 예쁜 여자가 와야만 한다라고, 나미가 거기에도 꼭 맞아요."

"너에게 가장 문제가 되는 것은 너 자신의 가치를 모른다는 거야. 남의 가치는 인정해 주면서 자신의 가치는 인정하지 않아."
 그러며 상호씨는 그의 가슴에 기대 있는 나의 얼굴을 언젠가 우리의 첫 입맞춤이 이루어지던 날처럼 한 손으로 받들어 세우고 자기의 얼굴을 바라보게 했다. 너무나도 마음에 드는 상호씨의 얼굴이 거기에 있었다.
 "영희야. 세상에서 너보다 더 예쁜 여자는 아무데도 없어. 미국 가서도 비행기 안에서도 찾아보았지만 너처럼 예쁜 애는 없었어."
 "오빠. 내 마음이 기울어지면 비뚤어져서 또 도망칠까봐 그러는 거지?"
 "아냐. 정말 예뻐. 진실이야."
 그러며 그는 이미 싸늘해진 그의 입술을 아주 가만히 나의 입술에 포개어 주었다.
 그리고는
 "영희야. 이건 내 입술이 아니고 내 영혼이야."
 하고 말했다.
 영혼이란 낱말을 그가 나에게 써준 것은 처음이었다.
 우리들의 만나는 두 입술을 통하여 둘의 영혼이 합해져 우리는 어디론가 떠가고 있었다.
 또 다시 망망 대해 속으로 바람 속으로 새들이 지저귀는 나뭇잎들 속으로 귀뚜라미 울음 속으로 우리 머리 위에서 포장처럼 펄럭이고 있는 저 높은 하늘로……。
 그러나 우리들의 입맞춤은 오래계속 될 수가 없었다.
 방해자가 나타난 것이었다.
 아이들을 데리고 올라오는 어떤 아빠의 목소리가 들려 왔기 때문이었다. 이 동네 사람이 아이들을 데리고 놀이터로 밤바람을 쏘이러 나오고 있는가 보였다.

"오빠. 어지러워요."
 나는 그에게서 떨어지자 정말로 어지러웠기 때문에 그렇게 말할 수밖에 없었다.
 상호씨는 나의 어지럼증이 가라앉을 때까지 얼맛동안 그의 어깨에 가만히 나의 머리를 기대고 있도록 자기 어깨를 받쳐 주었다.
 그의 그런 태도가 나에게 몹시 어른스럽게 느껴졌다.
"그만 내려가자."
 잠시 후 상호씨는 나를 부축해 일으켰다.
 여행때문에 그리고 시차때문에도 그는 몹시 피곤할 것이었다.
 꼬꾸라질 듯이 가파른 시멘트 층계들 위엔 양편으로 가로등이 줄지어 서있었기 때문에 내려오는 길은 어둡지 않았다. 반쯤 내려왔을 때인데 상호씨가 발을 멈추면서
"가만 있어봐. 영희야."
하고 말하면서 바지 주머니에서 예쁜 포장지에 싸여있는 조그만 곽 하나를 꺼냈다. 첫눈에 봐도 그것은 반지가 든 곽이었다.
"너 줄려고 샀어."
 미국에서 나를 주기 위하여 사 가지고 온 선물인가 보았다.
 아! 라는 가벼운 탄성을 지르면서 나는 그것을 그의 손에서 받아 들었다.
"이것은 미국에서 산게 아니야. 여기 와서 오늘 너 주려고 산거야. 교수님이 나한테 돈을 주시길래 공돈이 생긴 셈치고 그 돈에서 네게 줄 선물을 샀어. 펴서 봐."
 어서 끌러 보고 싶었기 때문에 나는 서둘러 층층대의 가로등 불빛 밑에서 포장지를 찢고 그 안에서 예쁜 속살처럼 들어 나는 진남색 비로드에 싸여있는 반지곽을 꺼냈다.
 뚜껑을 열자 가운데 빨간 루비가 박히고 둘레엔 조그만 다이아몬드들이 잘잘하게 둘러져 있는 흰 백금반지가 아기 눈처럼 나를

바라보고 있었다.
"어머! 너무 예뻐요."
"끼어봐."
끝에서 두번째 손가락에 끼어 보니 희안하게도 꼭 맞는다.
반지를 낀 내 손이 마치 왕비의 손처럼이나 갑자기 화려해 보인다.
"이것은 영희야! 우리들의 약혼 반지야. 이제 우리들에게 결혼식만 남았어."
선물을 받고 기뻐하고 있는 내 어깨를 붙잡고 그는 오히려 아주 차분해진 목소리로 달래듯이
"넌 가만히만 있으면 돼. 제발 날 괴롭히지만 말아줘, 이제까지처럼. 니가 날 괴롭히면 난 아무일도 못하게 돼. 공부도 못하고, 영희야. 잠깐 동안이지만 난 죽는 것 같았어. 니가 날 안 만나겠다고 한다는 소리 너희 엄마한테서 전화로 듣고,"
"이젠 절대 안 그래요. 오빠."
오히려 상처는 상호씨 편에서 더욱 크게 받은 것 같았다.
나는 내 존재가 그의 안에 이렇게 크고 깊이 뿌리를 내리고 있었는지는 몰랐던 것 같았다.
나는 지금 마치 상호씨를 통하여 한 여자가 한 남자에게 진실한 사랑을 받는다는 일이 어떤 일인가에 대하여 학습을 받아가고 있는 어린애 같았다.
그 행복감과 혼곤함과 그 경이로움과 그 축복에 대하여 점점 더 철저히 나는 지금 상호씨를 통하여 배워가고 있는 중이었다.
진실한 사랑만이 우리를 인생의 모든 황막함으로부터 건져 줄 수 있다는 평범한 진리를 나는 지금 상호씨를 통하여 실습해 가고 있는 것이었다.
그날밤 나는 모두가 잠든 깊은 밤에 마당에 나가 눈물어린 눈으

로 하늘의 별들을 바라보았다.
 너 눈물 어린 눈으로 저녁별을 바라본 적이 있니? 어른어른 물속의 보석들처럼 번져 보이는,……이라고 말하던 상호씨의 말을 생각하면서. 그러나 나의 눈물은 그런 것이 아니었다.
 그날밤 나는 생명을 받은 자가 생명을 주신 분에게 정말 감사한다고 느낄 때만이 바칠 수 있는 최대의 찬미와 감사의 기도를 오랜 시간 하늘에 대고 바쳤다.
 불쌍한 아버지와 작은언니를 위해서도, 엄마와 영환이를 위해서도, 그들도 나와 같은 행복을 가질 수 있게 하여 주시라고,——나만 배부른 것 같은 미안한 마음과 행복한 자만이 지닐 수 있는 관용과 너그러움과 흘러 넘치는 동정심에서 쏟아져 나오는 말들로 나는 기도했다.
 며칠 후 개학이 되어 학교에 나가고 있는 내 앞으로 영문과 4학년 이영희앞 이라고 봉투 위에 쓰여진 편지 한 통이 왔다.
 영문과 휴게실 편지함 속에서 나는 그 편지를 발견했는데 봉투에 쓰여진 글씨체가 첫눈에 봐도 상호씨의 것이었다. 그가 학교로 편지를 띠우는 일은 흔한 일이 아니어서 나는 반갑고 놀란 마음으로 얼른 뜯어보았다.
 "사랑하는 영희에게
 이 세상에서 네가 제일 예쁜 여자라는 걸 알려주기 위하여 이 바쁜 시간에 너에게 편지를 쓴다.
 그리고 영희야. 너에겐 약혼자가 있다는 사실을 잊지 말아라. 그리고 제발 가만히만 있어다오. 이 세 가지를 너에게 명심시키기 위하여 편지를 쓴다.
 안녕. 강상호."
 뒷 봉투를 보니 상호씨 학교 주소였다.

제7장

　선배언니가 소개해 준 은영이 가정교사 노릇을 나는 결국 그만 두어야만 하였다. 별 도움을 줄 수 없다고 생각하고 진즉에 작정한 일이지만 차일피일 끌어 보다가 결국은 그만 두기로 하였다. 수업을 받을 의사가 전혀 없는 은영이는 나하고 잡담만 하자고 하다가, 내가 조금 완강히 나가니까 대번 지겨워하고 툭하면 선생님 오늘은 안 오셔도 돼요, 하고 내가 가야할 날에 앞서 나에게 제가 직접 전화를 줬다.
　나한테는 핑계를 대서 오지 말라고 해 놓고 저녁에 제 친구들과 나이트 클럽에 갔다가 새벽에 들어오는 모양이었다.
　내가 그만 두겠다고 하니까 은영이 엄마도 미안해하며 은영이를 달래볼테니까 한달만 더 해 보시다가 그만 두시라고 하였다. 의원님이 가운데 계시고 해서 선생님과는 어려운 사이인데 애가 저러니 볼 면목이 없다면서 은영이 엄마는 그동안 여러 차례 그 소리를 내 앞에서 하였다. 그렇게 말하는 그녀의 말투 속엔 선배언니의 귀에 자기가 나에게 극진히 해 주었다는 소리가 들어가게끔 하자는 의도가 엿보였다.
　그러다가 내가 은영이네 집에 이젠 도저히 더 이상 갈 수 없게 된 일이 또 하나 터져버리고 말았다. 미국 가서 공부한다던 은영이 오빠가 기실은 공부를 한 게 아니고 라스베가스 노름판에 미쳐 다니다가 흑인의 칼에 찔려 죽어서 그 시체가 한국으로 운송되어 온 일이었다.

그의 장례식에 참여한 것을 끝으로 나는 은영이네 집으로부터 발을 끊었다. 장례식에서 만난 선배언니에게도 나는 그만두겠다고 말하고 언니에게는 고맙다는 인사를 깍듯이 하였다.

은영이 엄마나 아버지도 외아들의 이런 참변을 당하고는 아무 경황이 없었고 나 역시 그들 앞에 나타날 용기가 없었다.

무엇보다도 이 사람들 속에서 나는 한시 바삐 빠져 나오고 싶었다.

나와 너무 맞지를 않았고 그들에게 도움을 줄 수 없다는 생각은 나를 그곳에서 떠나도록 줄기차게 종용해오던 곳이었다.

나는 조용히 대학 생활의 마지막 학기를 보내고 싶었다.

작은언니는 점차 외출도 하고 밖에서 사람도 만나고 하면서 처음 미처 날뛰듯 하던 때보다는 훨씬 안정되어 보이고 정상적인 자기생활을 찾아가는 듯이 보였지만 내가 보기엔 언니의 그 생활은 변형된 광태에 불과했다.

친구라는 명목을 대면서 언니는 여러 남자들을 만나고 있었는데 간혹 그들을 언니는 집으로 데려오기도 하였다. 아빠는 집에 없었으므로 엄마만 그들을 보았다.

같은 미대 출신들이 많았는데 전위미술을 한다는 사람들 중엔 옷차림새며 행동거지가 너무 유난스럽고 자유분방하고 무질서의 표본처럼 보이는 사람들도 있었다.

남에 대하여는 생각하지 않고 자기만 생각하고 제 멋대로 구는 것이 작은형부와 아주 똑같지는 않았지만 많이 다르지도 않은 것이다. 그중엔 옥탑에 있는 작은언니의 아뜰리에에서 자고 가는 남자까지 생겼다. 나는 가만히 있을 수가 없었다. 상관을 안 하면 되겠지만 집안에 옴이 붙는 듯 하여 도저히 가만히 보고 있을 수가 없었다.

나는 엄마에게 제발 어떤 남자가 언니의 옥탑방에서 자고 가는

일만은 금하라고 얘기를 했지만,
"얘 걔가 내 말 듣니? 무슨 나쁜 짓이야 하겠니? 내버려둬라."
하고 엄마는 내 말을 막아버렸다.
아빠가 온 종일 어디 가 계시는지가 점점 내 귀에 들려오기 시작했다.
우리집에 다니며 아빠 얼굴을 익혔던 우리과 아이 하나가 영미 소설강의를 받고 나오는데
"얘, 영희야. 어제 나 너희 아빠 전철간에서 만났다. 인사드렸는데 니 아빠가 집에 가서 너한테 나 만났다는 얘기 안 하시대?"
나를 붙잡고 호들갑을 떨었다. 그러니까 곁에 있던 아이들 중의 또 하나가
"어머. 수진아, 너도 봤니? 참 나도 얼마 전에 너희 아빠 전철 속에서 봤는데, 깜박 잊어 먹고 너한테 얘기를 안 했구나. 그런데 너희 아빠 얼굴 너무 많이 못쓰게 되셨더라."
나서서 그렇게 말했다.
그 외에도 또 더러 나에게 그렇게 말하는 아이들이 있었다.
그 정도로 내가 아는 아이들 눈에까지 띄이자면 아빠가 얼마나 많이 전철을 타야 되는지 짐작이 갈만한 일이었다. 엄마가 싸주는 도시락은 어디 가서 먹는지 알 수 없었다.
아빠가 전철말고도 또 자주 가는 데가 있었다. 옛날에 아빠가 태어나서 자란 동네를 찾아다니는 가 보았다.
아빠가 태어난 곳은 수원 근처인데 아빠가 태어나 자란 동네며 거기서 얼마 떨어지지 않은 아빠가 어릴 때 이사 갔던 곳, 아빠가 다니던 초등학교가 있던 곳, 아빠 어릴 때 장이 서던 장터, 나무하려 다니던 산, 자전거 타고 학교 다니던 길, 지금은 그때의 형체도 없이 많이 변했을텐데도 아빠는 그 곳을 계속 찾아다니고 있는가 보았다.

그리웠던 곳들이므로, 그리고 마음은 있으면서도 떠난 뒤 오랜 세월 동안 바빠서 한번도 가보지 못했던 곳들이므로, 아빠는 지금 그곳들에 가서 변했을 망정 옛날 그림자라도 만나고 싶은가 보았다. 이것은 아직도 거기 살고 있는 친척할머니가 서울 다른 친척 결혼식에 왔다가 거기 참석한 엄마에게 그 얘기를 전해 주어서 우리 모두가 알게 된 일이었다.

그 소리를 전해듣고 엄마는 아빠에게, 아니 당신은 사람들이 당신을 모르는 데로 가지 창피하게 왜 아는 데를 찾아다니느냐,고 핀잔을 주었다.

추석엔 우리집 마당 위의 하늘에도 둥근달이 떠올랐다.

"엄마, 저 달 좀 봐!"

하고 내가 소리를 질러도 우리집에선 아무도 내어다 보는 사람이 없었다.

상호씨가 몹시 그리웠지만 참아보려고 했는데 상호씨가 못 참고 우리집 대문 앞에 와서 핸드폰으로 나를 불러냈다.

우리는 둘이 또 다시 놀이터로 올라가 자정이 넘도록 있다가 돌아왔다.

길에서 저 높은 놀이터까지 올라가는 그 많은 층층대들이 우리에게는 저 높은 하늘로 올라가는 사다리들처럼 느껴졌다.

달빛이 쏟아지는 놀이터가 우리들에겐 하늘이었다.

그 달빛은 정말 우리가 처음 보는 달빛이었다.

거기서 보는 상호씨 얼굴도 내가 처음 보는 얼굴이었다.

그렇게 근사한 상호씨를 나는 전에 본 적이 없었다.

마치 너무 푸른 하늘이 우리의 눈을 시리게하듯이 그의 얼굴을 바라보는 것만으로도 나는 가슴이 너무 저려 견딜 수가 없었다.

자정이 넘어서 집에 돌아왔지만 아무도 나에게 간섭하는 사람이 없었다. 모든 수문을 다 열어 놓았는데도 하루하루 위험 수위에 도달해 가는 저수지처럼 우리집의 침울함이 바로 그러했다.
　작은언니는 드디어 아빠가 집에 있는 추석 연휴 중에도 남자를 끌어다 자기방인 이층 옥탑방에다 재웠다.
　추석 연휴 중엔 모든 아버지들이 다 집에 있는 때이므로 아빠도 그날들 만은 집에 있었다.
　집에 있던 아빠는 작은언니가 머리를 여자처럼 길게 기르고 파이프를 문 중년남자 하나를 끌고 이층으로 올라가는 것을 직접 눈으로 보았다.
　남자를 이층으로 끌고 올라갔던 언니는 곧 옥탑 자기 아뜰리에로 그 남자를 데리고 올라가서 다음날 아침까지 내려오지 않았다.
　내 눈에 보이는 작은언니는 정상이 아니었다.
　무너진 뚝처럼 언니 안에는 이미 자기 제어기능장치가 상실되어 보였다. 내적으로는 언니는 가장 극단적인 자기 파괴 행위로 들어가고 있었다. 이런 그녀의 행위야말로 작은형부에 대한 복수심의 가장 강렬한 형태인지도 몰랐다.
　그러나 이것은 누구도 그녀에게 시킨 일이 아니었다.
　모두가 그녀 스스로 자행하고 있는 일이었다. 그녀 안에서 자기 제어기능장치를 풀어버린 것도 결국 그녀 자신이었다.
　가을비가 추적추적 내리고 있는 날인데, 내가 학교 갔다가 집에 돌아오니까 엄마는 엄마친구 한 사람과 함께 외출 차비를 하고 있었다.
　"엄마, 어디가?"
　하고 내가 무심코 물었더니
　"미아리 점 집에 갔다 올란다. 네 작은언니는 아직도 제 방에서 자고 있으니까 니가 집 좀 잘 봐라."
　했다.
　점 집이란 말에 내가 놀라서

"엄마는 성당 다니잖아요?"
"나는 성당 안 다닐란다. 하느님 안 믿는다."
엄마도 드디어 미쳐가는 가 보았다.
"하느님은 배신자다. 하느님이 나한테 이렇게 하실 줄 몰랐다. 하느님은 날 속이셨다."
엄마의 말에 나는 픽 실소가 터진다.
"엄마, 하느님은 완전자이세요. 누굴 속이고 하시는 분 아녜요. 엄마는 엄마가 스스로 만든 가짜 하느님한테 속고있는 거예요."
"그래 잘난 체하는 너나 잘 믿어라. 나처럼 내가 만든 가짜 하느님한테 속지 말고——."
엄마의 입술에도 냉소가 묻어있다.
나처럼 신앙도 없는 계집애가 아는 채 운운하는 게 역겨운가보다.
당연하다.
그러나 하느님을 마치 불완전한 인간의 위치에 두고 누굴 속이고 배신하고 할 수 있다 라고 믿고 있는 엄마의 신앙에 대한 발견이 또 한번 나를 낙심의 나락으로 밀어뜨려버린다.
엄마가 깔보는 나의 신앙 안엔 적어도 하느님에 대한 관념만은 뚜렷하다. 적어도 그분은 완전하시고 전능하시며 전지전능하시므로, 무엇이든지 하실 수 있고 불안전하지 않으시므로 하시는 일에 잘못이란 있을 수 없다.
이것은 누가 가르쳐 주지 않아도 삼척동자도 다 알 수 있는 상식이다.
엄마는 성당에 다니면서 그것도 모른다.
"세상에 내 신세가 이렇게 될 줄은 몰랐다. 어릴 때부터 나를 보고, 보는 사람마다 복스럽게 생겼다고 잘 살 거라고 그랬는데……."

"엄마 신세가 어때서요? 엄마는 가난하지도 않아요. 엄마 혼자 가난하다고 생각할 뿐이에요. 아빠한테도 용기를 주세요. 엄마가 아빠를 자꾸 낙오자, 패배자로 못을 박으니까 아빠가 더욱 일어날 수 없는 거예요. 엄마는 자기 체면만 생각하고 자꾸만 아빠를 창피하게만 여기니까 아빠가 더욱 더 자기비하감에 빠지시는 거 아네요? 작은언니도 마음 고쳐먹고 저렇게 안 살면 되는 거예요. 작은 언니한테는 엄마, 왜 제대로 충고 한 마디 못해요?"
"그만해 둬라, 그만해 둬. 너희 엄마 속 썩는 거 넌 모른다."
내가 몇 마디 하니까 친구 아줌마가 나서서 나를 가로막는다.
나는 이 아줌마가 평소에도 싫었다.
풍기는 게 꼭 무당 같다라고 느껴지는 그것이다.
특히 눈 있는 데에 광기가 번뜩이고 쳐다보고 있으면 왠지 기분이 나빠지고 불길한 느낌마저 드는 여자다.
오늘 하는 짓도 바로 그렇다.
엄마는 나만치는 이 아줌마를 싫어하지 않지만 과히 좋아하는 편은 아닌데 오늘은 집으로 이 여자를 불렀다.
"아줌마는 왜 우리 엄마를 그런 데로 데리고 가려고 그래요?
"내가 데리고 가려고 한 거 아니다. 니 엄마가 내가 그런 델 잘 다닌다는 걸 알고, 그런 델 좀 한번 데려가 달라고 해서 온거다. 얘 넌 몰라서 그렇지 요샌 거기에 장관 마누라, 국회의원 마누라, 판검사 변호사 마누라, 그런 유명인사 마누라들 뿐만이 아니고 세상에서 한다하는 재벌들이나 유명한 정치가들. 고급관리들 자신들도 다 와서, 자기가 사업을 시작하려 하는데 될거냐 안될거냐, 요번 국회의원 선거에 출마를 해야 할 것이냐, 말아야할 것이냐를 묻고 간단다. 너 그런 곳을 옛날처럼 우습게 생각하면 안된다. 너도 한번 가볼래? 오늘 우리하고."
"갠 안가 안가. 미신이라면 어릴 때부터, 질색을 하는 애라구,

성당은 안 나가도, 넌 집이나 잘 봐라. 밥이구 반찬이구 다 해 놨다."
 엄마는 내가 말려도 기어코 아줌마를 따라 나가고 만다.
 악에 바쳐서인지 엄마는 신(神)의 노여움이 두렵지도 않은 가보다.
 엄마는 정말로 하느님이 자기를 속이고 배신하셨다라고 생각하고 있다.
 그리고 거기에 반발하여 저런 짓을 시작하고 있는 것이다. 엄마에게서 좀처럼 찾아 볼 수 없는 게 바로 자기반성이란 것이다.
 엄마가 자기가 저지른 어떤 일을 뉘우치거나 겸손하게 자기 잘못을 시인하는 것을 나는 아직 한번도 못 본것 같다.
 심지어 지금 엄마는 신(神)보다도 자기가 더 나은 존재로 착각하며 자기 자신 쪽에 잘못이 있다는 것을 인정하지 않고 신(神)의 편에 잘못이 있다라고 생각하기에 까지 이르렀다.
 지금 엄마가 점 집을 찾아가고 있는 이유는 하느님께 대한 대항이다.
 사탄숭배자들이나 악마주의자들이 표방하고 있는 행위들중에서 내가 가장 신기하다고 생각하며 유의 깊게 바라보고 있는 일이 하나 있는데 그것은 그들이 사탄을 숭배하기 위한 예식의 하나로 거행하는 일이 십자가에 대한 모독이라는 점이다.
 이것은 보는 이로 하여금 누가 진정 사탄의 원수인가를 확실히 깨닫게 해 주는 일이다. 특히 나처럼 어린 신앙인에겐 아 진짜로 십자가 위의 저분이 악마와는 원수지간이신 모양이구나, 라는 확실한 생각을 갖게 하여 주는 일인 것이다.
 이것은 다른 얘기지만, 엄마가 지금 점 집을 찾아가는 일은 엄마의 의식 안에서는 자기가 섬겨오던 십자가를 밟는 일이고 하느님을 모독하고자 하는 분명한 의지에서 행해지는 일이므로 나에겐 이것이 사탄숭배자들의 행위가 같게 느껴진다. 하느님을 반대해서 찾아가는 일이므로 이일은 분명히 엄마에겐 악마에게로의 전향인 것이다.

나는 신(神)의 분노가 두렵기 때문에 엄마의 이런 행위에 가담하기 싫고 우리집의 장래가 너무 무섭다.

엄마는 스스로 우리집 대들보에 밧줄을 걸고 무너뜨리려 힘껏 잡아당기고 있다. 그런 엄마를 말리지 못하고 나만은 아니예요, 라고 속으로 외치고 있는 내가 마치 군중의 요구에 부응하여 예수를 처형에 붙여놓고 대야에 물을 달래서, 나는 이일에 죄가 없소, 라며 손을 씻던 빌라도처럼 비겁해 보인다.

놀라운 것은 그렇게 신앙심 깊은 체하고 입만 열면 하느님, 기도운운 되뇌던 엄마가 실상은 아빠보다도 못하다.

아빠는 미신이라면 질색이고 성당엔 안 나갔지만 일체의 다른 경신행위는 사특하다고 가까이 하려 하지 않았었다. 그만큼 아빠는 적어도 하느님에게 대항하려 하지는 않았다. 말하자면 아빠는 악마주의자는 아니였었다.

비록 아빠에겐 돈독한 신앙심은 없었지만 하느님께 정면도전코자 하는 악마적인 오만까지는 없었고 어느 정도의 두려워하는 마음을 아빠의 근본 안에 가지고 있다는 것이 느껴졌었는데 엄마 안엔, 자기가 열심히 하고 하느님을 잘 섬기고 있다는 자만심이 들어차 있어서인지 그런 두려워하는 기색마저도 별로 없어 보인다.

신(神)의 자비는 오히려 아빠와 함께 있지 않을까, 하는 생각이 든다. 제발 그래 주었으면 좋겠다.

날이 갈수록 점점 되어 가는 아빠의 몰골도 신(神)의 자비의 대상이 되기에 충분할 것 같다.

맨날 밤늦게만 돌아오는 아빠였는데 하루는 학교에서 돌아오던 저녁 결에 나는 아빠를 동네 찻길에서 만났다.

버스에서 내려 찻길을 다 건너왔는데 돌아보니 아빠가 내 뒤에서 찻길을 건너오고 있었다.
 신호등이 파란색에서 붉은 색으로 바뀌려고 깜박거리고 있는 때여서 얼른 건너기 위하여 아빠는 뛰고 있었는데 뛰고 있는 게 아니고 종잇장이 바람에 휘휘 차도에서 구르고 있는 것 같았다.
 맥이란 맥은 온몸에서 다 빠져나가고 기란 기는 다 빠져나간 사람처럼 보였다.
 맥이 어찌나 없어 보이는지 아빠의 온몸이 바람에 휙휙 날리는 것 같았다.
 어슴푸레한 저녁 결이라 그런지 얼굴색도 검누렇게 떠 보였다.
 저녁으로 날씨가 쌀쌀해지고 있으니까 견디다 못해 일찍 귀가를 하고 있는 것 같았다.
 아빠! 하고 내가 부르니까 아빠는 나를 알아보고 웃는데 웃는 것이 아니고 웃는 척 하는 것이었다.
 그날 저녁 때 본 가엾디 가여운 아빠의 모습은 평생 못 잊힐 듯이 내 가슴 깊은 곳에 박혀버리고 말았다.
 마음의 실의만이 아니고 육체에도 이미 깊은 병이 들어있지 않나 하는 의심이 들어 큰 병원에 모시고 가서 진찰을 한번 받아보도록 해야되지 않을까, 아빠의 그 모습을 보고 나서 생각하고 있던 차였다.
 강의도 없고 특별히 나갈 일도 없어 집에서 뭉개고 있는데,
 S시에 있는 큰언니한테서 전화가 왔다.
 아빠가 길에서 쓰러져 근처 병원 응급실에 모시고 연락을 한다는 것이었다.
 왜 아빠가 언니네 동네에 가서 쓰러졌는지는 쉽게 추측이 되었다. 아빠가 낳아서 자란 동네가 그 근방이니까 또 거길 갔다가 갑자기 몸에 이상이 온 모양이었다.

날씨도 쌀쌀해지는데 아빠는 또 거길 헤매고 있었는가 보았다. 가을이 아빠를 그리로 유인했는지도 모른다.

엄마와 나, 그리고 학교 개교 기념일이어서 집에 있던 영환이까지, 작은언니만 집에 남겨놓고 우리 세식구가 몽땅 뛰어가 보니 아빠는 링겔바늘에 꽂혀 응급실 침대에 누워 있었다.

황갈색으로 부숙부숙 부어있는 아빠의 얼굴로부터 중병을 암시하는 짙은 병색이 이미 비쳐 나오고 있었다.

아빠! 하고 내가 손을 잡으니까, 아빠는 한번 눈을 떴다가 다시 감아 버렸다.

병상을 지키고 있던 큰언니가 전해주는 말로는 그 근방에 왔던 아빠는 어떤 음식점에 들어가 냉면을 먹고는 그것이 어떻게 잘못되었는지 갑자기 토하고 싸면서 길거리에 쓰러져 버렸다는 것이다.

지나가던 행인이 근처 파출소에 신고해서 순경이 뛰어와 아빠를 이 병원으로 옮겼는데 집주소를 대라니까 그 근방에 있는 큰언니 집의 전화번호를 대주었던가 보았다.

한 여름도 아닌데 아빠가 왜 하필 냉면을 먹었는지, 응급실 의자 밑의 짐 속엔 엄마가 싸준 도시락이 그대로 있었다.

당장 토하고 싸던 것은 진정되었는데 그로 인한 탈진이 아빠의 쇠약해진 기력으로는 치명적이 될 수도 있다고 의사가 경고하였기 때문에 우리는 일단 아빠를 병원에 좀더 두어 보자는 의사의 의견에 따르기로 하였다.

큰언니는 이제 큰불은 껐으니 나머지는 우리에게 맡기고 집에 두고 온 세 살배기 딸과 퇴근해 돌아올 남편과 시부모를 돌보러 돌아가 버렸다.

밤이 되자 영환이와 엄마도 서울로 돌아가 버렸다.

엄마는 아침 일찍 다시 오겠다고 했다.

나 혼자 아빠의 병상을 지키게 되었다

밤이 되자 아빠는 응급실에서 5층 병실로 옮겨졌다.
 이것은 엄마와 이미 얘기 된 일이었다. 병실이 나는 대로 응급실에서 병실로 옮겨 몇 일 동안 병원에 있으면서 치료를 더 받으며 간 등 다른 장기들의 검사도 해보자는 것이 의사의 충고였다.
 아빠의 안색이나 쇠약함을 보고 의사는 무언가, 이것이 식중독으로 인한 단순한 토사광란이 아닌 아빠 몸 안에 숨어있는 어떤 다른 중병의 결과일지도 모른다는 의심을 하고 있는 것 같았다.
 이왕 병원에 왔으니 그냥 다른 검사를 해보자고는 했지만 이미 의사는 전문가로서 짐작이 되는 바가 있는 듯했다.
 내 눈에도 아빠가 너무 쇠약해 보였다.
 아무 병도 없는 것 같지가 않았다.
 어느 새 아빠가 이렇게 까지 되어버렸는지 모를 일이었다.
 그동안 심상치않다고는 막연히 느껴왔지만 특히 요얼마전에 거리에서 본 아빠의 모습이 너무 수척하고 기가 다 빠져보여서 내가슴에 한이 질 정도로 몹시 아팠던 적은 있었지만 그래도 이정도일 줄은 눈치채지 못하고 있었다. 병상 위의 아빠를 보니, 어느 새 중환자의 모습이었다. 의사도 겉으로 무슨 말은 들어내 안 했지만 환자가 이렇게 쇠약해질 때까지 가족들이 방치해 두었다는 점에 대하여 은근히 책망하는 눈치였다.
 정말 우리가 모르고 있는 새 아빠가 이렇게 되어버린 것이다.
 어느 날 갑자기 보니 아빠가 이렇게 되어있는 것이다.
 누워 있는 아빠의 모습은 몇 시간 동안 토하고 싸고 한 결과이기도 하지만 꺼풀이 누워 있는 것 같았다.
 축 늘어져 까딱할 기운도 없어 보였다. 이인용 병실인데 또 하나의 베드의 환자는 퇴원해서 독실이나 마찬가지였다. 다인용 병실의 베드가 날 때까지 잠정적으로 아빠는 그곳에 있기로 하였다.
 너무 탈진하여 계속 눈을 뜨지 못하던 아빠가 밤 열두시가 되어서야 눈을 뜨고 나에게 주스를 한 모금 달라고 하였다.
 계속 링겔을 통하여 수분과 영양분이 공급되고 있는 중이었는데도 말이다.
 나는 재빨리 오렌지주스를 한 잔 따라 주었다.
 "얘, 영희야."
 오렌지주스를 한 모금 마시고 아빠는 나를 불렀다.
 "우리집에서 니가 제일 나아, 내가 보기엔."
 아빠는 마음에 숨겨두었던 말들을 왠지 오늘밤 하려는가 보았다. 아빠가 나를 그렇게 생각하고 있었다는 것이 나에겐 뜻밖이었다.
 나는 아빠가 나를 그렇게 보고 있는 줄은 정말 몰랐었다.
 "네 큰언니는 제 앞가림은 또박또박하는 앤데 인정이 너무 없고, 네 작은언니는 미친 애다. 미친 애. 사람이라고 할 수가 없어. 영환이는 네 엄마가 너무 위해 키워서 사람 노릇할지 모르겠구나."
 "그래도 공부는 열심히 하고 있잖아요? 아빠."
 "남자는 뱃심이 있고 낯도 두껍고 저 산꼭대기에 혼자 갖다놔도 살 수 있어야하는 거야, 그 놈도 나처럼 허약하니 걱정이다. 영희야 내가 이제 와서 깨닫는 것은 세상은 아주 고약한 곳이고 사람은 혼자라는 사실이다. 세상은 고해(苦海)란 말 알지? 귀양살이라고도 하지 않니? 사람이 쓰러지면 일으켜 주려고는 하지 않고 막 밟아 아주 죽여버리려고 하는 곳이 세상이야."
 "아빠, 세상은 코끼리같은 곳이 아닐까. 사람은 모두 장님이고, 장님이 코끼리를 더듬어보고 말하듯이 사람들은 모두 그렇게 세상에 대하여 말하고 있지 않을까?"
 그러나 아빠는 내 말엔 아무 대답도 않고 가만히 있다가
 "영희야, 너 천국이 정말 있다고 믿니?"
 아빠의 그 돌연한 질문은 정말 아빠답지 않은 질문이어서 나는 순간 충격을 받았다.

그러나 답변할 말이 얼른 찾아지지 않았다.

나는 천국에 대하여 그렇게 많이 생각해 본적이 없기 때문이었다. 그런데 내 입에서 경황없이 쏟아진 말이,

"아빠, 저는 믿어요."

라는 소리였다. 그것도 아주 거침없이.

"넌 어떻게 그걸 믿어?"

"아빠, 세상에도 천국과 같은 곳들이 있거든요."

나는 나오는대로 하는 소린데 내 말에 아빠의 눈이 반짝한다.

"그래, 니말이 맞다. 세상에도 천국과 같은 곳들이 있지. 그런데 그것들이 결국은 다 사라져버리잖니?"

"그러니까 세상은 천국이 아니죠."

"그렇구나, 넌 역시 똑똑해. 영희야, 너 날 위해서 기도 좀 해줄래? 나좀 천국에 가게 해 주시라고, 나 아무래도 몇 일 못갈 것 같애."

"아빠, 왜 그런 소릴 하세요?"

"세상에 대해선 미련이 없는데 고통이 무섭다. 아까 낮에 토하고 싸는데 얼마나 고통스러운지, 수십 명이 날 묶어놓고 때려도 그렇게 고통스럽지는 않았을 꺼다. 제발 내가 고통 없이 죽기를 기도해다오. 난 하느님은 잘 모르지만, 하느님이 안 계신다고는 생각해 본 적이 없다."

"엄마가 다니는 성당에서 신부님을 모셔오면 어떨까요?"

"얘, 얘 그만 둬라. 니 엄마가 그렇게 열심히 다녔는데도 니 엄마 돼 있는 모양 봐라. 니 엄마 나일론이야. 뒤죽박죽이고 이랬다, 저랬다, 혼란스럽기만 하구, 얘야, 그만둬라!"

아빠는 그 힘 없는 속에서도 팔을 들어 내 앞에서 훼훼 내저었다.

예전엔 그렇게 하나가 되어 살아오더니 이제 엄마에게서 떨어져 나왔다.

엄마로부터 그동안 무진히 가슴에 못이 박혀온 일을 지금 저런

식으로 아빠는 나타내 보이는 게다.
"아빠, 마음에 누구 미워하는 사람은 없어요? 그런 걸 마음에 두고 있으면 천국에 못 간데요."
"없다, 없어."
아빠는 눈을 감고 고개를 젓는다.
"영희야, 네가 나 때문에 몹시 많이 마음 아파해 왔다는 거 나 잘 안다. 자식이지만 내가 너를 속으로 무척 고맙게 생각해 왔다. 너한테 전화 오는 남자는 누군지, 네 눈으로 골랐으면 잘 골랐을 테지만 예술을 한다는 남자들하고는 절대 가까이 하지 마라. 그런 사람들 생활이 개판이다, 개판. 즈이 멋대로 즈이 법 만들어 가지고 난장판처럼 사는 새끼들이다."
언니를 버린 작은형부에 대한 노여움이, 자식에 대한 사랑이 아빠 안에 아주 없을 리 없다.
"아빠, 모두가 다 그렇지는 않아요."
해봐도 소용이 없다. 나는 아직까지 상호씨를 아빠에게 소개시켜 드리지 못했다.
처음엔 아빠가 보시고 반대할 것이라는 이유 때문에. 그렇지만 지금 아빠가 상호씨를 보면 반대 안 할지도 모른다.
귀공자같은 인상이 어른들이 아주 안 좋아하는 타입은 아닌데 내가 미리 겁을 먹고 상호씨를 엄마, 아빠로부터 빼돌렸는지도 모른다. 아빠의 의견이나 생각이 나와 많이 다른 것도 아닌데……
어쩌면 나도 엄마처럼 내 속 마음 안에서 아빠가 부끄러웠던 것은 아닐까.
처음엔 상호씨를 아빠 앞에서 부끄러워하다가 나중엔 상호씨 앞에서 아빠를 부끄러워한 것은 아닐까, 그런 내 마음의 두 끝은 똑같다.
부끄러워해야 하는 것은 바로 내 자신이다.

"영희야, 너한테 하는 말이지만 사실 나 아픈게 오래 됐다. 나 오래 못 산다. 내 생각엔 엄마보다 니가 기도를 해 주면 하느님께서 더 잘 들어주실 것 같다. 나야 모두에게 버림받은 몸이고 못쓰게 된 사람인데, 하느님이신들 나를 바로 봐주시겠냐? 니가 좀 기도를 해서 내가 고통 없이 죽어 천국에 갈 수 있게 해다오."

아빠의 말투가 농담조가 아니다. 아빠의 입에서 하느님이시니, 천국이니 하는 명칭이 나오는 것부터가 나를 긴장시키는 일이다.

게다가 한 두 마디 하다 마는 게 아니고 계속이다.

자신이 느끼기에 무언가 심각하고 다급한 것이 아빠에게 가까이 와 있음이 틀림없었다.

밖에 나가 병실 복도에서 병원 가까이에 사는 큰언니에게 전화를 걸어 아빠가 자꾸 이상한 소리를 하신다고 하니까, 언니말이 심약해져서 그러시는 거라면서 그렇게 당장은 죽을 병은 아니다, 라고 일언지하에 묵살해 버린다.

의사도 그렇게 말했다고 한다. 서울 엄마에게도 나는 전화를 걸었다. 엄마 역시 그렇게 당장 죽을 사람이 아니니 염려 말라면서 하여튼 아침 먹고 바로 내려오겠다고 하였다.

그런데 나만은 마음이 조급하고 아빠 말이 아무래도 심상치 않게 느껴졌다.

병실에 들어가 보았더니 아빠는 잠이 들어 있었다.

기운이 빠져 눈뜰 기력이 없어서 그러고 있는지 정말 잠이 들었는지를 알아보려고 가만히 가슴에 귀를 대어 보았더니 심장은 뛰고 코에서 미미하게 숨쉬는 소리도 들렸다.

그래도 나는 아빠가 걱정이 되어 눈이 붙여지지를 않았다.

아빠 침대 곁에 의자를 붙여놓고 나는 그 위에 무릎을 꿇고 앉아, 하늘에 계신 아버지와 은총이 가득하신 마리아, 두 기도를 수없이 되뇌었다. 다른 기도는 잘 모르기 때문에 언제나처럼 그 두

기도문만을 계속 바쳤다.
 내 기도가 들어지리라는 큰 기대와 희망은 없었지만 지금 내가 할 수 있는 일이란 그 일밖에 없다.
 그러나 나의 기도는 아빠가 부탁하는 대로 고통 없이 천국에 가게 하여 달라는 것이 아니고 살려주시라는 것이었다.
 아빠가 죽으면 너무 불쌍해 나는 살 수가 없을 것 같았다.
 죽으면 나의 생애의 끝까지 잊혀질 수 없는 아빠의 가엾은 모습들이 내 안에 너무 많이 찍혀져 있었다.
 그러다 잠깐 졸았는데 눈을 떠보니 벌써 이튿날 이른 아침이었다.
 아빠는 간밤 잠든 그대로 아직도 자고 있었다.
 그런데 어쩐지 무언가 그 모습 안에 달라진 것이 있었다.
 표현할 수 없는 그 무언가가, 불이 꺼진 재처럼, 바로 그러한 것이 아빠의 잠든 모습 위에 덮여 있었다.
 나는 아빠에게 다가가서 자세히 아빠의 얼굴을 바라보았다.
 죽은 사람의 얼굴이었다.
 가슴을 마구 흔들어도 응답이 없었다. 흔드는 대로 흔들릴 뿐이었다. 심장에 귀를 대 보았더니 아무 소리도 들리지 않았다.
 "간호원! 간호원!"——하고 나는 복도로 뛰어나가 우리 아빠를 살려달라고 소리 질렀다.
 나의 울부짖는 소리를 듣고 의사와 간호사들이 달려왔다.
 의사는 아빠의 감은 눈두덩을 위로 올리고 아빠의 동공 안으로 손전등의 불을 비춰보더니 돌아가셨다고 알려줬다.
 간호원 얘기로는 새벽에 이방에 들렸을 때까지도 아빠가 살아 있었다고 했다. 아빠는 원하는대로 고통 없이 죽은 것이었다.
 아빠의 죽음은 자다가 더 깊은 잠 속으로 이어져 버린 일이었다. 자지러 붙어가던 물이 아주 졸아붙듯이, 꺼져 가던 불이 아주 꺼져버리듯이, 아빠의 생명은 그렇게 끝났다.
 아빠는 세상을 이기지 못하고 쓰러진 채 결국은 다시 일어나지 못했다.
 마음의 상처는 마음의 상처로만 끝나지 않고 육체의 병으로 까지 이어져 아빠의 생명을 잡아먹었다.
 우리가 모르는 새 아빠의 몸 안에 주검이 와 있었던 것이다.
 몸이 아파 더욱 집에만 누워있으려 하는 줄 모르고 우리는 아빠를 밖으로만 내몰았었다. 결국은 아빠는 길거리에 쓰러져 그 길로 죽음의 문에 들어섰다.
 아빠의 시체는 영안실전용차에 실려 서울에 있는 k병원의 영안실로 옮겨졌다.
 문상객들이 찾아가기가 거긴 너무 멀기 때문이었다.
 나는 아빠의 병실 침대 밑에 두었던 아빠의 소지품들──아빠의 도시락통(전날 엄마가 잊고 가버린), 핸드폰, 입고 나갔던 바지다 노타이셔츠, 구두 등이 담긴 종이가방을 들고 아빠의 시체 옆에 앉아 서울로 올라왔다.
 아빠의 영안실로 꾸며진 방안엔 아빠가 웃으며 찍은 사진이 세워져 거기 온 사람들에게 아빠의 한창 때의 그 멋진 모습을 다시금 상기시켜 줌으로서 잠시 잊고 있던 인생의 무상함에 대하여 또 한번 생각하게 만들어 주었다.
 엄마도 나도 영환이도 큰언니도 작은언니도 너무나 울어서 눈이 퉁퉁 붓고 목이 쉬어 문상 온 사람들에게 제대로 말을 할 수도 없었다.
 그렇게 마음으로 깊이 사랑하고 있는 사람들에게도 우리가 소홀히 할 수 있다는 것은 인간이 가지고 있는 이상한 양면성이다.
 아빠의 죽음이 너무나 갑작스러워, 사전 아무런 준비없이 당한 우리들의 슬픔은 이루 말할 수가 없는 것이었다.

아빠는 누구에게 큰 자선이나 선행을 베푼 적은 없지만 그가 이 땅에 살아있는 동안 아무에게도 나쁜 일이나 못된 짓을 한 일이 없는 사람이었다.
특히나 가족들에겐 아빠는 많은 빚을 주고 간 사람이었다.
아빠의 장례식엔 많은 사람들이 찾아와 주었다.
살아서 찾아보지 못했던 사람들도 아빠가 죽었다는 소리를 듣고는 모두 찾아와 주었다.
엄마가 다니는 성당에서도 많은 사람들이 와주었다.
아빠가 입관하던 날 아빠의 잠든 얼굴에 뺨을 대고 우리는 자지러지듯이 울었다.
아빠 사랑해요, 아빠 사랑해요, 아빠 우리 다시 만나요.
나는 방치돌처럼 차가운 아빠의 이마와 뺨이며 벗고 있는 아빠의 등에다가도 얼굴을 부비며 그렇게 말하며 울었다.
우리에게 천국은 반드시 있어야만 하는 것이다. 다시 만날 수 없다면 우리가 이 이별의 슬픔을 어떻게 견딜 수 있단 말인가.
아빠의 시체는 친할아버지, 친할머니가 먼저 가 누워있는 선산으로 가서 묻혔다.
높고 푸른 가을 하늘엔 흰 구름이 둥둥 무심하게 떠 있었다.
먼저 영환이가 뜨고 또 여러 사람들이 뜬 부삽의 흙이 아빠의 관을 덮을 때 우리는 또 다시 자지러질듯이 울어댔다.
우리아빠 이수만씨는 이렇게 하여 쉰여덟 해의 짧은 생애를 마감하고 이 세상을 하직했다.
그는 세상에서 대단한 업적을 쌓아 놓지는 못했지만 내 육체가 존재하는 한 나의 아빠로서의 그의 자리도 계속 존재하게 될 것이었다.
아빠가 죽기 전날 밤 내가 아빠의 병상 옆 의자 위에 무릎을 꿇고 앉아서, 하늘에 계신 아버지와 은총이 가득하신 마리아께 드린

기도가 받아들여졌다면 아빠의 영혼도 그가 원하던 대로 천국에 있게 될 것이다.
 그러나 그것이 받아들여졌는지 아닌지는 우리중 아무도 아직은 알 수 없는 일이었다.
 우연히 우리집에 전화를 걸었다가 아빠가 돌아가셨다는 얘기를 전해듣고 상호씨도 문상객들 속에 나타났다.
 그러나 그는 장지까지는 따라오지 않았다.
 삼오제가 끝난 뒤 상호씨와 단둘이 나는 아빠의 산소엘 다녀왔다.
 아빠가 묻히던 날 보다 더 높고 푸른 가을 하늘엔 흰구름이 둥둥 떠 있었고 우리들이 돌아오는 길 양쪽엔 끝없이 코스모스가 피어있었다.
 셰익스피어는 인생의 반은 이별이라고 하였지만 나는 이별이 너무 싫었다. 아빠가 이렇게 허무하게 지상에서 사라졌다는 사실이 나에겐 아직도 도저히 수용할 수 없는 일이 되어 나의 눈물샘을 자극하고 있었다.
 "오빠, 인생의 반은 이별이라는 셰익스피어의 말 알아?"
 "응."
 "오빠, 인생이 이렇게 슬픈 곳이라면 우리는 차라리 안 태어나야 하지않았을까요? 헤어질 것이라면 우리는 무엇 때문에 만나나요? 가슴만 아프게."
 사정없이 나의 두 눈에서 눈물이 쏟아지고 있었다.
 "영희야, 우리는 우리가 태어나고 싶어서 태어난 존재들이 아니야, 우리의 의지와는 상관없이 우리는 보내진 존재들이야, 너 히포의 주교 성 어거스틴알지?"
 "응."
 "그 사람이 무어라고 했는지 알아?"

"몰라."
"가령 시계를, 한 예로 들어보자. 시계는 시계 자신을 위하여 만들어진 것이 아니고 시계를 만든 사람이 쓰기 위하여 만든 거지? 이와 같이 사람도 사람자신을 위하여 만들어진 존재가 아니고 사람을 만드신 창조주의 의지에 쫓아 쓰여지기 위하여 만들어진 존재라는 거야. 이것은 우리들의 절대운명이야. 반항해선 안돼. 태어나지 않고, 태어나고 하는 것은 우리 나름대로 할 수 있는 일이 아냐. 우리는 태어났고, 태어났으니까 살아야해."
그리고 상호씨는,
"영희야, 이제 내가 네 아빠까지 되어줄게"
하면서 나의 눈에서 끝도 없이 흐르는 눈물을 계속 닦아주었다.
전쟁터에 나간 병사들은 적과 싸우다가 옆에서 사랑하는 친구가 총알에 맞아 죽어도 적과 계속 싸우다 그를 버려두고 떠나야만 한다.
또한 전쟁터에 나간 병사들은 행군 중에 누군가 옆에 가던 친구가 쓰러져 죽어도 그의 시체를 딛고 앞으로 나아가야만 한다.
우리의 인생도 그렇다.
우리와 함께 가던 사랑하는 누군가가 죽어도 우리는 그를 버리고 앞으로 나아가야만 하는 것이다.
아빠의 죽음이 그렇게 우리를 슬프게 하였지만 우리는 또 다시 우리의 삶을 계속해야만 한다.
아빠를 무덤에 묻고 와서 우리는 또다시 우리들의 예전의 생활로 돌아와야만 하였다. 슬픔을 가슴에 묻은 채, 엄마는 엄마대로, 작은언니는 작은언니대로, 나는 나대로, 영환이는 영환이대로, 큰언니는 큰언니대로.
상호씨는 자기가 내게 약속한 대로 나의 아빠까지 되어주려고 하였다. 아니 내가 아빠에게 주던 내 마음의 몫까지 그에게 다 주어버렸는지도 모른다. 이제 그는 더욱 더 내 인생의 많은 부분을 차지하게 되었다.
 이제 그는 더욱 더 내 삶에 기쁨을 주는 유일한 원천이 되어버린 것이다.
 슬픔으로 오무라져 있던 내 인생의 봉우리 안에 그는 환희와 행복의 입김을 불어넣어 다시 활짝 피어나게 하여 주었다.
 그가 주는 희망과 기쁨과 행복감은 나를 손쉽게 아빠의 죽음이 가져다 준 회환과 비탄과 허무함의 웅덩이에서 건져주었다.
 아빠에 대한 회상이 문득문득 슬픔을 몰고 밀려와 나를 눈물의 홍수 속에 떠밀어 넣곤 하였지만 내 마음의 밑바닥엔 상호씨가 주는 더 큰 기쁨과 행복감과 그에 대한 희망으로 가득차 있었다.
 나는 한바탕의 큰 슬픔이 휘몰고 간 나의 인생 안에서 상호씨와 나만의 장래를 위한 설계를 세워야만 했다.
 이제야말로 나는 내가 오래도록 살아온 아빠의 집을 떠나 나만의 집을 짓기 시작해야만 하는 때인 것이다.
 상호씨의 취직은 의외로 쉽게 결정되어버리고 말았다.
 11월도 채 오기 전부터 시험도 보지 않고 그의 토익점수와 학교 성적과 인터뷰만으로 그에게 문을 열어주는 회사가 하나씩 둘씩 나타났다.
 다른 학생들에겐 그렇게 잔인하고 인색하고 문열어주기를 기피하고 문전박대하기 일쑤인, 피도 눈물도 없어 보이는 대기업들이 그에게만은 두 팔을 벌리고 아주 우호적으로 자기들 안에 그를 영입시키고자 하는 것이었다.
 취업의 문을 향하여 총을 쏠 겨를도 없었다
 그 편에서 먼저 무장해제를 하고 나와 적이 아닌 친구로서, 부리는 쪽이라기보다 모셔가는 쪽이 되어 그에게 악수를 청하는것이었다. 일단 그가 자신을 그들의 대상으로 나타내보이자 마치 장에 보이지않던 희귀한 상품하나가 나타나 구매자들의 입맛을 당기듯 그렇게 경쟁적으로 몇 회사가 그에게 달려드는 것이었다.

그들이 그렇게 나오는 데엔 상호씨로부터 그들이 노리는 것들이 있기 때문인 것은 자명한 일이었다.

그들이 그에게서 노릴 수 있는 것들이 어떤 것들일지 나의 눈에도 저으기(적이) 보이는 것이다.

하늘로부터 가지고 나온 그의 우수한 두뇌, 대외 관계에서 그들에게 대단히 유리한 고지를 점령해 줄 그의 준수한 외모, 첫눈에 알아 볼 수 있는 그의 성실성, 과묵함. 게다가 그의 뛰어난 외국어 실력.

가장 최근에 본 그의 토익점수는 거의 만점에 가까웠다.

그가 맞았다는 토익점수는 현지에서 어릴 때부터 영어를 사용하다가 들어온 학생들의 그것보다도 훨씬 높았다.

나는 어떻게 그런 일이 있을 수 있는지 이해할 수 없었다.

나는 어학엔 특별한 재질을 받아 가지고 태어났다고 꾸준히 생각해온 사람이지만 그의 토익점수는 내 눈에도 불가사의하게만 보였다.

부유층 자제에게 문제되는 병역문제 같은 것도 그와는 전혀 상관없는 일이었다. 대학 일학년을 마치고 그는 남들이 제일 기피하는 최일선 지역에 가서 소정기간의 군복무를 마치고 병역필의 도장을 받아 가지고 왔기 때문이었다.

그가 산동네 삯월세 방에 산다던가 그의 아버지가 가난한 초등학교 교사이며 그가 생모가 아닌 계모 밑에서 자랐다던가 하는 문제는 지금 그의 장래와는 아무런 상관이 없었다

그가 자주 사용하는, 우리와는 상관없는 일이야, 나와는 아무 상관도 없어, 라는 말의 의미가 점점 더 나의 깊은 곳으로 뛰어들어오고 있었다.

언제부터인가 돌연히 내 눈앞에서 우람하고 큰 나무가 되어서 세상사람들 속에 우뚝 서 보이는 상호씨의 존재가 나에겐 계속되는 감격의 전율로서 받아들여지고 있었다.

그것은 취업난이 계속되고 있는 이 어려운 때에 이곳저곳의 대기업에서 그에게 입사환영의 초대장을 보내주고 있다는데서 오는 단순한 기꺼움만은 아니었다. 무언가 이것은 나에겐 큰 이변인 것이었다.

핏기 없는 창백한 얼굴에 높은 산허리를 휘감고 있는 보라색 안개처럼 한겹의 우수의 그늘을 수려한 이마와 콧마루 위에 늘 얹고 다니는, 전혀 씩씩해 보이지도 않고 패기가 있어 뵈지도, 대단히 유능해 보이거나 똑똑해 보이지도 않는 너무나 소리가 나지 않아 일견해선 무기력해 보이기까지 하는 상호씨가 무쇠다리보다도 더 힘차고 강력한 두 발로 서울 한 가운데의 치솟은 빌딩의 숲속을 대수롭지 않게 밟아버리고 마는 것이다.

빈손과 알몸으로 후원자도 없이 잘난 체도 하지 않으며 불평도 없이 새 옷을 맞추어 입는 법도 없이 입던 옷 그대로 입고 마치 어린아이가 금덩어리를 대단치 않게 밟듯이 그렇게 그 대단히 오만스런 빌딩의 숲속을 밟아버리고 마는 것이었다.

전에 내가 그에게 나와 맞지 않는 세상에 대하여 겁을 내면, 걱정하지마, 영희야. 우리와는 상관없는 일이야. 우리가 살 땅은 반드시 주어질 테니까, 라고 그가 말하던 그대로 되고 있는 것이 나에겐 너무나 신기했다.

남들은 그것을 그의 꾸준한 노력의 결과라고 말하겠지만 내 눈엔 단순히 그것만은 아닌 것 같았다.

그 힘과 자신감이 그의 어디에서 나오는 것인지 알 수 없었다. 물론 나의 이것은 지나친 찬탄일 수 있었다. 전혀 기대 밖의 상황이 내 눈앞에서 벌어지고 있으므로, 거기에 대한 과장된 감회일 수가 있었다. 평범한 일로 보자면 평범한 일로 볼 수도 있었다. 남들이 얻었으면 하고 바라는 비교적 좋은 일자리들이 손쉽게 그의 손에 굴러 들어오고 있었다, 라고 표현해도 좋을 것이었다. 내가 그를 너무 낮추어보고 있다가, 예상외로 그가 그렇지 않다는 것을 발견하므로서 오는 단순한 충격일 수도 있었다. 그러나 이것은 내 앞에서의 그의 새로운 출현인 것만은 사실이었다.
 그의 인생 안에 나의 인생을 엮을 수 있다는 것이 나에겐 큰 행운으로 까지 느껴졌다.
 세상에서 제일 튼튼하고 우람한 나무에 나의 인생의 줄을 운 좋게도 나는 걸게 된 것이다.
 취업의 문제도 해결됐고, 학교수업도 거의 끝났고 그가 가르쳐온 과외생들의 수능시험도 치루어졌으므로 상호씨에겐 그의 인생 안에서 아마 최초일 휴식의 날들이 찾아왔다.
 상호씨는 자기 생애에서 맞는 그 최초의 안식의 날들 가운데로 나를 초대해 주었다.
 같이 자기와 함께 자기 고향엘 다녀오자는 것이었다.
 나는 이미 그의 약혼자니까, 가서 그의 부모님을 뵙고 인사도 드리고 우리들의 결혼에 대한 구체적인 계획도 말씀드려야 한다는 것이다. 워낙 상호씨의 그동안의 서울생활이 고단해서 자주 가 뵙지는 못했지만 부모님과의 사이는 지금에 이르러서는 전혀 아무런 문제가 없어졌다고 했다. 상호씨가 그들로부터 아주 멀리 떠나버렸으므로 예전에 있었던 힘든 감정이나 갈등은 말소되었고 비록 큰 정은 없고 서로 왕래는 자주 못해도 부모님에 대한 그의 마음은 그에게 여유만 생기면, 지금보다 훨씬 더 잘해드리고 싶다라고 원하는, 다만 그뿐이라고 했다.
 원한의 감정이나 여타의 다른 나쁜 감정은 전혀 없다고 말했다.
 상호씨가 자기 부모와 그의 가족들에게 나를 소개시켜드리겠다는 제안은 우리사이에 당연히 있어야할 절차였지만 나의 마음을 몹시 기쁘게 하였다. 이미 확고해진 우리들의 관계에 더 한번의 확고한 못질을 당하는 듯 하였기 때문이었다.
 그리고 사랑하는 상호씨의 혈족들과 내가 연루되게 된다는 사실도 나에겐 기쁜 일이었다.
 상호씨의 모든 것들과 나는 보다 더 가까워지고 싶었다.
 이제 상호씨와의 결혼은 나의 가장 열망하는 일이 되어버리고 말았다.
 나는 한시바삐 그와 결혼하고 싶었다.
 나는 아빠가 사라진 집안에서 하나씩하나씩 나의 물건들을 챙기고 있었다. 이젠 곧 떠나야 할 곳이기에 가족앨범 중에 있는 나의 사진들도 나는 조용히 떼어서 내가 결혼하면 가지고 떠날 나의 앨범 속에 옮겨 붙여 놓았다.
 아빠가 사라진 집안은 나에겐 슬픔의 구덩이였다.
 불쌍했던 아빠의 생전의 모습들이 계속 떠오르고 내가 아빠에게 무심했던 일들에 대해서도 몹시 후회가 되었다.
 아빠가 어두컴컴한 방안에 누워 있었을 때가 지금에 와선 얼마나 그리운지 모를 일이었다. 아빠의 얼굴을 보고 목소리라도 들을 수 있었던 그때가.
 내가 왜 좀더 아빠에게 잘해드리지 않았는지…… 모든 집안식구에 대해서도 나는 그들이 죽어 내 곁을 떠나고 나면 내가 그들에게 못해 준 일들 때문에 마음 아파해야 할 일을 미리 생각하고 더 잘 해주고 싶어했다. 그러나 어차피 이곳은 내가 떠나야할 곳이었다. 지금에 이르러 내 안에서 상호씨와의 결혼을 가장 재촉하고 있었던 것은 그 어떤 이유보다도 상호씨와 함께 지내고 싶다라는 간절한 염원 때문이었다. 그의 곁에서 언제나 그와 함께 살고 싶었다.

우리의 결혼에 장애가 될 일은 이미 아무 것도 없었다.
 아빠의 장례식에 나타나므로서 자연스럽게 우리집 식구들에게 소개된 상호씨를 나쁘게 말하는 사람은 우리 집안에서 아무도 없었다.
 크나큰 슬픔중이기도 하였지만 상호씨에 대한 그들의 침묵이 무엇을 의미하는지를 나는 알고 있었다
 우리집안에서 아무런 반대도 받지 않았던, 큰형부보다도 상호씨는 더욱 돋보였다.
 엄마의 눈에도 큰언니나 작은언니, 영환이의 눈에도, 거기에 온 다른 사람의 눈에도 똑같이 그렇게 보였을 것이었다. 왜냐하면 문상 온 친척 중 하나가
 "얘 그 청년은 누구냐? 니 신랑 될 사람이냐? 아주 깨끗하고 품위 있게 생겼더라, 어떤 엄마인지 아들 하나 잘 낳아서 너한테 줬구나. 너 시어머니 될 사람한테 고맙게 생각하고 잘해라."
 라고 나의 귀에 대고 말하는 소리를 나는 들었기 때문이다.
 그러나 아빠의 상을 끝낸 뒤에도 엄마는 상호씨에 관하여 나에게 얘기를 시키지 않았다.
 버림받고 불행해진 작은딸에 대한 멍이 엄마 마음속엔 하두 깊어서 다른 딸들의 행복까지도 바랄 수가 없게 되어 버렸는지도 몰랐다.
 누구든 자기가 아는 여자들이 그들 남편과 행복한 모습으로 있으면 작은언니의 표정이 하두 참혹하게 바뀌기 때문에 엄마는 작은언니 앞에서 누가 행복한 티를 내는 걸, 몹시 싫어했다.
 그러나 엄마도 내가 상호씨와 결혼하는데 대해 반대는 없을 것이라는 것을 나는 알고 있었다.
 "엄마, 상호씨가 시골 자기 집엘 가자는데, 가서 자기 부모님을 만나보자고, 지난번 아빠 돌아가셨을 때 상호씨도 우리집에 와서

인사드린 셈이잖아? 엄마, 상호씨 우리집 한번 다시 오라고 할까?"
"경황없다. 봐도 나중에 보자."
그러나 엄마의 낯빛을 보니까 상호씨의 인상이 엄마 눈에 과히 나쁘게 보이지 않았음이 확실했다

상호씨와 함께 상호씨 부모님을 만나러 가는 날에도 엄마는 내 버려둔다. 당일치기로 다녀오기엔 먼 곳이라 자고 올지도 모른다고 얘길 해도 엄마는 가지 말라고 막지를 않는다.

딸이 아직 결혼도 안한 사윗감하고 자고 올지도 모른다는데 아무 소리가 없다.

그것은 상호씨가 사윗감으로 엄마의 마음에 썩 들어서기라기보다도 작은언니의 영향 때문인지도 모른다.

작은언니가 남자들을 집안으로 끌여들여 옥탑방에서 재워보내기까지 하니까 엄마마음 안엔 이젠 그런 선도 희미해져 버렸나보다.

상호씨를 따라 나서는 나의 마음도 옛날에 내가 상호씨일지라도 나를 눕히려하면 내가 누울지 의문이다라고 생각했던 그대로가 아니다. 이제 상호씨를 향한 내 마음의 문은 끝까지 다 열려버렸는지 방탄조끼 하나없이 총구 앞에 나서는 사람처럼 상호씨를 따라 나서는 내 마음은 완전한 무방비였다.

우리가 기차로 상호씨의 고향인 k시에 도착한 것은 오후 두시경이였다.

정거장엔 서모 혼자만이 나와 있었다.

상호씨의 아버지와 서모가 살고 있는 집은 서울 변두리의 보통 집정도의 수준이었다. 4, 50평 대지에 방이 네 개. 입식부엌에 수세식화장실. 잘 사는 편은 아니어도 아주 못사는 집처럼 보이지도 않는다.

상호씨처럼 외진 산동네에 있지도 않고 삯월세방도 아니었다.

상호씨 서모는 준비했던 과일이며 차며, 과자를 쟁반에 담아 가

지고 우리 앞에 놓아주었다.
"기도하고 먹어라."
서모가 그러니까,
"예"
하고 말 잘 듣는 어린아이처럼 대답하는 상호씨 태도가 당장 꾸민 것 같지는 않고 어릴 때부터 그녀에게 잘 길들여져 왔던 그의 모습의 단면을 들여다보이게 한다.
그녀 앞에 오니까 상호씨 안에 있던 옛 버릇이 다시 되살아나는 것 같았다. 그가 밤늦게 공부할 때면 이 서모가 그에게 먹을 것을 가져다 주었다는 얘기가 떠올랐다.
그때의 두 사람 사이가 아직도 두 사람 안에 남아있는가 보다.
그러나 서모에 대한 상호씨의 그런 공손한 태도는 나에게 좋게 보였다.
다섯시가 좀 넘자 상호씨 아버지가 나타났다. 머리가 희끗희끗한 중년의 남자였는데, 그래도 오래도록 초등학교에만 있어와서 그런지 다른 직업인들보다는 순박해 보였다.
혼자 서울가서 공부하다 오랜만에 나타난 이 천재 아들을 대하는 아버지의 태도는 언제나 겉으로 나타내 보이지 못하고 가슴에만 담아두던 버릇이 그대로 있어서인지, 잔잔하다.
동생들도 하나씩하나씩 들이닥쳤다. 듣던 대로 남자 둘에 여자 둘이다. 모두가 순하게 생겼고 비슷비슷하다.
상호씨하고는 다른 생김새들이라 그들 속에서 상호씨가 어릴 때에도 얼마나 뛰어났을 지가 쉽게 추측이 되고 서모의 아픔도 이해가 간다.
그러나 이젠 서모도 상호씨를 자기애들의 경쟁자로 느끼지 않는 것 같다. 아주 단념을 하고 물러섰는가 보다.
상호씨는 원래 호들갑을 떠는 성격이 아니다.

반가워하는데도 떠들썩하지 않는 게, 이 집 식구 모두가 그 점에선 같았다. 별 큰 소리 내지 않고 서로 보고 웃기만 한다.
 이복동생들이 상호씨를 대하는 태도 안엔 몹시 좋아는 하면서도 약간 어려워하는, 서울에 가서 일류대학을 다니는 형에 대한 숭배심이 들어가 있다. 그것은 비단 아이들뿐만 아니라 아버지와 서모 안에서도 어느 정도 어렴성스러움이 그를 대하는 태도 안에서 느껴진다.
 이 아들에 대하여 부모로서 해준게 별로 없다는 자책과 미안스러움 때문에 더욱 주눅이 들어있는 것 같다.
 "그래, 결혼은 언제 할거야? 취직도 됐다면서, 빨리 결혼하고, 일찍 자식 낳아서 젊었을 때 키워 놓는 게 좋지 않나?"
 저녁상을 받고 앉아 아버지가 꺼내는 소리다.
 잡채며 갈비찜이며, 정성들여 차린 상이다. 부모님에게 인사하러 왔다기 보단 나는 귀한 손님대접을 받고 있는 기분이다.
 우리들 결혼에 대하여 얘기하는 상호씨 아버지의 태도도 우리들로부터 멀찌감치 서서 하는 태도이지 우리들에 대한 어떤 권한을 가진 자의 목소리가 아니다.
 그러나 그들 모두가 나에겐 이제부터 내가 특별한 관심을 가져 주어야할 대상들로 보였다. 그리고 그들이 벌써 나에겐 사랑스러웠다. 그래도 여긴 상호씨가 태어난 곳이고 그리고 이곳의 분위기가 나에겐 우리집보다는 훨씬 아늑하고 좋아 보인다. 나도 이곳에 속하고 싶다. 그리고 이들에게 행복을 더해 줄 수 있는 존재가 되고 싶다. 비록 상호씨와는 색이 지는 남매들이지만 그리고 친엄마가 아니지만 내가 사랑을 부어주고 싶어하는 제일 최초의 곳이 이곳이다. 왜냐하면 이곳은 상호씨의 집이라고 부를 수 있는 유일한 곳이니까. 사랑은 연계되어 가는 법이다. 사랑은 사랑하는 사람만 사랑하려하지 않고 사랑하는 사람의 근방에 있는 모든 이들도 다 사랑하려하는 법이다.

　나는 상호씨를 이곳에서 떼어내고 싶지 않다. 그를 이곳에서 떼어낸다는 것은 그를 외롭게 하는 일 이외에 더한 무엇이 되겠는가. 나는 상호씨가 이곳에서 더욱 많은 사랑을 받도록 도와주고 싶다.

　저녁을 먹고 얼마간 얘기를 나누다 보니 어느 새 밤이 왔다. 서울로 돌아가기는 틀렸고 상호씨 부모님들은 우리들의 눈치만 본다. 결혼을 서약한 사이라니까 한방에 잠자리를 만들어도 좋은지, 그러나 망설이고 있다.

　그들의 눈치를 알아 챈 상호씨가 경애야, 너 언니하고 오늘밤 같이 자, 하고 이곳에서 여고를 다니고있는 큰 여동생을 부른다. 상호씨는 두 남동생들과 같이 자겠다고 하니까, 두 동생들이 큰형과 할 얘기가 많은지 얼른 저희들 방으로 그를 끌고 들어간다. 나는 경애씨가 펴주는 꽃이불 옆에 앉아 경애씨가 하는 얘기를 듣는다.

　"언니는 내가 우리 오빠한테는 이러이러한 여자가 맞는다, 라고 생각했던 바로 그런 여자예요. 난 어릴 때부터 오빠한테 맞는 여자가 어떤 여자일까 생각하면서 상을 그려보곤 했거든요. 우리 상호오빠 잘 생겼잖아요? 오빠 좋아하는 여자들 여기 많았거든요. 그렇지만 난 속으로 애들아! 헛꿈 꾸지 마라, 너희들은 우리 오빠하고 안 된다, 그러면서 오빠와 맞는 여자를 그려보곤 했었는데 언니가 바로 그때 내가 그려봤던 그런 여자예요. 얼굴이 하얗고, 몸 가늘고, 눈꺼풀이 얇은, 언니는 손도 어쩌면 이렇게 예뻐요?"

　그러는데 밖에서 영희야! 하고 부른다.

　"오빠가 불러요. 나가보세요"

　하며 떠미는 경애에게 밀려 나와보니까 상호씨가 응접의자에 앉아있다. 밖에 나가 바람이나 쏘이고 오자고 했다. 그 소리를 안방에서 듣고.
"밤엔 밖이 추우니 두꺼운 옷 입고 나가라. 그리고 너무 으슥한 데도 가지마라. 여기도 옛날같지 않다. 불량배들이 많아서 밤에 으슥한 데에 갔다가 시계 뺏기고 돈 뺏기고 젊은 처자들은 몸도 뺏기는 수가 많다."
라고 번갈아 두분이 한 마디씩 한다.
우리는 동생들의 두터운 털 파커를 빌려 입고 밖으로 나왔다. 아직 낮엔 춥다고 크게 느껴지지 않지만 밤이 되면 사정이 달라질지도 모르니까. 그리고 우리를 생각해주고자 하는 상호씨 부모님의 배려에 일부러 반박하고 나갈 이유도 없다.
밖으로 나오니까 하늘 중앙에 언제 떠올랐는지도 모를 보름달이 횡덩그레 떠 있었다. 서울처럼 복잡하지는 않고 그리 규모는 크지 않았지만 길이며 상점이며가 도회지의 모습이어서 시골에 온 기분은 나지 않았지만 머리 위에 떠 있는 달을 보니 옛날 어릴 때 내가 시골에서 살 때 보던 그 달과 많이 닮아있었다. 사방이 한적하고 불어오는 바람이며 공기며 얕으막한 지붕들이며 특히나 뿌옇게 달빛이 깔려있는 그 몽연한 모습이 본적도 없는데 눈에 익어 보이는 것이 왠지 또 한번 나의 심연으로부터 그리움을 끌어당기며 향수의 감정으로 나를 울씬거리게 만드는 것이었다.
부모님이 으슥한 곳엔 가지 말라고 하였는데 상호씨가 나를 말없이 끌고 가는 곳은 점점 더 사방에서 인적이 끊어져 가고 있는 곳이었다. 그는 여기의 길엔 익숙한 걸음으로 마치 능숙한 운전자처럼 나를 끌고, 가면 갈수록 점점 인적이 멀어지는 곳으로 들어가고 있었다. 어느 듯 거리와 상점이 보이지 않고 집들도 보이지 않고 무수한 갈대들이 하얗게 말라 쓰러져 죽어있는 물가를 지나 어떤 산모퉁이를 돌아가고 있었다.
"오빠, 우리는 지금 어디로 가고 있는 거예요?"

라고 나는 바보처럼 상호씨에게 물었다. 말없이 걷기만 하고 있는 그의 얼굴은 쌀쌀한 12월의 달빛 밑이어서인지 하얗게 질려있는 것이 몹시 창백하고 싸늘해 보였다.
 다정함의 온기란 찾아볼 수 없이 하얀 밀랍처럼 싸늘하게 굳어져있는 그의 얼굴은 상호씨의 얼굴 같지가 않았다. 우리의 가고있는 모습이 마치 배신자가 사랑하는 애인을 끌고 생매장하러 가고 있는 광경을 연상케 했다.
 산모퉁이를 돌자 마치 천상계로 이어져 있는 병풍을 밀어낸 것 같이 달빛이 쏟아지고 있는 광막한 푸른 바다와 끝도 없이 펼쳐진 하이얀 모래벌이 우리들의 시야 가득히 나타났다. 완전히 비어있었다. 아무도 눈에 띄지 않았다.
 나는 아, 하고 조그맣게 소리를 질렀다. 바다와 모래벌과 하늘이 모두 온통 다 비어서 우리 단둘에게만 주어지고 있음을 느낄 때의 그 감격이란 광막한 토지의 땅문서를 소유하게 되었을 때와 이것이 무엇이 다르단 말인가.
 아담과 이브에게 태초의 세상이 주어졌을 때도 이러한 느낌이었을 것이다. 나의 환호에 응답해주지 않고 상호씨는 언덕 위에 잠시 발을 멈추고 서서 묵묵히 있다가.
 "영희야, 오늘 내가 너에게 꼭 보여주어야 할 사람이 있어."
 말하는 그의 입에서 달빛이 실체처럼 씹히고 있는 것처럼 내귀에 들렸다.
 "한 여자하고 또 한 사람을 나는 오늘밤 너에게 보여주기 위하여 여기 온거야."
 그제야 나는 상호씨가 다만 바람을 쐬러 나를 이리로 데리고 온 것이 아니라는 사실을 비로소 분명하게 깨달았다. 그리고 상호씨가 나를 고향에 데리고 온 이유도 다만 부모님에게 인사를 시켜드리기 위한 것만이 아닌 그 외의 더 큰 일이 여기 있다는 것도 눈치쳤다.

 그의 심각함을 내가 느낄 수 있는 것은 이 호젓한 곳에 와서도 나를 향하여 그가 전혀 감관의 문을 열려하지 않는다는 점이었다. 그를 따라 나서면서 나의 안에 준비되었던 나의 아름다운 각오들이 오히려 무색하리만큼 그는 나에게 전혀 아무런 짓도 하지 않는 것이다. 그는 지금 무언가 큰 일을 벌리려는 사람처럼 보였다. 그의 온몸이 돌덩이처럼 굳어져 있고 얼굴은 창백하다못해 푸른 기를 띠어서 시체의 얼굴처럼 보였다.

 "영희야, 조금 더 가면 요 위에 내가 고등학교 다닐 때 가정 교사 아르바이트를 하던 집이 있어. 민박집인데 거기 가서 내가 너한테 보여줄 여자가 하나 있어. 그리고 너는 거기서 또 한사람을 보게 될꺼야."

 그의 어조는 몹시 냉소적이고 아주 잔인하게 들렸다.

 달빛이 또 한번 그의 잔인한 이빨 밑에서 실체처럼 씹히고 있었다. 그의 모습이 마치 상호씨가 아닌 다른 사람이 거기 와서 말하고 있는 것 같았다. 저만치 떨어져서 있는 파도가 계속 우리들 가운데에 와서 부서지고 있었다.

 동물이 본능적으로 위험을 감지하듯이 내가 처한 상황에 대한 위험을 예고 받고 나는 두려움에 휩싸여 어린 아이처럼 그의 앞에서 떨기 시작했다. 곧 무서운 일이 나에게 닥치리라는 것을 나는 예감했다. 도살장으로 끌려가면서 짐승들이 자기죽음을 예감하고 나타내는 증세같은 것이 전신을 엄습해 오는 가운데에서 나는 목이 매여있는 짐승처럼 그가 이끄는 대로 가고 있었다. 그에게 더 자세하게 물을 수도 없었다. 우리는 밤바다를 등지고 뚝길을 타고 어떤 동리로 들어가고 있었다.

 바다를 앞에 두고, 바다와의 사이에 뚝을 경계로 하고 조금 떨어져서 허름한 집들이 몇 채 적당한 간격으로 나란히 서 있었다.

나는 바닷가에 있는 이런 집들이 대개 무엇을 하고 있는 집들인지 알고 있었다.

여기는 이름난 피서지가 아니므로 호텔같은 대단한 숙박시설은 보이지 않았지만 이 숨어있는 바닷가를 찾아오는 많지 않은 손님들에게 쉼터를 제공하기 위한 작은 집들이 거기 몇 채 외따로 서 있었다. 그런데 왜 그렇게 내 눈에 보였을까, 그렇게 서 있는 집들의 모습이 오늘밤 나에겐 갑자기 마치 손님을 기다리며 거기에 나와 서 있는 밤의 여자들처럼 보이는 것이었다.

상호씨가 그의 발길을 세운 곳은 왼쪽의 맨 마지막 집이었다. 겨울인데다 또 깊은 밤이라 달빛이 그렇게 환한데도 몹시 쓸쓸해 보였다.

상호씨가 낮은 대문에 붙어있는 초인종을 누르자 안에서
"누구세요?"
하는 소리가 들리더니 이쪽에서 누구라고 대답할 새도 없이 안에서 어느 여자 하나가 신발을 찍찍 끌고 나와서 대문을 열었다. 나타난 모습이 너무나 보통 여자여서 내가 어리둥절해질 정도였다.

"상호야? 이게 얼마만이야?"
사십은 충분히 넘어보이는 짧은 머리에 파마를 한, 얼굴이 갸름한 일견, 예쁘장한 여자였다. 껌을 씹고 있는 그녀의 눈은 상호씨를 거쳐 나를 바라보았다.

"여자하고 같이 왔어? 어느 방 줄까? 다 비어 있는데……"
순간 나는 그녀의 눈에서 살기같은 것을 보았다. 그녀의 돌연한 변모에 나는 너무나도 갑작스런 습격을 당하는 기분이었다. 말은 천연덕스럽게 하고 있는데 그녀의 눈은 삽시간에 나에게 무서운 것들을 들어내고 있었다. 그냥 질투가 아니라 내 생명과 존재의 끝끝에까지 저주를 보내고 있는 눈이었다. 저런 눈길을 받고는 아무도 살아남을 수가 없을 것 같았다. 예쁘장한 얼굴의 가면 뒤에 숨어있는 한 마리의 독사가 독이 든 이빨로 나의 목을 물려고 달려들고 있었다. 그것이 나에겐 확실하게 보였다. 나의 사형집행인이 바로 여기 있다는 것을 나는 순식간에 깨달았다. 독이 든 꽃뱀 한 마리가 이 외진 바닷가 허름한 민박집에 숨어있었다.
"들어와, 들어와, 상호. 여자 데리고……."
그 여자는 아주 상냥한 말투로 입가에 생글생글한 미소를 지으며 말했다.
"영희야, 잠깐 들어가자."
상호씨는 떨고 있는 나의 등을 그 여자의 집안으로 밀어넣고 있었다.
그는 아마 내 몸이 공포로 떨고 있는 것을 감지했을 것이다. 내 등에 닿아있는 그의 손도 떨고있었다. 우리는 그 여자가 인도하는 대로 어떤 방으로 들어갔다. 마치 한적한 겨울바다를 찾아와 사랑을 나누려는 한쌍의 남녀처럼.
"상호 커피 좀 가져다 줄까? 저녁 먹었어? 집엔 들렸어? 이게 도대체 몇 년만이야? 그동안에 얼굴이 더 미남되었는데, 대학은 졸업했어?"
그 여자는 방으로 우리를 쫓아 들어와서 계속 떠들고 있었다. 그러나 나는 그녀가 건성으로 떠들고 있다는 것을 알고 있었다. 그녀의 악의에 찬 시선이 한번씩 내게 돌려질 때마다 나는 마치 살해당하는 것 같았다. 그 여자의 묻는 말엔 아무런 응대를 안하고 상호씨는 영희야! 하고 나를 부르며 정면으로 바라보았다. 그의 입술까지 하얗게 질려있었다. 너무 싸늘해 주검처럼 보이는 얼굴이었다.
"내가 너에게 보여주겠다고 했던 여자가 바로 이 여자야. 넌 이미 알아봤겠지?"

나는 아직까지 이렇게, 지금 상호씨의 얼굴처럼, 어떤 얼굴로부터 이것이 바로 분노다라고 알려주고 있는 모습을 본 적이 없었다. 하얗게 질려 있는 그의 얼굴 전부가 다른 아무런 감정도 없이 분노하나로 균일화되어 굳어져 있었다. 그 외 다른 모든 감정들은 다 죽어버리고 분노 하나만이 살아있는 얼굴이었다.

나는 죽음보다 더한 분노란 말의 낱말의 뜻을 그의 얼굴에서 목격하고 있었다. 그리고 싸늘함이 불길보다 더 뜨거울 수 있다는 것도.

그는 옆에서 지껄이고 있는 그녀의 뒷 머릿채를 한 손으로 웅켜쥐더니 뒤로 확 잡아채어서 아주 천천히 그녀의 얼굴을 내 앞으로 내밀었다.

"봐라, 영희야. 이 여자의 얼굴을, 이건 사람의 얼굴이 아냐. 독사야, 독사. 이 바닷가에 웅크리고 숨어있으면서 남자들을 물어죽이고 있는 독사야, 독사."

어쩌면 상호씨의 입에서 나오는 말들이 내가 느낀 그대로인지! 이럴 수가 있단 말인가. 마치 두 사람이 하나의 눈으로 보고 있는 것 같은 것이다.

그가 머리채를 잡고 있는 바람에 이마와 눈가의 근육이 위로당겨져 두 눈꼬리가 위로 치켜올라가고 하얗게 눈의 흰 자위가 드러난 그 여자의 얼굴은 정말 영락없는 독사의 얼굴이었다. 그녀는 그 하얗게 위로 찢어져 올라간 눈으로 나를 바라보고 있었다.

"영희야, 들어봐. 나는 이 독사와 일년 가까이 같이 잤어. 이 독사와 몸을 섞었어. 두 마리의 독사가 되어서. 영희야, 내 얼굴을 똑똑히 봐."

갑자기 내 몸이 산산이 찢어져 나가는 것 같았다. 그러나 그 순간에도 내 가슴은 그를 버리는 것이 아니라, 오히려 더 열렬히, 어느 때보다도 더 열렬히 그를 향하여 타오르는 것이었다. 하얀 서

리덩어리처럼 보이는 그의 그 싸늘한 얼굴을 향한 열망의 불길이 내 가슴을 지지는 듯한 것이었다.
 "영희야, 이 독사의 얼굴을 봐라. 이 독사의 눈을 봐. 널 얼마나 미워하고 있는지, 보이지? 이 독사는 아직도 나를 호시탐탐 노리고 있어. 기회만 되면 또 한번 휘감아 보려고."
 그는 여자의 얼굴에다 끓어오르는 침을 탁 뱉었다. 그리곤 다음 순간 그는 못 이기는 몸짓으로 여자의 두 뺨을 정신없이 때리기 시작했다. 나는 말려야 한다라고 생각했다. 저 분노로서 그는 여자를 얼마든지 죽일 수도 있다고 생각되었기 때문이었다. 그러나 나는 꼼짝도 할 수가 없었다. 그 여자에 대한 질투가 내 온몸을 사르는 듯 했다. 그 순간 내 눈엔 그들이 하나로 보이는 것이었다. 상호씨는 그 여자가 아닌 자기자신을 때리고 있는 것처럼 보였다. 그리고 그 모습이 나에겐 몹시 음란해 보였다.
 여자는 그가 때리는 대로 마치 죽은 사람처럼 맞고 있었다. 내가 간신히 몸을 세워서 오빠! 하고 말리려 하자 상호씨는, 너는 가만있어! 하고 밀어냈다. 그때 맞고 있던 여자가 갑자기 이 새까! 하면서 상호씨에게 달려들었다.
 "너도 좋았잖아! 이 새까! 너도 좋았잖아!"
 그때 이집의 어떤 방에선가 뛰어나온 소년 하나가 형! 왜 이래! 형 왜 우리 엄마를 때려! 하면서 상호씨에게 달려들었다. 한마디로 그것은 광란이었다. 이것은 정말로 더러운 쇼였다. 내가 본 어떤 쇼보다 더러운 쇼였다. 그런데 그 지독히 더러운 쇼의 중앙에 상호씨가 서 있는 것이었다. 나는 도저히 내 눈을 믿을 수가 없었다.
 나는 밖으로 뛰어나와 달빛과 파도소리 가운데를 갈팡질팡 한없이 달렸다. 상호씨에게 끌려왔기 때문에 여기서 어느 방향으로 나가야 오던 길을 되돌아 갈 수 있는지 잘 알 수 가 없었다.
 무턱대고 그냥 바다쪽으로 달렸다. 그리고 쓰러져 잠깐 정신을 잃었다.
 내가 눈을 떴을 때 나는 바닷가에 누워 있었다. 그 잠깐 정신을 잃었던 동안에도 내 귀에 계속 들려오던 소리가 파도소리였다는 것을 나는 그제야 깨달았다.
 내 옆엔 상호씨가 웅크리고 앉아있었다. 내게 등을 보이고 하늘과 바다를 향하여 무릎을 꿇고 두팔 속에 얼굴을 묻고 울고 있는 것 같았다. 나의 몸 위엔 그의 파카까지 덧입혀 눕혀져 있었다.
 그는 털스웨타만 입은 채 겨울바다의 밤바람 속에 앉아 있었다. 그러나 다행히 날씨는 그렇게 춥게 느껴지지는 않았다.
 그의 모습은 몹시 초라하고 한 웅큼밖에 안되어 보였다. 그렇게 작아 보이는 상호씨를 내가 보기는 처음이었다.
 "오빠!"
 하고 내가 부르자 그는 고개를 돌렸다.
 "영희야, 아 살아났구나!"
 내가 생각했던 대로 그는 울고 있었다.
 "난 니가 죽은 줄 알았어. 나도 함께 데려가 달라고 빌고있었어. 영희야."
 그의 눈물이 나의 얼굴위로 빗방울처럼 뚝뚝 떨어지고 있었다.
 "오빠, 내가 꿈을 꾼거야?"
 "아냐. 모든 게 사실이야."
 "그럼 이제 우리는 어떻게 되는 거야?"
 "모든 건 네 손에 달렸어. 난 너에게 결혼승낙을 받으려고 너를 여기 데리고 온거야. 영희야, 네 마음대로 해."
 잠깐 잠이 들었다 깬 것처럼 오히려 머릿속은 맑았다.
 나는 누운 채 바닷가의 밤하늘을 보았다. 내가 있고 싶었던 바로 그곳이었다.
 그동안 나는 상호씨와는 한번도 바닷가에 함께 와 본 적이 없었다. 그러므로 나는 늘 상호씨와 이렇게 바닷가에 와서 한번 밤을 같이 지내고 싶어했었다.
　상호씨는 여기 있는데, 그런데 나는 상호씨를 잃어버린 것만 같았다.
　"오빠, 그 여자는 누구야?"
　그 여자가 상호씨와 관계가 있다는 것이 도무지 나는 참을 수가 없었다. 나의 전신이 아픔으로 사기그릇처럼 부서지는 것 같았다.
　"영희야, 너 사춘기라는 거 알아?"
　"몰라."
　상호씨는 내 얼굴 위에 떨어지고 있는 자기의 눈물을 닦아주고 있었다.
　"오빠, 나는 이제 내가 보고 듣고 생각하고 있는 모든 것들을 믿을 수가 없게 되었어. 오빠 그건 정말 더러운 쇼였어."
　"그래 영희야, 네 말이 맞아. 그것은 정말 더러운 쇼였어."
　그러다 상호씨는
　"영희야, 추운데 집으로 돌아갈래? 내가 업고 갈께."
　"오빠, 나는 지금 아무 데도 가고 싶지 않아. 저 바닷속에 가서 빠져 죽고 싶어."
　"영희야, 너 내 얘기 잠깐만 들어줄래? 그동안 이 얘기를 너한테 얼마나 하고 싶었는지 몰라. 그러면서도 못했던 얘기야."
　"듣고 싶지 않아. 오빠."
　"그래도 들어야해. 너에게 이 얘기를 털어놓지 않고서는 난 너를 떠날 수도 없어. 너무 분한 얘기니까."
　상호씨가 그 여자의 집에 들어간 것은 고등학교 일학년 때였다. 서모의 아이들이 불어나는 바람에 그가 집에서 퇴출당하여 남의 집 가정교사로 전전긍긍하던 때였다. 여자에겐 초등학교 다니는 남자애들 둘이 있었는데 그 아이들의 공부를 도와주고 그 댓가로 거기서 그는 숙식과 용돈을 제공받는 조건이었다.
 그때에도 그녀는 민박집을 하고 있었고 남편은 없었다. 결혼한 적도 없이 그녀는 이 남자 저 남자에게서 두 아이를 낳아 키우고 있었다. 풀섶에 또아리를 틀고 있다가 먹이가 오면 잽싸게 낚아채 먹어버리는 독사처럼 그녀는 거기서 민박을 하며 먹이가 될만한 남자들이 나타나면 잽싸게 휘감아 욕정의 배를 채우고 있던 중이었다. 그녀는 상호씨도 그렇게 먹어치우고 말았다. 열일곱살짜리 소년을 사십이 가까워 오는 여자가, 어머니뻘이 충분히 될 수 있는 여자였다.
 "저 여자는 마치 지옥의 사자와 같은 여자야. 저 여자 안에 지옥을 가지고 있어. 그리고 저 여자에겐 사람을 묶어 지옥으로 잡아다 주는 쇠사슬도 있어. 저 여자를 통하여 나는 지옥이 어떤 곳인지를 알게 됐어. 어둠의 진이 저 여자의 몸에서 나와 나의 온 세상을 깜깜하게 만들어주었어. 쇠창살로 둘러쳐진 깜깜한 방안에 나는 혼자 갇혀있는 것 같았어. 그 고독은 우리가 흔히 말하는 그런 고독이 아니었어. 그리고 나는 너무 무서웠어. 지금 내가 세상에서 비교적 겁을 안내고 살고있는 이유도 그때 내가 워낙 무서운 것을 경험했기 때문이야. 정말 무서운 것이 무엇인지 그때 겪었기 때문에 나는 웬만한 것엔 무섭다는 느낌이 안 와. 그러면서도 나는 그 여자가 끌어당기면 또 다시 쓰러지곤쓰러지곤 하였어. 나중엔 그 집에서 내가 나왔는데도 그 여자가 집요하게 날 찾아다녔어. 저 여자가 아니었으면 난 전액 면제 장학금을 받고 특대생으로 입학할 수도 있었을 꺼야. 대학에 들어와서도 저 여자가 서울까지 날 쫓아왔어. 내가 군대를 일찍 가버린 것도 저 여자를 피해서였어. 내가 워낙 쌀쌀하게 구니까 나중엔 찾아오지 않더라. 나는 저 여자를 통해서 죄가 어떤 것인지를 배웠어. 죄가 주는 불안, 고독, 공포심, 절망감——그런데 저 여자는 그것도 몰라. 어둠자체야.

그 무서움 속에서 나를 구출해 준 이가 누군 줄 알아?"
 상호씨는 갑자기 주머니에서 무언가를 끄집어냈다.
 바닷가의 샤워어가는 달빛 속에서 나는 그의 손바닥 위에 놓여진 것을 바라보았다. 그것은 묵주였다. 아주 오래된, 굵은 나무알로 묶여진 묵주였다.
 "할머니야. 지금도 나의 인도자는 언제나 할머니야. 이 묵주는 할머니가 나에게 주시고 가신 유품이야. 이 묵주만은 언제나 난 주머니에 넣고 다녀. 몇번을 잃어버렸었는데, 신기하게도 반드시 다시 찾게 되더라. 다른 사람들이 논과 밭을 유산으로 주고 가듯이 할머니는 나에게 자신이 쓰시던 묵주, 기도서, 성경, 성상, 십자가들을 나에게 주시고 가셨어. 너에겐 보여주지 않았지만 내 자취방 다락 안에 나는 그 모두를 잘 싸서 감추어 두었어. 이 묵주만은 내가 가지고 다녀. 그리고 아주 급할 땐 할머니가 가르쳐 준 식으로 이 묵주를 가지고 기도해. 아까도 네가 정신을 잃었을 때 이 묵주를 들고 기도했어. 너한텐 한번도 보여준 적이 없지?"
 나는 상호씨의 손에서 잠깐 달래서 만져보았다. 따사한 할머니의 체온이 아직도 남아있는 것 같았다. 천국에 계신 할머니와 이 묵주를 통하여 이어지는 건 아닐까. 황막했던 기분이 안온해지는 듯한 속에서 나는 그의 말을 귀담아 듣고 있었다
 "그 여자 곁에서 내가 가장 그리웠던 이가 할머니야. 옛날 할머니가 자고있는 내 옆에서 기도를 드리던 모습이 자꾸 떠오르고 그 곁에서 내가 느끼던 평화와 안전감, 행복감들이 쇠창살 밖의 저 푸른 하늘처럼 그때 나에게 얼마나 그리웠는지 몰라. 그때 난 너무 무섭고 불안하고, 그리고 나를 칭칭 감고있던 저 여자로부터 벗어날 수가 없었으니까. 이 할머니를 통해서 나는 저 여자로부터 완전히 벗어났어. 생각하기도 싫고 돌아보기도 싫고, 이젠 완전히 잊어버렸다고 생각했는데, 그런데 영희야, 너를 만나면서부터 저

여자의 존재가 내 안에서 살아나는 거야. 너를 사랑하면 사랑할수록 내 안에 저 여자의 존재가 자꾸만 커져서 너와 나사이를 가로막는 거야. 내가 과연 네 상대가 될 수 있는가. 나같은 놈이 과연 너같은 애를 탐해도 되는지. 영희야, 너한테 나의 가난을 주어야한다는 것도 가슴아픈 일이지만 더 아프게 느껴지는 것이 저 여자의 존재였어. 난 정말 너에게 손을 안 대려고 했었어. 정말 손끝하나 너에게 대고싶지가 않았어. 그런데 그게 안되었던 거야. 미안해. 영희야."

하면서 그는 마치 시체의 뺨에 대고 비비듯 나의 뺨에 대고 그의 뺨을 부비며 울고있었다.

"영희야, 넌 너무나 깨끗해. 넌 이 시대에 남아있는 몇 안되는 희귀조와 같은 존재야. 난 네 곁에 가면 정결의 냄새를 맡을 수가 있어. 네 안에서 풍겨 나오는 갓 핀 백합의 저 깊은 곳에서 솟아나오는 냄새같은 거. 너무나 달콤하고 향기로워. 이 세상에 없는 제일 짙은 향액이 담긴 옥합같은 것이 네 몸안 깊은 곳엔 묻혀있어. 뚜껑이 닫혀있어도 너무도 좋은 향기가 네 몸을 통하여 흘러나오고 있는 거야. 나는 네게서 그 냄새를 맡을 수가 있어. 영희야, 넌 모르지? 네 가치를, 네 몸 안에 가지고 있는 정결의 옥합 안엔 네 몸의 순결만이 들어있는 게 아니야. 네가 태어날 때 가지고 나온 본래의 깨끗한 마음 깨끗한 생각들이 그대로 보존되어 있는 거야. 우리 안에 본래 가지고 있던 것들이란, 우리가 가지고 태어난 것들이란, 다 하늘의 것이야. 천진(天眞)스런이란, 말도 있잖아? 이것을 사람들은 다 쏟아버리는 거야. 그러나 넌 버리지 않고 있어. 네 순결의 속문을 아무에게도 열어주지 않았듯이 너는 네 안에 가지고 태어난 네 생각 네 의견을 절대 뺏기지 않고 있었어. 그것은 참으로 위대한 능력이야. 바람에도 쓰러지지 아니하고 폭우에도 꺽이지 않기는 정말 어려운 일이거든. 나는 너를 볼 때마다 하늘의 큰 군대를 보는 것 같았어. 어떻게 이렇게 가녀리고 나약해 뵈는 애가 그런 위대한 능력을 자기 안에 가지고 있을까? 사람이 제가 가지고 태어난 것들을 지키고 보존해나가기가 몹시 힘드는데, 도대체 네 안에 있는 힘은 무어야? 넌 네가 쓰러지지 않고 반대로 세상을 쓰러뜨리고 있어. 넌 그걸 모르지? 네 가치를, 그러나 네 안에 가지고 있는 힘도 결국은 하늘이 너에게 주신거야.”

그의 말이 너무나 나의 귀에 잘 들렸다. 귀에만 들리는 것이 아니고 그의 말들의 의미가 마치 잘 닦아낸 유리창너머의, 어느 투명한 날의 풍경처럼 내 눈에까지도 아주 환하게 보이는 것이었다.

온 사방으로 비어있는 하늘과 바다와 산과 들이 태고의 적막으로 돌아와 우리 안의 모든 잡다한 것들을 내어쫓고 우리들 안을고요로 충일시켜주는 순간이었다. 간단없이 들려오는 파도소리는 우리의 시끄러움이 아니고, 우리 안의 잡음을 쓸어내는 비질이었다.

그의 곁에만 가면 마음이 가라앉고 고요해지고 편안해지던 그 일이 다시 내게로 돌아와 있었다. 아까는 그렇게 싸늘해 있던 그의 얼굴에 다시 온기가 돌아오고 우리 안의 모든 것들이 다 예전의 것들로 되돌아오고 있었다. 왜 우리에게 그 한번의 광란이 필요했었으며 그가 나를 왜 이곳으로 데려와야했으며 그리고 이제 왜 그가 평안해졌는가를 나는 생각해보고 있었다. 그는 아직도 용서되지 않는 자기자신에 대한 분노를 이런 또 한번의 질타로 치지 않고는 견딜 수 없었는지도 모른다. 그리고 나서 이젠 평안해진 것이다.

“영희야, 네 안에서 흘러나오는 정결의 냄새를 맡을 때마다 내 마음속에서는 그 무진한 향기가 주는 황홀감과 한없는 동경과 향수와 끝없는 갈망이 솟구쳐 올랐지만 그만큼 나의 부족에 대한 자각이 일어나서 나를 괴롭히는 거야. 차라리 과거가 있는 여자를 택하는 것이 낫지 않을까. 어떻게 나같은 놈이 너를 소유할 수 있는가, 하는 자책감과 뼈아픈 회한이 나를 때때로 못 견디게 하는 거야. 그럴수록 저 여자의 존재가 나에겐 밉고 원망스러워 못견디겠는거야. 사춘기의 어린 소년을, 늙은 여자가, 그렇지만 모두가 다 내 탓이야. 그렇다면 내가 당연히 벌을 받아야지. 어떻게 너같은 애를 누릴 수가 있겠어?"

　상호씨의 말을 듣고 있는 내 안에서 계속 들려오는 의문은, 그런데 내가 느낀 상호씨는 왜 그렇게 맑았을까. 다른 남자들과 달리, 하는 것이었다. 오히려 내 자신이 그의 앞에서 때묻었다라고 생각했었다. 그리고 더욱 나에게 분명한 것은 우리가 가까워질 수 있었던 것은 동질의 그 무엇을 우리 안에 똑같이 가지고 있었기 때문이라는 사실이다. 그의 말대로 그의 할머니가 섬겨온 십자가를 통하여 그가 다시 깨끗하여 질 수 있었다면 그것은 나보다도 더 완전한 깨끗함이 아닐까. 새로 빨아 입은 옷과 덜 더러워진 옷과의 차이처럼. 그리고 그가 정말 깨끗하여졌다면 모든 깨끗함의 꼭지점은 하나인데 무엇 때문에 내 앞에서 그가 자기자신의 열등함때문에 괴로워해야만 한단 말인가.

　"오빠 그 여자말고는 없었어요?"
　"없었어. 그리고 그 여자하고도 그 여자집을 떠난 뒤로는 없었어. 나를 쫓아다녔지만 난 다시는 그 여자와 합하지 않았어. 난 할머니의 손을 잡고 그 여자로부터 도망쳤어. 발이 달린 무서운 마귀나 독사뱀이 뒤쫓아오는 것으로부터 달아나듯이. 나의 길은 하나였어. 그 여자로부터 도망치는 것. 그리고 그 여자의 반대편이 되는 것. 할머니가 나에겐 그 여자의 반대편의 상징이었어. 등불이었어. 그래서 난 할머니가 시키시던대로 했던거야. 그 여자가 어둠이라면 할머니는 빛이었어. 그러나 두 여자가 내 안에서 하여준 역할은 결국은 똑같이 나로 하여금 빛을 희구하게 만들어준 일이었어. 영희야, 내가 너한테 금방 빠지고만 것은 네 모습에서 비쳐 나오는 것이 내가 희구하던 것과 일치했기 때문이야."
그리고 그는
"영희야, 나는 이제 시원해. 너한테 모든 것을 다 털어놓았으니까. 이제 나는 네 심판만 기다리게됐어. 네가 비록 나를 용서해주지 않는다 해도 나는 다른 여자한테는 가지 않아. 이제까지 너한테서 받은 행복만으로도 나는 내 인생의 받아야할 몫은 충분히 받았다고 생각해."
상호씨의 그 모든 말들이 나에게 용서를 청하고 있다. 내 뺨에 부비어지고있는 그의 뺨에서 흐르고있는 눈물도 나에게 용서를 청하고 있다. 내가 바라보고 있는 하늘과 바람과, 그리고 달빛이 수면에서 황금빛물결로 출렁이고 있는 저 바다 가운데에서도 그를 용서해주라고 나에게 청하고 있다. 길게 뻗어있는 모래톱에서도 겨울 산에서도 그를 용서해주라고 모두가 나에게 청하고 있다.
나는 내 몸이 이렇게나 찢어지는 듯이 아픈데 어떻게 그를 용서할 수 있겠느냐고, 그들에게 대든다.
그래도 바다와 하늘과 바람이 다시 또 내게 용서해주라고, 용서해주라고, 청한다.
어쩌면 그것은 나의 마음이 저 바다와 바람 속으로 나아가 내게 대고 외치는 메아리인지도 모른다.
나는 내가 그를 용서할 수밖에 없다는 것을 이미 알고 있었다. 이것은 나에겐 피할 수 없는 일이었다.
그 더러운 쇼 가운데에 그가 있었을 때에도 나의 마음은 그를 버리지 않았었다. 오히려 더 열렬히 그를 껴안고 있었다.
그를 만난 이래 나의 마음은 언제나 그를 향하여 달려왔고 지금도 그것은 마찬가지다.
하지만 지금 나는 너무 아프다.
그는 다만 자신을 질타하고 그 독사와 같은 여자를 질타한 줄만 알지만 그는 나에게 한편으로 이렇게나 깨어지는 아픔을 주고 말았다. 그러나 이 아픔도 나는 그가 나에게 준 모든 행복들처럼 껴안으리라. 그를 떠나는 일보다는 그외의 어떤 다른 일들도 지금의 나에겐 다 더 쉬운 것이었다.
 "오빠!"
 하고 나는 그를 불렀다. 그는 눈물투성이의 얼굴을 들고 나를 내려다본다. 바닷가의 밤의 달빛 속에 드러난 그의 얼굴은 은밀한 곳에 숨겨놓은 보석처럼, 어디 숨어서 핀 꽃처럼 은은히 아름답다. 이 수려한 얼굴로 많은 여자들의 총애를 받을 수 있음에도 그는 그것도 모르는 채 나에게 매달려 울고 있다.
 그러나 그가 만일 많은 여자의 사랑을 받고자 한다면 나의 사랑은 받을 수 없을 것이었다.
 "오빠, 난 오빠를 용서해요. 나는 오빠랑 결혼할거예요."
 그렇게 말하는데 엉엉 참을 수 없는 눈물이 복받쳐 올랐다.
 너무나 분한 것이었다. 그는 울고있는 나를 부둥켜안고
 "영희야, 갚아줄게. 반드시 갚아줄거야. 나에게 준 네 정결의 값을 내가 평생 너한테 갚아줄거야. 내가 어떻게 갚아주는가, 지켜봐줘. 내가 비록 너에게 다 갚아주지 못한다 하여도 세상을 지배하는 정의의 법이 반드시 그 값을 너에게 되돌려줄거야. 내가 만일 너에게 안 갚아준다면 나는 불의의 편에 서는거지. 그러나 그런 일은 나에게 없을거야."
 "오빠, 그 여자는 이제 생각하지 말아요. 어떤 식으로든 오빠가 그 여자를 생각한다는 것은 오빠와 그 여자가 연결되어 있는 거니까 싫어요. 할머니의 손을 잡고 그 더러운 곳에서 이젠 빠져 나왔다고 생각한다면 더 이상은 그곳을 돌아보지 말아요. 소돔과 고모라의 롯의 아내처럼 돌아보았다가 오빠도 소금기둥이 되면 어떻게요? 그리고 오빠 스스로 만든 벌에 나까지 맞게 하지 말아요. 죄도 벌도 인간 스스로 만들 수 있는 게 아니잖아요? 절대자의 손에 달린 게 아닌가요? 그리고 용서와 자비라는 것도 우리는 믿어야만 하는 게 아닌가요? 오빠가 그일로 그렇게 많이 뉘우치고 괴로워해 왔는데 이젠 용서해주셨다고 믿어도 되는게 아닌가요? 그렇지만 오빠! 그 여자에 대해서 내가 이렇게 미리 알게된 것이 나중에 알 게되는 것보다는 낫다고 생각해요."

그러나 결과는 언제나 똑같을 것이다. 나는 그를 용서해야만 하는 것이다.

"오빠, 지금 내 몸이 깨어지는 것처럼 아프다는 걸 알아요? 내 자리를 다른 여자가 차지했었다는 것이 너무나 나에겐 아파요. 거긴 내 자리예요. 나는 오빠의 자리를 잘 지켜왔는데 오빠는 내 자리를 다른 여자에게 주었어요. 사춘기란 핑계예요."

"그래 맞아, 핑계야."

"오빠, 나로 하여금 내 자리를 차지하게 해 주세요."

나는 그 여자에 대한 질투의 화신이 되어 상호씨의 목을 끌어안았다. 그러나 이것은 다만 질투의 화신만이 되어서 청하는 일이 아니었다. 내 안의 사랑이 발하는 일이기도 하였다. 그가 그토록 갈망하는 내 정결의 향내 속으로 그를 깊이깊이 초대하여 그로 하여금 나의 그 향기를 만끽하도록 하여주고 싶어서인 것이다. 내 안에 그에게 줄 수 있는 것이 있다면 나의 그 모든 것을 나는 힘껏 다 그에게 주고싶어서인 것이다. 그러나 상호씨는 나의 그 의미를 곧 알아차리고

"안돼. 영희야."

하고 밀어낸다.

"너는 네 가치를 알아야돼. 너에겐 이보다 더 좋은 곳이어야 해."

"오빠, 지금 이곳보다 더 좋은 곳이 어디 있어요? 하늘도 바다도 파도도 달도 있잖아요? 이렇게 넓고 고요하고 아름답고 은밀한 곳

이 또 어디 있어요? 자연은 성스러운 곳이 아닌가요? 성스러우신 하느님께서 창조하신 곳인데……."
"그래도 안돼. 더 좋은 곳이어야 해. 정말 소중한 것은 소중하게 대해 주어야만 하는 거야. 내가 너와 꼭 결혼해야 한다고 생각하는 이유중의 하나가 나만큼 네 가치를 아는 사람이 없을 거라는 생각때문이기도 해. 돼지에게 진주를 주어서는 안되듯이 너는 네 값어치를 모르는 사람에게 가서는 안돼. 너는 내가 갖어야 되겠어. 잘해 줄게. 영희야, 미안해! 영희야 미안해."
결국 상호씨와 나는 그날밤 아무 일도 없이 서울로 올라왔다.
그날밤 바다 위에 떠 있던 그 황홀한 황금빛의 달도 내 정결의 뚜껑은 열게 하여주지 못했다.
서울에 올라와서 내가 제일 먼저 한 일은 상호씨방 다락 한 구석에 싸서 두고있던 할머니의 십자가를 꺼내서 상호씨 자취방 벽에 건 일이었다. 이 십자가만은 내가 믿을 수 있는 곳이기 때문이었다. 우리엄마의 십자가도 그리고 다른 어떤 누구의 십자가도 내가 믿지 못한다하여도, 이 십자가만은 내가 믿을 수 있었다. 한 사람을 어둠 속에서 빛 가운데로 전환시킨 분명한 실증이 있으니까. 또 하나의 작은 십자가가 있어 그것을 나는 언니방벽에 걸어주었더니 이 기집애야, 네 방으로 갖어가라고 하여서 나는 그것을 내 방 벽 가장 높은 곳에 모셨다. 나는 반대할 의사가 전혀 없었다.
우리들에겐 또 하나의 반가운 일이 생겼다. 고시아저씨가 산동네를 떠난 것이다. 용꿈을 꾸었던 그 할머니가 죽는 바람에 더 이상 아저씨를 돌봐줄 사람이 아무도 없게되어, 아저씨는 고시공부 보따리를 모두 싸가지고 떠나야만 되었다.
곧 그 아저씨가 어떤 초등학교 앞에서 군고구마장사를 한다는 소식이 들려왔다. 군고구마장수도 좋은 일이지만 만일 아저씨가 그보다 더 좋은 일을 해야만 하는 사람이라면 언젠가는 더 좋은 일을 하게 될 것이라고 상호씨와 나는 얘기하고 마음속으로 그를 축복해 주었다.
 나는 상호씨로부터 한 여자가 한 남자로부터 진실한 사랑을 받는다는 일이 어떤 일인가를 학습해가고 있는 일 이외에 또 한가지, 한 여자가 한 남자로부터 받을 수 있는 가장 정중한 대우가 무엇인가에 대한 학습도 겸해가고 있었다.
 우리들의 결혼식 날자는 다가오는 봄에서 가을로 연기되었지만 상호씨는 이미 평생 자기가 나에게 갚아주겠다던 일을 시작하고 있었다. 그러나 그것은 우리 사이에 아주 새로운 일은 아니었다. 우리들의 만남의 시작부터 상호씨가 나에게 하여오던 일의 계속일 뿐이었다.
 나는 언제나 나의 모든 것을 그에게 주고파 하는 마음으로 그의 앞에 서 있었지만 그는 처음부터 항상 그래왔듯이, 내가 밤늦도록 산꼭대기 그의 자취방에 남아있으면 영희야! 이젠 돌아가! 하고 말하며 나를 쫓아내었다. 밀어내는 손길이 껴안는 손길보다 더 뜨거울 수 있다는 것과 그리고 기다림의 미학에 대하여서도 나는 다시 한번 생각해보고 있었다.
 때때로 나는 왜 우리가 기다려야 하는지 몰라질 때도 있었지만 그때 마다 나는 저 너머의 하늘이. 더욱 아름답다는 것과 깊어진 샘의 물이 더 맑고 더 오래 변치않는다는 사실을 떠올리곤 하였다.
 그의 과거가 준 아픔은 좀체 나에게서 살아지지 않았다. 그에 대한 나의 사랑이 깊어가면 깊어갈수록 그의 안에 남겨져있을 다른 여자의 흔적이 더욱 더 나에겐 아팠지만 그 안에서도 나에게 한가지 위로가 되는 일이 있었다.
 그것은 나는 그에게 이런 아픔을 주지 않아도 된다는 사실이었다.

때때로 그를 바라보는 내 눈이 그일로 아파하는 기색을 띠우면 상호씨는 곧장 알아차리고, 더욱 더 끓어오르는 나에게 대한 사랑을 견디다 못해 이렇게 말하곤 했다.
"영희야! 그 아픔은 내가 너에게 달아준 훈장이야, 적어도 내 앞에서만은 너는 평생 당당해야 돼."
 그래도 사랑은 그런 것이 아닌가보았다. 나는 그의 말처럼 되지 못하고 오히려 점점 더 그의 앞에서 작아져만 가고 있었다. 그리고 내 앞에서 힘껏 커져가기만 하는 그가 뻔뻔스러워보이기는커녕 오히려 더욱 더 팽만되어가는 기쁨으로 내 가슴을 조여오고있는 이유를 나는 정녕 알 수가 없었다.
 지금 우리의 하루하루의 시간들은 그냥 흐르는 것이 아니고 우리를 저 너머의 초야의 황홀 속으로 실고가는 수레바퀴들이였다.
 나는 지금 그 시간의 수레바퀴를 타고 상호씨 곁에 앉아 내가 한번도 가보지못했던 저 너머의 미지의 세계로 가고 있었다.
 이 시간이 아무리 길다하여도 나는 조금도 지치거나 초조하지 않았다.
 우리가 마실 꿀물은 이미 우리가 가고있는 이 시간의 보자기 안에도 듬뿍 배여 넘쳐흐르고 있기 때문이었다.
 우리들의 사랑과 결혼은 태초에 하느님이 만드신 신성한 것이라고 하는 상호씨의 말을 나는 진심으로 믿고싶었다.

─(끝)─

◎略 歷

1943年 서울 出生.
1961年 首都女高 卒業.
1965年 高大 英文科 卒業.
1963年 東洋 라디오 개국 기념 50만원 현상 文藝 소설부분《머무르고 싶었던 순간들》當選.
1976年 《어떤 神父》로 중앙일보 신춘 문예 입선.

◎著 書

《머무르고 싶었던 순간들》,《사랑이 그리워질 무렵》,《머무르고 싶었던 순간들(후편)》《연짓골 연사》,《情이 가는 발자국 소리》,《해가 지지않는 땅》,《고향 이야기》,《자유를 향해 날의는 새》,《사랑의 샘》,《어떤 神父》,《임종1,2》,《朴啓馨全集》外 多數

版權所有

어느 투명한 날의 풍경화

2001年 12月 25日 印刷	著 者 朴 啓 馨
2001年 12月 30日 發行	發行者 張 基 燮
2002年 5月 15日 重版	組版所 和 成 社
	印刷所 瑞 一 印刷社
	製 冊 元 進 製冊社
	發行處 三育出版社

서울 特別市 城東區 金湖1街洞 252~2번지
電話 : 02) 2298~6039
       02) 2235~6039
H·P : 011) 9913~6039
FAX : 02) 2282~6049

값9,500원

登錄 1968年 4月 8日 제2~299號

ISBN 89-7231-057-3